Fred Vargas emprunte son nom de plume au personnage d'Ava Gardner dans *La Comtesse aux pieds nus*, de Joseph L. Mankiewicz.

Née à Paris en 1957, elle devient une éminente archéologue médiéviste travaillant pour le CNRS, avant d'entamer une carrière d'écrivain. Auteur d'une dizaine de « rompols », Fred Vargas dépeint, au-delà d'une intrigue policière captivante, un univers poétique où ses personnages n'ont de cesse de gratter la surface des choses, afin d'en dégager la véritable essence.

Traduits dans plus de trente pays, ses romans ont été distingués par de nombreuses récompenses en France et à l'étranger, dont le Grand Prix du roman noir de Cognac pour *Pars vite et reviens tard* et pour *L'homme à l'envers* ; le prix des Libraires, le Grand Prix des lectrices de ELLE et le Duncan Lawrie International Dagger pour *Debout les morts* et *Sous les vents de Neptune*.

Plusieurs enquêtes du commissaire Adamsberg ont fait l'objet d'adaptations cinématographiques et télévisuelles par Régis Wargnier et Josée Dayan.

Elle est aussi l'auteur de *L'humanité en péril*, un essai en deux volumes (J'ai lu, 2020 et 2023).

Sur la dalle

DU MÊME AUTEUR

DANS LA COLLECTION
« CHEMINS NOCTURNES »
AUX ÉDITIONS VIVIANE HAMY

Ceux qui vont mourir te saluent
Debout les morts
L'Homme aux cercles bleus
Un peu plus loin sur la droite
Sans feu ni lieu
L'Homme à l'envers
Pars vite et reviens tard
Coule la Seine
Sous les vents de Neptune
Dans les bois éternels
Un lieu incertain
L'Armée furieuse

FRED VARGAS / BAUDOIN

Les Quatre Fleuves

HORS COLLECTION
AUX ÉDITIONS VIVIANE HAMY

Petit Traité de toutes vérités sur l'existence
Critique de l'anxiété pure

AUX ÉDITIONS FLAMMARION

Temps glaciaires
Quand sort la recluse
Sur la dalle

AUX ÉDITIONS J'AI LU

Debout les morts
Un peu plus loin sur la droite
Ceux qui vont mourir te saluent
Sans feu ni lieu
L'homme aux cercles bleus
L'homme à l'envers
Coule la Seine
Pars vite et reviens tard
Sous les vents de Neptune
Dans les bois éternels
Un lieu incertain
L'armée furieuse
Temps glaciaires
Quand sort la recluse

AUX ÉDITIONS LIBRIO

Salut et Liberté suivi de *La Nuit des brutes*
Petit Traité de toutes vérités sur l'existence
Critique de l'anxiété pure
Le Marchand d'éponges (avec Baudoin)

FRED VARGAS

Sur la dalle

J'AI LU

I

Le gardien du commissariat du 13e arrondissement de Paris, Gardon, pointilleux jusqu'à la maniaquerie, était à son poste à sept heures trente pile, la tête penchée vers le ventilateur de son bureau pour sécher ses cheveux, selon son habitude, ce qui lui permit d'apercevoir de loin le commissaire Adamsberg approcher à pas très lents, portant sur ses avant-bras un objet non identifié, les paumes tournées vers le ciel, avec autant de précautions que s'il tenait un vase de cristal. Gardon – nom tant approprié à sa fonction qu'il lui avait valu force blagues avant qu'on ne s'en lasse –, n'était pas réputé pour sa vivacité d'esprit mais accomplissait sa mission avec un zèle presque excessif. Mission qui consistait à repérer toute étrangeté en approche, si minime fût-elle, et à en protéger le commissariat. Et pour cette tâche, il excellait, tant par son coup d'œil exercé par des années de service que par la vitesse inattendue de ses réflexes. N'entrait pas qui voulait dans ce saint des saints qu'était la Brigade criminelle, et il fallait que la patte fût plus blanche que neige pour que ce cerbère des lieux – qui était tout sauf impressionnant – acceptât de lever la grille de protection qui fermait l'entrée. Mais nul n'aurait critiqué l'obsession soupçonneuse de Gardon qui avait plus d'une fois décelé les renflements à peine visibles d'armes enfouies sous des vêtements ou douté d'allures trop onctueuses pour lui paraître naturelles et stoppé net les velléités des agresseurs. Le plus souvent, il s'était agi de libérer un prisonnier en détention provisoire, mais parfois de crever la peau d'Adamsberg, ni plus ni moins, et ces alertes devenaient plus nombreuses. Deux tentatives en vingt-cinq mois. Au fil des années et des réussites du commissaire dans les enquêtes les plus tortueuses, sa réputation s'était affermie en même temps que les menaces contre sa vie.

Danger dont Adamsberg ne se souciait en rien, persistant de sorte à venir à pied depuis chez lui jusqu'à la Brigade, tant il était habité par sa nonchalance innée, semblant souvent toucher à de la négligence, voire de l'indifférence, particularité de sa nature qui, si blindés que fussent ses équipiers, les désorientait ou parfois les exaspérait, tout en laissant nombre de ses succès inexpliqués. Succès fréquemment obtenus via des méthodes opaques, si tant est qu'on puisse parler de « méthode » dans le cas d'Adamsberg, et par des chemins détournés où peu parvenaient à le suivre. Au long de ces ramifications inintelligibles de ses enquêtes, qui semblaient parfois tourner le dos à l'objectif, force était pourtant de l'accompagner sans toujours comprendre. Quand ses adjoints – et particulièrement le premier d'entre eux, le commandant Danglard – lui reprochaient cette brume dans laquelle il les laissait se débattre, il écartait les bras en un geste d'impuissance, car il n'était pas rare qu'il ne puisse s'expliquer sa propre démarche à lui-même. Adamsberg suivait son propre vent.

Gardon ouvrit sa fenêtre quand son chef ne fut plus qu'à quelques mètres du perron du vieux bâtiment et le vit se retourner pour adresser un bref salut à deux femmes qui marchaient à vingt pas de là, en apparence deux femmes d'affaires pressées, en réalité deux tireuses d'élite chargées de protéger le parcours du commissaire. Adamsberg sourit. Il savait qu'il devait cette récente mesure aux soins attentifs du commandant, de même que cette voiture qui veillait la nuit devant le jardinet qui encadrait sa maison.

— Gardon, dit-il sans entrer, tenant toujours ses bras tendus, j'aurai un peu de retard, j'ai à faire. Prévenez ceux qui me demanderont. Encore que cela m'épaterait, l'humeur n'est pas criminelle par ces temps, on tourne en rond autour de cambriolages d'amateurs.

— C'est le climat qui fait cela, commissaire, cette chaleur anormale en plein mois d'avril. Ça ne bousille pas que la planète, ça assèche le cerveau des assassins.

— Si vous voulez, Gardon.

— Qu'est-ce que vous transportez là ? demanda le garde en fixant une sorte de boule rouge sur les bras d'Adamsberg.

— Une victime, Gardon, et c'est mon boulot de m'en occuper.

— Mais vous allez loin comme cela ? Je vous signale que vous êtes torse nu, commissaire.

— J'en suis conscient, brigadier. J'ai dix minutes de marche à faire, tout au plus. Ne vous en faites pas.

Comme toujours, pensa Gardon en fermant sa fenêtre. Les gens vont se foutre de sa gueule, et lui, il s'en fout, conclut-il avec toute l'indulgence qu'il avait pour son chef. Jamais il n'aurait osé faire une telle chose, mais il faut dire que Gardon était blanc et gras au lieu que le commissaire, qui était pourtant bien mince, avait le torse solide, doté de muscles nerveux dont mieux valait se méfier.

Il est vrai que le temps des canicules était encore loin mais que depuis une semaine, le thermomètre battait des records qui n'auguraient rien de bon pour l'avenir. Tous les agents qui arrivaient peu à peu à la Brigade étaient en manches de chemise, inquiets mais profitant malgré tout de cette tiédeur anormale.

Au retour de sa mission, le commissaire avait traversé torse nu toute la longueur de la salle de travail commune, saluant les uns et les autres, assez stupéfaits, et avait attrapé dans l'armoire de son bureau un de ses éternels tee-shirts noirs, à croire qu'il n'avait rien d'autre à se mettre. Sa tenue ne variait jamais, il trouvait cela plus simple, tout au contraire du commandant Danglard qui se passionnait pour l'élégance anglaise, sans doute pour attirer les regards vers ses vêtements et non sur son visage dénué de charme.

Adamsberg, assis sur sa table devant un journal ouvert, ne tourna pas même la tête quand son adjoint entra dans son bureau, tout absorbé qu'il était à se passer sur les mains et les bras un liquide à l'odeur âcre.

— Une nouvelle eau de toilette ? demanda le commandant.

— Non, un remède préventif contre la gale et la teigne. Il en avait, c'est courant. Sachant cela, j'avais pris la précaution de le soulever avec mon tee-shirt, mais la véto m'ordonne cette désinfection.

— Mais qui, « il » ? questionna Danglard, pourtant si habitué aux étrangetés du commissaire qu'il aurait dû en être blasé.

— Mais lui, le hérisson. Un salopard l'a renversé en voiture, je l'ai vu de loin, et croyez-vous qu'il se serait arrêté ? Évidemment non. Si la Terre portait moins de crétins, on n'en serait pas là. J'ai hâté le pas jusque sur les lieux du crime…

— Du crime ?

— Parfaitement. Le hérisson est une espèce protégée, vous le savez tout de même. Ça vous indiffère ?

— Évidemment non, dit le commandant, extrêmement attentif aux nouvelles environnementales qui ne faisaient qu'accroître encore son anxiété naturelle. Et donc ?

— Et donc j'ai soulevé la petite bête, mal en point, piquants abaissés, incapable de se mettre en posture de défense.

— À moins qu'elle n'ait compris qu'elle avait trouvé là un ami, dit le commandant avec son léger sourire.

— Et pourquoi pas, Danglard ? Maintenant que vous me le dites, je suis sûr qu'elle l'a senti. Son cœur battait toujours, mais son flanc était rudement amoché et sanglant. Alors je l'ai doucement portée jusque chez la véto de l'avenue. Un adorable spécimen.

— Le hérisson ?

— Non, la véto. Elle l'a examiné sous toutes les coutures et a affirmé qu'elle espérait le sortir de là. Heureusement c'est un mâle, donc sans petits qui l'attendent pour la tétée. Dès qu'il sera d'aplomb, il faudra que j'aille le replacer chez lui, dans ce bosquet d'arbres qui résiste vaillamment à nos agressions. Si je suis absent, Danglard, le ferez-vous pour moi ?

— Absent ?

Adamsberg tapota le journal étalé sous ses yeux.

— Ça, dit-il.

— Je n'ai rien noté de particulier dans la presse.

— Mais si, dit Adamsberg en suivant du doigt un entrefilet. Regardez, ajouta-t-il en poussant le journal vers son adjoint.

Il appela le lieutenant Froissy pendant que Danglard lisait sans comprendre.

— Libre, Froissy ? demanda Adamsberg.

— Jamais, mais c'est pour quoi ?

— Pourriez-vous aller me chercher *France de l'Ouest* ? Je crois qu'ils l'ont, au kiosque.

— Je reviens tout de suite. Je vous prends un croissant au passage, je suis sûre que vous n'avez rien mangé.

En réalité, elle en prendrait quatre, savait Adamsberg en raccrochant. Nourrir les autres était une des satisfactions obsessionnelles de Froissy, qui craignait toujours de « manquer », qu'il s'agisse d'elle ou des autres. Elle revint en effet un quart d'heure plus tard avec un sachet copieusement rempli, prépara le café et servit un petit-déjeuner complet à ses deux collègues.

— Je ne vois pas en quoi cela nous concerne, dit Danglard qui avait replié le journal et prélevait avec soin un morceau de croissant.

— Parce que cela ne nous concerne en rien, commandant. Ah, c'est plus détaillé dans *France de l'Ouest*. Merci, Froissy.

Adamsberg lut lentement l'article à mi-voix et Danglard dut s'approcher pour entendre.

— Vous voyez, dit-il ensuite, en avalant son café.

— Si vous ne mangez pas au moins un croissant, vous allez la bouleverser.

— Très juste, je le fais. Froissy est déjà naturellement bouleversée, je ne souhaite pas aggraver les choses.

— Je vois seulement qu'il y a eu un meurtre dans un village en Bretagne.

— À Louviec, Danglard, à Louviec, avant-hier soir, le 18 avril. C'est à neuf kilomètres de Combourg, j'y ai dîné dans une vieille auberge. Et la victime, Gaël Leven, je l'y ai vue. C'est le garde-chasse, un type solide comme un rocher breton et large comme l'armoire.

— Et vous avez lié connaissance.

— Pas du tout. Il était à une autre table avec toute une bande, j'entendais leur conversation qui roulait sur le fantôme du château de Combourg. Je suppose que je n'ai rien à vous apprendre sur lui ?

— Malo-Auguste de Coëtquen, comte de Combourg, dit « le Boiteux », car il perdit une jambe à la bataille de Malplaquet en 1709, jambe qui fut remplacée par un pilon de bois, débita Danglard comme s'il se fût agi de la chose la plus simple du monde. La destinée veut que cette jambe de bois hante toujours le château de Combourg, accompagnée d'un chat noir.

— Je m'en doutais, dit Adamsberg, qui se demandait si son adjoint n'était pas doté de trois cerveaux supplémentaires soigneusement dissimulés.

La culture de Danglard était en effet d'une immensité inouïe, allant des lettres aux arts, des arts à l'histoire, de l'histoire à l'architecture et ainsi de suite à perte de vue, à l'exception des mathématiques et de la physique. Le commissaire avait beau être rompu à l'insondable science du commandant comme à sa mémoire prodigieuse, à laquelle il avait maintes fois recours, il arrivait encore que Danglard le surprenne. Car qui, hormis à Combourg, avait jamais entendu le nom de Malo-Auguste de Coëtquen, que lui-même avait déjà du mal à se rappeler. La culture d'Adamsberg, élevé pauvrement dans un village reculé des Pyrénées avec ses nombreux frères et sœurs, était quant à elle limitée, et le fait qu'il dessinât en classe au lieu d'écouter quoi que ce soit n'avait rien arrangé. À seize ans, il sortait de l'école, avec des rudiments de connaissances et commençait son apprentissage de flic. Que les connaissances de Danglard fussent mille fois supérieures aux siennes ne l'embarrassait en rien. Au contraire, il admettait sans honte ses ignorances et il admirait.

— Eh bien oui, Danglard, c'est de ce Boiteux-là qu'ils parlaient. Qui parcourt la nuit les escaliers du château de Combourg mais se hasarde aussi jusqu'à Louvicc, un pcu comme s'il s'agissait là de sa villégiature. Or figurez-vous qu'il y est réapparu depuis quelques semaines, qu'on entend son pilon frapper les pavés dans la nuit, après une absence de quatorze années.

— Et qu'avait-il semé sur son passage, il y a quatorze ans, hormis la terreur ?

— Un crime, Danglard, tout bonnement. Crime de rôdeur, mais beaucoup supposaient que c'était pour assassiner que le Boiteux était venu à Louviec et que cette mort était son œuvre. Si bien qu'aujourd'hui, on redoute beaucoup que son retour n'annonce un nouveau meurtre. Et voilà que cela s'est produit, dit Adamsberg en frappant le journal. L'article fait allusion à la légende pour en rire, mais j'imagine que les habitants doivent être aux quatre cents coups. C'est si facile, n'est-ce pas, de rire de loin. Et cette fois, ce n'est pas un crime de rôdeur. Ce Gaël Leven, le gaillard le plus costaud du village, sortait juste de l'auberge quand il s'est pris deux coups de couteau dans le torse. Ce n'était pas un vol, commandant, on a retrouvé son argent sur lui.

Danglard hocha la tête, méditant quelques secondes.

— Je suis porté à croire que quelqu'un aura profité du retour du Boiteux pour régler une querelle avec ce Gaël. Je ne vois toujours pas en quoi cela vous accapare à ce point.

— Je ne sais pas, Danglard, dit Adamsberg, usant de son éternelle formule.

— Je vais vous le dire : parce qu'il y a un mois, vous êtes allé à Combourg et à Louviec, et c'est assez pour que vous vous sentiez concerné sans raison.

Et comme souvent, il y avait de la désapprobation dans la voix de Danglard.

— Sans la moindre raison, Danglard, c'est exact.

II

Un mois plus tôt en effet, le commissaire Adamsberg avait délégué ses pouvoirs à Danglard et se hâtait, à huit heures du matin, de boucler son sac pour partir pour Combourg, dans cette Bretagne qu'il connaissait bien mal. Des collègues l'enviaient d'aller découvrir la lumière sans pareille de cette côte, les reflets qu'elle posait sur chaque grain de sable, l'un lui enjoignant de faire une incursion à Saint-Malo, l'autre de longer les grèves encore sauvages, mais Danglard savait que ce court séjour n'avait rien d'une fête pour le commissaire. À la suite d'une traque épuisante et stérile de plus de quatre mois aux trousses d'un meurtrier forcené qui avait violé et atrocement massacré cinq jeunes filles de seize ans, la séance à laquelle il se rendait en marquait le point final. C'est-à-dire de la paperasserie, que le commissaire abominait. Y seraient présents les quatre autres commissaires qui avaient dirigé cette chasse, sous la direction d'Adamsberg, que certains avaient jugé discrètement trop lent, voire engourdi, en bref nullement à la hauteur de sa réputation. Mais ils avaient dû se rendre à l'évidence : c'était bien lui qui avait relié entre elles les cinq victimes, dispersées dans tout le Nord-Ouest, grâce aux dessins pourtant très décousus et dissemblables des lacérations sur les corps, et dirigé ainsi les recherches vers un seul et même tueur. Lui qui avait battu le terrain en tous sens, dans les pourtours boisés et déserts d'Angers, du Mans, de Tours, d'Évreux et de Combourg, sur les lieux des découvertes. Lui qui avait déduit d'une très mince traînée de sang, non conforme aux lacérations, que l'assassin avait déchiré le bout de son gant, et demandé la recherche d'une signature ADN. Qui n'avait rien donné : inconnu aux fichiers. Lui qui s'était obstiné à faire établir la liste complète des entreprises de cette région nord-ouest employant des représentants de commerce et des routiers, qu'ils vendent des livres ou des assiettes. Et qui avait réuni assez d'hommes dans toutes les gendarmeries et commissariats de ce territoire pour qu'on prélève l'ADN de tous les employés masculins itinérants. Sept cent quarante-trois échantillons avaient déjà été analysés quand les partenaires d'Adamsberg l'avaient prié instamment de laisser choir cette recherche fastidieuse et vaine. Deux jours plus tard, un résultat était tombé, et ce fait improbable avait stupéfié l'équipe des enquêteurs. On avait cueilli le gars à son domicile, à Fougères – ce pourquoi la réunion terminale se tenait à Combourg, non loin de là. Un homme plus que banal qu'il aurait fallu regarder plus de dix fois avant de le reconnaître dans la rue, un père de famille empâté de cinquante-trois ans, chauve, rougeaud, dont l'insignifiance du visage donnait confiance. Car ces cinq jeunes filles, si elles avaient toutes eu la négligence de voyager en stop, avaient certainement dû jeter un regard au conducteur pour en juger avant de monter à bord. Mais pour elles, quoi de plus inoffensif qu'un gros vieux chauve à l'allure paternelle et débonnaire ?

Et c'est avec les visions de leurs jeunes visages crispés et de leurs corps entaillés qu'Adamsberg partait pour Combourg où serait établi le dernier rapport collectif en présence du préfet d'Ille-et-Vilaine, qui lui remettrait avec gravité on ne sait quelle médaille du mérite. Et quand des membres de la Brigade vantaient au commissaire les éclats de soleil sur le quartz des sables bretons, le commandant Danglard savait qu'Adamsberg, si sensible à la beauté fût-il, n'avait strictement rien à faire du sable à cette heure. Ce pourquoi il contint à grand-peine son immense érudition et lui épargna l'histoire de Combourg, de son impressionnante forteresse médiévale et de l'homme qui y avait vécu toute sa jeunesse : l'écrivain François-René de Chateaubriand, qui continuait, cent soixante-quinze ans après sa mort, à assurer la célébrité de la cité, rebaptisée « berceau du romantisme ». Le commandant se contenta de lui remettre les cent vingt pages du rapport qu'il avait rédigées en son nom. Depuis tant d'années qu'ils travaillaient ensemble, c'est Danglard, épris avec passion de lettres et d'écriture, du plus grand livre d'enluminures au plus modeste rapport administratif, qui écrivait tous les documents à la place du commissaire, qu'on savait dénué de tout talent pour ce genre d'exercice. Le commandant était doué d'un style remarquable, mais qu'il adaptait au langage bureaucratique qu'on attendait d'un policier, et particulièrement d'Adamsberg, en lui donnant une simplicité, voire un peu de maladresse qui le rendait crédible. Et surtout en disposant les données dans un ordre thématique et logique, l'ordre étant la dernière chose qu'Adamsberg sût suivre.

Roulant sans hâte sur l'autoroute qui le menait à Rennes – rares étaient ceux qui avaient pu voir le commissaire en hâte ou en impatience –, Adamsberg songea que son seul plaisir serait de revoir le commissaire de Combourg, Franck Matthieu, avec lequel il avait passé de longs jours à explorer l'espace des bois où l'on avait trouvé le cadavre de la jeune Lucile, la dernière de cette terrible série, dont le corps portait cette petite traînée de sang qui avait joué un rôle si crucial. Lui et Matthieu s'étaient entendus presque au premier coup d'œil, si différents fussent-ils, au lieu que le commissaire d'Angers était demeuré défiant tout au long de leur association. Chez Matthieu, pas de réticences, pas de mépris jaloux vis-à-vis d'un chef qu'on leur envoyait de Paris, mais une bonne humeur sans excès, une nature franche et discrète, et nul mépris pour celui qui passait souvent dans les commissariats de province pour un rêveur ou un paresseux à la réputation surfaite. Un collègue canadien l'avait un jour qualifié de « pelleteux de nuages », un surnom dont les membres de sa Brigade usaient entre eux avec parcimonie et selon les circonstances. Matthieu, lui, n'avait pas plus douté de l'efficacité d'Adamsberg qu'Adamsberg n'avait mis en question les qualités de Matthieu. Le commissaire de Combourg – en vérité de Rennes, mais Combourg était sous sa juridiction – avait pu assister parfois aux échappées silencieuses et distraites de son confrère, ou surprendre ses remarques hors de tout lien avec l'enquête. Comme il avait pu constater sa singulière mémoire visuelle – il n'avait eu nul besoin de photos pour se rappeler les tracés des multiples lacérations sur les corps – et son attention déroutante pour des détails insignifiants.

C'est donc sans difficulté qu'Adamsberg se remémorait avec précision le visage et les expressions de Matthieu, sa tête ronde de Breton aux cheveux presque blonds, ses petits yeux bleus – un visage de Celte, aurait signalé Danglard –, figure bienveillante à laquelle Adamsberg s'attacha tout au long du voyage pour que s'éloignent les souvenirs macabres des dernières semaines, si nets et bien trop nets.

Il se gara avec dix minutes d'avance devant la gendarmerie de Combourg. La réunion, strictement administrative, s'éternisa plus de deux heures comme il l'avait redouté, et fut aussi assommante et lénifiante qu'il l'avait prévu. Il en hérita, comme de juste, la charge d'établir le rapport de synthèse, emportant donc avec lui les dossiers de ses quatre autres collègues et fourrant dans sa poche la brillante médaille que lui avait remise le préfet. À sa sortie, trop abruti pour même noter la qualité de l'air breton, ses yeux cherchèrent aussitôt Matthieu, qui venait vers lui, tout aussi engourdi.

— Foutues formalités bureaucratiques, dit Matthieu.

— Et paperassières, dit Adamsberg en levant son sac alourdi, bénissant Danglard qui allait prendre la corvée en main. Quatre cent trente pages à réorganiser et synthétiser. Il serait sans doute bénéfique de distraire nos pensées avant d'y songer. Tu habites Rennes mais tu le connais, ce château de Combourg ?

— Mais, dit Matthieu après un léger temps de silence surpris, comment veux-tu qu'un Breton ne le connaisse pas ? Quand on bossait ensemble à Brissac, tu n'as pas pris le temps de venir y jeter un coup d'œil ? Tu avais sept kilomètres à faire.

Adamsberg haussa les épaules.

— Eh bien je ne l'ai pas fait. Depuis deux jours, les collègues m'en rebattent les oreilles.

C'est ma seconde mission : voir le château de Combourg. Cela semble impératif et je ne sais pas pourquoi.

— Viens, dit Matthieu en l'attrapant par le bras, tu vas comprendre tout de suite. Le voir, puis boire un verre.

— Ça me va, dit Adamsberg en accrochant son sac à l'épaule.

Matthieu laissa son collègue dans la rue, face au château.

— Je reviens dans dix minutes, dit-il en partant vivement à pied vers le centre-ville.

À son retour, douze minutes plus tard, le commissaire Matthieu trouva Adamsberg planté au même endroit, le visage levé, son regard balayant les crénelures de l'imposante forteresse médiévale qui dominait de toute sa hauteur la cité au milieu de ses bois, à moins qu'il n'observât peut-être les nuées qui passaient lentement devant les toitures. Matthieu se posta à ses côtés, un petit livre à la main.

— Je comprends pourquoi les collègues insistaient, dit Adamsberg à voix assez basse, comme si l'austérité impressionnante et sinistre du vieux château l'obligeait à baisser le ton.

— Tu imagines ce pauvre gosse, obligé par sa brute de père à aller dormir seul dans la tour la plus éloignée ? Tous les soirs il en tremblait, tous les soirs il prenait une bougie pour longer la coursive, sans que nul l'accompagne, pour rejoindre une chambre à l'opposé de toutes les autres. Il écrivit plus tard que ce père despotique et cruel lui demandait parfois au moment du coucher : « Monsieur le Chevalier aurait-il peur ? » Et il ajoute : « Quand il me disait cela, il m'aurait fait coucher avec un mort. » Il avait huit ans. Pauvre gosse.

— Mais de quel gosse parles-tu ?

Matthieu réfléchit quelques secondes.

— Tu ne sais donc pas qui a grandi ici ?

— Et si on ne le sait pas, quelle médaille récolte-t-on ? demanda Adamsberg en souriant.

Le sourire très irrégulier du commissaire, aussi charmeur qu'involontaire, qui avait fait plier tant de volontés durant les interrogatoires, balaya le sérieux inhabituel de Matthieu.

— Ceci, dit Matthieu en lui tendant le livre. Arme imparable contre toute question.

Adamsberg feuilleta rapidement l'ouvrage. Matthieu avait choisi un texte court empli d'illustrations. Il s'arrêta un instant sur le portrait du vicomte François-René de Chateaubriand. Ce nom, il le connaissait.

— Ne va pas croire, dit Matthieu. Dans mon propre commissariat, il n'y a pas un agent sur dix qui sait au juste qui fut l'illustre habitant de la forteresse. Et pas un gars sur mille, ni moi, qui aurait mis la main sur l'assassin de ces jeunes filles. Tu sais ce qui nous rend si moroses ?

— Ces filles.

— Ces filles. Je te propose cette terrasse là-bas, avec un verre, et je te raconte l'histoire de l'illustre habitant, dont, crois-moi, je n'ai pas lu une ligne. Je ne connais que trois titres de son œuvre. Viens.

Sur le court chemin menant jusqu'au café, Adamsberg envoya une simple question depuis son portable, tout en avançant de sa démarche un peu dansante. S'il y en avait un qui saurait, c'était bien Danglard. Adamsberg parcourut les interminables textos que son adjoint, à présent lancé, lui envoyait et coupa court. À présent, lui aussi savait.

— Ton illustre, dit-il une fois installé devant une bolée de cidre, le vicomte François-René de Chateaubriand, est l'un des plus grands écrivains français, précurseur du romantisme et mondialement connu.

Adamsberg s'interrompit, leva les yeux vers un vol de mouettes.

— Ne me dis rien, dit-il à Matthieu en levant une main. Voilà, j'y suis. Et son œuvre monumentale est les *Mémoires d'Outre-tombe*.

— Tu as triché sur le Net. Tu me voles ma petite histoire.

— Je n'ai pas triché. J'ai demandé à un des rares hommes de ma Brigade capables de me répondre.

— Ton commandant Danglard ?

— Lui-même, dit Adamsberg tout en crayonnant rapidement sur son calepin. Encore ai-je dû l'interrompre, son flux de culture est si torrentiel qu'il ne sait pas l'endiguer.

— Alors tu ne sais pas tout, s'amusa Matthieu. Tu ne sais rien du Boiteux et du chat noir, dont il connaît certainement l'existence.

— Et qui sont ?

— Des fantômes. Imagines-tu un instant la forteresse de Combourg sans fantômes ? Ça n'aurait pas de sens. Tu reprends une bolée de cidre ?

— Quelle heure est-il ?

— Moins de sept heures. Trop tard pour faire la route de nuit après une telle journée. Je te propose un programme plus divertissant et instructif.

Matthieu leva la main pour renouveler la commande.

— L'histoire de tes fantômes ?

— Par exemple. Mais surtout, une rencontre qui sidérerait ton commandant lui-même.

— Rencontre avec qui ?

— Avec Chateaubriand.

— Avec lui ? demanda Adamsberg en tendant à son collègue la page de son calepin. Tu te fous de moi, je viens de lire qu'il était mort en 1848.

Matthieu contempla le portrait élégant de Chateaubriand, finement dessiné par Adamsberg, et qui lui ressemblait trait pour trait.

— Comment as-tu fait cela ?

— Comment ? Mais je l'ai vu dans ton livre.

— Et cela t'a suffi ? Pourquoi le préfet ne t'a-t-il pas donné une seconde médaille ? Moi, je ne sais pas dessiner.

— Tourne la page.

Sur le feuillet suivant figurait le visage de Matthieu, dont Adamsberg avait rehaussé les traits les plus harmonieux et les expressions les plus vives afin de faire oublier qu'il n'était pas un homme très beau.

— Merde, dit Matthieu, stupéfait. Tu veux bien me le signer ? Et me l'offrir ?

Tandis qu'Adamsberg s'exécutait, Matthieu s'était levé, avait réglé le serveur et agitait ses clefs de voiture.

— Dépêche-toi, je ne voudrais pas le louper.

— Je ne sais pas me dépêcher.

— Ça va être son heure.

— Ne te fous pas de moi, répéta Adamsberg en empochant soigneusement son carnet.

Matthieu démarra et fila à vive allure vers le village de Louviec.

— Il vient très souvent dîner vers vingt heures, à l'Auberge des Deux Écus, l'une des meilleures tables à la ronde. Avec une excellente chambre pour toi. Et des ragots à n'en plus finir. C'est à Louviec, un gros village à neuf kilomètres d'ici. Un avantage de plus pour toi : c'est un vrai village breton, quasiment intact, avec le granit verdi, les ruelles glissantes et pavées, les vieilles colonnes médiévales et les voûtes, enfin tout ce qu'on peut souhaiter pour oublier Paris ou Rennes pour quelques heures. Je te conseille la poule aux champignons et au gratin.

— Va pour ta poule, dit Adamsberg en suivant son collègue à l'intérieur de l'auberge aux trois quarts remplie, au décor ostensiblement médiéval. Reproductions de tapisseries anciennes aux murs, épées, armures, tables en bois.

— On va s'installer là, dit Matthieu, je serai face à la porte et te ferai signe quand il entrera. Il s'assied généralement à cette table longue, on pourra entendre les ragots en prêtant l'oreille.

— Tu vois qu'il était inutile de se hâter, on a vingt minutes d'avance.

— Ce qui me donne le temps de te raconter l'histoire du Boiteux.

Matthieu grimaça légèrement, comme soudain réticent.

— Mais ne t'étonne pas, dit-il, si tu me trouves étrange. Si tu me vois me frotter l'œil gauche ou le couvrir de ma main.

— Tu as mal ?

— Pas encore. Mais mon œil souffre dès que je parle du fantôme. Je ne l'ai jamais raconté à personne mais je ne sais pas pourquoi, cela ne me gêne pas de te le dire. Aussi, garde cela pour toi.

— Tu crois au Boiteux ?

— Pas le moins du monde. Il n'empêche que chaque fois que j'en parle, il semble qu'on appuie très fort sur mon œil. Quand l'histoire est finie, ça s'en va.

— Cela te fait ça souvent ?

— Seulement pour le Boiteux. À présent, tu vas me prendre pour un cinglé. Tu en as, toi, des trucs de cinglé ?

— Je ne les compte même plus. Alors va sans crainte.

Matthieu sourit, puis se protégea l'œil de sa main en mesure préventive.

— Je t'écoute, dit Adamsberg, tandis que la serveuse disposait leurs couverts.

— C'est un très vieux fantôme. C'était avant que le père de Chateaubriand achète le château. Il était comte de Combourg, il s'appelait Malo de Coëtquen. On ne peut faire plus breton. Lors d'une bataille en 1709, il a perdu une jambe et portait depuis un pilon de bois. C'est le claquement de ce pilon sur les dalles qu'on entend dans le château de Combourg à la nuit. Attends, dit Matthieu en consultant son portable, j'ai là la phrase de Chateaubriand : « Un certain comte de Combourg à jambe de bois, mort depuis trois siècles » – en réalité en 1721 – « apparaissait, dit-on, à certaines époques et se faisait entendre dans l'escalier de la tourelle. Sa jambe de bois se promenait aussi quelquefois seule accompagnée d'un chat noir... » D'autres ont raconté qu'on entendait parfois le miaulement du spectre du chat. Le père de Chateaubriand y croyait dur comme fer et n'avait pas manqué de le raconter aux enfants. Bonne petite histoire pour s'endormir, non ? Passe-moi un peu d'eau que je me tamponne l'œil.

Matthieu mouilla sa serviette dans son verre et tapota sa paupière, qu'Adamsberg trouva en effet un peu rougie.

— Attention, dit-il, le voilà, Josselin de Chateaubriand, l'actuel. Regarde, mais sois discret, c'est un homme aimable et humble, malgré son habillement un peu inusuel, mais il faut comprendre, son incroyable destin pèse sur ses épaules de tout son poids.

Légèrement tourné de côté tout en buvant son verre de vin, Adamsberg vit entrer avec stupeur l'homme même dont il avait crayonné le visage dans son calepin. Le corps mince, les traits harmonieux, le menton pointu, le regard un peu mélancolique, les lèvres bien dessinées, il était le sosie absolu de l'écrivain. Adamsberg, qui n'avait pas cru un mot de cette « rencontre » que lui avait vantée Matthieu, le regardait intensément tandis que l'homme saluait chacun et chacune avec simplicité, allant de table en table, se déplaçant avec légèreté, bien habillé mais sans ostentation. Mais quoique ses vêtements fussent, pris chacun séparément, classiques – pantalon serré, chemise blanche, gilet, veste noire un peu longue –, l'ensemble dégageait une impression XIXe siècle assez sensible. Accrue par un petit foulard blanc noué autour du cou et par le col de sa chemise remonté, dont on ne lui tenait pas rigueur, le sachant fragile de la gorge. Selon les uns ou les autres, on lui répondait « Bonsoir vicomte », « Bonsoir Chateaubriand », ou tout simplement « Bonsoir Josselin ».

— Tu le regardes trop, souffla Matthieu. Retourne-toi vers moi. Merde, il s'apprête à venir vers nous. Fais l'imbécile surtout, ne le reconnais pas, cela lui fera plaisir.

— Il se donne pourtant une allure un rien XIXe siècle, ou je me trompe ?

— Figure-toi que c'est le maire en personne qui le lui demande. Pour la publicité, pour les touristes, qui seraient désappointés de découvrir Chateaubriand en pull et en bottes. Cela rapporte pas mal d'argent aux commerces de Louviec, crois-moi. C'est une condition pénible pour Josselin qui rejette tout lien avec Combourg et cet aïeul encombrant.

— Alors pourquoi accepte-t-il de se prêter au jeu ?

— En échange, le maire le pensionne et le loge gratuitement. Pour compléter, il donne des cours particuliers : histoire, littérature, mathématiques, sciences naturelles, art, philosophie, et j'en passe. Ses compétences ne sont pas aussi considérables que celles de ton Danglard, mais elles sont vastes. Ses élèves progressent vite et il est très demandé.

— Danglard est nul en sciences. Et donc ses habits, c'est sa tenue de travail en quelque sorte.

— Exactement. Mais pourtant, il m'a toujours semblé que ces vêtements ne lui déplaisaient pas tant que cela. Je crois que son aïeul le tient encore par un pan de sa veste. Sans qu'il en soit du tout conscient. Un truc de cinglé, si tu veux.

Josselin de Chateaubriand rejoignit la table des deux flics et tendit la main à Matthieu qui se leva à moitié.

— Restez assis, Matthieu, dit Chateaubriand d'une voix douce et presque musicale. Nous avons eu bien des fois l'occasion de nous croiser, à Combourg ou Louviec, ainsi lors de cette intrusion chez moi où des touristes imbéciles étaient venus prendre des photos et particulièrement quand certains avaient retourné toutes les pièces en quête de je ne sais quels papiers laissés par l'écrivain. Les gendarmes de Combourg vous avaient appelé à la rescousse.

— Il y a cinq ou six ans, oui. Un couple de fanatiques. Inculpés pour effraction et violation de domicile. Ils n'avaient rien trouvé d'ailleurs.

— Sauf ma vie privée, dit Chateaubriand, mais j'en ai l'habitude. Et vous avez montré un tact parfait dans cette affaire.

— Merci pour votre appréciation, monsieur, dit Matthieu avec un hochement de tête.

— Je vous en prie, appelez-moi Josselin, comme tout le monde ici.

L'homme se tourna ensuite poliment vers Adamsberg.

— Quant à vous, si je ne fais pas erreur, votre photo était publiée dans la feuille locale d'hier. Vous êtes ce commissaire qui a mis fin à la terrifiante équipée de ce tueur, et cela me fait honneur de vous féliciter. Mais ils ne donnent aucune précision sur les moyens exacts qui vous ont mené jusqu'à lui. Je suppose que c'est voulu ?

— Cela vous intéresse donc ? Josselin ? demanda Matthieu, un peu embarrassé d'user de ce prénom mais sachant combien Chateaubriand désirait cette forme de simplicité.

— Ma foi, on peut se demander comment le commissaire a trouvé moyen de se sortir d'un tel dédale.

— Vous prendrez une bolée de cidre avec nous ? demanda Matthieu en désignant une chaise. Je ne crois pas que mon collègue soit un homme de secrets.

Josselin remercia d'un signe de tête et s'assit en prenant soin d'écarter les pans de sa veste.

— Cinq victimes, toutes lacérées, dit Adamsberg, mais cela, vous le savez. Au total, cent soixante lacérations, toutes différentes. Très. Trop, dirais-je.

— « Tout ce qui est excessif est insignifiant », a dit Talleyrand mais dans votre cas, il semble au contraire que ce fut signifiant.

— C'est juste, et à force de les passer au crible, j'ai pu y déceler des ressemblances sans doute menues mais nettes et systématiques. Cela nous menait droit à un seul assassin qui opérait sur tout le Nord-Ouest. Il a fallu plus de sept cents recherches ADN pour l'identifier.

— Vous aviez trouvé de l'ADN ?

— Dans une trace de sang légère mais plus large que les lacérations. Il avait percé son gant.

— Plus de sept cents analyses..., dit Josselin d'un ton songeur. Mais de qui ?

— De quantité de représentants de commerce et de routiers régionaux qui sillonnent le Nord-Ouest. J'avoue, dit Adamsberg en souriant, que deux de mes collaborateurs n'ont pas approuvé cette dernière étape, et bien sûr ceux à qui l'on demandait de se soumettre à cet examen non plus, ce que je comprends.

— Eh bien moi, commissaire, tout flâneur que je puis être, je vous aurais épaulé jusqu'au bout dans cette quête de l'infime et laissez-moi vous renouveler mes compliments. Mais voici vos plats, dit-il en se levant, je ne dérange pas plus votre repas. Poule aux champignons, très bon choix.

Il s'inclina pour saluer et le petit foulard blanc tomba aux pieds d'Adamsberg qui le ramassa et le lui tendit.

— Désolé, dit Chateaubriand, il passe son temps à s'échapper. Je devrais m'en procurer de plus longs mais cela ferait trop ancienne mode et je n'y tiens surtout pas, dit-il dans un sourire en replaçant son cache-col.

Une fois Chateaubriand éloigné, en discussion avec le patron de l'auberge – un homme puissant dans la force de l'âge, haut et impressionnant –, Matthieu hocha la tête.

— Parfait, dit-il, tu lui as répondu comme si tu t'adressais à n'importe quel gars.

— Tu veux dire que j'ai parlé comme n'importe quel gars ?

— Et après ? Tu as honte d'avoir parlé comme un flic ? Mais c'est bien ce qu'il te demandait, non ?

— À se demander pourquoi il désirait tant de détails. J'espère l'avoir satisfait.

— Tu crains d'avoir déçu un Chateaubriand ? Toi ? Reprends-toi, ce n'est pas *le* Chateaubriand. Tu t'es laissé troubler par son langage un peu recherché, et par son visage.

— Et comment expliques-tu qu'il soit son portrait craché ?

— Mange, ça va être froid, dit Matthieu en remplissant leurs verres. Tu penses bien que le sujet a fait couler de l'encre. Attends une minute, écoute ce qui se dit à la grande table, cela risque d'être amusant.

Grande table qui comptait neuf personnes, dont Chateaubriand qui y avait pris sa place habituelle.

— Alors, vicomte, disait un type tout en muscles, t'en dis quoi, toi ?

— C'est Gaël, le garde-chasse, souffla Matthieu. Un provocateur, un batailleur. Josselin est une de ses cibles préférées.

— Mais cesse de m'appeler « vicomte », bon sang ! s'emportait Chateaubriand. Je ne suis pas plus vicomte que vous tous ! Combien de fois devrai-je le répéter ? Je dis quoi de quoi ? ajouta Josselin en attaquant une omelette.

— Tu sais bien de quoi je parle. Le Boiteux de Combourg, ça va faire trois semaines qu'on l'entend de nouveau pilonner dans les rues la nuit.

— Vrai, confirma une grosse femme, je l'ai entendu pas plus tard qu'hier sous ma fenêtre, sa jambe de bois frappait les pierres, j'étais terrifiée.

— Moi aussi, dit un homme en hochant la tête. Je me suis rué à la fenêtre mais je n'ai rien vu. C'est normal, avec les spectres. Surtout avec celui-là, on ne voit que sa jambe.

— Lui, c'est le Bossu, comme tu peux voir, souffla Matthieu en désignant un homme assis au comptoir, dos vers le mur. Maël Yvig. Pas mal de gens touchent sa bosse au passage pour se porter chance, et ça le rend fou de colère, ce qui se comprend. Josselin, lui, ne le fait jamais.

— Et en quoi cela me concerne plus qu'un autre ? demanda Chateaubriand au garde-chasse.

— Ne fais pas l'innocent, vicomte. Le Boiteux est du château de Combourg tout de même.

— Et moi j'en suis, peut-être ? Vous savez tous que je n'ai jamais mis les pieds au château et n'en ai pas l'intention. Je suis de Louviec, moi, pas de Combourg.

— Mais tout de même, insista le garde-chasse, le Boiteux, c'est un peu comme un Chateaubriand.

— Et tu crois quoi, Gaël ? s'énerva Chateaubriand. Que j'ai été chercher le fantôme au château pour vous distraire un brin ?

— Probablement un type ou un gosse qui s'amuse à taper avec un bâton, dit un bel homme aux cheveux drus et blancs, soucieux de faire retomber la tension.

— C'est le docteur, expliqua Matthieu. Loig Jaffré.

— Évidemment, dit le Bossu. Josselin, il respecte tout le monde ici et il cherche des crosses à personne. Et vous feriez bien d'en faire autant, toi particulièrement, Gaël. Le premier qui le fait suer, il me trouve.

— Ça fait tout de même quatorze ans que le Boiteux n'avait pas mis un pied, enfin, un pilon, à Louviec, reprit la grosse femme. Vous vous souvenez ?

— Oui, il a martelé les nuits pendant deux ou trois mois. Et qu'est-ce qui s'est passé ensuite ?

— Le père Armez s'est fait tirer une balle dans son lit, et ses économies avaient disparu.

Adamsberg leva un sourcil vers Matthieu, qui hocha la tête.

— C'est le seul homicide que Louviec ait connu, ça a marqué les esprits, dit Matthieu. C'est si tranquille ici que les gens en oublient de fermer leur porte. Le père Armez fourrait stupidement son argent sous le matelas. Tu parles d'une cachette. On a pensé à des amateurs en herbe, des crétins sans scrupules, on a cherché partout la trace de jeunes gens qui claquaient soudainement du fric mais ça n'a rien donné. Ensuite, et c'est là où l'affaire les passionne ici, le Boiteux a disparu de Louviec. Jusqu'à ces derniers temps.

— Et maintenant qu'il est revenu, dit un type maigrelet, qui va y passer à votre avis ?

— Je ne sais pas où vous avez la tête, dit Chateaubriand tout en mirant la couleur de son vin, levant son verre vers la lumière dans un geste, il faut bien le dire, plus gracieux que ceux de tous ses compagnons. Un, les fantômes n'existent pas, je vous le rappelle. Vous êtes bretons, vous avez la tête bien vissée sur les épaules. Deux, un fantôme ne quitte pas sa demeure. Trois, le fantôme de Combourg n'a jamais agressé personne, que je sache. Quatre, il y a quatorze ans, je n'étais pas encore revenu à Louviec. Cela vous va comme cela ? L'un de vous a entendu comme un martèlement ou en a rêvé. Et depuis, vous vous mettez tous à l'entendre. Ou plus exactement, vous l'imaginez tous. Hallucination collective. Tout cela n'est que chimère et plus tôt vous l'oublierez, plus tôt disparaîtra votre Boiteux.

L'intervention de Chateaubriand et l'arrivée de trois autres bouteilles mirent fin à la discussion qui se perdit dans une confusion générale.

— Ils y croient vraiment ? demanda Adamsberg.

— Je le crains, oui, pour la plupart. Selon les uns ou les autres, un peu, ou beaucoup.

— Et ils pensent que le Boiteux vient se balader par ici à cause de la présence de Chateaubriand ?

— Plus ou moins, même si, tu l'as entendu comme moi, Chateaubriand n'était pas à Louviec il y a quatorze ans. Mais dans ces affaires, la logique n'entre pas en compte. Ici par exemple, beaucoup croient dur comme fer que si quelqu'un marche sur ton ombre, et particulièrement à la tête, cela porte atteinte à l'intégrité de ton âme et, à la longue, te fait mourir. Beaucoup d'autres, la majorité, en rigolent et s'amusent à traverser les ombres. Des enfants surtout, qui jouent en groupe à sauter dessus jusqu'à ce qu'ils soient chassés à coups de claques.

— J'ai connu cela dans mon village des Pyrénées. Ma grand-mère nous tenait par la main et nous stoppait net dès que quelqu'un traversait la rue. Pour protéger nos ombres.

— C'est vieux comme le monde et pas un peuple n'a échappé à cette croyance, dit Matthieu en ôtant enfin la main de son œil. Mais tu me questionnais sur cette ressemblance effarante. Il n'y a que trois hypothèses. Il est si rarissime d'avoir un sosie que seule la piste de l'imposture tiendrait la route. J'ai cédé à la curiosité, j'ai cherché. Observé à la loupe le registre paroissial des naissances et celui de la mairie. Rien, conclut-il en secouant la tête. Le papier n'est pas gratté ni gommé, l'écriture du curé comme celle du préposé de la mairie sont parfaitement reconnaissables. Il est bien né ici, à Louviec, il y a cinquante-trois ans, d'un père nommé Auguste-Félix de Chateaubriand. Il n'a donc pas profité de sa ressemblance pour trafiquer son nom. Et puis un imposteur tâcherait d'en tirer avantage, non ? Au contraire, cette ressemblance ne lui a apporté que des ennuis. Il a erré de poste en poste, qu'on lui attribuait bras ouverts en raison de son visage et de son nom, sans lui demander le moindre diplôme. Si bien que dépourvu de toute formation, de professeur de lettres par exemple, il échouait à remplir sa tâche, d'autant que les programmes et les obligations lui faisaient horreur. Une vie semée d'échecs et de dégringolades qui l'a ramené humblement ici, à Louviec.

— Ta seconde hypothèse ?

— Son père, de Louviec également, était si fier de son nom et de son rejeton qu'il a passé des années à fouiller toutes les archives pour reconstituer le vaste arbre généalogique de la famille. Il est déposé aux archives de la mairie, Josselin n'en veut même pas. Le document fait bien un mètre sur deux, établi avec une grande précision, avec tous les noms et les dates – le père était notaire et d'une probité notoire – et je l'ai examiné de longues heures. On trouve bien en effet une lignée de cousins très éloignés, où figure un Josselin-Arnaud de Chateaubriand, premier du nom, transmis au fil des générations. Notre Josselin serait dans ce cas un cousin au quatrième degré. C'est loin, non ? Pour une telle ressemblance ?

— Trop.

— Reste la piste du bâtard et c'est ma préférée. Chateaubriand, l'autre, le vrai si je puis dire, était un homme à femmes. Il en a tant connu qu'il est improbable que ces unions, brèves ou longues, n'aient pas donné lieu à une descendance nombreuse,. qu'il n'a pas reconnue. Mais suppose qu'une de ces femmes ait eu assez barre sur lui pour le contraindre à donner son nom à l'enfant. Alors notre Josselin serait un descendant direct, et portant légalement son nom.

— À deux siècles de distance, cela fait tout de même loin pour lui ressembler à ce point.

— N'oublie pas que dans ces familles, les mariages ou les unions consanguines allaient bon train. Ce qui a pu amplifier la possibilité génétique d'une telle anomalie. Je ne vois pas d'autre explication, même si elle n'est pas satisfaisante. Tu reprends un dernier verre avant qu'on se sépare ?

— Je ne sais pas, dit Adamsberg avec un geste évasif.

— Fais comme tu l'entends, je ne te force pas.

— Ce n'est pas cela, corrigea Adamsberg avec un mouvement d'excuse. C'est simplement que je dis souvent « Je ne sais pas ».

— Mais pourquoi ?

— Je ne sais pas, dit le commissaire en souriant. Va pour ce verre, Matthieu.

III

Le lendemain à neuf heures, Adamsberg prenait la route pour Paris, la tête encore encombrée des histoires du Boiteux, des piétineurs d'ombres et du raffiné Josselin de Chateaubriand.

Et un mois plus tard, Danglard le retrouvait dans son bureau au matin, à lire et relire cet article sur le meurtre de Louviec, qui l'absorbait sans nulle raison valable. Gaël Leven avait été un homme agressif, Adamsberg se souvenait de sa passe d'armes avec Chateaubriand à l'auberge. Il manqua téléphoner à Matthieu pour avoir des détails mais Danglard avait raison, cela ne le regardait en rien. Ce que savait Matthieu qui, à des centaines de kilomètres de là, songeait pourtant à Adamsberg, tenté d'entendre son avis. Après une heure d'hésitation, il ferma la porte de son bureau et l'appela.

— Adamsberg ? Matthieu. Ça va mal chez nous, tu es au courant ?

— Oui, Gaël Leven. Où ?

— Tout simplement dans la ruelle sombre qui le ramenait chez lui. Il revenait de l'auberge, bien bourré, assez au moins pour y avoir emmerdé pas mal de monde. Dont Josselin. En s'asseyant, il a renversé, soi-disant par accident mais nul ne s'y est trompé, une partie de son vin sur son gilet gris. Il faut que tu saches – et Gaël ne se privait pas de le dire – que tout l'énervait chez Josselin : son nom d'aristo, sa tenue « efféminée », ses boucles un peu longues. Dans l'ensemble, il faisait gaffe, car peu de gens le suivaient sur ce terrain. Et tous savent – je te l'ai dit – que c'est le maire qui attend de Chateaubriand qu'il cultive cette apparence assez élégante et désuète. Mais quand Gaël a trop bu, ça dégénère. Le patron l'a saisi par le col et éjecté de la salle.

— Comment a réagi Josselin ? Pour le verre de vin ?

— Il s'est simplement servi d'une serviette pour éponger son gilet. Très calmement.

— Et puis ?

— Et puis le médecin, ce type avec une belle chevelure blanche, tu te souviens ?

— Oui, il avait tenté de calmer le jeu.

— Il a quitté l'auberge dix minutes plus tard en empruntant le même chemin que Gaël. Et il l'a trouvé là, gisant dans son sang. Deux coups de couteau dans le thorax. L'un a perforé le poumon, l'autre a fracturé une côte et blessé le cœur. Le doc a appelé une ambulance de Combourg et il est resté aux côtés du blessé. Qui a parlé.

Au timbre de voix de Matthieu, Adamsberg sentit que quelque chose n'allait pas.

— Je t'écoute.

— Avant cela, ou tu n'y comprendras rien, je te raconte en deux mots la scène qui s'est passée la veille du meurtre lors d'une réception à la mairie, à l'occasion du vernissage d'un peintre local. Il y avait une soixantaine de personnes, dont un journaliste aigri, détestable et teigneux, qui tient la rubrique des faits divers dans *La Feuille de Combourg* et *Sept jours à Louviec*. Sans le savoir présent, Josselin évoquait l'irrespect ou la dérision des journalistes en général, dont il avait tant souffert, au prétexte, expliquait-il avec objectivité, qu'on attendait de lui mille fois plus que d'un homme ordinaire, ce qu'il était. Et ce journaleux local, ce Joumot, s'est approché de lui et l'a secoué durement par l'épaule. Bien que Josselin soit en effet un type comme toi et moi, jamais personne n'a porté violemment la main sur le « vicomte de Chateaubriand ». On n'a d'ailleurs aucune raison de le faire. Joumot était en fureur – lui aussi avait pas mal éclusé, il était rouge comme un bœuf – et a pris la défense de ses collègues journalistes. Il a traité Josselin d'incapable, de raté, de pitoyable professeur, et a conclu qu'avoir sa gueule et son nom ne l'empêchait pas d'être un véritable zéro. Que la vérité sur sa nullité, il la publierait dans le journal de Louviec, afin que nul n'en ignore. Toute l'assistance est restée stupéfaite et choquée, et le maire tout autant.

— Qu'a fait Josselin ?

— Il a secoué la tête, haussé les épaules, s'est saisi d'un verre de champagne au passage du serveur. Mais il était clair que ce torrent d'insultes publiques – qui ne sont pas toutes infondées – l'avait ébranlé. Il ne nie pas lui-même ses déboires professionnels, mais imagine que ce salaud de Joumot publie un tel article dans le journal local, traitant Josselin de Chateaubriand de « zéro », cela ferait le tour du pays en un rien de temps et foutrait un sale coup au nom tant révéré de Chateaubriand. Et soudain, Josselin a perdu son calme habituel. Alors que le maire tentait discrètement d'évacuer Joumot, Josselin l'a cueilli d'un crochet au menton qui l'a mis au sol, dans une approbation générale. Rien de grave, mais humiliant.

— Excellent. J'aurais sans doute fait de même.

— Et moi donc.

— Si bien que ce Joumot va d'autant plus publier ses infamies.

— Il n'en aura pas le temps car les directeurs de *La Feuille de Combourg* et de *Sept jours à Louviec*, scandalisés, l'ont viré aussi sec. Mais le soir du meurtre, on ne le savait pas encore. Néanmoins, les paroles de ce salaud de Joumot se sont depuis répandues dans tout Louviec. La plupart des habitants en sont désolés mais quelques autres, qui jalousent le prestige local de cet « aristo », de cet « imposteur », s'en félicitent en douce. Mais rien ne se passe en douce à Louviec. Tu pisses contre un arbre à un bout du village, tout le monde le sait à l'autre bout dans la minute qui suit.

— Et quel rapport avec le meurtre ?

— Tu vas comprendre à présent. Mais garde cela au secret.

— Cela va de soi.

— Tu as un papier pour noter ?

— Sous la main.

— Les dernières paroles du blessé, celles qu'a recueillies le médecin, tu y es ?

— Je t'écoute.

— Je te les dicte, avec les pauses. Gaël ne parlait plus de manière fluide, ses mots étaient hachés. Note bien, ton avis m'intéresse : « vic... oss... ta... pé... jou... mo... est... mor... » Il a fait une pause et ajouté « laissons... gar ». Et puis fini. C'est accablant pour Chateaubriand, Adamsberg, désastreux. Je suis consterné.

— J'étudie ça comme je peux et je te rappelle. Ne va pas trop vite, souviens-toi que le gars était bourré et mourant. Ça ne facilite pas – attends, je cherche un mot –, ah voilà, ça ne facilite pas l'élocution, ni la pensée.

Adamsberg avait saisi sur-le-champ ce qui désolait tant son collègue. Il reprit la note et l'analysa comme l'aurait fait Matthieu. « vic... oss... » signifiait « Vicomte Josselin ». Et le nom du meurtrier, c'est la première chose qu'on essaie de communiquer. Est-ce que Gaël Leuven appelait Josselin « vicomte » ? Oui, il se souvenait qu'il l'avait interpellé ainsi, par dérision. La suite des paroles était claire : « tapé Joumot », puis il était question de mort, et la fin restait inexplicable. Adamsberg réétudia les mots de Gaël sans a priori, et rappela le commissaire de Combourg.

— Eh bien ? demanda Matthieu, un peu à vif. Il ne peut pas s'en tirer, n'est-ce pas ? Je fais traîner en attendant le rapport d'autopsie mais je n'ai pas le choix. Interrogatoire et détention provisoire.

— L'accusation semble écrasante, je ne dis pas le contraire. Mais il y a des trucs qui ne collent pas, trop de trucs. Gaël était-il présent quand ce Joumot a insulté Josselin à la mairie ?

— Oui, et il s'est franchement marré, bien sûr. C'était clair que cela lui faisait plaisir.

— Mais pourquoi Gaël aurait-il raconté cette scène ?

— Pour expliquer la fureur de Josselin contre lui.

— Mais la première chose qu'aurait faite Josselin, ç'aurait été de tuer Joumot, pas Gaël, puisqu'on ne savait pas encore que le journaliste serait viré. Gaël s'était marré, c'est entendu, mais cela ne constitue pas un mobile. Cela fait un bail que Gaël le provoque à l'auberge et cela n'a jamais eu de suite. C'est la première fois que Gaël l'asperge de vin ?

— Au moins la cinquième fois. À ce que j'en sais. Je ne suis pas tous les jours à Louviec.

— Tu vois, et Gaël n'en a pas été tué pour autant. Josselin n'a pas de mobile.

— D'accord, mais que veux-tu, les mots sont là.

— Et parmi eux, il y en a un qui ne tient pas la route. « Tapé Joumot ». *Tapé,* Matthieu ? Mais c'est un mot d'enfant, cela. Tu imagines Gaël dire : « Il a tapé Joumot », comme dans une cour de récréation ? Cogné, frappé, déglingué, tout ce que tu veux mais pas ça. Non, ça ne marche pas. Ou il aurait fallu que Gaël soit retombé en enfance.

— Je te suis mais le sens est bien là, on n'y peut rien.

— Il est là pour « vicomte Josselin », mais ensuite, toute la phrase va de travers et elle ne rime à rien. Sans te parler de la fin qui est incompréhensible : « est mort ». Mais qui est mort, Matthieu ? Et « laissons… gar… », tu y comprends quoi ?

— Rien de plus que toi.

— À part le nom de Josselin, tu vois que rien ne tient debout. Tout ce qu'on peut comprendre des mots de Gaël, c'est « Le vicomte Josselin a tapé Joumot ». Je n'appelle pas cela une accusation de meurtre.

— Non. Mais le divisionnaire ne voit que ce nom : Chateaubriand. Et il me presse. Une arrestation aussi spectaculaire ne serait pas pour lui déplaire. Comment tu vois les choses ?

— Tu ne m'as pas dit si, à force de picoler et de gueuler, Gaël ne s'était pas attiré des ennuis pendant cette soirée à l'auberge ?

— Pas vraiment. Les gens sont habitués aux débordements d'ivrogne du garde-chasse, qui sont rares d'ailleurs. Ils l'entendent d'une oreille, ça glisse sur eux comme la pluie sur un toit d'ardoises, et ils poursuivent leurs conversations, jusqu'à ce que le patron foute Gaël dehors pour avoir la paix. Ah si, tout de même, un truc. Une femme est entrée, pas pour dîner mais pour menacer Gaël du poing en lui disant : « Tu veux ma mort ou quoi, Gaël Leuven ? Si tu me laisses pas tranquille, je te garantis que tu l'emporteras pas au paradis. » Et elle est sortie aussi sec. Cette femme, la mercière, elle croit dur comme fer aux histoires des ombres. Et comme Gaël est le chef des « piétineurs d'ombres », elle le craint et elle le hait. Ne crois pas que je n'ai pas fait mon boulot : elle a été interrogée à la première heure.

— Avant Josselin ?

— Le docteur Jaffré a dû partir accoucher une femme en urgence, juste avant l'arrivée de l'ambulance dans la ruelle. Par malchance, dans sa précipitation, il a laissé son téléphone sur place, puis enchaîné ses consultations tout le jour. On n'a donc appris les dernières paroles de Gaël qu'hier nuit, quand Jaffré nous a enfin joints depuis son domicile. Mais ce matin, Josselin est parti faire sa balade dans les bois et des courses à Combourg. Il fait beau, il peut s'attarder un bout de temps. Je ne vais pas lancer mes hommes à travers la forêt comme pour une chasse à courre.

— Je reviens à cette femme. Gabarit ?

— Une costaude. Taillée dans la masse, des bras comme des jambons. Dans l'après-midi, Gaël lui avait sauté sur la tête, enfin, sur l'ombre de sa tête, au moins cinq fois de suite. Selon elle, quand elle l'a vu en passant devant l'auberge, elle n'a pas résisté à venir lui dire « ses quatre vérités ». Puis elle serait rentrée directement chez elle, pas de témoins.

— Elle a très bien pu l'attendre dans la ruelle, un couteau à la main.

— Mais le menacer devant tout le monde avant de le tuer, c'est vraiment se mettre la corde autour du cou.

— Elle est peut-être un peu gourde, elle a agi sans réfléchir.

— Elle est un peu gourde, pas de doute là-dessus. Mais surtout, elle est à la tête du groupe des commères. Médire de tous, même des gosses, on dirait que ça la passionne. Elle s'appelle Marie Serpentin, mais on la surnomme surtout « Le Serpent », ou « La Vipère ».

— Ils s'amusent bien, à Louviec.

— Que veux-tu, ils s'ennuient pas mal.

— La Vipère ? répéta Adamsberg. Mais il y a « vi » là-dedans, comme dans « vic ».

— Mais il n'y a pas « oss ». Je pense simplement qu'elle est un peu cintrée. Elle rêvait d'une famille idéale de sept enfants sans être assez belle ni maline pour attirer le moindre gars. Elle est restée seule dans sa mercerie, et tu sais que dire du mal, c'est souvent quand on en a, du mal. Et se jeter dans des histoires d'ombres jusqu'au fanatisme, ça vient souvent de là aussi. Ça donne un but. Mais de là à sortir un couteau, il y a un sacré pas.

— Je te suis. Mais ce qui m'intéresse, c'est que tu as une autre suspecte. Elle, et tous ceux que Gaël provoquait en piétinant leurs ombres. Tu as des empreintes ?

— Oui, des plus bizarres. On dirait que le tueur a glissé dans le sang. Disons que ce sont des empreintes lisses, avec des plis irréguliers.

— L'assassin a dû nouer des sacs plastique autour de ses chaussures. Vous avez fait toutes les poubelles du coin, je suppose. Pour trouver les sacs et les gants ?

— Dès l'aube. Pas trace de gants, ni de tes sacs.

— Et Josselin ? Quand a-t-il quitté les lieux ?

— Il est parti avant les autres. Avant Gaël. Vingt-quatre témoins. Mais lui aussi, il aurait pu attendre Gaël dans la ruelle. C'est mauvais, cela, très mauvais. Je te repose la question : comment vois-tu les choses ?

— Attends, laisse-moi réfléchir un instant. Un long instant s'il te plaît, je réfléchis aussi lentement que je marche et j'écris. Et pire, je ne réfléchis pas toujours dans l'ordre.

Matthieu savait cela, mais il tenait à l'avis d'Adamsberg, comme bien d'autres. Il alluma une cigarette et plus de cinq minutes s'écoulèrent avant que le commissaire ne reprenne la ligne.

— Je serais toi, mon camarade, je ne foncerais pas bille en tête.

— Parce que tu ne fonces jamais bille en tête.

— Ne crois pas cela, ça m'arrive. Pour toi, les derniers mots de Gaël sont accablants. Oui, il y a le nom de Josselin, et c'est grave, mais ce ne sont que des fragments. Et le reste ne coule pas de source. Si tu arrêtes Josselin, le visage du « vicomte de Chateaubriand » sera sur toutes les manchettes et passionnera l'opinion jusqu'au procès. Mais à ce procès, Matthieu, même le plus crétin des avocats démolira cette seule « preuve », cette fameuse phrase, en un tournemain : aucune accusation, pas de mobile, pas de preuve matérielle, des illogismes, des incohérences, l'ivresse de la victime, d'autres suspects, au vu de la nature belliqueuse de la victime, qu'on mettra bien en évidence pour l'opposer au tempérament tranquille et serviable de Josselin. Face à ce Joumot, c'est une autre histoire, il a cogné. Mais qui ne l'aurait pas fait à sa place ? Au bout du compte, Matthieu, et grâce à l'émerveillement pour l'ancêtre écrivain, qui continue de ruisseler sur les épaules de son étonnant descendant, tu peux être assuré qu'il sera acquitté. Après des mois passés en détention provisoire et dont tu seras responsable. Ce qui te placera dans une position bien délicate. Bévue ? Précipitation ? Tu risques d'en entendre de belles et de servir de bouc émissaire. Le terrain n'est pas assez solide. Et le plus grave, ce serait de risquer de coller un innocent en prison.

Ce fut au tour de Matthieu de rester silencieux et d'Adamsberg d'allumer une cigarette. Il avait repris cette habitude pendant le temps où son fils aîné avait habité chez lui, laissant traîner ses paquets. Il n'aimait pas ce tabac, mais il en fumait une de temps en temps, le soir, en compagnie de son fils. Habitude qu'il avait conservée après son départ. Il achetait la même marque, se disant qu'il ne fumait pas mais se contentait de voler des cigarettes à son fils, ce qui était tout différent.

Matthieu le reprit en ligne.

— Tu as raison, dit-il, la voix raffermie. J'ai eu un choc en lisant ce « vic... oss », j'ai perdu mon sang-froid. Je vais tenter de freiner mon divisionnaire, j'ai noté toutes tes objections. Car si Josselin est emprisonné puis acquitté, lui aussi sera dans le bain.

— Jusqu'au cou. Cela ne me regarde en rien, mais si tu fais traîner jusqu'à quatorze heures, m'autoriserais-tu à assister à ton interrogatoire de Josselin ? J'aimerais beaucoup le voir.

— Le voir ? À quoi cela t'avancera ?

— Le ton de sa voix, les expressions de son visage, ses gestes, ses réactions.

— Pourquoi pas ? Mais sois discret. À la gendarmerie de Combourg, entre par la porte de derrière, évite l'ascenseur, grimpe au troisième étage et prends la première porte à gauche. C'est là que j'ai installé mon bureau provisoire. Si quelqu'un te pose une question, dis que j'ai demandé à te voir.

— Merci, Matthieu. Je file à la gare.

Adamsberg traversa la grande salle de la Brigade presque au pas de charge, allure qui stupéfia tous ses adjoints, et laissa ses consignes à Danglard pour la journée. Le commandant le rattrapa, se hâtant sur ses longues jambes molles.

— Mais où allez-vous, bon sang ? demanda Danglard.

— À Combourg, aller-retour. Je veux assister à l'interrogatoire de Chateaubriand, il est en danger.

— Non seulement cela ne nous regarde pas, mais c'est totalement illégal. Vous perdez l'esprit, commissaire.

— Cela restera officieux.

— Bon sang, vous avez oublié la réunion de onze heures ? La femme en fourrure et diamants assassinée et dépouillée dans sa voiture hier soir ? On n'a rien à se mettre sous la dent. Hormis ce témoin qui a vu brièvement la voiture à l'arrêt, un homme penché vers la portière, mendiant de l'essence avec son jerrican à la main. Cela ne vous dit plus rien peut-être ? Pas une piste, pas une empreinte, une femme aux relations longues comme mon bras, abattue sur place, et vous, vous foutez le camp ?

— Ça ne me dit tellement plus rien, Danglard, que ce matin à l'aube, j'étais sur le périmètre du crime, fouillant les buissons et les bois en contrebas de l'emplacement de la voiture.

— On les avait déjà ratissés la veille avec vingt-cinq hommes et dix-huit projecteurs. Un véritable dépôt d'ordures. Résultat : néant.

— Mais on l'a fouillé sans chien renifleur. Et un jerrican, ça pue. Ce jerrican, vert sombre, était très profondément enfoncé dans un if, on est passés à côté.

— Le meurtrier portait des gants.

— Pour faire son coup, évidemment. Mais c'est son jerrican, et il y a ses anciennes empreintes dessous. On ne la trouve pas toujours, mais c'est rare que ces types ne fassent pas une bourde. J'ai réveillé Lambert à sept heures et une heure après, j'avais la réponse : Simon Reboulier, dit Sim l'anguille, l'insaisissable. Deux ans de taule il y a vingt ans, puis une carrière dans le vol, l'attaque à main armée et l'assassinat si besoin, sans qu'on n'ait jamais réussi à le serrer. Le type est très fort, il change de nom, d'aspect et de lieu comme de chemise. L'anguille pouvait encore nous filer entre les doigts des années, mais pas entre les narines d'un chien. Le jerrican est dans mon bureau sous scellés, et le rapport de Lambert sur ma table. Reste à choper le gars. Ses années d'immunité et l'âge venant l'ont rendu plus imprudent, plus négligent. D'après les fichiers, il traîne souvent ces derniers temps dans la maison de jeux d'Angelo, Le Dé Chanceur. Sa planque doit être dans le coin. Prenez chacun une photo de lui, faites tous les cafés du coin, les petits hôtels, les meublés. Sinon, la routine, on fera les receleurs.

— Mais pourquoi vous ne me l'avez pas même dit ? s'indigna Danglard tandis qu'Adamsberg s'éloignait en vitesse vers la gare Montparnasse.

— J'étais en train de vous l'écrire en détail, dit Adamsberg en agitant son téléphone. Vous aurez tout ce qu'il vous faut pour la réunion de onze heures.

— Sauf vous, murmura Danglard, toujours déchiré vis-à-vis d'Adamsberg entre la réprobation et l'admiration.

D'un côté les manières de faire, de travailler et surtout de penser du commissaire exaspéraient le très rationnel Danglard, d'un autre il ne pouvait s'empêcher de suivre la direction imprévisible de son étrange boussole. Cette boussole, aussi déroutée et déroutante soit-elle, à croire qu'elle ne fonctionnait pas, il en avait besoin pour survivre à son anxiété. Elle était, en dépit de ses dérèglements, la lueur qu'il ne quittait jamais des yeux.

Adamsberg reçut un texto de Danglard alors qu'il sommeillait dans le train.

— Pourquoi le type s'est-il débarrassé de son jerrican ? Au lieu de le remporter ? On bute là-dessus.

— Pour que l'odeur ne risque pas d'imprégner les bijoux. C'est une odeur volatile et tenace. Un fourgue n'apprécie pas tellement que les bibelots sentent l'essence. Ça se suit à la trace, c'est difficile à revendre.

IV

Peu avant l'heure de l'interrogatoire à Combourg, Adamsberg se glissa dans le bureau de Matthieu avec quinze minutes d'avance. Les deux hommes échangèrent une solide étreinte et Matthieu examina son collègue.

— Tu n'as pas beaucoup dormi.

— J'ai dû régler une affaire à l'aube, j'ai un peu somnolé dans le train.

— Je te fais un café.

— S'il te plaît. Tu as eu Josselin au téléphone ?

— Oui, j'ai jugé préférable de ne pas l'informer du meurtre de Gaël par texto. Je l'ai simplement prié de rallier la gendarmerie de Combourg au plus vite, j'ai dit que j'avais besoin de lui, mais il n'a consulté son portable qu'à midi et demi.

— Réponse ? demanda Adamsberg en avalant son café à grandes gorgées. J'ai le temps d'allumer une cigarette ?

— On a neuf minutes, dit Matthieu en offrant du feu à son collègue, qui cherchait en vain son briquet dans toutes ses poches. Réponse aimable et neutre. Il finissait ses courses à Combourg et sera là à l'heure demandée. Il est bien entendu que tu ne poses aucune question, ce serait irrégulier.

— Cela va de soi, Matthieu.

À quatorze heures précises, Josselin frappa trois coups légers et entrouvrit la porte.

— Entrez, Josselin, asseyez-vous, dit Matthieu en lui serrant la main.

— Tiens, dit Josselin en souriant, Adamsberg. Vous ne pouvez plus vous passer de nous ?

— D'ultimes détails à régler. J'ai fait un crochet par Louviec et suis revenu saluer le commissaire.

— Et pour que vous ayez fait un crochet par Louviec, c'est qu'il s'est passé quelque chose.

Josselin s'affairait en même temps à brosser le bas de son épais pantalon de toile pour le débarrasser de la terre récoltée dans les bois. Pour se balader en forêt, il ne revêtait pas ses habits de vicomte.

— Pardon, dit-il soudain en se redressant. Je salis le bureau, veuillez m'excuser, je me conduis comme un malappris. Simple réflexe, il faisait humide ce matin dans les fourrés, mais la cueillette a été bonne, ajouta-t-il en montrant un petit panier. Figurez-vous que j'ai mis la main sur cinq morilles, ça devient rare à cette date. Catherine en sera ravie.

— Catherine est sa femme de ménage, précisa Matthieu à l'intention d'Adamsberg, qui trouvait ce début de conversation, de la part de Josselin, d'un naturel parfait, très improbable s'il avait su quoi que ce soit sur la mort de Gaël, ou pire, s'il l'avait tué.

— Monsieur de Chateaubriand, asseyez-vous je vous prie. Voyez-vous une objection à ce que j'enregistre notre conversation ?

Josselin plissa son regard mélancolique.

— « Monsieur de Chateaubriand » ? Et un enregistrement ? C'est donc un interrogatoire, Matthieu ?

— Ne vous en faites pas, vous ne serez ni le premier ni le dernier à subir mes questions. J'ai déjà interrogé sept de ceux qui se trouvaient à l'auberge avant-hier, et ce n'est pas fini.

— Interrogé sur quoi ? Que se passe-t-il, commissaire ?

— Gaël Leuven a été assassiné avant-hier soir.

— Quoi ? dit Josselin en élevant la voix et posant les mains sur les accoudoirs du fauteuil en bois, comme prêt à se lever.

— Assassiné. Comment se fait-il que vous n'en ayez rien su ? C'était trop tôt pour être dans la presse hier mais la nouvelle courait déjà dans tout Louviec.

— Hier, j'étais chez un ami d'enfance à Dol. Interrogez-le si cela vous intéresse. Mais Gaël ? Qu'est-il arrivé ? La discussion aurait à ce point mal tourné avant-hier soir à l'auberge ? Il faut reconnaître qu'il était fin saoul et qu'il distribuait les invectives à la ronde comme on sème du grain. Il a poussé la provocation trop loin ?

Quelqu'un lui a fracassé une bouteille sur le crâne ?

— Pourquoi pensez-vous à une bouteille ?

— Parce que c'est déjà arrivé, il y a cinq à six années de cela. Il a traité Kemener d'« escargot baveux », et Kemener a bondi, bouteille en main, et l'a brisée sur le crâne de Gaël.

— Kemener est le directeur d'école, dit Matthieu en direction d'Adamsberg.

— Et il est vrai qu'il a tendance à beaucoup saliver, ajouta Josselin. Tout ce qu'il a réussi à faire, c'est à fendre le cuir chevelu de Gaël. Le patron, Johan, le seul costaud qui peut en remontrer au garde-chasse, a réussi à séparer les deux hommes et a téléphoné à la gendarmerie.

— Eh bien, monsieur de Chateaubriand...

— Interrogatoire ou pas, vous ne pourriez pas m'économiser ce « monsieur de Chateaubriand » ? Tout le monde m'appelle Josselin ici, ou Chateau, ou Chateaubriand.

Matthieu coupa le magnétophone.

— Je suis navré, Josselin, mais le protocole de l'interrogatoire enregistré exige que je vous appelle par votre nom. On pourrait autrement m'accuser de complaisance.

— Je comprends, dit Josselin. Alors poursuivez. Le protocole vous autorise-t-il à me dire ce qui est arrivé à Gaël ? Je ne peux pas le comprendre. Oui, c'était un provocateur, un ironiste, voire même une sorte de brute quand il avait trop bu, mais au fond de lui, comme on dit, c'était le bon gars.

— « Bon gars » ? Et c'est vous, qu'il a tant moqué, pas plus tard qu'avant-hier en vous aspergeant de vin, qui dites cela ?

— Rien n'assure qu'il ait renversé ce vin exprès, il titubait. Quant à ses railleries, ses attaques même, ça tombait un peu au hasard sur la tête de tout le monde, moi compris. Cela portait surtout sur des défauts physiques ou d'apparence, nez, cheveux, dents, oreilles, allure, ça n'allait pas bien loin car Gaël n'était pas bien beau lui-même et il le savait. Il se moquait aussi des maigrelets, des trouillards. Rien d'agréable là-dedans mais rien de très grave non plus.

— Et vous appelez ça un « bon gars » ?

— J'entends par là qu'il n'y avait pas de haine en lui. Du chagrin depuis la mort de sa mère, de la colère, et c'est là que cela s'est amplifié. On pouvait grincer des dents sous l'insulte, mais de là à le tuer, non. Ne le caricaturons pas : c'était en même temps un homme franc, cordial, toujours un mot pour chacun, quand il était à jeun bien sûr. Même avec moi, quand on se croisait dans la forêt. Cette femme en revanche, la Serpentin, qui est venue le mettre au défi à l'auberge, elle le détestait profondément. Et elle avait un autre motif que de voir son ombre piétinée. C'est la sœur de Joumot. Pas besoin d'aller chercher bien loin pour savoir d'où ce fouineur tenait ses informations. Celui-là, oui, c'est un haineux, sans aucun doute, tout comme sa sœur. Tous deux, ils font la paire. Pardon, commissaire, se reprit-il soudain, je n'ai pas à formuler des suspicions à votre place, je suis navré, je retire mes mots.

Matthieu ouvrit un tiroir et en sortit un grand sachet, taché de sang.

— Et cela, monsieur de Chateaubriand, dit-il en le montrant à Josselin, cela vous dit quelque chose ? Ne vous en faites pas, je le montre à tout le monde.

— Mais c'est mon couteau ! clama Josselin en se levant. Mon propre couteau ! Je peux ? dit-il en tendant une main vers le sachet.

— Bien entendu, mais ne l'ouvrez pas surtout.

— Regardez ! continua Josselin avec une excitation rare dans sa voix. Là, à côté de la marque sur le manche – un couteau Ferrand, les meilleurs qui soient –, il y a une éraflure ! C'est le mien, il n'y a aucun doute !

Soudain, Josselin lança le couteau sur la table, comme s'il voulait le voir le plus loin possible de lui.

— C'est avec cela qu'on l'a tué, n'est-ce pas ?

— Oui.

— C'est hier que Catherine ne l'a plus trouvé. Elle s'en était encore servi avant-hier pour préparer le déjeuner. Ce couteau, elle ne peut pas s'en passer – il faut dire qu'il est de qualité supérieure – et elle était à ce point contrariée qu'elle m'a appelé à Dol pour savoir si je l'avais emporté. Non, bien sûr que non, et c'est cela que j'ai été acheter à Combourg ce matin : un couteau de la même marque. Il est dans mon panier si vous désirez le voir.

— Inutile.

— Et cela m'incrimine, n'est-ce pas ?

— Disons, observa Matthieu avec lenteur, qu'il n'est jamais bon d'être le propriétaire de l'arme du crime.

— Cela tombe sous le sens. Encore qu'il faut être sacrément stupide pour tuer quelqu'un avec son propre couteau. Pire encore de dire spontanément que c'est le vôtre. Mais Catherine le connaît par cœur, elle l'aurait identifié aussitôt. Et il y a nécessairement mes empreintes dessus. Et les siennes.

— C'est exact, mais elles sont un peu brouillées. L'assassin a pu agir impulsivement, mais il n'a pas oublié d'enfiler des gants. Je suppose que vous en portez lors de vos balades forestières ?

— Évidemment. Il y a pas mal de ronces et d'orties là-dedans.

— Voulez-vous me les montrer, s'il vous plaît ?

Josselin eut une fugace moue d'agacement en sortant ses gants de cuir du panier. Il les déposa sur la table un peu brusquement.

— Je sais combien c'est déplaisant, dit Matthieu. Mais c'est...

— ... la routine, coupa Josselin, le protocole.

Adamsberg n'était pas mécontent de voir Josselin perdre un peu de son sang-froid. Quand les suspects sont trop calmes, c'est que leurs réponses ont été longuement travaillées avant.

— Je suppose que vous allez y chercher des traces de sang, c'est la routine aussi. Mais là encore, il eût fallu que je sois un sacré crétin pour ne pas m'être débarrassé de gants souillés. Joumot a beau me traiter de zéro, je ne suis pas un imbécile.

— Les insultes de Joumot vous ont insupporté, n'est-ce pas ? demanda Matthieu en glissant les gants dans un nouveau sachet.

— Elles auraient insupporté n'importe qui, bien que je n'aie jamais nié mes incompétences professionnelles. Mais ce n'est pas pour cela que je l'ai frappé. C'est quand il a menacé de publier tout cela dans *Sept jours à Louviec* et *La Feuille de Combourg*. Que tout le village soit déjà au courant, cela m'indiffère, ils me connaissent. Mais un article aussi mortifiant se répandant dans Combourg, accompagné d'une belle photo du visage dont j'ai hérité, n'aurait pas mis deux jours avant de faire le tour du pays et même de franchir les frontières et passer sur le Web. À l'idée de cette campagne infamante, mon poing est parti et je ne l'ai pas raté. Il s'est fait sortir, ivre de rage. Si j'avais dû tuer quelqu'un dans ma vie, ç'aurait été un reptile comme Joumot, et pas un homme comme Gaël.

— Il y a pourtant un lien entre les deux événements, semble-t-il, dit Matthieu à voix sourde en tapotant sa lèvre de la gomme de son crayon. Et c'est Gaël qui a fait ce lien.

— Gaël ? Mais tous les témoins vous le diront : il n'a pas dit un mot sur Joumot lors de cette fameuse soirée à l'auberge. À moins qu'il ne l'ait fait après mon départ.

— Après, oui. C'est le docteur qui l'a trouvé agonisant dans la ruelle. Gaël a eu le temps de prononcer quelques mots, bout par bout, avant de mourir. Les voici, dit Matthieu en tendant un papier à Josselin.

En rendant la feuille au commissaire, Josselin était plus pâle.

— Je vois à présent ce que vous pensez, commissaire, dit-il, les mâchoires serrées. Que j'ai tué Gaël parce que ses premiers mots m'accusent. « Vic... oss », c'est-à-dire « vicomte Josselin ». Il m'appelait sans cesse « vicomte », il savait que je n'aimais pas cela. Et en toute logique, c'est le nom du meurtrier que l'on dit en premier. Donc, moi. Mais avant que vous me placiez en détention, commissaire, j'aimerais faire quelques remarques sur ces dernières paroles.

Josselin reprit la feuille et la relut à voix basse, avec le même calme et la même concentration que s'il avait corrigé la copie d'un de ses élèves. À vrai dire, pensa Adamsberg, après l'infime tremblement de sa voix quand il avait prononcé le mot « détention », à présent, il réfléchissait, il travaillait.

— Ensuite, on peut lire « vicomte Josselin a tapé Joumot ». D'une part je ne vois pas pourquoi un mourant, même ivre, se donnerait tant de mal pour raconter cet incident. Mais choisissons de mettre cela sur le caractère brumeux de ses pensées, à cet instant. En revanche, agonie ou pas agonie, ivresse ou pas ivresse, ce qu'on ne peut changer, c'est sa manière de parler. « A tapé

Joumot » ? D'une part je ne l'ai pas tapé, mais bien plus que cela. Je l'ai frappé, assez sec pour qu'il en tombe. Et « tapé » ? Mais c'est du vocabulaire d'enfant ! Vous vous figurez un homme comme Gaël utiliser un terme aussi puéril ? Impossible, inimaginable.

— Il n'empêche que, même si curieusement énoncée, l'histoire est bien là : vous avez bel et bien frappé Joumot.

— Certes. Et je ne vois pas, une fois encore, l'intérêt qu'avait Gaël à rappeler cette scène. Quant à la suite, elle n'est pas intelligible. On ne sait pas qui est mort, on ne sait pas à quoi ou à qui se réfère ce « laissons... gar... ». Mais malgré les invraisemblances de cette phrase, on ne peut pas nier qu'il ait prononcé mon nom avant toute autre chose. Si bien, conclut Josselin en se redressant sur sa chaise, que je suis à votre disposition, commissaire.

— Un détail important, tout de même, dit Matthieu sans paraître avoir entendu cette dernière phrase. Nous devons également supposer que le couteau a pu vous être volé.

— Dans quel but ?

— Celui de vous incriminer.

— Je n'ai pas d'ennemi à Louviec.

— Sauf Joumot, qui vous hait plus que jamais. Et qui sait, comme tout le monde, que Gaël est à l'auberge presque chaque soir. Il sait tout hélas, c'est son sale boulot. Il sait à quelle heure Catherine vient.

— De onze heures à quatorze heures. Elle me sert mon déjeuner et prépare le repas du soir. Je ne sais pas cuisiner.

— Et vous, monsieur de Chateaubriand, à quelle heure vous absentez-vous ?

— Presque tous les matins, à la saison des champignons. Je pars assez tôt et la maison est donc vide de neuf à onze heures. Après le repas, je me rends entre quatorze heures trente et seize heures chez le petit Germain et chez Victor, tous deux handicapés et déscolarisés.

— Vous y allez tous les jours à la même heure ?

— Je n'y manque jamais, sauf les week-ends.

— Ce que tout le monde sait à Louviec.

— Évidemment. Puis je donne des cours à domicile de dix-sept à dix-huit heures trente.

— Et tout le monde sait que vous ne fermez jamais votre porte en journée.

— À quoi bon ? Il m'arrive même souvent de l'oublier le soir. Si bien qu'après les cours, quand je pars à vélo faire un tour et prendre au passage du pain ou du lait pour le lendemain, la maison est vacante pendant une bonne heure. Détails dérisoires, commissaire, mais que je vous donne si vous souhaitez vérifier auprès des commerçants.

— Et c'est donc un jeu d'enfant que de venir prendre votre couteau. Par exemple le mardi en début d'après-midi, le jour même du meurtre, quand vous faites cours aux enfants handicapés.

— Rien de plus simple. Mais je ne vois pas Joumot voler mon couteau et tuer Gaël pour le simple motif de me mettre un meurtre sur le dos.

— Et pourquoi pas ?

— Parce que c'est un lâche, un perfide. Mais pas un homme d'action.

— Je ne vous suis pas. Je vous offre un suspect sur un plateau, et vous le défendez.

— Pas une seconde. Je vous dis ce que je pense de ce type, affaire d'honnêteté. Qu'il ait des envies de meurtre, c'est possible. Quant à les appliquer, c'est bien autre chose, dont je le crois incapable.

— Je vous remercie de votre coopération, monsieur de Chateaubriand, dit Matthieu en se levant. Vous pouvez disposer.

— Vous me laissez aller ? Alors que Gaël m'accuse ?

— C'est cela.

V

Adamsberg retrouva Matthieu à dix-neuf heures à l'auberge. Une sieste l'avait aidé à récupérer tandis que le commissaire de Rennes semblait épuisé.

— Interrogatoire sur interrogatoire, crevé, dit-il en prenant place à sa table habituelle. Qu'as-tu pensé de Josselin ?

— Qu'à première vue, il n'a rien à cacher. Je ne suis certain de rien mais il semblait réellement éberlué, choqué même, d'apprendre le meurtre de Gaël. Cela n'avait rien d'un faux-semblant. Et il était si facile de rafler son couteau. Tu as réinterrogé la Serpentin je suppose ?

— J'ai d'abord fait le tour des jacasseuses qui s'empressent autour d'elle. Quatre d'entre elles, quatre, ont sonné chez elle avant-hier mardi entre deux heures quinze et trois heures et demie – sa boutique est fermée à cette heure.

Matthieu consulta son carnet. La fatigue faisait trembler légèrement ses doigts.

— Tu devrais commander un truc à boire, dit Adamsberg, je t'accompagne. Et manger dès maintenant, je te laisse choisir. On a le temps avant le dernier train.

Matthieu fit un signe à Johan et le colosse blond, d'assez belle allure encore, prit la commande.

— En dépit des circonstances, dit-il en se tournant vers Adamsberg avec un salut, je suis honoré de vous revoir parmi nous, et dans cette auberge.

Adamsberg lui sourit en retour et la raideur professionnelle du géant parut vaciller sous ce sourire.

— Appelez-moi Johan, commissaire, dit le patron avant de s'éloigner.

— Tu lui as plu sur-le-champ, observa Matthieu.

— Et donc tes jacasseuses ?

— Elles ont sonné plusieurs fois, dit Matthieu tout en faisant signe à Johan. Tu penses, l'agression de Josselin contre Joumot, c'était un événement, il y avait beaucoup à commenter. L'une à deux heures et quart, une autre à trois heures moins vingt-cinq, la suivante à trois heures moins dix et la dernière à trois heures. Pas de réponse.

— Combien de temps entre chez la Serpentin et chez Josselin ?

— Rapide si elle y est allée à vélo, mais risqué. Sa bécane est rouge et tout le monde la connaît. C'est une femme à aimer se faire remarquer. À sa place, si j'avais voulu aller chez Josselin discrètement, j'aurais mis des habits ternes et je serais passé par les petites rues qui contournent l'arrière du village. C'est plus long mais c'est quasi vide. Et à pied, disons vingt minutes. J'ai été l'interroger hier à quinze heures trente. Elle m'a juré sur le bon Dieu qu'elle n'avait pas bougé de sa maison la veille. Je lui ai signalé que quatre de ses amies étaient venues mardi pour cancaner et qu'elle n'avait pas répondu. « C'est que mon linge tournait », a-t-elle dit. « La machine fait un bruit terrible, j'ai rien entendu. » J'ai demandé à voir le linge sécher, et il n'y en avait pas. Elle était coincée, troublée et en colère – elle n'a pas la résistance d'un Josselin –, elle a crié que si je voulais tout savoir, oui, elle était chez elle, d'accord, mais elle s'était endormie devant sa télé. Que si elle ne l'avait pas dit, c'est qu'elle ne voulait pas qu'on la prenne pour une feignasse. Elle m'a supplié de garder ça pour moi, que ça lui causerait trop de tort.

— Pourquoi ?

— Elle a la réputation d'être une énergique infatigable. Alors faire la sieste, ça casserait son image.

— Ça se tient, dit Adamsberg.

— Ça se tient, répéta Matthieu en avalant la moitié de son verre et en attaquant son repas. Mais je n'oublie pas que c'est une menteuse avérée doublée d'une affabulatrice. Sa seule faiblesse avouée et même revendiquée : sa terreur qu'on marche sur son ombre. Raison pour laquelle elle aurait tué Gaël.

— C'est facile face à un homme qui marche en oscillant et les yeux à moitié clos. Et avec ce couteau, elle collait cela sur le dos de Josselin.

— J'ai pourtant du mal à l'imaginer enfoncer cette lame. Quelle que soit sa haine, comme dit Josselin.

— Tiens, il a oublié son panier de champignons sur le comptoir de Johan.

— Il ne l'a pas oublié, il n'en mange jamais. Il les donne. À Catherine, à Johan, à qui veut.

— Il va souvent en cueillir ?

— Mais presque tous les jours. Pendant huit mois, tout le temps de la saison.

Adamsberg posa sa fourchette et jeta un regard au panier, qu'il voyait d'un œil neuf.

— Tu essaies de me dire qu'il part dans les bois presque chaque matin pour remplir son panier alors qu'il n'aime pas les champignons ?

— C'est cela, dit Matthieu en avalant une gorgée. Il n'aime pas non plus la forêt. Une fois la saison achevée, il n'y met plus les pieds.

— Mais comment explique-t-il cela ?

— Il ne l'explique pas. Quand on le questionne, il fait un geste d'ignorance et voilà tout. Personne ne l'explique.

— Mais ça n'a pas de sens. Surtout que cela prend du temps et exige des connaissances.

— Disons que c'est assez cinglé, oui. Chacun y va de son interprétation. Ce serait un vœu, une promesse, un souvenir... Moi, je dis que c'est tout bonnement cinglé. Ou bien il aime à vagabonder sans but, les champignons n'étant qu'un prétexte : ce serait la touche de romantisme héritée de son aïeul.

— Il vagabonde pour rêver, peut-être. Cela m'arrive souvent, dit Adamsberg.

— Ah bon ? À heures fixes ?

— Comment veux-tu ? Avec le travail ? Non, quand l'occasion s'en présente. Parfois, je quitte même la Brigade et cela met le consciencieux Danglard hors de lui. Mais je peux aussi bien vagabonder assis sur ma chaise, les pieds dans l'âtre de la cheminée.

— Et tu rêves à quoi ?

— Je ne sais pas.

— Encore ton « Je ne sais pas ».

— Mais parce que c'est vrai.

Huit coups sonnaient à l'église toute proche et l'auberge se remplissait des habitués et de quelques touristes.

— Les conversations vont aller bon train, commenta Matthieu.

— Ce n'est pas donné ici. Comment se fait-il que les habitants de Louviec puissent y venir assez souvent ? Ils ne me semblent pas très riches.

— Ils ne le sont pas, dit Matthieu en baissant le ton. Mais il y a deux tarifs ici. Un pour ceux de Louviec, un pour les étrangers. Johan, le patron, dit qu'un restaurant vide n'incite personne à y entrer. Les dîneurs autochtones servent en quelque sorte d'appât, et particulièrement Josselin. Si tu savais combien de gens viennent ici pour le voir, ou se faire photographier avec lui, c'est inouï. Ce pauvre Josselin, je te l'ai dit, est la meilleure publicité du village. Pendant les périodes touristiques, il fait doubler le chiffre d'affaires à lui seul.

— Et, sans que ce soit un ordre, il n'a pas le droit de couper ses longues boucles brunes. Qui lui vont bien d'ailleurs. Au fond, c'est un esclave.

— En quelque sorte. Mais bien aimé et bien traité.

— Sauf par celui ou celle qui veut lui coller un assassinat sur les épaules.

Adamsberg s'immobilisa brusquement.

— Qu'est-ce que tu as ?

Fourchette en l'air, verre suspendu à mi-chemin, Adamsberg s'était figé, le regard semblant porter très loin.

— On dirait que tu ne vois plus rien, dit Matthieu, qui n'avait jamais eu le temps de bien observer ces moments d'absence chez son collègue, quand la pupille de ses yeux semblait se noyer dans le brun de l'iris. Il secoua Adamsberg par le bras, qui se remit en marche comme si on lui avait donné un tour de clef.

— Ce n'est rien, dit Adamsberg. C'est juste une idée que j'ai et que je ne trouve pas.

— Mais si tu l'as, tu devrais la trouver.

— Non, Matthieu, ce sont ces sortes d'idées qui se dissimulent comme des bestioles dans les profondeurs de la vase d'un lac. Je sais qu'elle est là, mais je ne sais pas la nommer. Je sais que c'est parce que j'ai prononcé le mot « épaules », et voilà tout. Tu vois que cela n'a pas de sens et que cela n'a sûrement aucune importance, conclut-il en finissant de découper sa viande. Un détail de rien.

— Je n'ai jamais eu d'idées inconnues enfouies dans la vase.

— Cela m'arrive souvent. Cela agace. Mais je les laisse vivre leur vie.

À la longue table à présent pleine, la discussion portait évidemment sur le meurtre et chacun donnait son avis sur le tueur. L'un des dîneurs proposa même que ce fût le docteur lui-même qui ait laissé agoniser Gaël, au prétexte d'aller accoucher une femme en urgence. Après tout, Gaël et le docteur Jaffré étaient en bagarre permanente à propos de l'alcool et chacun ne lâchait pas un pouce de terrain. Car enfin, pourquoi le médecin s'était-il barré avant même l'arrivée de l'ambulance ? Et pourquoi, depuis l'ambulance, n'avait-il pas contacté Matthieu pour l'informer des derniers mots de Gaël ?

— Il n'a pas tort, dit Matthieu. Il y a quelque chose qui cloche dans le comportement du docteur. Qu'il ait laissé son téléphone sur place, c'est hors de doute. Mais qu'il n'en ait pas emprunté un le lendemain pour m'appeler me surprend un peu.

— À moins que tout simplement, il n'ait pas mesuré sur le coup l'importance des paroles décousues de Gaël, bégayées par un homme rond comme une queue de pelle et mourant. Jaffré est médecin, il se sera plus focalisé là-dessus.

Johan, inquiet en raison des touristes, vint les supplier de baisser le ton. Mais ces touristes, qui n'entendaient qu'un brouhaha assez indistinct, n'avaient d'yeux que pour Josselin de Chateaubriand. Il était cependant interdit de le photographier dans l'Auberge des Deux écus – une pancarte l'indiquait en façade – et Johan protégeait ainsi Josselin dans le havre où il prenait son repas.

— Ton avis, vicomte ? demanda l'instituteur.

— Aucun, répondit Josselin. Je ne vois vraiment pas qui aurait pu avoir un motif de supprimer Gaël.

— Dis donc, dit l'adjoint au maire, c'était tout de même un sacré emmerdeur.

— Il a pu se faire des ennemis, à brailler sans cesse à tort et à travers.

— Ce n'était pas sans cesse, rectifia Josselin. Et il fallait qu'il soit vraiment ivre avant de dépasser les bornes.

— C'est vrai qu'il disait souvent n'importe quoi.

— Et c'est pourquoi tout le monde s'en foutait plus ou moins.

— Tout est dans ce « plus ou moins », reprit l'adjoint au maire.

— En tous les cas, on n'entendra plus le pilon du Boiteux. À présent qu'il a eu son cadavre, dit l'instituteur.

— Va savoir.

— Et cela va durer ainsi toute la soirée, dit Matthieu. Instructif parfois, remarque. Pas comme le rapport du médecin légiste. Qui nous apprend que Gaël est mort de deux coups de couteau au poumon et au cœur. Ça nous épate, hein ? Et qu'il présentait des piqûres de puces. Qu'est-ce qu'on en a à faire ? Strictement rien. Ces médecins…

— Dis-moi, coupa Adamsberg, les yeux fixés sur un tabouret de bar où un homme trapu et de bonne taille achevait un sandwich avec un verre de cidre, c'est bien le Bossu ?

— Parle moins fort, je t'en prie. Oui c'est lui, mais il n'a plus de bosse.

— Mais que s'est-il passé ? Un miracle, Matthieu ? Il s'est immergé dans l'eau de la fontaine de Louviec ?

Fontaine dont s'échappait un mince ruisseau transparent qui bouillonnait sur les pierres, auquel on attribuait, comme de juste dans bien des villages, le pouvoir de donner fécondité et guérison.

— C'est bien plus prosaïque que cela, mais j'aurais bien du mal à t'exposer les choses précisément. Il était rongé de fièvre, une infection s'était développée dans l'articulation de son omoplate, mal attachée, mal calée, se déportant en arrière et lui bombant le dos. D'après ce qu'on a pu tirer de lui, c'est-à-dire à peine cinq mots. Le doc l'a emmené de force à l'hôpital de Rennes et l'a même accompagné – il ne voulait pas entendre parler d'hôpital – et il en est revenu comme cela, opéré par un as des disjonctions articulaires, a juste lâché le médecin, avec grande réticence.

— Tenu au secret professionnel.

— Cela va de soi. Un conseil, Adamsberg, pas un mot de travers : ça fait presque trois semaines de cela, et le Bossu – pardon, Maël – a clairement donné ses consignes, ses ordres même : qu'il n'entende plus jamais parler de sa malformation, qu'on lui foute la paix avec ça et qu'on l'appelle par son prénom, Maël. Comme s'il voulait rayer son passé. Il en a tellement bavé quand il était gosse, sans cesse moqué, battu, tenu à l'écart. En revanche, il était toujours le premier de la classe, ça compensait, on avait besoin de lui pour les devoirs. Mais comme tu vois, il persiste à ne pas dîner avec les autres. Une habitude. Je pense que ça lui passera. Et sur son tabouret, il est sous la protection indéfectible du patron, le grand Johan.

— Pour ce que j'en ai vu, les gens sont pourtant bienveillants avec lui.

— Ils le sont et il y a de quoi. C'est que le mec est serviable, et même empressé, craignant toujours de déplaire. Le doc dit qu'il cherche encore à être aimé, envers et contre tout, comme quand il était môme. Mais en douce, quelques-uns le fuient comme le diable. Tu sais que les bossus avaient le malheur, en plus de leur difformité, d'être considérés comme des serviteurs du démon. Et ici, tu l'as vu, ils ne sont pas avares en superstitions.

— Et pourquoi il a une attelle et un plâtre au bras gauche ?

— Pour l'empêcher de bouger jusqu'à ce que la cicatrisation soit terminée. Il en a pour six bonnes semaines.

La porte s'ouvrit violemment et une femme affolée surgit dans la salle :

— Le Boiteux ! Herveline dit qu'il a passé sous sa fenêtre ! Elle n'ose plus mettre un pied dehors.

— Et merde, dit Matthieu en vidant son verre cul sec.

— Et pourquoi elle n'a pas envoyé son mari ? demanda Maël.

— Parce qu'Erwann dit que c'est des sornettes. Il l'a même pas entendu, le Boiteux, c'est ce qu'il a dit. Mais il est quand même sorti et il n'a rien vu.

Maël descendit lentement de son tabouret – la douleur se faisait encore sentir – mais sans se contorsionner comme il le faisait avant et s'approcha de la table.

— Erwann a raison. Et vous, qui n'êtes pas des imbéciles, cessez de croire à ces boniments et celui qui s'en amuse se lassera.

— Maël a raison, dit l'aubergiste. Tout ce qu'on fait, c'est d'encourager ce type en se planquant sous notre lit dès qu'on l'entend. Un homme comme Erwann, lui, il a de la jugeote et du cran. Mais il n'arrivera pas à choper cet emmerdeur tout seul. Faut aider.

— Je propose, reprit Maël, qu'on fasse une battue chaque soir dans les environs immédiats. Faites circuler autour de vous. Qui est pour ?

Les bras se levèrent et le plan de Maël fut voté à l'unanimité, suivi d'une tournée offerte par Johan à ces hommes soudain devenus très fiers de leur tout nouveau courage.

VI

Dans le train du retour, Danglard annonça à Adamsberg la capture de Sim l'anguille, dans un hôtel modeste à vingt pas du Dé Chanceur. La découverte de sa nouvelle planque revenait à Estalère. Ils avaient trouvé Simon en compagnie de cinq hommes armés. Ils n'étaient venus qu'à trois, et avaient hésité à appeler des renforts.

Le lieutenant Retancourt, qu'Adamsberg considérait comme la déesse polyvalente de la Brigade, en raison d'une puissance ahurissante qu'elle pouvait, selon lui, convertir en talents multiples au gré des situations, à l'exception de la délicatesse et de la grâce, s'était opposée fermement à l'option « appeler des renforts ». À trop attendre, ils risquaient de se faire repérer et de perdre leurs proies. Retancourt avait donc ouvert sans bruit la serrure avec son passe et était entrée la première – ce genre de gars ne craint pas une femme, si imposante soit sa carrure –, suivie dans l'ombre par le brigadier Noël et le lieutenant Veyrenc. Avant de donner la moindre explication ou réponse aux questions, elle avait mis au sol trois des hommes, sérieusement sonnés, dont Sim. Le terrain était déjà bien dégagé et elle tenait Sim sous la menace de son arme, permettant à Noël et Veyrenc d'immobiliser un quatrième comparse. Deux étaient en fuite. Le canon du pistolet sous le cou, Sim avait compris qu'il n'avait pas affaire à un adversaire ordinaire et avait livré l'emplacement où était planquée la marchandise.

Adamsberg sourit, imaginant précisément la scène. Entre-temps lui était parvenu un message de Matthieu qui l'informait que des recherches plus poussées du médecin légiste indiquaient clairement que le couteau avait été utilisé par un gaucher. Les profondes entailles déviaient en effet un peu vers la droite. Cela changeait tout pour le commissaire, ne lui restait plus qu'à lister les gauchers. Adamsberg s'éloigna dans le sas pour téléphoner à son collègue.

— Combien d'habitants à Louviec ? demanda-t-il.

— Mille deux cent vingt-trois.

— Tu retires les moins de quinze ans, restent environ mille, calcula Adamsberg en consultant les courbes d'âge sur son portable.

— Et les personnes âgées.

— Matthieu, t'as des types de soixante-quinze ans qui sont sacrément solides. Mais admettons : sans les plus de soixante-quinze ans, te restent environ huit cent soixante-dix. Tu ne gardes que les gauchers, ça te laisse tout de même quelque cent trente personnes, ce qui n'est pas rien.

— Ça restreint tout de même sacrément les recherches.

— Non, ça te les concentre. Tu n'as pas remarqué, pendant l'interrogatoire de Josselin ?

— Quoi ?

— Josselin fume de la main gauche.

— T'en es certain ? cria presque Matthieu.

— Certain. Et si tu laisses l'information fuiter, on ne pourra plus retenir ton divisionnaire et Josselin se retrouvera en taule. Cependant, Matthieu, n'importe quel droitier peut frapper de la main gauche pour détourner les recherches. C'est un vieux truc et tu le connais aussi bien que moi. Mais dans ce cas, le plus souvent, le bras n'a pas assez de force pour enfoncer la lame d'un seul coup jusqu'à la garde, et le couteau va bifurquer légèrement pour être réenfoncé ensuite à fond. Il est doué ton légiste ?

— Très compétent et passionné par son boulot.

— Demande-lui en urgence d'examiner en détail, vraiment en détail, à l'IRM, le tracé des blessures. Tu peux me rappeler dès que tu as le résultat ? Pour le moment, garde ça pour toi. Ce qui me trouble, c'est pourquoi quelqu'un cherche à incriminer Josselin : le couteau, et maintenant la main gauche. Sans parler de la réapparition du Boiteux qui fait tourner les regards vers un Chateaubriand. Tu ne lui connais vraiment pas d'ennemis ?

— Pas un seul, mais je ne connais pas les mille adultes de Louviec.

— Pas un seul sauf Joumot et sa sœur, la Serpentin. Cherche un peu de ce côté-là, mets un ou deux hommes là-dessus si tu as le temps. Qu'est-ce qu'ils ont contre lui ? Et qui est d'accord ?

— Je le ferai. Qu'un tueur tente de faire porter le chapeau à un autre type, c'est du classique. Mais t'as déjà vu un gars tuer avec pour seule intention d'en coller un en taule ?

— Très rarement, mais c'est arrivé. Et ton affaire recèle quelque chose de très particulier, de remarquable, même. Et cela, tu ne dois pas le perdre de vue.

— Remarquable ? Le garde-chasse se fait poignarder dans la rue juste après avoir déversé des chapelets d'insultes. Cela arrive partout. À Louviec comme ailleurs. Je ne vois rien de remarquable à Louviec.

— Et moi je vois Josselin-Arnaud de Chateaubriand. Le sosie d'une des plus grandes plumes de France, l'« incarnation », d'une certaine façon, d'un de ses plus grands génies. Pour comble, l'homme est cultivé, raffiné, élégant, célèbre et plutôt beau. Si bien que, même sans arrogance et à son corps défendant, il domine de loin tous les habitants de Louviec. Crois-moi, il doit y avoir quantité de femmes qui y sont très sensibles. Ce qui rend fatalement quantité d'époux amers et jaloux qui ne portent pas le héros dans leur cœur. Sa déchéance en prison ne serait pas pour leur déplaire. Et parmi eux, l'un pourrait aller jusqu'à tuer pour le faire accuser.

Après avoir raccroché, Matthieu ressentit le besoin de s'isoler en allant boire un café. Lui, l'indépendant, le commissaire performant, réalisait qu'il se mettait dans la roue du commissaire Adamsberg. Il l'appelait à la moindre nouvelle, non seulement écoutait son avis mais s'y conformait. Tel l'insecte revenant vers le lampadaire, il recherchait ses opinions et conseils, dans une affaire qu'il aurait pu résoudre seul et qui ne regardait pas Adamsberg. Il connaissait sa réputation, ce qu'on lui reprochait comme ce qu'on admirait, le désordre de sa logique, les sentiers sinueux et inusités qu'il empruntait, ses cheminements qui pouvaient demeurer des énigmes, le respect voire le culte qu'il suscitait, ou bien l'antipathie, le rejet. On aurait pu tout autant le traiter de flemmard que de génie. Son visage singulier reflétait un peu de tout cela. Anguleux, brun, le nez busqué, les yeux doux perdus dans le flou, sauf quand le regard se précisait brusquement, les lèvres inégales au sourire séduisant qui en avait troublé tant d'autres, accompagné de sa voix un peu chantante. Mais ce n'était pas ce sourire, si charmeur soit-il, qui propulsait Matthieu vers Adamsberg, contre sa volonté. C'était précisément sa vision si décalée des choses, ses étrangetés, son absence totale de classicisme. Très bien, conclut Matthieu en achevant sa seconde tasse de café, il lui fallait rompre avec ce qu'il considérait comme une faiblesse inédite de sa part. Cette affaire était sienne et il était homme à la mener à bout sans l'aide de l'ondoyant commissaire.

Il le rappela pourtant dès qu'il eut la réponse du légiste. Il devait reconnaître qu'Adamsberg ne s'était pas trompé.

— Tu avais raison. La lame a dévié son trajet d'un rien au lieu de filer droit jusqu'à la garde.

— Alors tu as bel et bien affaire à un faux gaucher. Ce qui élimine Josselin et grossit le nombre de tes suspects potentiels.

VII

Avec le retour d'Adamsberg à Paris, la routine reprit ses droits à la Brigade, sans nul cas « remarquable » susceptible de capter l'attention du commissaire. Du point de vue d'un flic, ce rare ralentissement des affaires était une aubaine à saisir. Beaucoup profitaient de cette période d'allègement pour réduire le rythme, récupérer, traîner à l'heure du repas, se consacrer à d'autres tâches, tel Danglard à ses recherches héraldiques – c'était sa préoccupation du moment – ou Voisenet à sa passion pour les poissons, spécialement d'eau douce. Le dépérissement de ces animaux sous l'effet du réchauffement et de la pollution l'atteignait comme s'il eût été poisson lui-même. D'autres, tels Mercadet et Froissy, génies de l'informatique, aspiraient à une longue et complexe recherche, qui ne venait pas. Retancourt, une femme dont l'action constituait l'essence même de son tempérament, partait en longues promenades à pas rapides pour expulser son trop-plein de puissance. Quant à Adamsberg, derrière son indolence, sa haine radicale du meurtre, son exaspération face aux tueurs furtifs, voilés, qui traversaient sa route sans qu'il puisse en deviner le moindre contour, se trouvaient privées d'exutoire et d'assouvissement, et il traversait les vieux bureaux avec plus de lenteur encore que d'habitude. Il s'ennuyait, très visiblement, mais ses collègues ne s'en inquiétaient pas, sachant depuis longtemps que le commissaire était très capable de vivre l'ennui sans que cela l'ennuie. Et que son esprit, pour une raison tout à fait incompréhensible, y compris à Adamsberg lui-même, traînait toujours à Louviec. Dès son retour, il s'était abonné en ligne à *Sept jours à Louviec* et à *La Feuille de Combourg*. Il y apprit que le talonnement du Boiteux se faisait toujours entendre, que les battues organisées par Maël n'avaient abouti qu'à la prise d'un vagabond, dépourvu de tout bâton, qu'on laissa poursuivre son chemin avec quelque argent en poche, et que sa fameuse cohorte s'était dissoute.

La pause dura peu. Huit jours après l'assassinat de Gaël Leuven, Anaëlle Briand, une jeune femme d'une trentaine d'années qui tenait avec sa cousine le magasin d'électroménager, avait été trouvée poignardée de deux coups de couteau à quelques mètres de sa boutique. Nul n'ignorait, précisait *Sept jours à Louviec*, dans une édition spéciale à dix heures sur le Net, que les cousines travaillaient tard après la fermeture, nettoyant les lieux, établissant la comptabilité du jour, réglant la paperasserie et les commandes. L'article de *Sept jours* précisait que la cousine d'Anaëlle Briand était partie à vélo vers vingt et une heures et Anaëlle sans doute une demi-heure plus tard, selon son habitude. Elle garait sa bicyclette dans une impasse au coin du magasin et c'est là qu'on l'avait poignardée. Sa cousine, inquiète de ne pas la voir rentrer – elles habitaient tout près l'une de l'autre –, était revenue sur place et l'avait découverte. Il n'y avait ni témoin, ni traces, ni mobile. Selon la police, il n'existerait aucun lien entre le meurtre de Gaël Leuven et celui d'Anaëlle Briand, qui n'avaient aucune relation commune. Anaëlle Briand, qui venait dîner à l'auberge chaque samedi, y gratifiait chacun d'un sourire et de quelques mots mais, selon les témoins, hormis ce cordial bonjour, on n'avait jamais vu la jeune femme en conversation suivie avec Gaël Leuven.

Une photo et un encadré accompagnaient le texte sous le titre « Anaëlle Briand était aimée de tous » : « Cet effroyable assassinat a plongé Louviec dans la stupeur. En effet, nul ne voit qui aurait pu en vouloir à la jeune femme. Les deux cousines étaient la gentillesse même, chaleureuses et souriantes avec tous les clients. Chacun s'accorde à dire que la mort sauvage d'Anaëlle est un insaisissable mystère. »

Adamsberg nota la date et les quelques faits dans son carnet. En même temps qu'il surveillait son téléphone. Le meurtre avait été découvert la veille à vingt-deux heures. Matthieu avait dû peu dormir, non plus que le légiste. Et depuis ce matin, il devait aller d'interrogatoire en interrogatoire. Mais ce n'était cependant pas dans les habitudes de Matthieu de ne pas même lui passer un message pour l'informer. Peut-être s'était-il fait reprocher par son divisionnaire l'ingérence d'Adamsberg dans une affaire dont il n'avait pas à se mêler.

Pendant que Froissy, collée à son écran, avait enfin trouvé une recherche impossible à mener et travaillait d'arrache-pied sur une image illisible, Adamsberg passa dans le bureau de Danglard où le commandant rédigeait le rapport sur l'attaque à main armée d'une petite bijouterie, l'avant-veille, qui avait blessé gravement le caissier. Les deux hommes étaient repartis les mains vides et les flics sans indices probants, hormis, selon le patron, qu'ils étaient jeunes d'allure, dans les vingt ans, que le « chef » avait la respiration un peu sifflante, que quelques cheveux roux sortaient par une maille de sa cagoule. En cherchant à la ranger dans son blouson avant de démarrer son scooter, la cagoule était tombée à terre. Une erreur d'amateur qui avait permis de relever l'ADN du jeune homme dans ses traces de salive. ADN inconnu au fichier. Sitôt dans ses mains, cette cagoule avait passionné Froissy : ce n'était pas une cagoule à côtes serrées ou en tissu polaire, mais tricotée à la main, à grosses mailles, comme pour permettre à l'homme de mieux respirer.

— Qu'est-ce qui vous intéresse tant dans cette cagoule, lieutenant ? avait demandé Adamsberg.

— Une idée de cinglée, sûrement.

— Dites, j'aime les idées de cinglée.

— On a bien un passant qui l'a photographié d'assez près quand il sortait de la boutique ?

— Oui mais ça ne sert à rien, Froissy, il portait encore cette foutue cagoule.

— Seulement, il s'agit d'une cagoule faite maison, à mailles larges. Voyez, je peux facilement passer mon doigt à travers les trous. Peut-être tricotée par la grand-mère pour que son petit-fils puisse aller au ski sans souffrir de son asthme. N'oubliez pas la respiration sifflante.

— Et donc ?

— Et donc je me demandais si, vu la largeur des espaces entre les mailles, en agrandissant la photo et en ne sélectionnant ensuite que les images livrées par les trous, cela ne pourrait pas nous donner au moins les contours du visage du gars, l'épaisseur de son nez, la longueur de ses lèvres, des choses comme cela. Plus probable que cela ne nous livre qu'une image grise inutilisable. Idée idiote. Je suis dessus avec Mercadet, il est imbattable en imagerie.

— Tentez toujours, Froissy.

— Comment va le caissier ? demanda Adamsberg sans que Danglard ne lève le nez de sa machine.

— Un peu mieux. Ça n'est pas passé loin.

— On le trouvera. Froissy cherche son visage.

— Ah oui, et comment ? dit Danglard en s'interrompant.

— Dans les trous des mailles de sa cagoule.

Danglard écarta l'idée saugrenue d'un geste.

— L'abattage continue donc à Louviec ? dit le commandant. Pauvre femme.

— Comment le savez-vous ?

— Quand quelque chose vous importe, je m'informe.

— Je venais vous en parler. Le commandant divisionnaire de Rennes, Combourg et autres lieux, c'est quel genre de type ?

Pour ces questions comme pour tant d'autres, on pouvait questionner Danglard en toute certitude. Il connaissait les différents gradés de toute la police nationale sur le territoire, comme d'autres savent l'alphabet.

— Le Floch ? C'est un con, affirma Danglard. Un con, sans imagination, un studieux normatif et conformiste, qui ne voit jamais plus loin que sa courte logique.

— Comment a-t-il décroché un tel poste ?

— Ah, cela, c'est son autre facette. Il n'en a que deux d'ailleurs, c'est vous dire la profondeur de l'homme. C'est un roublard, un magouilleur, un voleur. Il s'arrange toujours pour piquer le travail des autres, c'est-à-dire leurs réussites. Il se débrouille pour espionner tout le monde et avoir barre sur ses subordonnés. Réellement un sale type, mais qui a manœuvré pour avoir partout des relations haut placées, dans « les sphères qui comptent », dirons-nous. Vous mélangez tout cela et au final, vous obtenez un malhonnête imbécile pétri d'ambition et devenu divisionnaire.

— Après le premier meurtre, ce Le Floch voulait coller Chateaubriand en taule. J'ai réussi à convaincre Matthieu de lui faire saisir l'ampleur de la bévue.

— Il y avait des preuves solides ?

— Des bafouillages de mourant ivre. Mais il avait été tué avec le couteau de Chateaubriand.

— On l'a retrouvé où ?

— Dans la plaie.

Danglard secoua la tête avec une expression de mépris.

— Il faut vraiment que quelqu'un en veuille à ce malheureux descendant des Chateaubriand, qui porte la si lourde croix de son ancêtre, pour mettre en place des pièges aussi enfantins. Mais le meurtrier va avoir beaucoup à faire. Car avant que là-haut, tout là-haut, dit Danglard en pointant son doigt vers le plafond comme si le ministère se trouvait au-dessus des combles, on accepte de toucher à un Chateaubriand, et surtout à Josselin qui semble être sa réincarnation, talent mis à part, il y a de la route à faire.

— Parce que ?

— Parce que Chateaubriand, novateur, devancier du romantisme, styliste grandiose, est une gloire nationale, reconnue à travers le monde, s'emballa Danglard, depuis le Canada jusqu'au Japon, le Brésil jusqu'à la Russie. Accuser son descendant Josselin, tant ressemblant, d'être un tueur, et c'est l'effet retour immédiat, la poussière de l'ignominie qui, malgré les décennies écoulées, couvrira de boue les épaules de l'auguste ancêtre. Sauf si des preuves réellement tangibles existent, tout sera mis en œuvre pour l'empêcher. Le second meurtre a donné des indices ?

— Matthieu ne m'a pas informé.

— Il me semblait pourtant que vous ne vous quittiez plus. Vous feriez bien de courir aux informations avant que le divisionnaire n'attire Matthieu dans des étangs bourbeux.

Adamsberg appela son collègue dès qu'il fut dans la salle commune. Il eut l'impression que le commissaire lui répondait d'une voix un peu contrainte.

— Ton divisionnaire t'a-t-il fait la leçon ? Il m'éjecte de la partie ?

— Il y a de cela.

— Et il y a autre chose.

— Un peu.

— Beaucoup. Concernant le meurtre d'Anaëlle. Quelque chose qui t'embarrasse tant que tu ne souhaites pas m'informer.

— C'est exact.

— Parce que vous avez d'autres éléments pour accuser Josselin, évidemment. Je me trompe ?

— Non.

— Et que ton crétin de divisionnaire se rue dessus pour assurer sa gloire. Ce n'est pas la gloire qu'il va trouver, Matthieu. C'est la poussière qu'il va mordre. Est-ce que la jeune femme a eu le temps de parler à sa cousine ?

— Non.

— Et le couteau. Resté dans la plaie ?

— Oui.

— C'est bien la première fois que j'entends parler d'un gars qui ne se débarrasse pas de son arme. Le rapport du légiste ?

— Cela va t'épater : elle est décédée de ses blessures, les mêmes que celles de Gaël. Et pas de ses piqûres de puces.

— Parce qu'elle avait des piqûres de puces ? Elle aussi ?

— Oui, elle aussi, répondit Matthieu un peu vivement, sentant croître l'attention d'Adamsberg dans la vibration de sa voix. Tu ne vas tout de même pas me dire que ce truc t'intéresse ? Elle avait un chien et voilà tout.

— Tu passes là-dessus un peu vite, Matthieu. Car Gaël, lui, n'avait pas de chien.

— Mais qu'est-ce que t'en as à faire, de ces puces, bon sang ?

— Beaucoup à faire. Au point que j'aimerais que tu demandes au légiste si ces piqûres étaient fraîches, et si Anaëlle portait des traces de piqûres anciennes. Même chose pour Gaël, s'il s'en souvient.

— Pour que le légiste se foute de ma gueule ?

— Et quand bien même ? Ce qui compte, c'est qu'on ait l'information.

— « On » ? C'est mon enquête, Adamsberg, ne viens pas y mettre le foutoir avec tes élucubrations. Et ces piqûres ne m'intéressent en rien.

— Inutile de t'énerver, je ne suis pas dans le coup. Je te demande un simple service qui ne te prendra que quelques minutes.

— Et qui te servira à quoi ?

— À mettre de l'ordre dans mes idées.

— Et depuis quand ordonnes-tu tes idées ?

— Tu es sacrément à cran, éluda Adamsberg sur un ton flegmatique. Je pose une dernière question et je te fous la paix.

— Au point où nous en sommes, soupira Matthieu. Envoie la question.

— Merci. Le couteau, c'était aussi un Ferrand, tout propre et neuf ?

— Oui, et cette fois, celui qu'avait acheté Josselin à Combourg était bien resté chez lui.

— Pas bien difficile, dans les quincailleries de Rennes, de se procurer le même couteau. Voire plusieurs.

— Plusieurs ? Pourquoi dis-tu cela ? Parce que tu penses qu'il y en aura d'autres ? Des meurtres ?

— Je ne sais pas, Matthieu.

Encore ce « Je ne sais pas », formule récurrente d'Adamsberg qui, aux yeux de Matthieu, recouvrait bien des pensées. Informes peut-être, mais des pensées. Et, au cours de leur précédente enquête, il avait pu voir germer puis éclore ces sortes de pensées enfouies et ne les négligeait pas. Matthieu sentait qu'il lâchait prise, que sa résolution de se passer du commissaire s'étiolait. De même que l'intérêt d'Adamsberg pour les affaires de Louviec tenait bon.

— Le couteau n'étant pas un indice, il y a autre chose pour que tu aies ton divisionnaire sur le dos.

Et une fois encore, et soudainement, Adamsberg sentit son esprit aller vaguer ailleurs, vers les vases, et manqua la réponse de son collègue.

— Je ne t'ai pas entendu, s'excusa-t-il.

— Parce que je n'ai rien dit.

Adamsberg se répétait sa dernière phrase prononcée et n'y trouvait strictement rien qui justifiât sa subite errance.

— La situation se présente si mal que cela ? reprit-il.

— Tu avais parlé de deux questions. Pas de trois.

— Je ne fais que te demander ton avis.

— Eh bien oui, c'est grave. Josselin sera en taule avant ce soir.

— Laisse-moi réfléchir un peu. Tu sais que cela me prend du temps.

Et Matthieu, au lieu de se rebeller, posa son téléphone et attendit. Adamsberg, incapable de se concentrer réellement, laissait passer en lui toutes les images de Josselin, nombreuses, qu'il avait parfaitement mémorisées, à la recherche d'un détail typique et facile à retourner contre lui. Sa pensée s'arrêta à l'Auberge des Deux Écus, au moment où il avait tendu à Josselin ce petit foulard de soie blanc qui s'échappait sans cesse.

— Sur le corps, affirma Adamsberg, vous avez trouvé le foulard ensanglanté de Josselin. Qui serait, selon vous, tombé sur la victime quand il se penchait pour asséner ses coups de couteau. Quelque chose de cet ordre. Je me trompe ? Confondant, accablant.

Matthieu ne répondit pas, d'où Adamsberg déduisit qu'il avait vu juste.

— L'assassin a frappé depuis la gauche ? Comme pour Gaël ?

— Oui.

— Et les coups de couteau ? Toujours un rien interrompus et dirigés vers la droite ? Un peu déviés ?

— Oui.

— Ton tueur est un faux gaucher, c'est décidément certain.

— Mais le foulard bon sang ! éclata Matthieu, abandonnant toute réserve. J'en fais quoi du foulard ?

— Un anti-indice, Matthieu. D'abord le propre couteau de Josselin, ensuite un tueur soi-disant gaucher, ensuite son foulard, qu'il est si facile de ramasser, qu'il le perde à l'auberge ou dans la rue, ou même chez lui où l'on entre comme dans un moulin et où doit se trouver toute une collection. Ton assassin ne semble pas se soucier de ses victimes, comme s'il les prenait au hasard.

— On en revient là. Parce qu'il cherche à faire entauler Josselin ?

— Ou le contraire, Matthieu, ou le contraire.

— Je ne te comprends pas.

— Qui trop accuse mal accuse, Matthieu. Tu penses pouvoir freiner ton crétin de divisionnaire ? Tu sais qu'il a la réputation d'être un imbécile doublé d'un magouilleur qui s'attribue les victoires des autres ?

— Non, cette fois, je ne pourrai pas le freiner. Arrêter le fameux Josselin de Chateaubriand, il s'imagine que cela serait sa consécration, son nom dans tous les journaux et toute la suite.

— Tu es au commissariat de Rennes en ce moment ? Si oui, prends tous tes hommes libres et écume les grandes surfaces et divers magasins d'outillage de la ville pour savoir si un type – ou une femme – a acheté récemment un ou plusieurs couteaux Ferrand. Un seul à la fois, dans des boutiques diverses. N'oublie pas que c'est un jeu d'enfant de se travestir. Fais aussi tous les commerces de déguisements, postiches, perruques, teintures, lunettes et tout le bazar.

— Je lance l'opération. C'est foutu pour Josselin, n'est-ce pas ?

— S'il n'y avait pas ton abruti de divisionnaire, non. Mais avec lui, je ne donne pas cher de sa peau. Attends, donne-moi encore une seconde. Sur le premier couteau, celui de Josselin que le tueur a laissé dans la plaie, les rivets du manche étaient-ils dorés ou argentés ?

— C'est important ?

— J'ai été regarder des couteaux Ferrand chez un quincaillier. Il m'a montré deux modèles, un à rivets dorés, un à rivets argentés. Celui à rivets dorés est nettement plus cher et le bois de meilleure qualité.

— Trois rivets dorés pour Gaël, dit Matthieu après avoir consulté ses photos.

— Bien. Il est possible que le tueur n'ait pas mémorisé ce détail et ait acheté le moins cher, à rivets argentés. Tu le vois sur la photo ?

— Oui, rivets argentés.

— Eh bien tu peux être certain, absolument certain, que Josselin, qui tenait à son couteau, a racheté exactement le même, avec des rivets dorés. C'est un autre homme – ou femme – qui s'est procuré le deuxième couteau. Fais valoir cela aussi auprès de ton Le Floch. Et n'oublie pas les puces.

— Ça ne risque pas, dit Matthieu, mais cette fois, il y avait un vague sourire dans sa voix.

Deux heures plus tard, Adamsberg tournait encore dans son bureau, allant et venant d'un mur à l'autre, enjambant les bois de cerf qui traînaient au sol – souvenir d'une enquête ancienne –, notant un mot de temps à autre. Il s'arrêta pour écrire « cordial, chaleureux, épaules, dos », et rejoignit Froissy et Mercadet penchés sur un écran.

— Ça donne quoi ?

Mercadet lui montra une page couverte de petits carrés grisâtres de différents tons.

— Ce n'est pas exactement un portrait-robot.

— Attendez, commissaire, on n'a pas optimisé la pixélisation, effacé les zones noires, fait les liens ni colorisé. Il reste un vague espoir.

— Très bien, optimisez, dit Adamsberg qui n'y saisissait rien et qui, l'esprit ailleurs, songeait aux gros titres du lendemain : « Arrestation de Josselin-Arnaud de Chateaubriand, le tueur sauvage de Louviec. »

VIII

Danglard sortit de son bureau, agitant un bras, adressant au commissaire de grands signes muets lui enjoignant de venir le rejoindre sur-le-champ.

— L'attaché et premier secrétaire du ministère de l'Intérieur en ligne, lui murmura-t-il. Ça urge, hâtez-vous.

— Qu'est-ce qu'on a pu faire comme connerie ? chuchota Adamsberg.

Danglard le poussa dans le dos, l'assit dans son fauteuil et lui plaça le téléphone en main. Adamsberg salua avec toute la déférence voulue mais le premier secrétaire économisa les préliminaires pour en venir droit au but, parlant aussi vite que possible.

— L'affaire de Louviec, commissaire Adamsberg. Gagnons du temps, j'en connais tous les détails. Je n'ai jamais cru en les qualités du divisionnaire Le Floch mais il allait passer toutes les bornes de la stupidité et de l'inconscience en arrêtant incontinent Josselin de Chateaubriand.

Le ministre l'a stoppé en plein vol et Le Floch est provisoirement remplacé par votre divisionnaire, jusqu'à plus ample informé. C'est-à-dire que vous prenez l'enquête en main toutes affaires cessantes, ainsi en a décidé le ministre, si paradoxale soit votre réputation. Embarquez avec vous tous les hommes qu'il vous faut, n'hésitez pas à demander des renforts, vous avez carte blanche, et bloquez-moi ce tueur qui s'acharne, outre ses immondes forfaits, à mettre en cause Josselin de Chateaubriand. Le ministre est fou de colère.

Le secrétaire marqua une pause qui n'appelait pas de réponse et reprit plus calmement.

— Je vous ai transmis la teneur des propos du ministre, et jusqu'à son humeur. Je sais que vous avez été deux fois à Louviec, travaillé en toute camaraderie avec votre collègue Matthieu, un excellent élément, et bloqué une première fois les initiatives désastreuses de son divisionnaire. Comment vous y êtes-vous pris ?

— Absence d'accusation, incohérence et, les faits récents le confirment, un excès de preuves digne d'un demeuré. Ce qui n'est pas le cas de Josselin de Chateaubriand.

— Certes non.

— Mais l'affaire ne sera pas simple, monsieur le secrétaire. C'est à croire que le meurtrier frappe au hasard mais cela non plus, je ne le pense pas.

— Pourquoi ?

— Je ne sais pas, monsieur le secrétaire, une sensation vague.

— En dépit du silence protecteur des membres de votre Brigade, on a vent de vos sensations vagues, dit le secrétaire plus sèchement. Tâchez de les oublier, d'être précis, efficace et rapide. Tirez Chateaubriand de là, c'est tout ce qu'on vous demande.

La communication fut coupée sans qu'aucune formule de salutation ait eu le temps d'être échangée.

— On est saisis, Danglard. Louviec est pour nous.

— J'avais compris.

— Préparez une réunion dans la salle du concile afin que chacun soit informé, j'appelle Matthieu.

La « salle du concile », ainsi emphatiquement nommée par Danglard, désignait la plus grande des deux salles de réunion, tandis que la « salle du chapitre » accueillait les comités plus restreints. En concile, chacun s'installait à sa place habituelle, non pas pour respecter un rituel mais par automatisme. Encore que nul ne se serait assis au haut bout de la longue table en bois, où présidaient les commandants Danglard et Mordent, tous deux les supérieurs d'Adamsberg. Science et mémoire immense de l'un, perspicacité et instinct intuitif de l'autre, tous deux concouraient à la mécanique des enquêtes, et surtout de celles qui intéressaient peu Adamsberg.

Le commissaire occupait toujours le siège placé face aux deux grandes portes-fenêtres donnant sur la cour ancienne et pavée, d'où il observait les modifications de la végétation et l'activité des oiseaux. Oiseaux pour lesquels Froissy – qui craignait bien entendu qu'ils ne manquent – suspendait aux branches des filets emplis de graines nutritives et déposait des coupelles d'eau.

Pendant que le brigadier Estalère disposait sur la table les tasses pour le café – tâche dont il s'enorgueillissait et dont il était devenu l'exécuteur incontesté –, Adamsberg appelait le commissaire Matthieu, qui laissa à peine à son collègue le temps de prononcer trois mots.

— Il y a eu un miracle, Adamsberg, et sa voix était surexcitée. Sans la moindre explication, le divisionnaire vient de me faire savoir qu'on lâchait Josselin, qui était à deux doigts de la cellule. Puis, furieux, il est parti en claquant la porte.

— Pas de miracle, Matthieu. L'ordre est arrivé ici au commandant Danglard, directement du ministre de l'Intérieur. Je te l'avais dit : hors de question de toucher à Chateaubriand, sauf preuves incontestables.

— Excellent. Cela sauve provisoirement Josselin et me laisse un peu de temps.

— C'est peu de te dire que ton divisionnaire est mal vu dans ces hautes sphères.

— Parfait, ça me va très bien.

— La suite ne va sans doute pas t'aller aussi bien.

Adamsberg cherchait ses mots. Annoncer à Matthieu qu'il était dessaisi du commandement de l'affaire n'avait rien d'agréable.

— Vu l'énormité qu'il allait commettre, ton divisionnaire est mis sur la touche : interdiction de se mêler de cette enquête, ordre du ministre toujours. Il est donc provisoirement remplacé, pour le cas de Louviec.

— Ça me va aussi. Quel divisionnaire prend sa suite ?

— Le mien, Matthieu. Et je t'assure que je n'y suis pour rien, nous ne sommes pas en bons termes.

— Parle, s'énerva Matthieu. S'il y a nouveau divisionnaire, il y a nouveau commissaire, c'est cela ? Et ce nouveau commissaire, c'est toi ?

— Pure logique administrative.

— Évidemment, dit Matthieu d'une voix devenue terne. Le Floch est écarté, et moi, moi qui n'ai pas été foutu capable de le convaincre et le contenir, je saute avec.

— Où as-tu pris que tu sautais ? On te tient là-haut pour un « excellent élément », je cite, ce qui n'est pas mon cas, et je suis vivement prié de travailler avec toi.

— En étant sous ta tutelle.

— Administrativement, oui. Mais ça ne va pas plus loin. J'ai toute latitude pour constituer l'équipe, j'ai besoin de toi et je compte sur toi. Si tu acceptes de te joindre à nous.

— Mais je n'ai pas le choix, non ? Ou bien il y aura délit d'insubordination.

— Je ne comprends pas qu'un simple formalisme bureaucratique te froisse à ce point. Quant à moi, que ce soit toi ou moi qui dirige l'équipe, ce n'est qu'un détail officiel dont je me fous totalement, et je t'en laisse la charge sur le terrain si ça te chante. Tu l'entends cela, oui ?

— Oui, reconnut Matthieu dont le ton revenait à la normale.

Simple petite égratignure d'orgueil, se dit Adamsberg, cela passerait. Égratignure qui l'étonnait car il était lui-même dépourvu de tout orgueil.

— Dans la réalité, il y aura collaboration et actions conjointes permanentes et, oui, j'ai besoin de toi et de tes hommes. Je ne peux pas déplacer toute la Brigade de Paris. Bon sang, ajouta Adamsberg en haussant légèrement le ton, ce n'est ni de ta faute ni de la mienne ! L'important, c'est que Josselin soit encore libre. Pour le reste, rien ne change. C'est ce crétin de Le Floch qui est à l'index, qu'est-ce que cela a à voir avec toi ?

— Rien, reconnut Matthieu. Désolé. Quand comptes-tu venir ?

— Dès cet après-midi. Tu peux trouver un local où nous loger dans le village ? Je pense qu'on sera cinq, et il y aura une femme avec nous.

— J'arrange ça avec la mairie de Louviec.

— Dis-moi, concernant Anaëlle…

— Fraîches, le coupa Matthieu, et même très fraîches. Je parle des piqûres de puces. Aucune trace d'anciennes. Même chose pour Gaël. J'ai même poussé le zèle jusqu'à faire contrôler le chien d'Anaëlle. Néant. Ça te va ?

— Ça me va très bien.

— Tu peux me dire pourquoi ?

— Parce que cela signifie tout bonnement que c'est le meurtrier qui a des puces. En contact rapproché, il en a refilé au moins une à chacune de ses victimes.

Matthieu laissa passer un silence, ruminant sa bévue. L'indice était d'importance et il l'avait laissé passer.

— Et du côté d'Anaëlle, reprit rapidement Adamsberg, peu désireux de sentir son collègue se mortifier, pas d'affaire sentimentale orageuse ?

— Sa cousine est si anéantie que ce ne serait pas humain de l'interroger. Elle est à peine capable de parler. Comprends, les deux filles ont été élevées ensemble. Mais à ce que j'en sais, et les voisins de même, pas de tracas affectif. Beaucoup d'amis, dont un qui serait un privilégié, mais sans rival à l'horizon. J'ai vu le gars, doux comme un mouton, écrasé de chagrin. Rien à tirer de ce côté-là.

— Et Gaël Leuven ? Pas de penchant pour Anaëlle ?

— J'ai réinterrogé ses meilleurs amis. Non, il était marié et avait une compagne à Louviec – une femme divorcée, je ne sais pas son nom –, ce qui semblait largement lui suffire. Laisse tomber le mobile sentimental, il n'y en a pas.

— Et financier ?

— Non plus. On dirait que notre gars frappe ce qu'il trouve, au hasard des rues. Ah, un détail à propos d'Anaëlle. Le soir, en rentrant chez elle, elle passe devant les fenêtres des Joumot-Serpentin, le couple infernal. On dit sous le manteau – mais tu sais ce que vaut ce « on » – que ces deux-là n'auraient pas des relations normales de frère et sœur. Même moi, je me suis parfois posé la question. Suppose que ce soit vrai, suppose qu'elle les ait vus peu de temps avant en situation intime.

— En ce cas, Anaëlle le raconte à sa cousine, ce qui met cette cousine – comment s'appelle-t-elle ?

— Gwenaëlle.

— ... en danger. Dès qu'elle sera en état, demande-lui si Anaëlle lui a parlé d'un inceste chez les Joumot. Si oui, il faudra la placer sous protection. Quant à Gaël, provocateur comme il était, on l'imagine très bien faire comprendre au couple ce qu'il pensait d'eux. Ça a dû bien le faire marrer de mettre la Serpentin sur le gril. Sauf que Gaël n'a pas réalisé qu'avec cette bravade, il signait son arrêt de mort. Joumot a un alibi ?

— Non et oui, donné par sa sœur, autant dire que cela ne vaut rien. Elle assure que Joumot est revenu vers vingt heures de Combourg, qu'ils sont restés chez eux et voilà tout. À quoi faire ? À dîner et tirer les cartes au tarot pour connaître leur avenir et celui des autres, à l'aide de photos et de pendules. Si Joumot est le tueur, on comprend son insistance à faire accuser Josselin. Et tout cela embrouille encore plus les dernières paroles de Gaël. « vic... oss... tapé... Joumot. »

— On retombe toujours sur cet os. Alors que c'est cet os qui nous mettra sur le bon chemin. Seulement, pour le moment, on se casse les dents dessus. On le prend du mauvais côté.

— Comment tu le sais ?

— Mais je ne le sais pas, Matthieu.

Durant la réunion de l'ensemble des agents de la Brigade en salle du concile, Adamsberg prit son temps pour exposer l'affaire de Louviec dans ses moindres détails, depuis le pilon du Boiteux jusqu'aux discordes concernant le piétinement des ombres et les indices accablant le descendant de Chateaubriand. Danglard en profita pour évoquer longuement l'histoire de François-René de Chateaubriand, sa vie-son œuvre, et le commissaire constata avec une certaine satisfaction que beaucoup ne le connaissaient que de nom et que d'autres n'en avaient jamais entendu parler, pas plus de lui que de la forteresse de Combourg. Le carnet où étaient notées les dernières paroles de Gaël Leuven circula de main en main, chacun secouant la tête, impuissant. Adamsberg exposa le sens premier qui avait été attribué à ces mots, et les motifs de son incohérence.

— Tu as raison, dit Veyrenc. « Tapé » est un mot d'enfant et d'après le portrait que tu nous as tracé de Gaël Leuven, il est inconcevable qu'il ait employé ce verbe, ni qu'il ait raconté la scène de la mairie alors qu'il était sur le point de mourir. Une scène qui n'avait rien d'inoubliable. Pourtant ce « tapé Joumot » est bien là et il faudra y trouver un sens.

— Un bazar inextricable, résuma Adamsberg. Des ultimes paroles sans signification, des ombres sur lesquelles il ne faut à aucun prix marcher, des menaces, le son de la jambe de bois du fantôme de Combourg, censé annoncer un meurtre, la présence du sosie de Chateaubriand, sur lequel s'accumulent grossièrement tous les indices, l'absence de mobiles – sauf pour Joumot mais c'est très sujet à caution –, l'absence de lien entre les deux victimes, je plains ceux qui vont s'y coller. C'est-à-dire nous. C'est-à-dire vous, Retancourt, Veyrenc, Noël, et Mercadet. On ne peut pas déshabiller la Brigade et on aura le soutien du commissaire Matthieu et de ses hommes. Noël, refrénez-vous et soyez aimable avec ces renforts. Point important : on ne s'habille pas à Louviec comme on s'habille à Paris ou à Rennes. Pas de costume, des pantalons simples, vagues, des chemises larges, à carreaux si cela vous plaît, des pulls un peu usagés, des sweat-shirts, rien de serré, rien d'étroit, rien de particulièrement à la mode, sauf chez les jeunes gens quand les parents ont les moyens de leur offrir ce qu'ils désirent.

— Tout va bien, dit Danglard avec un sourire sans ambiguïté, vous n'aurez rien à changer à votre tenue, commissaire. Pas plus que Retancourt ou Mercadet, qui se vêt le plus confortablement possible pour pouvoir être aussi à l'aise assis que couché. Noël cependant devra en rabattre un peu sur ses blousons rutilants de motard, de même que Veyrenc sur ses tenues habilement simples mais assez raffinées. Mais pourquoi cette mesure ? Vous craignez qu'on ne vexe les habitants ? Ils ont grande habitude des touristes pourtant.

— Mais pas des flics balancés chez eux depuis la capitale, Danglard. Je ne tiens pas à ce que les « Parisiens » soient mis d'emblée à distance. Nous aurons des liens à tisser, des interrogatoires à mener.

Adamsberg parut se concentrer à nouveau sur son croquis, qui représentait son hérisson revenu dans son bosquet. Il prenait sans cesse de ses nouvelles, qui n'étaient pas fastes. La plaie s'était infectée et une septicémie s'était déclarée deux jours plus tôt. Mais la vétérinaire s'acharnait et ne désespérait pas. L'animal, présentement, dormait, ce qui fit revenir ses pensées aux agents qu'il embarquait avec lui à Louviec. Le choix d'y emmener Mercadet n'était pas simple.

Le lieutenant était un hypersomniaque, fonctionnant par cycles d'éveil et de sommeil de trois à quatre heures, ce qui ne facilitait pas une enquête sur le terrain qui, il le pressentait, menaçait d'être rude. Ce handicap, Adamsberg n'en avait jamais informé ses supérieurs, qui auraient débarqué le lieutenant de la police sur-le-champ. Tous les agents de la Brigade protégeaient Mercadet. Il prenait son repos dans la petite salle du distributeur à boissons, au premier étage, dans laquelle on avait installé des coussins au sol, à côté de l'écuelle du chat. Mais Mercadet était un informaticien hors pair, et Adamsberg souhaitait à toute force l'avoir dans son équipe. Ce serait à lui de faire en sorte que les disparitions régulières de son hypersomniaque ne soient pas repérées. Retancourt et Noël avaient été adjoints pour assurer défense et puissance, et Veyrenc, efficace, habile et influent, pour le remplacer durant ses absences, que celles-ci soient justifiées ou non.

Tous voyageaient léger, ne pensant pas s'attarder à Louviec, à l'exception d'Adamsberg qui transportait un long bagage visiblement pesant en complément de son sac à dos.

— Qu'est-ce que tu trimballes là-dedans ? finit par lui demander Veyrenc, en longeant le quai de la gare. Une réserve d'artillerie lourde ?

— Non, mon matériel de pêche. Enfin, celui que j'ai emprunté à Voisenet. J'ai repéré sur la carte une petite rivière un peu au nord du village, joliment nommée la Violette, visitée par des carpes, des ablettes, des brochets, des saumons atlantiques et je ne sais quoi d'autre.

— Parce que tu pêches maintenant ? dit Veyrenc en marquant un temps d'arrêt.

— Mais non. Je n'ai même pas emporté d'appâts, d'hameçons, juste un petit morceau de plomb pour enfoncer la ligne, dans le cas où je serais vu. Il faut être crédible.

— Qu'est-ce que vous tramez, commissaire ? demanda Mercadet qui avait suivi la conversation.

— Des échappées, lieutenant, des échappées. Dans un petit village comme Louviec, on ne disparaît pas comme cela. Au lieu que si vous prétextez une partie de pêche, tout le monde comprend qu'il vous faut du silence et vous fout la paix.

Tous connaissaient le besoin d'Adamsberg d'aller marcher et s'isoler, en quête de pensées hasardeuses.

— Bonne astuce, dit Retancourt en montant dans le train. Mais qu'est-ce que vous ferez de vos poissons en rentrant ?

— Mais je n'aurai pas de poissons, Retancourt.

— Et comment vous expliquerez cela ?

— Tout simplement en disant que je les ai relâchés.

— Vous aurez l'air bizarre, dit Noël.

— De toute façon, j'ai l'air bizarre, lieutenant. Ça ne les choquera pas plus que ce que fabrique Josselin de Chateaubriand.

— Qui est ? demanda Veyrenc.

— De partir presque chaque matin dans les bois cueillir des champignons et de les donner aux amateurs car lui n'aime pas cela.

— Il est taré ? demanda Retancourt qui ne faisait jamais dans la nuance quand il s'agissait de psychologie.

— Pas le moins du monde. Excentrique peut-être, mais je le prendrais plus volontiers pour un flâneur, un rêveur, un fugueur ou les trois. Cueillir des champignons toute la matinée est une manière d'échapper au monde. Or cet homme, charmant par ailleurs, est contraint tout le reste du jour à s'exposer aux troupes de touristes venus spécialement, y compris de l'étranger, pour le voir et se faire photographier à ses côtés. Il y a de quoi éprouver le besoin de se dérober à cette pression qui lui est si pénible.

— Cette ressemblance, demanda Mercadet, elle est à ce point frappante ?

— Pas frappante, lieutenant, ahurissante. C'est une totale énigme. Je n'ai pas insisté trop longuement sur ce point pendant la réunion car cela ne concernait pas de près les autres agents. Mais voici le portrait du célèbre écrivain en 1809, dit Adamsberg en faisant circuler le petit livre que lui avait offert Matthieu. Il a environ quarante ans.

— Séduisant, commenta Retancourt.

— Et voici la photo de Josselin, que m'a transmise le commissaire, prise à peu près au même âge.

Veyrenc se concentrait sur les deux portraits, allant de l'un à l'autre, aussi ébahi que ses collègues, qui en restaient muets d'incompréhension.

— Son sosie parfait, dit Adamsberg. Josselin est à coup sûr un descendant de son aïeul François-René, mais on comprend qu'une telle ressemblance à tant d'années de distance fascine et que Josselin s'en échappe comme il peut. Aussi, voici les consignes : quand vous le verrez le soir à l'Auberge des Deux Écus où il dîne – les photos y sont interdites –, surtout ne montrez en rien que vous le reconnaissez. Rien ne lui plaît tant que d'être ignoré et traité comme un homme comme un autre.

— On comprend cela, murmura Veyrenc qui ne pouvait détacher les yeux des deux portraits.

— Sachant par le patron – un géant blond avec lequel il n'a pas de secrets – que nous sommes une équipe de flics engagés dans une affaire où il est gravement impliqué, il viendra certainement nous saluer et se présenter. Ne marquez aucune surprise, ne le dévisagez surtout pas.

— Compris, dit Noël. On essaiera.

— Vous avez à peine accordé d'attention au portrait de l'écrivain, lui fit remarquer Adamsberg.

— C'est que je le connais par cœur, répliqua Noël avec un sourire un peu sarcastique. Les *Mémoires d'outre-tombe* étaient le livre de chevet de mon parrain et j'en ai hérité. L'édition comportait ce portrait. Et ce livre, je l'ai lu deux fois. Et dans la foulée, *René* et *Atala*. Cela vous souffle, hein ? Parce qu'à cause de mes manières directes, de mon langage grossier et de mes réactions souvent brutales, vous me prenez tous pour un abruti – sauf Retancourt –, tout juste bon à démolir la gueule des criminels. Eh bien, je ne suis pas un abruti.

— Personne ne le pense, Noël, dit Adamsberg, dont la voix enveloppa assez le lieutenant pour le convaincre. Si abruti il y a, c'est moi. Avant de venir à Combourg, je ne connaissais de Chateaubriand que son nom.

— Mais le nom de Combourg me disait quelque chose, dit Retancourt.

— Moi de même et ça ne va pas plus loin, ajouta Mercadet.

— Mais vous, Noël, reprit Adamsberg, puisque vous connaissez ce visage, ainsi que Veyrenc sûrement, maîtrisez d'autant plus votre réaction quand vous verrez le descendant ce soir.

IX

Le commissaire Matthieu était là pour les accueillir à la gare. Le maire de Louviec avait fait les choses au mieux, et vite. Il avait utilisé une ancienne maison municipale, autrefois destinée à accueillir les personnes âgées dépendantes. Une vaste salle donnant sur un pré, une cuisine, dix chambres à l'étage, chacune avec des toilettes hautes et une douche de plain-pied, munie de barres de soutien. Évidemment, les lits étaient bordés de barres métalliques pour éviter les chutes. Le tout propre et quasi désinfecté. Il était près de vingt heures quand l'équipe prit possession des lieux.

— Le ratissage des magasins d'outillage de Rennes, ça a donné quelque chose ? demanda Adamsberg en installant ses affaires.

— Pas si mal, dit Matthieu en souriant. Tu avais raison, quatre couteaux vendus en quatre emplacements différents. Tous à rivets argentés. Quatre ! Le type – car il n'avait qu'un seul déguisement – s'est fait un peu remarquer car il est assez rare qu'on demande un couteau Ferrand, qui est le plus cher sur le marché.

— Quatre… Il projette encore trois crimes ! Et puisque c'était le même type, le fait de disperser ses achats dans des lieux différents montre assez qu'il est méfiant et que ses intentions sont féroces et déterminées. Il s'est nécessairement travesti. À quoi ressemblait-il ?

— Imprécision des témoignages, toujours, avec quelques détails. « Taille moyenne », « entre deux âges », mais en tout cas une tête assez voyante.

— Il le faut pour masquer son vrai visage. Des cheveux roux, non ?

— Gris. Mais en effet, une moustache, des sourcils et un bouc roux. Bedonnant, des grosses joues, le teint rougeaud, une verrue sur l'aile du nez. Des habits quelconques, gris et un peu défraîchis, une vareuse et une vieille casquette de marin. On n'a personne à Louviec qui soit vêtu en marin, ce n'est pas un village de pêcheurs. La tenue assez débraillée a été remarquée par les vendeurs car ce couteau vaut quand même plus de quarante euros.

— Parfait, tout cela s'invente, Matthieu. Le ventre, les joues gonflées, rougies, de la cendre pour les cheveux, une teinture à l'eau pour les sourcils et la moustache, et même la verrue, facile à fabriquer avec une boulette de colle. Il a dû acheter la teinture dans une grande surface. Et après ses courses, aller se décolorer et se changer dans un grand café. Ce qui suppose qu'il avait un sac.

— Je l'oubliais. Un sac de marin, qu'il tenait par une sangle à l'épaule.

— Il y a fourré ses frusques, son ventre, sa parure de marin, sa verrue, recouvré son apparence normale et repris la route. Pas si facile de se débarrasser d'un gros sac en plein jour.

— Entre les petits villages de Saint-Germain et Saint-Médard, tu peux atteindre les rives de l'Ille. Si le gars a pris soin de lester son sac avec des pierres, il n'avait qu'à faire un court détour et le jeter dedans.

— Je me demande où il aurait trouvé des vieux habits de marin.

— À Saint-Malo, il y a des marchands de frusques qui en vendent. Neufs ou vieux. Très touristique. En tout cas, on n'a pas un gars à Louviec qui évoque ce signalement. Quatre couteaux, nom de Dieu.

— Expédition très bien préparée, dit Noël. Le type en a là-dedans, dit-il en se tapant le front.

— Dès que vous êtes prêts, on se retrouve à l'Auberge des Deux Écus, dit Matthieu en quittant les lieux. Le patron nous a réservé une grande table, il m'a dit qu'il vous faisait les mêmes prix qu'aux habitants de Louviec.

— D'accord, répondit Adamsberg d'une voix soudain lointaine.

Et le commissaire resta statufié dans sa chambre. L'idée vague, celle-ci ou une autre. Mais qu'est-ce qui s'était passé, bon sang ? Rien, absolument rien. Noël avait dit que le tueur était un malin et s'était tapé le front. Pas de quoi partir dans des idées vagues. Que le ministre lui avait par ailleurs interdites. Il se secoua, nota ce micro-événement dans son calepin, passa ses doigts dans ses cheveux pour se repeigner et rejoignit l'auberge, à six minutes à pied. Matthieu avait amené deux de ses collègues, un petit homme tout en rondeur, y compris d'esprit, de la forme du nez à celle du bout des doigts, et un dégingandé aux cheveux blonds éclairé par un grand sourire aux dents très blanches. Le commissaire leur en avait fait préalablement un portrait rapide : le petit, Berrond, souple et liant, n'avait pas, au physique, l'allure d'un homme déluré et productif, alors qu'il était un énergique infatigable et subtil. Verdun, lui, dont on devinait à son visage lumineux qu'il était un homme entreprenant et rapide, présentait une face inverse faite de prévoyance, de discrétion et de réserve. Ni l'un ni l'autre ne montraient la moindre rancœur envers le débarquement d'une équipe parisienne et les deux groupes s'entendirent sans effort. Matthieu avait pris soin d'exclure de son choix les agents parisianophobes, si bons soient-ils.

Le patron, Johan, dont la voix haute et forte s'entendait depuis leur table, située à l'opposé du comptoir, près de la grande cheminée, s'approcha d'eux carnet en main pour leur souhaiter la bienvenue, puis baissa soudainement le ton pour presque leur murmurer la teneur du repas qu'il proposait de leur servir, en leur énumérant longuement sa composition, avec les vins l'accompagnant. Si ce dîner ne convenait pas, une alternative était possible, qu'il décrivit avec la même minutie discrète et passionnée. Vu les rations très copieuses aperçues sur les autres tables, chacun opta pour le menu du jour, mais entrée exceptée. Un peu froissé, Johan s'éloigna avec la commande.

— Pourquoi chuchote-t-il ?

Matthieu sourit et chuchota à son tour.

— C'est un instinct de protection. Il est fiévreusement attaché à la qualité et aux spécificités de sa cuisine. Il en parle toujours à mi-voix comme s'il craignait que quelque espion ne lui vole ses secrets d'État. Ses recettes ne sont écrites nulle part, hormis dans sa tête. Un conseil : ne l'interrompez pas quand il vous décrit ses plats de manière si circonstanciée, vous lui feriez de la peine.

— Et il ne craint pas qu'un hôte ne les mémorise ?

— Non, trop compliqué, et il omet volontairement des détails clés tout en en ajoutant des faux – je le sais de son chef cuisinier. C'est comme un message codé. Ses préparations sont donc impossibles à reproduire.

— Tout le monde a un grain ici, dit Retancourt.

— Parfois, il faut s'approcher assez près du grain pour le repérer.

Matthieu décela un mouvement à la table des habitués.

— Tenez-vous prêts, dit-il. À présent que Johan est passé prendre la commande, Chateaubriand ne va pas tarder à venir nous voir avant que nos plats soient servis. N'oubliez pas : vous ne l'avez jamais vu. Appelez-le simplement « monsieur ».

Quelques minutes plus tard, Josselin gagnait leur table tandis que Johan approchait une chaise.

— Merci, Johan, mais je n'ai pas l'intention de déranger longtemps dit-il en s'asseyant tout de même.

— Aucun dérangement, dit Matthieu, vous êtes le bienvenu. Vous connaissez déjà le commissaire Adamsberg, je vous présente les quatre membres de sa brigade qui l'accompagnent. Les lieutenants Veyrenc, Noël, Retancourt et Mercadet.

Il y eut un échange de salutations et de « Bonsoir, monsieur », qui sonnaient très naturellement.

— Ainsi, commissaire Matthieu, voici donc votre nouvelle équipe, dit Josselin dont le regard curieux s'attardait sur Retancourt et sa stature peu commune.

— À ce détail près que ce n'est pas ma nouvelle équipe mais celle d'Adamsberg, auquel le divisionnaire à présent en charge de l'affaire de Louviec a confié la responsabilité.

— Figurez-vous que j'ai su cela, dit Josselin en se tournant vers Adamsberg. J'étais à deux doigts d'aller en cellule et je vous suis hautement reconnaissant que votre obstination à me croire innocent ait abouti à dessaisir le divisionnaire local pour vous passer la main.

— Et comment l'avez-vous su ?

— Par Matthieu, qui a asséné au divisionnaire tous vos arguments et l'a vivement engagé à ne pas se ruer sur cette piste. En pure perte. Et hier, Le Floch est entré en rage, vous accusant d'avoir prévenu son propre divisionnaire qui lui-même a alerté le ministère.

— Vrai, dit Adamsberg. Bien que ce ne fût pas alors mon affaire, il m'a paru bon qu'il soit informé car il a en effet le bras long, très long. Mais pour être juste, dit Adamsberg, c'est le ministère qui n'a pas toléré l'acharnement de Le Floch contre vous, ce à quoi je m'attendais.

— Et pour être encore plus juste, ajouta Chateaubriand avec un sourire, ce n'est pas du tout mon insignifiante personne que le ministère a protégée, mais Lui. Lui, l'aïeul.

— Nous en sommes tous bien d'accord, dit Adamsberg en souriant à son tour.

— Mais pardon, dit soudainement Chateaubriand en sursautant, je suis un véritable goujat, je ne me suis pas même présenté à vos adjoints. Messieurs, madame, merci de votre renfort. Je me nomme Josselin de Chateaubriand, j'habite Louviec, et c'est moi qu'on accusa des deux crimes.

— Je crois qu'ils l'avaient compris, dit Adamsberg, je leur ai exposé l'affaire et votre cas avant notre départ.

— Alors tout est bien, dit Josselin en voyant arriver les plats. Je vous souhaite bon appétit à tous et vous sais gré de votre présence.

— Il parle toujours comme ça ? demanda Noël quand Josselin fut assez éloigné.

— Son soi-disant aristocrate de père l'a élevé comme un futur vicomte, expliqua Matthieu. Même si Josselin y est farouchement opposé, cela laisse des traces.

— Et ça donne un grain ? demanda Retancourt.

Adamsberg parut réfléchir un instant avant de répondre.

— C'est possible, dit-il.

X

Le lendemain, après une nuit passable dans son lit-cage, Adamsberg apprit que Gwenaëlle était en état de parler. Mais pas son hérisson, pensa-t-il secrètement durant quelques secondes, et il en eut honte. Soyez là vers onze heures, précisa le médecin, le temps qu'il encourage la jeune femme à se vêtir et à avaler quelque chose.

— Onze heures, dit Adamsberg à Matthieu. Tu m'accompagnes ?

Matthieu fit la moue.

— Je n'aime pas ce genre de mission, dit-il.

— Moi non plus.

— Mais je viendrai te prendre à moins le quart.

— Tu as fait surveiller les fenêtres des Joumot hier soir ?

— Ils ont joué aux cartes. Au tarot certainement. Rien de très sensuel.

— Attends une minute, dit Adamsberg. Une bricole qui me traverse l'esprit. Un truc qui me gratte.

Adamsberg avait frotté son bras mécaniquement et relevé sa manche pour examiner la piqûre. Un moustique. Ils piquaient de plus en plus tôt et s'attardaient jusqu'en novembre ou plus. Réchauffement climatique, ils en profitaient.

— Une puce ? demanda Matthieu. Tu y penses toujours ?

— Évidemment. Elles me démangent et me dérangent. Cela m'importe. Je compte faire enquêter, je te dirai cela ce soir.

Adamsberg s'assit en retard à la longue table où ses adjoints prenaient leur petit-déjeuner. En l'absence d'Estalère, le maître du café à la Brigade de Paris, Mercadet s'était occupé de la préparation pendant que Veyrenc avait été chercher pain, beurre et sucre. Adamsberg se versa une tasse sous le regard anxieux de Mercadet.

— Très bon, lieutenant, dit-il.

— Il est loin de valoir celui d'Estalère, dit Mercadet avec une moue. J'essaierai d'améliorer.

— Il ne s'agit pas d'être doué en tout. Mais dès aujourd'hui, je vais avoir besoin de tous vos talents d'imposteurs. Je vous résume les choses, et tant pis si vous trouvez cela grotesque, nous devons le faire. Rien ne relie nos deux victimes sauf un léger détail : tous deux présentaient des piqûres de puces fraîches, et aucune trace de piqûre ancienne. Puisqu'on n'a rien à se mettre sous la dent, on doit supposer que le tueur, durant son contact avec ses victimes, leur a refilé une puce.

— C'est moins grave qu'un coup de couteau, bougonna Retancourt.

— J'ai dit « tant pis si cela vous paraît grotesque », Retancourt.

— Et on peut donc en déduire que l'assassin en avait sur lui, dit sérieusement Veyrenc.

— Mieux que cela, Louis, l'assassin en était infesté. Ce n'est pas en portant trois puces sur soi qu'on va réussir à les passer à un autre. Il en faut plus. C'est cela, l'intérêt.

— Et comment est-on sûrs qu'il s'agit de puces ? demanda Mercadet en se coupant une quatrième tranche de pain.

— Elles piquent souvent en ligne, généralement par séries de trois. C'est très facile à reconnaître. Et le légiste n'est pas un ignare.

— Et quel est le but de la manœuvre ? demanda Noël.

— Identifier les habitants de Louviec susceptibles d'être des porteurs de puces.

— Si bien qu'on sonne chez tout le monde en demandant aux gens s'ils sont couverts de puces ? dit Retancourt.

— Retancourt, soupira Adamsberg, pour cette enquête et dès aujourd'hui, vous allez faire l'effort de convertir votre puissance en amabilité et douceur. Cela vous paraît à votre portée ?

— Parfaitement. Vous ne me reconnaîtrez même pas.

— Très bien. Vous vous serez munis au préalable de formulaires officiels de la mairie, du Département des services d'hygiène, et d'un plan de Louviec avec le nom des habitants, maison par maison, toutes numérotées. J'ai déjà prévenu le maire qui s'occupe de préparer les documents. Puis vous commencerez votre porte-à-porte. Louviec compte à peu près quatre cent cinquante foyers. Environ soixante-quinze visites pour chacun de vous six, en adjoignant deux hommes de Matthieu et en comptant la pause repos de Mercadet. Cela vous prendra deux jours mais les questions sont simples et ne dureront que quelques minutes. Vous emprunterez des vélos à la mairie. Mercadet, avalez des cafés pour essayer de tenir quatre à cinq heures.

— Cinq heures, dit-il d'un air désolé, je n'y arriverai pas. Quatre heures et demie au maximum.

— Ce que je sais, dit Noël, c'est que les puces qu'on trimballe nous viennent des chiens et des chats. Or la moitié des gens d'ici doivent posséder un animal. Ce qui fait que la moitié ont des puces. Alors ça sert à quoi ? À avoir des centaines de suspects ?

— Ce n'est pas aussi simple, lieutenant, corrigea Adamsberg. D'accord, la moitié des foyers ou plus doivent abriter un animal. Ce qui ne signifie en rien que leurs propriétaires soient couverts de puces. Et je crois vraiment que, pour que le tueur ait largué une puce sur sa victime deux fois de suite, il devait en porter une bonne colonie.

— J'approuve, dit Veyrenc.

— Et pourquoi certains en auraient une bonne colonie et pas d'autres ? demanda Mercadet.

Adamsberg se servit une seconde tasse de café et passa la cafetière à la ronde.

— Cela m'oblige à vous faire un petit exposé sur les puces, dit-il. Prenons un chat, un chien qui vit à la maison. Mais qui sort. Vous avez peut-être remarqué qu'un bon nombre d'animaux se baladent librement dans les rues de Louviec. Puis rentrent chez eux, avec des puces. S'ils suivent un traitement, les insectes meurent et voilà tout. Mais les gens ne sont pas riches ici, les produits anti-puces sont chers et l'application doit être souvent répétée. Sans compter la visite annuelle chez le véto. Si l'animal n'est pas protégé, et c'est un cas que vous allez sûrement rencontrer souvent, il sera infesté, mais l'habitat aussi. Car les puces ne restent pas sur l'animal. Une fois leur repas pris, elles le quittent et se promènent à travers la maison. La quasi-totalité des puces vit au sol. Quand la faim les prend, elles remontent sur leur hôte et le piquent. Puis l'abandonnent à nouveau. On sait qu'une puce peut pondre de vingt à cinquante œufs par jour pendant trois mois, œufs qui deviendront larves en un temps record, et larves qui atteindront le stade adulte en quinze jours, un mois au pire, et se mettront à leur tour à piquer et à pondre. Le chat, le chien en éliminent pas mal mais je vous laisse imaginer le nombre de milliers de puces que peut renfermer une maison.

— Bon sang, dit Mercadet, c'est l'escalade. Et donc, les habitants sont dévorés, non ?

— Justement non, simplement parfois piqués, mais jamais infestés. Car l'homme n'est pas la proie préférée des puces de chats et chiens, il n'est qu'un pis-aller en cas de manque. C'est pourquoi tout bascule si l'animal disparaît de la maison. S'il fugue, s'il se perd ou s'il meurt. En ce cas, les puces affamées qui traînent au sol, privées de leur hôte de prédilection, se jettent alors sur l'homme et l'infestent. Ce qui nous intéresse, c'est donc un propriétaire qui n'appliquait pas de traitement à son animal, et qui l'a perdu.

— Comment cela se fait, demanda Noël, que vous en sachiez autant sur les puces ?

— Noël, vous n'avez sûrement pas oublié le temps où l'on bossait sur la peste.

— Sûrement pas.

— Eh bien j'avais travaillé le sujet, voilà tout.

— En bref, reprit Noël, quelles questions on pose ?

— Un : le nom, l'âge. Deux : si un animal est présent. Trois : si cet animal est traité contre les puces. Quatre : combien de personnes vivent dans la maison, leur nom, leur âge. Cinq, et c'est le point crucial : si cet animal a récemment disparu ou a été confié ailleurs. Profitez-en pour noter, en leur faisant signer votre formulaire, s'ils sont gauchers ou droitiers.

— Pas très compliqué, dit Veyrenc. Le tout est d'y mettre les formes.

— Et de prendre des précautions. N'entrez pas dans les maisons et ne vous approchez pas de la personne à moins de trente-cinq centimètres. Une puce ne peut pas sauter très loin ni très haut. Matthieu et moi serons chez la cousine d'Anaëlle et vous, vous vous mettez en chasse.

Durant le court trajet en voiture jusque chez Gwenaëlle Briand, Adamsberg et Matthieu restèrent silencieux, redoutant l'un comme l'autre les interrogatoires de victimes écrasées de chagrin. Les phrases consolatrices n'y changeaient rien et eux avaient la lourde tâche de leur arracher des mots.

— Pas marrant, dit finalement Matthieu.

— Tu commences ? demanda Adamsberg. Tu la connais ?

— Pas du tout. Tu commences, c'est toi qui es en charge, c'est à toi de faire.

— Tu fuis.

— Absolument. Et toi aussi.

— Absolument.

Le médecin leur ouvrit la porte et les salua d'une inclination de la tête. La jeune femme, prostrée sur une chaise, le dos courbé, les doigts entrecroisés et serrés, leva vers eux un visage ravagé et un regard sans lumière. Elle n'était pas naturellement belle, et le manque de toute expression la défigurait plus encore. Les deux policiers s'assirent sans bruit de part et d'autre de sa chaise.

— Cela ne vous aidera en rien, commença Adamsberg à voix très douce, mais sachez que nous compatissons. Nous trouverons celui qui a fait cela.

Combien de fois avait-il dû les dire, ces phrases toutes faites, face à un regard noyé dans les lointains de l'indifférence ?

— Le vicomte, dit-elle. C'est son foulard.

Des premiers mots déjà, c'était au moins cela.

— C'est son foulard mais ce n'est pas le vicomte.

— La police, elle ne trouve jamais rien.

— Il arrive que si. Votre cousine n'avait ni chien ni chat ?

Cette question hors de propos surprit la jeune femme et sembla la ranimer quelque peu. Elle posa sur Adamsberg un regard plus net.

— Non, bien sûr que non. Avec le magasin, vous comprenez…

— Et dans votre magasin, les gens entraient avec des animaux ?

— Mais non, c'est interdit pour des raisons d'hygiène. Et ce n'est plus mon magasin, dit-elle plus fermement, et ce n'est plus mon village. Je vais vendre et partir. Mon oncle me propose un travail à Dinan.

— Quel travail ?

— Il est ardoisier. Je grimperai sur les toits et arrivera vite le jour où j'en tomberai. C'est tout ce que je souhaite.

— Je comprends, dit Matthieu.

Comme Adamsberg, il savait que, pour le moment, toute protestation eût été inutile et aurait même aggravé les choses.

— Et parmi vos amis, continua Adamsberg, Anaëlle a-t-elle été tout récemment en contact avec des animaux ? Ou avec quelqu'un qui en possède ?

— On tient le magasin toute la journée, vous devez le savoir. Mais pourquoi vous me parlez d'animaux ?

— Parce que votre cousine a été piquée par une puce.

Gwenaëlle le regarda, décontenancée. Au moins avait-il réussi à détourner d'un rien ses pensées.

— Ma cousine a été tuée, tuée ! Et vous, vous venez me parler d'une puce ! C'est avec cela que vous comptez trouver son assassin ?

— Une dernière question, dit Adamsberg en se levant, comme pour montrer qu'elle n'avait pas d'importance. Votre cousine passait chaque soir devant les fenêtres éclairées des Joumot. La route monte, et elle ne devait pas aller vite. Elle ne vous a jamais dit y avoir vu quelque chose de, disons, inhabituel, inattendu ?

— Vous voulez parler de la rumeur, c'est cela ?

— C'est cela.

— Non, Anaëlle ne m'a parlé de rien et elle me disait tout.

— Encore un mot : savez-vous si Anaëlle marchait sur les ombres ?

Gwenaëlle haussa faiblement les épaules.

— Vous voulez parler de ces imbéciles qui croient qu'on blesse leur âme dès qu'on pose un pied sur leur ombre ? Avec Anaëlle, on les trouvait stupides et arriérés – Gwenaëlle frotta ses yeux gonflés – mais c'est vrai qu'elle y jouait. Elle avait quelque chose de rebelle, de facétieux, et si l'occasion se présentait, elle ne résistait pas, elle traversait en marchant sur l'ombre. Il m'est arrivé de lui dire de foutre la paix à ces attardés, mais Anaëlle m'avait répondu un jour sérieusement qu'elle les soignait de leur peur : qu'à force qu'on marche sur leur ombre et que rien ne leur arrive, ils finiraient par ne plus y croire. Pourquoi me demandez-vous cela ?

— Parce que Gaël Leuven était un piétineur d'ombre fameux et qu'il s'est fait menacer de mort.

— Par qui ?

— Marie Serpentin.

— Je vois, dit la jeune femme, la sale vipère. Mais de là à... Remarquez que ceux qui protègent leur ombre ne sont pas si fragiles qu'on pourrait l'imaginer.

Le médecin lui avait apporté une tasse de café – mêlée d'un médicament, leur fit-il comprendre par des signes – qui semblait lui faire du bien.

— Non, reprit-elle, pas si inoffensifs. Ils croient leur vie en danger, alors ils réagissent. Ils s'appellent entre eux les « Ombreux » et ils se réunissent deux fois par mois pour « organiser la défense ». Quelle comédie. Mais ils ont constitué toute une liste des « attaquants », qu'ils nomment les « Ombristes » – vous vous rendez compte à quel point ils en sont ? Ça paraît ridicule, mais à présent que vous en parlez, je me dis que vous n'avez peut-être pas tort.

— Comment savez-vous tout cela ?

Gwenaëlle se moucha pour la dixième fois.

— Par une de mes amies, Laure Célestin. Elle a voulu assister à l'une de ces réunions, pour se marrer. Mais quand elle est rentrée, elle ne se marrait plus tellement. Deux ou trois types avaient proposé de « faire leur fête » aux Ombristes.

— Qu'est-ce qu'ils entendaient par là ?

— Laure n'a pas su. Peut-être les tabasser. Ou bien les...

La jeune femme fondit à nouveau en larmes et Adamsberg se leva et posa la main sur son épaule.

— Merci, Gwenaëlle, dit-il doucement.

Une fois dehors, Adamsberg souffla un long coup.

— Éprouvant, dit-il. D'habitude, j'envoie mon lieutenant Froissy sur ces scènes. C'est une femme très anxieuse mais elle tient le coup mieux que moi.

— J'ai l'impression de sortir d'une cérémonie funèbre, dit Matthieu en secouant ses cheveux blonds. Je vais aller boire un coup.

— À cette heure-là ?

— À cette heure-là. Viens.

— C'est foutu pour la piste « inceste des Joumot ». Tu avais besoin de lui parler de tes puces ? demanda Matthieu, une fois les deux hommes attablés devant un cognac, au café Chez Joss, à cinq cents mètres de l'Auberge des Deux Écus.

— « Chez Joss », répéta Adamsberg en regardant l'enseigne.

— Ne t'emballe pas, ce n'est que le nom de l'arrière-grand-père qui a créé le café. Rien à voir avec Josselin. Tes puces ? Tu l'as fait exprès pour la secouer ou c'était du sérieux ?

— Du sérieux, Matthieu. Ces bestioles m'intéressent, je te l'ai déjà dit. À cette heure, nos deux équipes sont en train de frapper aux portes de Louviec, au nom du Service d'hygiène de la mairie, pour chercher tous ceux qui pourraient être infestés par des puces.

— Parce que tu y crois vraiment ?

— À ce que le tueur ait passé une puce à ses victimes ? Oui, cela me paraît très probable.

— Et cela te suffit pour aller sonner à toutes les portes du village ? Tu n'as pas fini, camarade, la moitié des gens ont des animaux.

— Il y a puces et puces.

— Et que feras-tu ensuite ?

— Une liste des personnes infestées.

— Et ensuite ?

— Ensuite seulement, une vérification de leurs alibis. On ne va pas interroger tout le village.

— Les alibis, tu connais cela, toujours la même chose : « On était chez nous à regarder la télé », « On était déjà couchés »... C'est rare qu'on en tire quoi que ce soit. Et le mari ou la femme confirme toujours.

— Je vais regarder quels films passaient mercredi soir à l'heure du meurtre sur les chaînes les plus courantes. Mais les puces d'abord.

— Et qu'est-ce qui t'a pris de lui parler des ombres ?

— La phrase de Gaël, j'essaie de la comprendre. À la fin, ce « laissons... gar... ». Je me suis demandé s'il n'avait pas voulu dire « Les ombres... gare ».

— Mais ça ne colle pas du tout avec le début.

— Pas du tout. À moins qu'il n'ait voulu dire « Les sons... gare », pour parler du Boiteux. Mais rappelle-toi la menace de la Serpentin, à l'auberge. Il ne serait pas idiot de s'infiltrer dans leur groupe. Tu n'as pas entendu parler d'un tueur de chats par hasard ?

Matthieu posa assez brutalement son verre vide sur la table, abasourdi.

— Mais où vas-tu, collègue ?

— À cela, un tueur de chats, ou de petits chiens.

— Franchement, tu me déroutes, Adamsberg.

— Et tu te demandes, ajouta le commissaire en souriant, comment il se fait que le ministre m'ait envoyé sur cette enquête.

— Il y a de ça, reconnut Matthieu.

— Mais figure-toi que moi aussi, je me le demande. Alors, tu connais un tueur de chats ?

À ton expression, je vois que cela te dit quelque chose.

— Ce n'est pas exactement un tueur, c'est une bande de sales gosses qui s'amuse à cela. À les étrangler. C'est abject. Le maire aimerait vraiment mettre la main dessus, parce que des mômes qui commencent par ce genre de « jeu », ça ne laisse présager rien de bon.

— Et comment se fait-il qu'on ne les ait jamais chopés ?

— Parce qu'ils ont leur technique. Les mercredis, les samedis, l'un d'eux attire un chat avec un pâté et le capture. Il le fout dans un sac et se tire dans les parages déserts de Louviec avec ses camarades. C'est là où se déroule la « cérémonie de l'étranglement ». Écœurant. On retrouve le cadavre du chat, et c'est tout. Parfois, ils corsent le plaisir en ajoutant une grenouille éventrée, un moineau aux ailes arrachées. Une future bande de sadiques, c'est moi qui te le dis.

— Cela fait longtemps que cela dure, cette petite distraction ?

— Je dirais un an.

— Et en un an, ils en ont déjà tué combien à ton avis ?

— Pour ceux qu'on a découverts, je dirais vingt-huit, vingt-neuf. Mais s'ils réussissent leur coup deux fois par semaine, et sans compter les vacances, on atteindrait bien les soixante. C'est beaucoup.

— Décidément, répéta Adamsberg, on s'amuse bien à Louviec. Il y a un internat au village ?

— Oui, dans la zone nord. On pense que c'est là qu'ils sont.

— Combien d'enfants en tout ?

— Environ une cinquantaine. Il y a plus de parents qu'on croit qui baissent les bras face à l'éducation d'un enfant difficile et qui finissent par le coller en internat. Sorties le dimanche autorisées, pour ceux qui le veulent. Car figure-toi qu'il y a des gosses qui refusent de rentrer chez eux. C'est te dire.

— Quel âge, les gosses ?

— De huit à douze ans. Ensuite, ils sont renvoyés dans leurs foyers.

— Et comment sortent-ils les mercredis et les samedis ?

— Il y a un vaste parc, tout environné de haies épineuses. Mais tu connais les mômes, ils savent sacrément se démerder. Un trou entre les branchages, et ils passent.

— Ils ne sont pas censés être surveillés les mercredis et samedis après-midi ?

— Ils sont censés faire leurs devoirs dans leurs chambres. Des chambres de six. Et s'il y en a un qui s'éclipse, c'est l'omerta, pas un ne le dénoncera.

— Je serais toi, si tu me permets, je ferais un tour à l'internat. Un lieu idéal pour développer le chagrin, la rage, et enfin la haine, la violence. Il faudrait fouiller les sacs. Ce sont les sacs qui sont intéressants.

— Parce que ?

— Un chat enfermé de force dans un sac inconnu se débat et griffe autant qu'il peut. Il peut même en pisser de trouille sur place. En bref, il abîme le sac, il le raye, il le déchire. Si tu fouilles les cinquante sacs, t'as toutes les chances de trouver tes petits tueurs en herbe.

Matthieu hocha la tête en silence.

— Ce sera fait, dit-il. Mais je croyais que tu étais venu t'occuper des meurtres.

— Mais les tueurs de chats peuvent avoir leur rôle à jouer dans l'affaire. Je ne pense pas à un enfant tueur, tu sais bien qu'il n'existe pas de tueurs-nés. Je pense aux parents, aux pères surtout. À un enfant maltraité, un fils de brute, et donc peut-être un fils de tueur.

— Tu sautes du coq à l'âne. Du tueur aux puces, des puces aux étrangleurs de chats, des étrangleurs de chats à leurs brutes de pères.

— Tout a ses ramifications, Matthieu.

XI

La salle de l'Auberge des Deux Écus avait été réservée pour la seule équipe policière de vingt heures à vingt et une heures trente. Matthieu y retrouva ses deux hommes. Adamsberg avait fini par mémoriser les noms des adjoints de Matthieu en lisant et relisant ses notes : celui tout en rondeur se nommait opportunément Antoine Berrond, et le blond au grand sourire timide, Loïc Verdun.

— Asseyez-vous, je vous offre un cidre sec, déclara Johan.

— Quand je suis passé devant le magasin des cousines, dit Verdun, il y avait là une bonne soixantaine de personnes qui attendaient pour présenter leurs condoléances. C'est vrai qu'Anaëlle était aimée. Lorsqu'on leur a annoncé que le magasin ne rouvrait pas, ils sont tous restés là à piétiner, comme incapables de s'arracher.

— Et rien n'empêche le tueur de se mêler au rassemblement pour déplorer le sort d'Anaëlle, cela fait toujours une bonne couverture, dit

Berrond. On a donc relevé tous les noms et commencé par les hommes. Les interrogatoires, si l'on peut dire, ont été menés hors protocole, sur le vieux banc de pierre qui longe la boutique. Personne n'essayait de quitter les lieux. Indélogeables, tous attendaient patiemment leur tour. À défaut de pouvoir parler à Gwenaëlle, ils tenaient à dire leurs sentiments aux flics. Des louanges, des regrets, des souvenirs, c'était touchant mais terriblement répétitif.

— Parmi ces hommes, dit Adamsberg, vous n'en avez pas vu un qui se grattait ?

— Qui se grattait ? Quoi ? La tête ? demanda Verdun.

— Non, le bras, la cuisse, l'épaule, n'importe où.

— Je dois dire qu'on n'a pas fait attention à cela, commissaire.

— Si, intervint vivement Berrond. Il y avait un type devant moi, qui se grattait sans cesse.

— Vous avez son nom ?

Berrond feuilleta avec application son carnet, tenu avec grand soin.

— Yvon Briand, dit-il. Un gars de leur famille peut-être, encore que des Briand, il en pleut en Bretagne.

— Merci, dit Adamsberg en ouvrant son calepin à son tour pour y noter le nom, calepin où, tout au contraire de celui de Berrond, se mêlaient des noms, des croquis, des fragments de phrases, des dates, le tout sans alignement ni rubrique.

— Mais c'est moi, cela ! s'exclama Berrond en arrêtant la main d'Adamsberg sur une page.

— C'est vous, lieutenant.

— Mais pourquoi m'avez-vous dessiné ? Je suis suspect ou quoi ?

— Mais non, dit Matthieu. Il a fait mon portrait, à moi aussi.

— Ça sert à quoi ? À vous souvenir de nos têtes ?

— Non, dit Adamsberg, ça sert à dessiner.

— Je peux le voir ? demanda Berrond, aussi excité que s'il avait reçu une récompense.

Le commissaire lui tendit son calepin et les visages se tendirent vers la page. Adamsberg avait estompé quelques rondeurs et Berrond demeura fasciné devant son image.

— C'est la première fois de ma vie que quelqu'un a l'idée de me dessiner, dit-il, presque ému. Des caricatures, oui, il y en a eu au commissariat, mais un beau et véritable portrait, jamais. Vous me l'offririez ?

Adamsberg détacha la page du calepin, la data et signa, et la lui tendit.

— Merci commissaire, je suis touché, dit Berrond en rangeant soigneusement la feuille.

Matthieu, souriant, regardait ses lieutenants se débrouiller avec les sinuosités d'Adamsberg. Les quatre agents du commissaire les rejoignirent un peu plus tard et une seconde tournée de cidre suivit. Mercadet était parfaitement réveillé et actif, ayant fait une sieste de plus de trois heures, mais un peu honteux de n'avoir pas rassemblé autant de témoignages que ses collègues.

— Fin de l'excursion sacs à puces pour aujourd'hui, dit Noël qui paraissait exténué par cette masse d'interrogatoires qu'il jugeait au fond de lui hors de propos. Sa lassitude tranchait avec l'allure de Retancourt à qui sa conversion forcée en amabilité et douceur avait redonné toute sa fraîcheur.

— À table, dit Adamsberg en lançant le mouvement. On n'a plus qu'une heure pour...

Le commissaire fronça les sourcils durant quelques secondes.

— ... pour synthétiser, finit-il. Désolé, mais il arrive que des mots m'échappent.

— Il faut dire que « synthétiser », ce n'est pas simple, murmura le gros Berrond à ses côtés, et Adamsberg trouva en lui un ami, un frère.

— Le patron, Johan, dit Adamsberg en s'asseyant à côté de Matthieu, il est sûr ?

— Une tombe, dit Matthieu. Par nature d'abord, et ensuite parce que quand tu tiens une auberge, tu n'as pas intérêt à répéter les conversations des clients. Secret professionnel, en quelque sorte.

— C'est ce que j'espérais. Cette première journée puces, qu'est-ce que ça a donné ?

— À tous les six, dit Mercadet en sortant son ordinateur, on s'est appuyé deux cent trente-huit visites.

— Un peu plus de la moitié, dit Adamsberg. Vous avez fait vite.

— Non, dit Mercadet. Car bien souvent, il n'y a personne, les gens sont au travail, faut repasser plus tard ou tirer l'information d'un voisin.

Et c'est pas souvent facile d'écourter car, une fois lancés sur le sujet, des tas de personnes ne savent plus s'arrêter de parler de leur animal. Mais je pense que ça ira plus vite demain et qu'on aura fini en fin de matinée. C'est samedi, il y aura beaucoup plus de gens chez eux. J'ai tout encodé là-dedans pendant votre cidre, ce sera plus clair.

— Déjà ? demanda Adamsberg que la vitesse d'exécution de Mercadet stupéfiait, compensant largement ses déficiences sur le terrain.

— Sur ces deux cent trente-huit maisons visitées, cent deux abritent, ou ont abrité, un animal. Mais certains maîtres n'ont pas voulu en reprendre après, trop de chagrin à leur perte ou trop de tracas. Si je ne compte que ceux qui en possèdent ou en ont possédé récemment, il nous en reste quatre-vingt-quatre. Et sur ces quatre-vingt-quatre, plus d'une moitié des propriétaires se rend chez le véto, surtout les femmes. Restent trente-deux animaux qui ne sont pas protégés des puces. Ou ne l'étaient pas. Car vous nous avez bien demandé de nous renseigner sur les disparitions ou les décès. Eh bien, il y en a eu pas mal.

— Parlez-moi de ceux des derniers mois. Les puces ne vivent pas longtemps si elles n'ont que du sang humain à se mettre sous la dent.

Mercadet effectua quelques manœuvres sur son ordinateur.

— Si je prends deux mois, c'est bon ?

— Allez-y.

— Sur les trente-deux, en deux mois, onze chats et trois chiens ont disparu, perdus, accidentés, on ne sait pas, et quatre sont morts à domicile. Bref dix-huit bêtes. C'est beaucoup quand même.

— Surtout pour les chats, dit Noël.

Adamsberg adressa un regard à Matthieu. Matthieu hocha la tête. Il comprenait les questions de son collègue sur les tueurs de chats. Il avait pris les devants.

— Vous n'avez pas su si les trois chiens disparus étaient grands ou petits ?

— C'était pas dans le questionnaire, dit Retancourt. Mais les trois femmes m'ont montré des photos de leur chien. Encadrées. C'étaient des petits.

— Ils y ont été fort, non ? glissa Adamsberg à Matthieu.

— Plutôt, oui. J'ai eu l'autorisation de perquisition à l'internat cet après-midi, pas facile pour des mineurs. Je m'y colle demain avec deux agents. Cinquante sacs, ce sera vite fait.

— Au total, résuma Adamsberg, on a déjà dix-huit foyers infestés. Combien de femmes seules dans cet échantillon, Mercadet ?

Le lieutenant replongea dans ses tableaux.

— Onze, dit-il.

— A priori, excluons les femmes pour l'instant. Ce qui nous laisse déjà sept foyers suspects. Combien d'hommes en tout dans ces maisons ?

— Dix. Mais dont six hommes âgés, vivant seuls ou chez leur fils, à mon avis trop vieux pour pouvoir tuer et courir les rues au soir.

— Droitiers ? Gauchers ?

— Tous droitiers, pour ce qu'on en a vu. Car deux des pères, quatre-vingt-deux et quatre-vingt-neuf ans, faisaient la sieste.

— Restent quatre hommes valides, infestés et droitiers.

Satisfait, Mercadet frotta sa moustache, et tendit au commissaire la liasse des résultats, non encore imprimés mais classés maison par maison, et le plan dont il venait de colorer en rouge les sites infestés, avec les noms des occupants. Berrond pointa son doigt sur la maison numéro 44.

— Je connais le couple qui habite le 44, dit-il. Les Vernon. Possible qu'ils soient partis à la retraite ou en vacances et aient loué leur maison, car ce n'est pas le nom noté par Mercadet : Longevin. Ceux-là, je ne connais pas. On devrait aller voir le maire demain et lui demander de viser cette liste. Il y a peut-être d'autres inconnus venus résider à Louviec. Quand, pour combien de temps et surtout pour quoi faire ?

— Oui, car c'est curieux de venir s'installer à Louviec si on n'est pas natif, dit Noël.

— C'est ce que je pense, dit Berrond. Il nous faut une liste de ces « étrangers ». Regardez la 62, c'est la maison du Bossu. Pardon, de Maël. En rouge.

— Il avait un chien, acquiesça Noël, il est passé sous une voiture.

— Quand ? demanda Matthieu.

— Disons presque un mois avant le meurtre de Gaël.

— Et quand il est rentré de l'hôpital, les puces affamées ont dû lui sauter dessus, conclut Adamsberg. Et en grand nombre. Sans nourriture, elles se multiplient plus encore pour assurer la survie du maximum d'entre elles.

— Pas bête, une puce, murmura Berrond d'un air songeur.

— C'est toi qui as dit que le tueur devait être un droitier, intervint Matthieu, ou plus exactement un faux gaucher. Maël ne peut pas frapper du gauche, tu as vu l'état de son bras.

— J'ai vu, Matthieu. Retancourt, vous m'avez dit que trois personnes vous avaient montré une photo de leur chien. Pour les voir, vous ne vous êtes pas approchée d'elles ?

— Non, mais elles me les ont tendues à bout de bras, il a bien fallu que je les prenne.

— Ce soir en rentrant, par mesure de précaution, vous vous douchez tous avant toute autre chose, sans oublier le shampoing, et vous passez tous vos vêtements, je dis bien tous, à la machine. Température minimale soixante degrés. Même chose après la seconde tournée de visites demain.

— Soixante degrés, dit Veyrenc. Bonne idée d'avoir changé de tenue ou ma veste aurait été foutue.

Il était vingt et une heures trente et Johan déverrouilla sa porte. Des clients attendaient déjà et se dispersèrent dans la vieille auberge.

XII

Le lendemain matin, Matthieu et Adamsberg montraient au maire le plan de Louviec et les noms rattachés à chacun des logements.

— Cela n'entre pas dans mes attributions de surveiller les allées et venues de mes administrés, dit le maire en souriant. Ils sont libres de se déplacer et de louer leur maison si cela leur chante.

— C'est évident, dit Matthieu. Mais vu le contexte, cela nous aiderait que vous nous signaliez des noms inconnus pour l'une ou l'autre des quatre maisons colorées en rouge.

Le maire fit glisser la feuille jusqu'à lui et l'étudia un moment.

— Longevin, dit-il, au lot 44, connais pas. La maison appartient aux Vernon.

— On avait repéré celle-là. Mais les autres ?

— Le lot n° 12 est occupé par les Jouel. Mais le nom qui vous a été donné est Desmond. Je ne connais pas de Longevin, ni de Desmond. Ce sont les deux seules nouveautés que je note.

— Desmond, Desmond, marmonnait Adamsberg en revenant à la voiture.

— Tu connais ?

— C'est un nom que j'ai déjà entendu. Dans le flou, dans le loin.

— Il faudrait que tu puisses revenir à ce flou.

— Eh bien, Matthieu, je n'ai jamais trouvé le chemin. Quand il arrive que je fasse la jonction, c'est que le flou est venu à moi, et non l'inverse.

Depuis la voiture, Adamsberg passa un message à Mercadet, lui demandant de chercher au fichier les noms des deux habitants inconnus : René Longevin et Roger Desmond. Mercadet rappela sept minutes plus tard, assez nerveux.

— Fichier vierge pour Longevin. Pour Desmond, c'est autre chose. Tenez-vous bien, commissaire, c'est un homme de Sim l'anguille. Desmond est un faux nom, il en a porté cinq. Je vous envoie son portrait-robot ?

— S'il vous plaît. Il est l'un des deux nouveaux habitants de Louviec. Longevin doit être son associé. Rappelez-vous que deux types ont échappé à la descente de Retancourt dans la planque de Sim.

— Ils seraient après nous ?

— Vous voyez une autre raison ?

— Non, et si c'est cela, ça sent le brûlé.

Adamsberg résuma les faits pour Matthieu.

— Fonce vers chez Desmond, qu'on en ait le cœur net. Mais ne te gare pas devant. Tu vas discrètement montrer le portrait aux voisins. Non, changement de plan, le voisin pourrait lui raconter ta visite. Va plutôt dans les boutiques d'alimentation les plus proches de son domicile. Épicerie ou boulangerie. Il doit ne sortir que pour le strict nécessaire. Présente-toi comme employé de la mairie. Si c'est bien lui, exige la discrétion la plus absolue. Garde ton arme avec toi, le mec est dangereux.

Matthieu revint moins de dix minutes plus tard.

— C'est lui, dit-il en claquant la portière. Je n'ai interrogé que la boulangère et cela a suffi. Elle a vu le type partir faire une balade à vélo. Il n'est installé que depuis hier. Autant dire qu'il vous a suivis dès votre départ de la Brigade avec vos bagages. Dès que vous êtes arrivés, quoi.

— Il ne nous manquait plus que cela, Matthieu, dit Adamsberg en soupirant. Sim l'anguille qui nous envoie son sbire. « Balade à vélo », tu parles, il prépare son opération.

— Vengeance ?

— Commanditée par Sim lui-même depuis sa cellule, tu peux en être sûr.

— Il s'agit bien de Sim l'anguille ?

— Tu le connais ?

— Quel flic n'a pas entendu parler de lui ?

— Il est en taule avec trois complices. Retancourt en a foutu deux par terre d'entrée de jeu et tenait Sim en joue. Ça a déblayé le terrain et Noël et Veyrenc en ont chopé un quatrième. Mais deux ont réussi à filer et Veyrenc n'a pas pu les atteindre. Ils étaient à moto.

— Sim a dû être affreusement humilié d'être mis au tapis par une femme.

— Aucun doute là-dessus. Et voilà le résultat : une opération commando au cœur de Louviec.

— On l'arrête maintenant ? Avant qu'il ne commette des dégâts ?

— Non, Matthieu, il n'est sûrement pas venu seul. On s'assure d'abord que le second nouveau, Longevin, est l'autre comparse en fuite. Ce que je crains.

— Pas malin quand tu es en cavale de venir te poster dans un village bourré de flics.

— On se rappelait mal leurs visages. Je n'ai repéré Desmond qu'à son nom. Quant à l'autre, son fichier est vierge. On aurait besoin d'une photo pour demander une recherche à Mercadet.

— Impossible de se planquer devant chez lui et de le photographier. Il doit être aux aguets et on se ferait épingler.

— Il existe une autre solution. Moi, ces deux-là ne me connaissent pas. Je sonne chez Longevin…

— Il y a tes photos dans la presse, coupa Matthieu.

— C'est vrai, admit Adamsberg. Cette foutue presse qui leur a confirmé que j'étais sur Louviec.

— Prends ma casquette à visière, abaisse-la bien, ça change un homme. Et ôte ton éternelle veste noire, ton tee-shirt de même, et prends ma chemise bleu clair et mon blouson. Ça peut égarer un peu.

Les deux hommes arrêtèrent la voiture, procédèrent à l'échange et Matthieu considéra son collègue.

— Ce n'est pas mal, apprécia-t-il. On ne te reconnaît pas sur-le-champ. Mais peut-être en trois minutes. Fais au plus vite.

— Donc je sonne chez Longevin, reprit Adamsberg en ajustant la casquette, je demande à voir les Vernon, le gars m'informe qu'ils sont en vacances et ont loué leur maison, je présente mes excuses au type et je m'en vais.

— Je ne vois pas à quoi ça te sert.

— Mais à faire ensuite son portrait, Matthieu.

— Ah bien sûr.

— Portrait que j'envoie à Mercadet qui me dit s'il a cette tête-là au fichier, à défaut de son nom.

— Cela reste imprudent. Le type pourrait malgré tout t'identifier. Mais moi non. C'est mieux que je m'en charge.

— C'est un risque à prendre et on n'a pas le choix.

— Pourquoi ?

— Parce que tu ne sais pas dessiner.

— Très juste, j'oubliais.

— Tu vas à l'internat ?

— Mes deux adjoints ont déjà dû commencer la fouille. Je les préviens et je reste avec toi.

— Merci.

Après sa brève visite à Longevin, qu'Adamsberg avait effectuée en chemise bleue et les cheveux couverts, redoutant que ce ne fût un piètre subterfuge pour abuser son suspect, le commissaire s'était rencogné dans l'angle d'un petit bar non loin de la mairie, en vue du nouveau domicile de Longevin, où il achevait le portrait de l'homme. Matthieu prit place à ses côtés, libérant son arme de son fourreau.

— Aucun mouvement, dit Adamsberg qui surveillait la porte de la maison en même temps qu'il crayonnait.

— Comment peux-tu le dessiner aussi précisément après l'avoir vu si peu de temps ?

— Je ne sais pas, Matthieu.

— Bien sûr.

Adamsberg photographia le portrait et l'envoya à Mercadet.

Desmond fronça les sourcils en prenant connaissance du message juste reçu de son associé : *Repérés. Eu visite d'Adamsberg.*

— En personne ?

— Aucun doute, camouflage minable.

— On sait qu'il n'est pas venu seul. Ai vu la grosse il n'y a pas dix minutes sur la route du Maillant. Genre de bonne femme qu'on ne peut pas rater. Fait du porte-à-porte à vélo, n'avance pas vite.

— Consignes ?

— On quitte les lieux à la seconde où nous sommes grillés. Notre opération est déjà sur pied, on prend de l'avance. Je passe te prendre par la rue latérale et on la rattrape avant de la perdre de vue. Tiens-toi prêt.

Desmond attrapa sa veste et son sac à dos, sortit de la pièce par une fenêtre arrière et lança sa voiture à travers les ruelles.

Nul n'égalait Mercadet – aidé par deux indics avec lesquels il correspondait en code – pour se faufiler dans les dédales des fausses identités. Adamsberg, assis devant son café froid, obtint rapidement les renseignements attendus. Le portrait qu'il avait effectué était celui d'un certain Pernot, autre faux nom de René Longevin, cinquante-six ans, qui était bien un associé de Sim l'anguille. L'équipe vieillissait et Adamsberg espérait une baisse de leurs performances.

— Dès qu'ils nous ont sus à Louviec, ils ont pris position aussitôt. Le premier nous a suivis en train, le second a rallié les lieux en voiture. Bon sang, Matthieu, on n'avait pas besoin de ça.

— Et comment ont-ils pu trouver deux locations en un claquement de doigts ?

— Ils ne les ont pas trouvées, ils ont forcé les occupants à quitter les lieux. Pour quelques jours, cela leur suffisait pleinement pour nous surveiller, tâter le terrain et organiser leur affaire.

— Laquelle ?

— La pire, Matthieu, je le crains.

XIII

Adamsberg se hâta de prévenir Noël, Retancourt et Veyrenc qu'ils avaient les deux complices de Sim aux fesses, ici même, à Louviec, leur ordonna de préparer leur arme et de se tenir sur leurs gardes. Matthieu fit de même avec ses hommes, accompagnant ses messages des portraits des deux associés. De Noël et de Veyrenc, Adamsberg reçut aussitôt la réponse « Compris », mais Retancourt, elle, ne réagit pas.

— Merde, bon Dieu, qu'est-ce qu'elle fout ? s'énerva Adamsberg.

C'était la première fois que Matthieu voyait son collègue perdre un peu de son calme, un fait rare, à ce que propageait la rumeur. Il y tenait vraiment, à cette Retancourt, dont l'abord, pourtant, n'était pas des plus engageants.

— Elle doit être empêtrée avec une femme qui lui montre la photo de son chat.

— Non, Matthieu, non. Retancourt n'est jamais empêtrée, dit Adamsberg en se levant et laissant un billet sur la table. L'arrestation de

Sim l'anguille, ils vont me la faire payer très cher. Et cela ne nous sert à rien de foncer les arrêter à leurs domiciles. Ils n'y sont sûrement plus. Longevin a dû me reconnaître et lancer l'alerte.

Adamsberg marqua une pause, cherchant le meilleur défilé par où se glisser.

— Toute notre équipe est sur la mission puces, dit-il. Mais tu as deux autres hommes tout près d'ici à l'internat. Combien de temps pour qu'ils en reviennent ?

— En roulant vite, quatre à cinq minutes.

— Demande-leur tout de suite de filer voir si une voiture a été vue devant chez Desmond ou Longevin, et laquelle.

— Et s'ils sont chez eux ? C'est encore possible.

— À mon avis non, Matthieu. Que Retancourt ne réponde pas est très mauvais signe. Ils sont déjà en chasse.

— Et comment auraient-ils localisé Retancourt ?

— Ils l'ont suivie, c'est leur bête noire. Ce matin, elle devait opérer ses visites dans ces rues-là, dit Adamsberg en étalant une carte froissée sur la table. Celles en vert. Tu les connais ?

— Très bien. On va emprunter son itinéraire. À l'heure qu'il est, elle est sans doute déjà loin, sur la route du Maillant. Déserte.

— Pas le temps d'attendre les autres, chaque minute compte. Si on les rejoint, on ne sera que tous les deux pour les affronter, ça te va ?

Matthieu hocha résolument la tête.

— Tu as ton matériel ? demanda Desmond en accélérant sur la route du Maillant.

— Oui, Roger.

— Quand j'aurai bloqué le vélo de cette sale flic qui nous a bousillé trois gars, qui a osé enfoncer le canon de son arme dans le cou de Sim, on s'éjecte tous les deux. Je répète : un, tu flanques le vélo et la bonne femme par terre et tu colles l'adhésif, deux, tu lui balances un coup de crosse sur le crâne, trois, tu lui fous les menottes et je lui colle les bracelets aux chevilles. Quatre, j'ouvre le hayon et on enfourne la masse à l'arrière de la camionnette.

— T'énerve pas, je sais tout cela. Elle est là-bas ! cria-t-il. À soixante mètres !

La camionnette doubla le vélo, braqua en travers de la route et Retancourt mettait la main à son arme quand un violent coup de pied au ventre la fit tomber au sol. Elle vit son arme jetée au loin et aussitôt, ses lèvres étaient clouées par un adhésif. Elle se redressa et projeta ses pieds dans le torse de Longevin, qui s'effondra à son côté en vacillant.

— Coup de crosse, Desmond !

Le choc fit retomber Retancourt qui se releva d'un bond, prête au combat.

— Deuxième coup de crosse, Longevin, cette bonne femme est un monstre !

Retancourt reprit très vite pleine conscience, pieds et poings menottés. Elle prenait toute la place à l'arrière du véhicule et les deux hommes s'étaient assis devant. Le fourgon roulait vers on ne savait où en tournant sans cesse, certainement pour faire perdre sa piste.

Le téléphone bipa et Adamsberg se jeta dessus. Retancourt, enfin. Mais ce n'était pas Retancourt. Juste un court message qu'il montra, les dents serrées, à son collègue : *Tu vas voir comme on se marre quand on perd un compagnon.*

— Trop tard, dit-il d'une voix défaite en serrant le poing. Ils ne sont plus au nid et ils ont Retancourt.

— Rapport de Noblet, un de mes hommes, dit Matthieu : les voisins ont remarqué une nouvelle voiture devant chez Desmond ce matin.

— Nom de Dieu, ils ont Retancourt, ils ont Retancourt, répétait Adamsberg d'une voix rauque.

— On va les rejoindre, répondit sourdement Matthieu. Monte, on file plein gaz vers la route du Maillant. Que penses-tu qu'ils vont faire ? dit-il en claquant la portière. La prendre en otage en échange de toi ?

— Non, la faire souffrir un bon coup et la tuer. Histoire de bien montrer qu'ils ne blaguent pas. Moi, ils m'auront plus tard et me monnaieront contre Sim. Ce sont des vicieux, des sadiques, pas des stratèges, n'aie pas de doute là-dessus. Décris-moi la bagnole.

— Une vieille camionnette couleur bleu vif, immatriculation finissant par GA76.

— Envoie la description à toutes les gendarmeries et tous les commissariats des environs et les portraits de ces ordures. Signal d'urgence.

Adamsberg accéléra encore, faisant trembler la carrosserie.

— Précise le point d'où ils sont partis, dit-il.

— C'est fait.

— Demande que les flics de Combourg posent des barrages sur toutes les routes qui sortent de Louviec.

— C'est fait.

Pendant qu'Adamsberg et Matthieu traversaient le village en trombe, Noël, Veyrenc, Mercadet, Berrond et Verdun, condamnés à l'attente, achevèrent leur expédition puces, le ventre serré. Ils savaient qu'ils avaient perdu Retancourt et que cette bande n'allait pas lui faire de cadeau, ni à elle, ni à Adamsberg. Assis sur une pierre de granit, Mercadet terminait sombrement de classer sa liste et de parfaire son plan des maisons rouges, puis s'endormit sur ses bras, calé sur la pierre.

— On résume la mission puces ? demanda gauchement Verdun dans un silence de plomb.

— Plus tard, dit Berrond. Quand elle sera avec nous.

— Si elle revient, murmura Noël, résumant la pensée de chacun.

— Vous oubliez une chose, Noël, dit Veyrenc avec fermeté. Il s'agit de Retancourt, pas de vous ou de moi ou de qui que ce soit.

— Elle n'est pas un surhomme malgré tout, dit Verdun. Bâillonnée, ligotée au fond d'une bagnole – il n'osa pas dire « tuée » – avec deux salopards armés, elle ne peut pas décrocher la lune non plus.

Un peu avant la fin de la route du Maillant, les deux commissaires découvrirent la bicyclette de Retancourt, jetée sur le bas-côté.

— Pas de sang, dit Adamsberg, seulement des traces de lutte. Elle en a projeté un au sol, ici. Ils ont dû avoir bien du mal à la maîtriser avant de réussir à l'embarquer. Le temps qu'ils y parviennent, qu'ils démarrent et m'envoient le message, ils ont bien un quart d'heure d'avance sur nous. On les suit à fond de train.

— Mais par où ? dit Matthieu. Dans trente mètres, on quitte la voie unique et il y a trois embranchements. Comment savoir lequel ils ont pris ?

— Renseigne-toi sur les barrages, qu'on sache s'ils ont déjà été posés.

Mais il était trop tôt pour que la police de Combourg ait eu le temps d'installer quoi que ce soit et les deux hommes sillonnaient les routes au hasard, allant, revenant, changeant de direction, muets.

— Je ne vois pas de barrages, dit sombrement Adamsberg.

— Les flics ont dû anticiper leur avance et les ont placés plus loin.

— Les routes sont nombreuses, murmura Adamsberg, et il leur faut faire venir des hommes en surnombre depuis Dol, Saint-Malo ou je ne sais d'où. Ça prend du temps, trop de temps.

— Rentrons, dit Matthieu. Cela fait une heure qu'on bat la campagne pour rien. Et ils ont pu faire un échange de voiture en route.

Adamsberg hocha la tête et fit demi-tour vers Louviec. Il était plus de deux heures quand Johan leur ouvrit la porte de l'auberge et comprit à leur mine grise que quelque chose déraillait.

— Un meurtre ? demanda-t-il d'une voix sourde.

— Non, Johan, dit Matthieu. Retancourt. Kidnappée par deux crapules. Ou tuée.

— Néant, dit Adamsberg en s'asseyant lourdement à une table, sans quitter du regard son téléphone. Envolés.

Évoluant dans le silence, Johan fit remarquer que l'heure du déjeuner était largement passée et qu'il serait sage qu'ils s'alimentent.

— Pardon, mais je n'ai pas faim, Johan, dit Adamsberg, coupant court à l'exposé détaillé que le maître des lieux allait leur chuchoter pour présenter le repas.

Les autres agents, tous revenus de leur mission puces, acquiescèrent, y compris Mercadet dont l'inquiétude avait au contraire aiguisé l'appétit.

— Et moi je le répète, dit Veyrenc, se levant et frappant du plat de la main sur la table. Ils n'ont pas attrapé n'importe quel oiseau, mais Retancourt. Cependant ils ne le savent pas, et cette ignorance les perdra.

— Et pourquoi pas ? dit Berrond, qui réalisait à l'occasion de cet éclat ce que les traits du visage du lieutenant Veyrenc, à la fois incertains mais quelque peu impériaux, pouvaient bien lui rappeler : un buste romain abrité dans une niche de la mairie de Louviec.

Comme un animal soudain obéissant, le téléphone d'Adamsberg sonna à quatorze heures trente et le commissaire se précipita. Puis il exulta et lut le message à haute voix :

— *Affaire classée. J'ai deux types au sol et désarmés. Grouillez-vous tout de même. Départementale Saint-Aubin-Combourg, lieu-dit « La Pierre levée »*.

Une brusque agitation fit place à la désolante apathie qui avait précédé.

— Vous l'aviez dit, lieutenant, vous l'aviez dit, cria Johan à l'intention de Veyrenc, qui enfilait sa veste en souriant.

— C'était tout simplement certain, Johan, dit-il.

— Matthieu, lança Adamsberg, préviens les gars de Combourg qu'ils trouveront leurs paquets tout ficelés à La Pierre levée.

— C'est fait, répéta Matthieu avec un éclair d'amusement dans les yeux et en récupérant sa casquette au passage.

Sirènes hurlantes, les policiers parvinrent rapidement sur les lieux, où le spectacle les stupéfia : deux hommes qui se tortillaient au sol tandis qu'une femme aux proportions inusuelles les tenait en joue, calmement adossée à une fourgonnette, avec quatre armes à ses pieds.

Adamsberg leur exposa la situation, le photographe prit des clichés de la scène et les flics embarquèrent les agresseurs, hurlant les pires insultes, menaces et obscénités à l'adresse de Retancourt, qui y demeurait aussi insensible que le menhir dressé en bord de route.

Trois bons quarts d'heure plus tard, Adamsberg et Veyrenc repassaient la porte de l'auberge, le commissaire étreignant Retancourt par l'épaule, le visage radieux. Tous les agents s'étaient levés et acclamaient la revenante. Johan sollicita même le droit de lui faire une bise, en lui glissant : « On a eu tellement peur pour vous. » Puis il se hâta d'aller donner ses ordres en cuisine, que cette fois nul ne contredit. Il était plus de quinze heures et la faim leur était revenue. Johan se hâta, voulant, tout comme les autres, entendre le récit de cette femme et revint au plus vite s'asseoir à la table.

— Pas de quoi en faire un cirque non plus, dit Retancourt en souriant, face à tous les regards vissés sur elle. C'était du boulot facile.

— L'attaque ? demanda Matthieu.

— En haut de la route du Maillant, ils m'ont jetée au sol avec ma bécane et désarmée. Un des gars m'a cloué le bec avec un adhésif et m'a sonné le crâne avec sa crosse. Restaient les chevilles et je leur balançais tellement de coups de pied qu'à eux deux ils n'arrivaient pas à m'embarquer dans leur camionnette. Des vrais nuls. Ils m'ont tout bonnement assommée d'un second coup de crosse – celui-là, je l'ai senti passer –, menotté les chevilles et jetée à l'arrière de la voiture, et en route. L'effet des coups n'a pas duré longtemps, je les entendais parler à l'avant, tout à fait sûrs d'eux et ravis de leur réussite. À vrai dire ils ne parlaient pas, ils criaient. Obligés, la vieille camionnette bringuebalait et faisait un boucan du diable. Ça m'arrangeait pour mon plan, simple comme bonjour. Le chauffeur avait enfoncé son flingue entre les deux sièges avant. J'ai joué l'inconscience un bon moment pour qu'ils ne s'occupent plus de moi, mais il me fallait faire vite tout de même car ils détaillaient leur carte pour repérer, à une trentaine de kilomètres de là, le puits abandonné où ils comptaient me larguer après m'avoir massacré la tête. Ils examinaient les meilleurs chemins forestiers pour y parvenir et pour éviter d'éventuels barrages. J'ai entortillé la chaîne des menottes autour de celle de mes chevilles, je l'ai serrée à fond et j'ai tiré. Clac. Pareil pour les pieds. J'ai glissé et bloqué la chaîne sous la manivelle de la fenêtre, puis j'ai tourné et clac.

— Comment cela, « clac » ? demanda le lieutenant Berrond.

— Clac, les chaînes ont cassé.

— Mais il s'agissait de menottes ordinaires ?

— Sûr que c'étaient pas des jouets. Ensuite, ce ne fut pas sorcier. Attraper l'arme du chauffeur entre les banquettes, lui coller le canon dans la nuque, récupérer leurs trois flingues, garer et faire descendre tout le monde en maintenant mon bras sous le cou du chauffeur et l'arme sur sa nuque. Je dois dire qu'il s'étranglait un peu tandis que son copain se tenait encore les côtes. Mais pas de chance, ce type avait une seconde arme dans son froc, il a dégainé, j'ai dû tirer. Vous avez vu, commissaire, je n'ai pas fait de dégâts, j'ai visé le gras de la cuisse en évitant l'artère et il est tombé au sol. L'autre se débattait autant qu'il pouvait et risquait d'échapper à ma clef de bras. Il m'a fallu leur coller de sérieux coups – dont deux au bas-ventre, je l'admets – et les estourbir au poing pour les calmer. Quand ils ont tous deux été au sol, attachés l'un à l'autre avec mes propres menottes et leurs ceintures, j'ai poussé la bonté jusqu'à faire un garrot au blessé avec sa chemise. Et je vous ai appelés. Fin de l'histoire et fin de Sim l'anguille, dit Retancourt en attaquant son plat que venait d'apporter un des cuisiniers. Ça donne faim tout de même.

— Fin de l'histoire… fin de l'histoire… reprit Berrond, toujours éberlué tandis que souriait l'équipe d'Adamsberg, accoutumée aux coups de maître de Retancourt. Vous voulez dire que si je tire fort sur mes menottes, la chaîne va casser ?

— Très fort, très très fort, précisa Adamsberg. Ne vous lancez pas là-dedans, lieutenant, j'ai déjà essayé, Noël et Veyrenc aussi, ça nous a entamé les poignets jusqu'au sang et puis c'est tout.

Retancourt examina ses poignets rougis.

— Mais après ça passe, dit-elle en reprenant sa fourchette.

— Mais vous avez du sang dans les cheveux ! s'écria Johan.

— Superficiel, Johan, ne vous en faites pas. Où en êtes-vous de l'enquête sur les puces ? Je venais juste de finir la dernière maison de ma liste quand ces deux ordures m'ont barré la route.

— Pas maintenant, dit Adamsberg. On achève d'abord tranquillement le divin déjeuner de maître Johan, on profite de cette heure de grâce, on prend un café-cognac et on envoie Mercadet dormir, il ne tient plus debout. Or sans lui, pas de synthèse sur les puces. On reprend à dix-huit heures trente. Repos de l'esprit ou flânerie pour tous.

— J'y cours maintenant, dit Mercadet.

— Et moi j'irai pêcher, dit Adamsberg.

— Parce que vous êtes pêcheur ? demanda Johan, intéressé.

— Oui et non.

— Cela veut dire quoi, « oui et non » ? dit Johan en cherchant secours auprès de Veyrenc. Que cela dépend si ça mord ou pas ?

— D'une certaine manière.

— Et vous pêchez quoi ? Le brochet ? La truite ? Je peux vous conseiller des coins selon vos préférences.

— Je pêche quoi ? répéta nonchalamment Adamsberg sans trop chercher de réponse.

— Peut-être des idées immangeables, maître Johan, dit Veyrenc en souriant.

XIV

Adamsberg avait remonté le bas de son pantalon puis laissé flotter ses jambes dans la rivière – encore très froide –, observant les remous de l'eau autour des pierres et de ses pieds, les agitant pour contrarier son flux et faire surgir des bulles. Après deux heures de cette opération qui le captivait sans jamais le lasser, et à laquelle il avait rarement le temps de s'adonner, il se sentit tout à la fois reposé du tumulte de l'affaire Retancourt mais également prêt à affronter le travail en attente sur les porteurs de puces. Le commissaire était rétif à toute tâche impliquant des inventaires, des listes, des tris, des sélections, mais cette fois il ne pouvait s'y soustraire. Le cas était important et cette étape peut-être décisive. Il sécha sommairement ses pieds dans l'herbe, partit marcher et fut le premier au rendez-vous de l'auberge, où il acheva de dérouler le bas de son pantalon humide.

— Vous avez vu du poisson ? demanda Johan sans y croire. Votre canne n'est même pas mouillée.

— Elle a séché, je vais la replier. Mais j'ai vu de l'eau, beaucoup d'eau.

— C'est barbant de regarder l'eau, si on n'essaie même pas de pêcher.

— Barbant, Johan ? Mais à chaque seconde, il se passe quelque chose de nouveau avec l'eau, quelque chose qui ne s'est jamais produit avant et ne reviendra plus jamais.

— Si cela vous délasse…

Le reste de l'équipe faisait peu à peu son entrée. Johan disposa bols et bouteilles et apporta d'office un café à Mercadet, qui d'évidence n'avait pas eu son compte d'heures de sommeil mais installait vaillamment son ordinateur.

— Allons-y, dit Adamsberg après s'être frotté longuement les joues.

Mercadet se plongea aussitôt dans son dossier.

— Je peux vous laisser un moment ? demanda Johan. Il est encore tôt et tout est déjà prêt.

— Bien entendu, Johan, dit Adamsberg. Vous nous laissez les clefs ?

— Fermez derrière moi, dit l'aubergiste, je gratterai à la porte pour rentrer.

— C'est l'habitude, commenta Matthieu, il ne peut tout de même pas rester enfermé ici tout le jour. Et cela aussi, c'est l'habitude, ajouta-t-il en plaçant une main près de son oreille.

Un chant puissant, dont les paroles leur étaient inconnues, s'élevait de la rue et Adamsberg ouvrit une fenêtre pour mieux l'entendre : « Monstre affreux, monstre redoutable. Ah ! L'Amour est encore plus terrible que vous... »

— Qui chante ? demanda-t-il en refermant la fenêtre.

— Mais c'est Johan, dit Matthieu. Il est heureux et fier de posséder une voix de baryton si retentissante – il est même capable de sortir de sa tessiture, dans les aigus comme dans les graves – et on l'entend par les rues plusieurs fois par semaine. Tout le monde ici connaît ses chants par cœur, il n'en entonne que quatre, ce sont ses préférés et il s'y tient. Si bien qu'il arrive souvent qu'on croise des habitants fredonnant un air du XVIIe ou XVIIIe siècle, sans le savoir. À vrai dire, ajouta Matthieu en baissant la voix, n'ayant nulle envie de discréditer Johan, quand il s'éclipse en chantant si fort, c'est qu'il part en quête de l'hirondelle blanche.

— Une hirondelle blanche ? Toute blanche ?

— Oui, il a des visions, mais n'ébruite pas cela. Je te raconterai l'histoire un autre jour.

— Tous ses chants appartiennent au répertoire baroque ? demanda Veyrenc.

Veyrenc était le seul agent de la Brigade à être épris de musique. Il appartenait à une chorale et se rendait régulièrement au concert. Il avait tenté sans succès d'y entraîner Danglard, mais cet art n'entrait pas dans les savoirs et les goûts du commandant.

— Ah, dit Matthieu, vous avez reconnu cela ?

— C'était du Rameau, non ?

— Rameau ou Lully, ce sont ses dieux.

— Il est vrai qu'il possède une belle voix sonore de baryton, dit Veyrenc, mais c'est bien dommage qu'il ne chante pas tout à fait juste.

— C'est vrai, mais leurs musiques à tous deux ne sont pas si simples à chanter. Je m'y suis essayé quelquefois. Personne d'ailleurs ne s'aperçoit ni ne se soucie qu'il y ait des fausses notes. Surtout pas un mot sur cette défaillance, il n'en a pas conscience et cela le peinerait à l'extrême.

— Cela va de soi, dit Adamsberg. Mais si surprenante soit la passion de Johan, nous, hélas, nous devons jouer avec nos puceux.

Passagèrement, il regretta un instant de ne pas accompagner Johan dans sa quête de l'hirondelle blanche. Car sa quête du moment était autrement moins séduisante et il se rassit en concentrant sa volonté. Après tout, c'était lui qui avait décidé de passer tout Louviec au peigne à puces.

— Il faut d'abord que j'ajoute vos données, dit Mercadet à Retancourt.

— Inutile. Pas de puces dans les logements que j'ai vus.

— Ah très bien. Cela nous donne donc en tout, femmes seules exclues, dix-neuf maisons infestées et là-dedans, quatorze hommes valides.

— On a oublié quelque chose d'important, dit Adamsberg. L'homme que Matthieu a repéré à Rennes, celui qui a acheté les quatre couteaux, portait sans aucun doute une moustache et une barbiche postiches, rousses.

— Sans aucun doute, répéta Berrond. Il n'y a pas un seul rouquin à Louviec.

— Et donc, sur nos quatorze hommes infestés, on doit éliminer les barbus.

— Bon Dieu, dit Noël, faut tout recommencer ?

— Une seconde, dit le lieutenant Verdun. Je suis de Louviec et j'y ai deux frères. Je crois pouvoir dire que je connais un sacré paquet de gens ici. Et Berrond aussi, il y a vécu ces dix dernières années avec sa femme jusqu'à sa mutation à Rennes. Peut-être qu'à nous deux, on peut vous indiquer les barbus.

— Tenez, dit Mercadet en tournant sa machine vers les deux hommes.

Berrond et Verdun examinèrent la liste des quatorze noms, se concertant de temps à autre.

— Non, pas Yvon Briand, dit Verdun.

— Je t'assure que si. Je l'ai vu hier dans la file de gens qui attendaient devant chez Gwenaëlle.

— C'est qu'il vient de la laisser pousser alors, et récemment. Peut-être après l'achat des couteaux. Une barbe de trois-quatre jours, ça collerait ?

— Oui, dit Adamsberg.

— Donc on le garde, dit Verdun en versant une seconde tournée de cidre.

— Il y a généralement deux raisons pour qu'un homme laisse pousser sa barbe, dit Adamsberg. Un, ça l'ennuie de se raser chaque matin, comme chacun de nous. Deux, les types qui atteignent cinquante, cinquante-cinq ans, se mettent à porter la barbe pour masquer les premières rides ou un double menton. Eux, c'est rare qu'ils changent d'avis et se la rasent, même pour y substituer un postiche. D'après vous, on a combien de barbus dans le lot ?

— Je dirais six, estima Verdun. Restent sept imberbes et Yvon Briand.

— Et ces huit hommes, vous pourriez me donner leur âge ? demanda Adamsberg qui prenait quelques notes.

— Pas des jeunes, assura Mercadet. En majorité des hommes mûrs, la cinquantaine ou un peu plus, et deux sexagénaires.

— Nous restent donc huit gars, couverts de puces, imberbes ou avec une barbe récente, mûrs mais encore dans la force de l'âge. Seuls ? Mariés ?

— Cinq d'entre eux vivent seuls. Un veuf, trois divorcés et un célibataire endurci.

Quatre coups retentirent à la porte et Veyrenc alla ouvrir, désireux de complimenter Johan sur son chant.

— Du Rameau, lui dit-il. Mais de quel opéra ? *Dardanus* ?

— *Dardanus*, oui, dit Johan en jubilant. Bon sang, ça fait plaisir de tomber sur un connaisseur. Vous l'avez vu ?

— Oui. Vous chantiez ce morceau de bravoure où Dardanus s'apprête à affronter le monstre.

— Un passage irrésistible.

— Eh bien mes compliments, Johan, j'espère vous entendre encore, acheva Veyrenc en reprenant sa place.

— J'ai pas de mérite, dit Johan en secouant la tête, souriant. Mon oncle, c'était un musicien des rues, il m'a appris quelques airs.

— Il y a autre chose qu'on a oublié, reprit Retancourt.

Berrond tourna la tête vers Retancourt dont il était en un coup de foudre devenu un nouvel adepte, au point de se concentrer non pas sur sa taille et sa masse musculaire mais sur son visage rond encadré de cheveux blonds trop courts, auquel il trouvait un charme discret mais certain. Ce qui était vrai.

— J'y ai pensé quand ces types parlaient dans la voiture. L'un d'eux regrettait qu'ils n'aient pas porté des postiches et le chauffeur a râlé, pas question qu'il se retape un eczéma, les colles de ces faux poils, c'était de la merde à vous bousiller la peau. Il n'avait pas tort car pour qu'un postiche tienne bien, il faut un sacré adhésif. Et un sacré adhésif, surtout quand on le porte longtemps, ça donne quoi ?

— De l'eczéma, dit Matthieu.

— Ou une allergie, une dermatose quelconque mais en tous les cas, la peau rougit.

— Très juste, dit Adamsberg. Et donc celui qui a acheté les couteaux aurait une irritation des lèvres ou du menton.

— Cela m'est arrivé d'en porter, dit Matthieu, mais la rougeur a disparu en quelques heures. Notre gars peut avoir retrouvé une peau de bébé.

— On n'a que cela pour débuter, on tente quand même, dit Adamsberg.

— Comment organise-t-on l'interrogatoire des huit types ? demanda Veyrenc.

— À leur porte. On ne va pas infester toute la gendarmerie. Je pense que Matthieu et ses deux lieutenants sont les mieux à même pour le faire. Ils connaissent plus ou moins ces hommes qui leur parleront bien plus facilement qu'à des flics de Paris.

— C'est certain, confirma Matthieu.

— Même chose, gardez vos distances. Tâchez de vous informer sur leurs compagnes. Et regardez bien si le bas du visage des gars garde des traces de rougeurs.

— Ça sera facile de les trouver, demain c'est dimanche.

— Quant aux questions, elles sont évidentes : où étaient-ils à l'heure de l'assassinat de Gaël et d'Anaëlle ? Insistez sur Anaëlle, c'est bien plus proche dans leur mémoire. S'ils vous disent qu'ils regardaient la télé mercredi dernier, demandez-leur quel programme. Mercadet, préparez un résumé des films et émissions les plus susceptibles d'avoir capté l'intérêt ce soir-là.

— Mercredi, il y avait le match de foot France-Allemagne, dit Verdun. Je le sais, je l'ai regardé avec Noël. L'Allemagne a gagné 1 à 0 dans les dernières minutes de la prolongation. Ça a duré jusque vers 22 heures.

— Je suppose que pas mal de nos gars se sont collés devant leur poste, dit Mercadet. En moyenne, les Français de cet âge passent quelque trois à quatre heures par jour à regarder la télé. Avec un match, l'audience doit grimper.

— Il y avait aussi une bonne série policière et un film sur Robin des Bois, pas mal foutu, ajouta Verdun. Comme le match piétinait, je me faisais suer et je zappais de temps à autre.

— Et s'ils ont visionné sur Internet, reprit Adamsberg, demandez des détails. Personnages, lieux, intrigue, etc. Et s'ils étaient dehors, ont-ils des témoins ? Enfin, sont-ils en bonnes relations avec Josselin de Chateaubriand ? Et – quelle que soit la réponse –, que pensent-ils de lui ? Ce qui est dommage, c'est que j'aurais aimé des photos. Voir leurs visages. Pour le moment, je me contenterai de leur description. Vous pouvez me donner leurs noms ? Et leurs professions si vous les connaissez ?

Le rond Berrond reprit sa liste tandis que Mercadet encodait les données, en tapant si vite qu'on pouvait à peine suivre le mouvement de ses doigts.

— Yvon Briand, commença Berrond. C'est celui à la barbe naissante que j'ai vu se gratter devant chez Gwenaëlle. Il est ramoneur. Vit seul, il est veuf. Je signale le fait car ce n'est pas si simple de s'absenter le soir quand on est marié. Puis on a Jestin Cozic. Il fait quoi Cozic ?

— Livreur de bois, un costaud, répondit Verdun. Marié. Il habite dans la rue basse.

— Je le situe, intervint Matthieu. Il est venu un jour à Combourg porter plainte pour vol de fagots. Un type pas agréable. Marié, oui, mais pas tant que cela. Sa femme est garde de nuit auprès de personnes âgées.

— Exact, dit Verdun, et elle est très demandée. Il se dit çà et là qu'elle a choisi ce boulot pour éviter les nuits avec Cozic.

— Kristen Le Roux, enchaîna Berrond. Lui, c'est le plombier. Marié. Hervé Kerouac, un des instituteurs. Il me semble me rappeler qu'on le dit célibataire endurci. Tristan Cloarec, c'est l'électricien.

— Divorcé, précisa Matthieu. Je connais sa femme, elle vit à Rennes à présent.

— Mikael Le Bihan, poursuivit Berrond. Je ne sais pas ce qu'il fait.

— Il conduit le car, dit Verdun. Marié.

— Corentin Le Tallec, il tient l'épicerie. Il était marié, sa femme l'aidait à la caisse. Mais ils ont divorcé avant que je ne quitte Louviec. Et enfin Alban Rannou, qui tient le garage de la grand-rue. C'est un peu la même histoire que Le Tallec. Sa femme tenait la comptabilité avant de se séparer et filer avec un gars de Combourg.

— Ce qui nous fait cinq hommes seuls chez eux, dit Adamsberg, plus Cozic dont la femme travaille du soir au matin. Vu leurs métiers, tous ont dû avoir à faire avec Chateaubriand.

— Je croyais qu'on ne suivait pas cette piste.

— On la suit pour la perdre.

— Ah bon, dit Berrond sans essayer de comprendre. C'est ce que lui avait recommandé son commissaire à propos d'Adamsberg : « N'essaie pas toujours de comprendre. »

— Je prends Cozic et Le Tallec, je les connais bien, dit Matthieu.

— Et moi, dit Verdun, examinant la liste comme il aurait choisi son plat sur un menu, je prends Le Bihan et Rannou. J'ai des notions de mécanique.

— Donc à moi Le Roux et Kerouac, conclut Berrond. Il en reste deux. Yvon Briand, qui en veut ?

— Pas très causant mais je prends, dit Matthieu. Et Cloarec ?

— Je le veux bien, dit Berrond, ça fait un moment qu'on ne s'est plus vus.

— C'est organisé pour nos huit gars, conclut Adamsberg. Il nous faut aussi savoir où en sont les plans des « Ombreux » contre les « Ombristes ». Connaître la date et le lieu de la prochaine réunion.

— Ça, c'est facile, coupa Verdun. Un de mes frères est marié à une « Ombreuse », pas une fanatique mais tout de même, ce n'est pas marrant tous les jours, dit-il en s'éloignant pour l'appeler.

— Reste l'internat, dit Adamsberg à Matthieu. Ça a donné ?

— Excellente idée, la fouille des sacs. On en a trouvé cinq couverts de griffures de chat. Sans surprise, ces cinq gosses font partie des plus fortes têtes de l'internat. Perturbateurs, harceleurs, provocateurs, batailleurs, tout ce que tu veux. Tous de onze à douze ans. Je les ai rencontrés, avec l'autorisation du proviseur. En bloc, ils ont nié et dévidé des chapelets d'injures. Mais séparément, en appuyant un peu tout en feignant la compréhension, et en leur apprenant surtout les suites pénales de la maltraitance envers un animal, ils ont tous lâché le truc, y compris le meneur, qui est vraiment un brutal endiablé. Tous des durs et des hâbleurs, mais je les crois malheureux. Je leur ai demandé à chacun si leur père les frappait : la réponse est oui.

— C'était à prévoir, dit Verdun. J'ai la date de la prochaine réunion des « Ombreux » : après-demain lundi, à vingt et une heures trente, 5, rue du Prieuré. C'est chez cette saleté de Serpentin. Elle mène la danse.

— Matthieu, demanda Adamsberg, tu n'aurais pas dans tes rangs une flic, bonne comédienne, susceptible d'infiltrer cette réunion ?

— J'en vois deux. L'une d'elles me paraît bien, elle a une tante à Louviec. Quarante-huit ans, ça te va ?

— Parfait. Lance le truc, on ne sait jamais. Pour en revenir aux gosses, ce qu'il y a de plus intéressant chez eux, répéta Adamsberg pour ceux qui n'avaient pas suivi leur conversation, ce sont leurs parents. Les pères surtout, et Matthieu a confirmé qu'ils frappaient les enfants. C'est le triste et banal engrenage ordinaire, un enfant brutalisé a toutes chances de brutaliser. On a donc cinq brutes avérées à Louviec. Matthieu, par miracle, l'un de ces gosses porterait-il le nom d'un de nos huit puceux ?

— Bon sang, dit Matthieu après avoir consulté la liste. On en a deux. Cozic et Le Roux.

— Ce qui ne veut pas dire grand-chose, dit Mercadet en levant le nez de sa machine. Le Roux, c'est un nom répandu en Bretagne. On doit en avoir plusieurs à Louviec. On a un Cozic et trois Le Roux, précisa le lieutenant après quelques instants. Impossible de connaître la progéniture. Il faudrait que je craque les fichiers de la mairie, ajouta-t-il en questionnant Matthieu du regard.

— Ça ne laissera pas de traces ?

— Je n'en laisse jamais.

— Alors allez-y.

Il ne fallut pas plus de quatre minutes à Mercadet pour obtenir ses résultats.

— Cozic est marié, sans enfant, ce n'est pas le nôtre. Il se peut que le père du petit Cozic vive ailleurs qu'au village. Deux dénommés Le Roux ont des garçons, mais un seul est âgé de onze ans. Et il s'agit de notre Kristen Le Roux, marié.

— Son dossier s'alourdit, murmura Matthieu.

— Soyez vigilants, insista Adamsberg. Quelque aimables soient les apparences, il y a sans doute un meurtrier dans le tas. Il est quelle heure ?

— T'as deux montres au poignet, dit Matthieu, et tu ne sais pas l'heure ?

— Forcément, Matthieu, elles ne marchent pas.

— Vingt heures cinq, dit Matthieu en souriant tandis que Berrond se répétait la phrase : « N'essaie pas toujours de comprendre. »

— Heure du repas. La cuisinière de notre Centre d'accueil, cette belle et bienveillante femme qui nous concocte des petits-déjeuners princiers, informée du rapt de Retancourt, nous y attend pour un « dîner de retrouvailles ». On ne peut pas se défiler. Matthieu, on se retrouve ici demain à treize heures ?

— C'est sans doute fermé le dimanche, dit Veyrenc.

— Vous rigolez ? intervint Johan qui installait sa clientèle. À l'Auberge des Deux Écus, y a pas de pause, y a pas de répit. Surtout qu'avec le samedi soir, c'est le dimanche que je fais ma meilleure recette. Faut dire que moi et le répit, ça fait deux.

— C'est-à-dire ? demanda Veyrenc, amusé, anticipant la réponse de l'apparent invincible géant de l'auberge.

— C'est-à-dire que si je m'arrête, je tombe dans le trou.

— Quel trou ?

— Ben le trou noir. Celui où il y a la tristesse. Alors merci non, je préfère bosser. D'accord pour treize heures, je vous garde une table. Vous pourrez parler, avec le boucan qu'il y a le dimanche, personne ne vous entendra. Et si je peux me permettre, madame Retancourt, je me répète, mais on est drôlement soulagés de vous revoir parmi nous. Ils faisaient triste mine, vos collègues. Même bourrés de cidre, pas moyen de leur arracher un mot, fallait voir.

— Merci, dit Retancourt, avec son plus charmant sourire qu'on ne voyait pas souvent.

Ces deux baraqués se plaisaient, pas de doute là-dessus.

— Y a un truc qui me chiffonne, dit Johan. De vous ou de moi, qui c'est qui dépasse l'autre ?

On colla Retancourt et Johan dos à dos, au plus grand contentement de Berrond, et Johan l'emporta de plusieurs centimètres.

— Vous avez triché, Johan, dit le défenseur Berrond en frappant sur la table. Vos bottes ont des talons.

— Vrai, dit Johan en ôtant ses chaussures avant de recommencer l'épreuve, qui lui donna deux centimètres de plus.

— Oui mais c'est une femme, ça ne compte pas, dit Johan qui prenait le parti de Retancourt. Car moi, je ne sais pas si j'aurais été capable de « tordre, tirer et clac ».

— Faut bien se concentrer, c'est tout. Vous pouvez m'appeler par mon prénom, Johan.

— Et c'est comment votre prénom ?

— Violette.

Violette, comme la petite fleur fragile.

XV

Les huit policiers se retrouvèrent le lendemain à l'heure du déjeuner dans la salle bruyante de l'auberge. Leur table était prête et Johan apportait déjà l'entrée, une crème d'artichauts, dont il leur susurra la recette. Et un petit verre d'eau contenant quelques violettes cueillies au matin, qu'il déposa près de l'assiette de Retancourt. Mercadet avait dormi onze heures et se sentait prêt pour la journée.

— J'ai horreur des artichauts, dit Noël à voix basse.

— Goûtez d'abord la crème de Johan, dit Verdun, et vous verrez qu'il n'y a pas que des artichauts.

— Berrond, tu résumes les interrogatoires ? demanda Matthieu.

— C'est déjà prêt, dit le lieutenant en tirant une feuille de sa poche tandis que Mercadet mettait sa machine en place. J'ai commencé par Kristen Le Roux, le plombier qui a mis son fils en internat. Il n'était pas ravi de voir débarquer un flic un dimanche matin, et de très mauvais poil. Je vois très bien comment un gars de ce genre peut tabasser son gosse pour un oui pour un non. Le gosse n'était pas là d'ailleurs – il avait préféré sortir avec sa mère. Si tueur il y a parmi ces huit, Le Roux serait à classer en bonne position : et d'une, dit-il en regardant Mercadet taper d'une main tout en mangeant de l'autre, il a des traces de rougeurs sur la lèvre et le menton. Et de deux, son alibi est lamentable : mercredi dernier, ils avaient un couple d'amis à dîner, mais lui avait déjà tellement bu à neuf heures qu'il a déclaré devoir aller marcher un moment pour dessaouler. Il était clair que sa femme en était encore ulcérée et c'est d'elle que je tiens les horaires : il est parti une demi-heure, de vingt et une heures quinze à vingt et une heures quarante-cinq. Leur maison est à neuf minutes à pied du magasin d'Anaëlle, j'ai calculé. Le temps de surveiller sa sortie, de la tuer et de remballer ses gants, ça colle bien. Mauvais pour lui également : leurs invités, auxquels j'ai rendu visite, étaient étonnés tous les deux de le voir revenir en bonne forme, droit comme un i. Le mari surtout, qui a plus l'habitude des cuites. Soit Le Roux récupère très vite, soit son meurtre lui a fait oublier de continuer à jouer l'ivresse.

— Et son avis sur Chateaubriand ?

— Neutre. Il le connaît peu et moins encore son fameux ancêtre, dont il n'a rien à foutre, a-t-il précisé.

— C'est noté, dit Mercadet. Encadré en rouge.

— L'instituteur, Hervé Kerouac, n'est pas en bonne posture non plus, enchaîna Berrond. Ça vous paraîtra étonnant, mais lui aussi avait la lèvre un peu irritée, à travers quelques poils qui repoussaient. Pas pu voir le menton avec sa barbe de quelques jours, comme Briand. Il se préparait pour aller à la messe et, dans cette perspective peut-être, il était onctueux comme un curé. Tout le contraire de ce râleur de Cozic. Si l'on cherche un mobile de rage aveugle – car c'est bien cela qu'on cherche, non ? –, j'ai appris par une commère de la troupe Serpentin que le bruit courait que Kerouac était stérile, ce qui expliquerait que les femmes se tiennent à distance. D'autres le disent impuissant, on n'est pas bien fixés là-dessus. C'est cette commère, jacasseuse comme une oie, qui m'a également confié que, frustré par sa vie amoureuse désastreuse, il se donnait entièrement aux écoliers et aux études. Études de qui, entre autres ?

— De Chateaubriand, dit Adamsberg.

— Voilà. Et dans son salon trône une reproduction du grand homme. Outre sa lèvre irritée, son alibi est désastreux. D'après ses dires, il aurait travaillé jusqu'à vingt-deux heures pour corriger des copies. Mais sa voisine, qui sortait sa poubelle, assure que tout était noir chez lui à vingt et une heures trente. Elle a croisé une amie dans la rue et elles ont bien parlé vingt minutes, sans voir rentrer Kerouac.

— Elle est sûre de ne pas se tromper de soir ?

— Certaine. C'est le mercredi qu'on sort les déchets à recycler.

— Noté en rouge, répéta Mercadet.

— Quel est le genre du gars ? demanda Adamsberg.

— Nerveux, en partie chauve, pas bien beau mais sourire accueillant. J'ai enchaîné avec Cloarec, il avait regardé le match à la télé, et il connaissait le score.

— Facile, dit Adamsberg. Si la France l'avait remporté, il y aurait eu des coups de klaxon dans Louviec.

— Mais il savait que le but avait été marqué de justesse pendant les prolongations. Pour autant, cette info devait défiler sur l'écran dès les premières heures de la matinée.

— C'est un alibi, convint Adamsberg, mais chancelant. Et avec les programmateurs, facile aussi de déclencher et couper la télévision et de même pour les lumières. Donc le cas est douteux. Il en sera de même pour tous ceux qui ont regardé ce match.

— C'est-à-dire, d'après les notes de Verdun et du commissaire Matthieu, trois autres gars : Cozic, Briand et Le Bihan. La femme de Cozic était partie comme d'habitude à vingt heures quarante pour assurer sa garde de nuit, Briand était seul, et la femme de Le Bihan sortie dîner chez sa mère.

— Une occasion offerte sur un plateau, observa Matthieu.

— Tous quatre notés avec un point d'interrogation, conclut Mercadet.

— Mais tous quatre sans animosité particulière envers Josselin, précisa Berrond. Enfin, selon leurs dires.

— Ajoutons une forte suspicion pour Corentin Le Tallec, l'épicier, dit Matthieu, tendant la main vers la poche d'Adamsberg pour lui mendier muettement une cigarette, qu'il alluma à la flamme d'un des bougeoirs que Johan disposait çà et là pour affirmer l'origine moyenâgeuse de son auberge. Son cas est assez délicat. Ouvert, allègre, plutôt jovial même, il pense le plus grand bien de Chateaubriand, dont il est très fier. Mercredi soir, après avoir échangé quelques mots acerbes avec son commis, qui avait laissé des pommes flétrir au fond des cageots, mais rien de bien méchant selon le commis lui-même, il était parti pour Combourg jouer au casino, où il perd régulièrement pas mal de fric. Le commis, qui évacuait les pommes abîmées, l'a entendu démarrer avant vingt et une heures. Il n'attendait pas son retour avant vingt-trois heures et ne se pressait pas. « Mais le patron, a dit le commis, est rentré moins d'une heure plus tard et je me suis hâté de jeter toutes les pommes gâtées. Ça fait qu'il est resté quoi, le patron, au casino ? Un quart d'heure à tout casser ! Même pas le temps de faire un poker, ça rime à quoi ? Il m'a dit qu'il y avait ce "vieux con d'avocat" à une table et qu'il "préférait ne pas le croiser". »

— Ce qui pourrait signifier qu'il est resté cinq minutes au casino, dit Adamsberg, pour y asseoir son alibi, puis est rentré et a eu le temps de tuer Anaëlle. On a donc trois gars notés en rouge. Quel est le dernier de nos puceux ?

— Alban Rannou, dit Verdun. Il n'était pas chez lui mais très affairé dans son garage, grognant tout seul. Ma question sur son emploi du temps de mercredi soir l'a foutu en rogne. Il bossait sur cette « saleté de bagnole » depuis des jours, soirs et dimanche compris, bagnole qu'il devait rendre le lendemain, avec une bonne prime à la clef s'il tenait les délais. J'ai tenté de l'amadouer, lui demandant ce qui déraillait à ce point. « Tout déraille, bon sang ! Elle a plus de vingt ans, cette tire, et elle couche dehors, alors imaginez le boulot ! » Bien sûr qu'il a pu programmer la lumière, mais honnêtement, il était crédible.

— Tous sans preuve et sans mobile, dit Matthieu. Mais trois dans le rouge, quatre en situation chancelante et peut-être Rannou hors de cause.

— Kerouac pourrait avoir un mobile, dit Berrond : un type seul, handicapé par la vie, se sentant inférieur aux autres et humilié, peut soudain se révolter et reprendre pouvoir et puissance en tuant.

— Je vais réfléchir à tout cela, conclut Adamsberg en se levant et renfournant son carnet dans sa vieille veste noire.

Pour ceux qui connaissaient Adamsberg, réfléchir ne signifiait nullement s'asseoir à une table, le front posé sur une main. Mais marcher de son pas lent, laissant les idées de toutes sortes

– il ne faisait pas le tri – flotter au rythme de sa marche tanguante, se croiser, s'entrechoquer, s'agglomérer, se disperser, en bref les laisser agir à leur guise. Bien entendu, comme tout flic, il mémorisait les faits matériels et les témoignages. Parfois, ceux-ci suffisaient à identifier le coupable et l'affaire était réglée. Cela avait été le cas dans la tuerie des cinq jeunes filles, et même si le fait avait résisté longtemps, c'était bien un indice matériel qui avait mené au coupable. Mais quand les éléments pratiques résistaient et ne permettaient pas de désigner tel ou tel, alors il n'y avait pas d'autre choix que de s'immerger dans l'univers des libres rêveries et de leurs idées envasées, de tenter de les faire éclore, de forcer leur naissance. Il ne connaissait pas d'autre méthode.

« Cordial », « ouvert », « chaleureux », il lui semblait qu'il n'avait jamais autant entendu ces mots en si peu de temps. Johan d'ailleurs avait été plus que cordial en offrant ces fleurs à Retancourt. Et le tueur, où mettait-il ses gants, nom de Dieu ? Et les sacs en plastique avec lesquels il protégeait ses chaussures ? Le lendemain de la mort de Gaël, les flics de Matthieu avaient retenu les camions de ramassage, le temps de fouiller vainement une cinquantaine de poubelles publiques aux alentours. Le type devait les fourrer dans ses poches et laver le tout chez lui. À moins qu'il n'utilise un chiffon pour entourer le manche du couteau et le fasse brûler à son retour.

À vingt heures quinze, après une marche infructueuse et un long temps de repos passé les pieds dans la rivière, Adamsberg s'avançait vers l'auberge et entendit les échos d'un vacarme qui s'amplifiait à mesure qu'il s'en approchait. Il s'arrêta net. Il avait tout à fait oublié que ce soir, il y avait fête pour l'anniversaire de Johan. Fête privée pour soixante invités, aux limites de la contenance de la salle. Non seulement il n'avait pas prévu de cadeau, non seulement il n'y connaîtrait à peu près personne, mais surtout il se tenait loin de ce genre d'événement, de ces mêlées bruyantes où s'échangeaient dans une foule dense des paroles toutes faites, échauffées par l'alcool et cent fois entendues. Sans savoir pourquoi, ces soirées excitées et tumultueuses le rendaient aussitôt mélancolique. Il lui prit l'envie de fuir – il l'avait souvent fait – mais il ne pouvait pas faire cela à Johan. Il allait donc entrer à l'auberge, le temps de saluer le patron et de faire ainsi preuve de sa présence, puis il repartirait marcher en y repassant de temps à autre.

Le trottoir et la chaussée devant le restaurant étaient déjà encombrés au point qu'on ne pouvait pas saisir un seul mot. Adamsberg se glissa dans l'auberge qui sentait la sueur et les vapeurs d'alcool, parvint à attirer l'attention de Johan et lui fit un grand signe de la main. Ce devoir accompli, il se faufila à nouveau parmi les convives et rejoignit les vieilles ruelles, d'autant plus désertes que la fête avait vidé les rues. Sa pensée se tournait vers son hérisson, que la vétérinaire estimait ce matin hors de danger.

Il souriait à l'idée que dans une semaine, *son* animal retrouverait son territoire. Il tourna dans la rue de l'Arbre Penché et distingua au loin une masse effondrée sur le trottoir. Non, se dit-il, trop tôt pour avoir bu à ce point, et il pressa le pas jusqu'à l'homme allongé sur le dos. Il s'agenouilla, hébété, consterné, et lui prit le pouls. Puis il appela Matthieu, Berrond, Noël et les autres, mais personne n'entendait son portable dans le vacarme de la fête qu'il maudit.

— Le docteur arrive, tenez bon, dit-il.

Le blessé faisait un effort visible pour parler et Adamsberg enclencha le mode enregistrement de son portable.

— Salopard, imposteur, menteur... C'était pas... C'était un... C'était... brian... Prévenez le docteur... Vite...

— Il est en route, assura Adamsberg qui quitta l'homme pour courir jusqu'à l'auberge.

Dans la grande salle, il bouscula les invités qui le séparaient de Matthieu et attrapa le docteur Jaffré au passage.

— Grouillez, docteur, dit-il en haletant. Une autre victime, dans la rue de l'Arbre Penché. Il parle encore, il vous réclame. Matthieu, suis-moi, on file. Retancourt, appela-t-il en se frayant un passage, rassemblez nos gars, bouclez immédiatement les deux sorties de l'auberge, prévenez l'équipe technique, et qu'on dresse la liste des noms de tous les invités. Veyrenc et Noël, bloquez la ruelle et passez-la au peigne fin.

— Quelle ruelle ? cria Veyrenc dans le tumulte.

— Rue de l'Arbre Penché ! Faites vite !

Le docteur était déjà accroupi quand Adamsberg et Matthieu le rejoignirent en courant.

— C'est le maire, Matthieu, c'est le maire ! cria Adamsberg. Un couteau Ferrand. Rivets argentés.

— C'est terminé, dit le médecin en se relevant. Nom de Dieu, le maire, je ne peux pas croire qu'il ait tué le maire.

— Quelle heure est-il ? demanda Adamsberg.

— Vingt heures quarante, dit Matthieu.

— Il était déjà à la fête quand j'y suis arrivé, à dix-neuf heures dix, ajouta le médecin. Il faisait un petit discours.

— Vous avez remarqué quand il est sorti ?

— Voyons… J'ai eu un appel à… – donnez-moi une seconde que je vérifie – à vingt heures quinze précises. Je ne pouvais rien entendre car Johan avait entonné un de ses chants favoris. Je me suis éloigné vers la porte et j'étais au téléphone depuis dix minutes quand le maire m'a salué de la main en partant. Il a donc dû quitter les lieux vers vingt heures vingt-cinq.

— Vous n'avez vu personne s'en aller pour le suivre ?

— Non, il y avait foule sur le pas de la porte et je suis revenu dans la salle.

— Matthieu, demande à nos agents si on a vu quelqu'un quitter les lieux vers vingt heures vingt-cinq.

— Une seconde, dit le médecin, on a là un truc inhabituel, dit-il en désignant la main du cadavre. Je pense que c'est un œuf.

— Comment cela, un œuf ? dit Matthieu.

— Un œuf, vous connaissez cela ? Le truc que pond la poule ? Photographiez son poing, que je puisse ensuite desserrer ses doigts.

Adamsberg prit plusieurs clichés et le docteur ouvrit doucement la main du maire.

— Aucun doute, dit-il. C'est bien un œuf.

— Vous voulez dire que le tueur a placé un œuf dans sa main et l'a écrasé en refermant son poing ?

— Ça paraît l'évidence. Je vois mal le maire arriver avec un œuf à l'anniversaire de Johan pour s'amuser à le jeter à travers la salle. Désolé, ajouta-t-il, je suis à cran. Le maire était un grand ami.

Retancourt et Noël avaient exploré en vain tous les recoins de la ruelle ayant pu servir de planque à l'assassin et rejoignirent leurs collègues à l'auberge pour aider aux interrogatoires. Adamsberg et Matthieu attendirent que les photographes aient levé le camp et que le corps fût chargé dans l'ambulance qui l'emmenait à Combourg pour reprendre à pas lents le chemin de l'auberge.

— Un œuf, répétait Matthieu. Un œuf. Il se fout de notre gueule ?

— Non, il prend de l'assurance. Il mène le jeu et il en rajoute. Mais en en rajoutant, il nous oriente.

— Vers quoi ? « Tuer dans l'œuf » ? Le maire aurait étouffé une affaire ?

— Je ne crois pas que ce soit le sens. J'ai filmé le maire avant qu'il ne décède. Il a parlé.

— Tu te souviens de ses mots ?

— Mieux que cela. Je les ai enregistrés. Je vous ferai écouter cela tout à l'heure. Prépare-toi, tu ne vas pas aimer.

Une heure et demie plus tard, les quelque soixante invités étaient libérés et pas un seul d'entre eux, dans la cohue, n'avait pu dire qui était sorti ou rentré, et à quelle heure. Parmi les suspects, deux d'entre eux assistaient à la soirée : le plombier Le Roux et l'instituteur Kerouac. C'était tout ce qu'on avait pu apprendre, autant dire rien. Les huit flics s'étaient regroupés à une table, muets, atterrés, tandis que Johan, accablé, leur servait un remontant.

— Mon Dieu, commissaire, il a tué le maire ! Il a osé tuer le maire !

— Il monte en puissance, Johan. Plus rien ne lui fait peur.

— Je ne pense pas qu'on va boire, Johan, dit Matthieu.

— C'est un toast à sa mémoire, dit fermement l'aubergiste.

— Levons nos verres et avalons-le ensemble, cul sec, approuva Matthieu. Adamsberg, dit-il en reposant brutalement son godet vide, tu as enregistré les dernières paroles du maire.

— Je t'ai prévenu, dit Adamsberg en déposant son téléphone au centre du cercle des agents, qui se resserrèrent autour de l'appareil : ça ne va pas te plaire.

— Envoie l'enregistrement, bon Dieu, dit Matthieu en haussant impatiemment le ton.

Adamsberg enclencha et la voix de la victime s'éleva, nette et claire : « Salopard, imposteur, menteur... C'était pas... C'était un... C'était... brian... Prévenez le docteur... Vite... »

Les agents tressaillirent, il y eut des mouvements, des murmures, des exclamations et Matthieu, pâle, leva une main pour réclamer le retour au calme. D'un geste, il demanda à son collègue de repasser l'enregistrement, qu'il écouta trois fois, dents serrées, dans un silence de plomb. Puis il releva la tête.

— Ce coup-ci, c'est mort, dit-il d'une voix lente et creuse. Chateaubriand est cuit, que le ministre le veuille ou non. « C'était... brian. » Le maire le nomme sans équivoque. Tu peux cesser de te démener, Adamsberg, et de nous faire cavaler après tes puces, tu n'arriveras pas à le sortir de là.

— N'en sois pas si sûr. Très bon, votre vin, Johan. Merci.

— Et toi, tu parles de vin ! réagit soudainement Matthieu, durcissant le ton. Tu parles de vin alors qu'on a échoué, que Louviec est en deuil, que Josselin va partir en taule et qu'on va tous sauter ! Toi, toi que le ministre nous a envoyé de Paris pour faire des miracles, tout ce que tu trouves à dire, c'est de parler de vin !

Adamsberg marqua une pause. La tension agressive de Matthieu s'étendait à toute l'équipe – à l'exception de Retancourt et de Veyrenc, qui ne semblaient pas s'en faire – et cela ne donnait rien de bon. Adamsberg toisa son collègue d'un regard calme.

— On ne fait pas de miracles avec un cinglé, dit-il doucement.

— Alors à quoi bon ta venue ? cria Matthieu en quittant brutalement sa place.

— Ça lui arrive parfois, chuchota Berrond, pendant que Matthieu allait et venait à grands pas à travers la salle. Ne le prenez pas pour vous, commissaire, cela va passer.

— Bien sûr que je le prends pour moi, dit Adamsberg à voix haute avec un infime sourire. Il n'a pas tort d'ailleurs. Josselin paraît en posture délicate.

— « Posture délicate » ? cria de nouveau Matthieu en revenant vers la table. C'est cela que tu penses ? Alors que, je l'ai dit, Josselin est cuit, mort ! Et nous avec !

— Tu oublies l'œuf, dit Adamsberg, qui sortit d'un geste tranquille une cigarette chiffonnée de sa poche et l'alluma à la flamme de la bougie.

— On se fout de cet œuf ! s'énerva Matthieu.

— Eh bien pas moi. Je ne pense qu'à lui.

— Et moi non ! Le maire a accusé Chateaubriand, Chateaubriand l'imposteur, Chateaubriand le salopard, le menteur, et on ne peut pas sortir de là !

— Si, on le peut. Tous sont au courant, pour l'œuf ?

— Tous. Et ils sont d'accord avec moi. Et ils ne savent pas quoi faire de ton foutu œuf. Sauf Retancourt, semble-t-il.

— Ce n'est pas *mon* foutu œuf, Matthieu, dit Adamsberg en conservant toujours son calme. C'est le foutu œuf de tout le monde. Fais ce que tu veux, va ou reste, moi, je n'en ai pas fini. Et si tu veux bien m'en laisser le temps, j'aimerais que tous regardent le film de la mort du maire, sur grand écran. Mercadet, vous avez fait ce que je vous ai demandé ?

— C'est prêt, commissaire, dit Mercadet, en posant son ordinateur sur la table.

— L'image est distincte ? Le ciel était sombre et le jour commençait à tomber.

— Très bonne, je l'ai éclaircie. Et fait un gros plan sur le visage.

— Merci, lieutenant. Placez votre bécane au milieu de la table et vous, dit-il en faisant le tour des visages des agents, secoués par l'attaque de Matthieu, serrez-vous pour que chacun puisse bien voir. Si j'ai demandé à Mercadet d'agrandir et de travailler l'image, c'est pour que vous observiez avec la plus grande attention les mouvements des lèvres du maire quand il dit « brian ». J'ai noté sur mon carnet « brian/brion » parce que je n'étais pas convaincu de ce que j'avais entendu. Mais d'abord…

— On a tous parfaitement entendu ! coupa Matthieu, exaspéré. Il a dit « brian ».

— Mais d'abord, reprit Adamsberg, sans s'arrêter à l'interruption de son collègue, répétez chacun muettement, sans parler, « brian » puis « brion », plusieurs fois de suite, et concentrez-vous sur le déplacement de vos lèvres. C'est assez différent. Prenez votre temps. Vous êtes prêts ? demanda-t-il après un instant, quand les agents eurent achevé docilement l'exercice. Parfait. Mercadet, lancez le film.

La voix du maire retentit à nouveau dans le silence, tous les yeux fixés sur ses lèvres. « Salopard, imposteur, menteur... C'était pas... C'était un... C'était... brian... Prévenez le docteur... Vite... »

— On peut revoir ? demanda Berrond.

— Autant que nécessaire, dit Adamsberg en apercevant Matthieu qui, toujours debout et bras croisés, s'était rapproché et se penchait vers l'écran. Lieutenant, allez-y.

La manœuvre fut répétée deux fois, puis Mercadet coupa la machine.

— Eh bien, qu'en pensez-vous ? demanda Adamsberg.

— Il a dit « brion », dit Matthieu dans un souffle de soulagement, approuvé par les autres agents.

— Et non pas « brian », dit Retancourt. Le mouvement de ses lèvres est très net.

— C'était clair dès le départ, dit Veyrenc.

— À cause de l'œuf, dit Adamsberg.

— Bien sûr.

— Mieux valait vérifier sur ses lèvres, et mieux valait huit paires d'yeux. Nous sommes donc d'accord : le maire n'a pas prononcé le nom de Chateaubriand. En outre, il a dit « C'était *un*... », puis a repris « C'était... brian ». Est-ce qu'il aurait dit « c'était *un* Chateaubriand » ? Évidemment non.

— Non, répéta Matthieu d'une voix enrouée, ne sachant comment revenir sur son éclat et les violentes attaques dont il avait accablé son collègue, le discréditant devant tous. Alors qu'Adamsberg avait eu raison.

La seule chose qu'il sut faire fut de se rasseoir à sa place sans dire un mot. Il avait tout gâché et s'en voulait au point d'en oublier le meurtre. À quoi bon les mots ? Quelles que soient les excuses qu'il pourrait lui présenter, Adamsberg ne lui pardonnerait pas. Ce en quoi il se trompait. Le commissaire fouilla de nouveau dans sa poche et en tira une nouvelle cigarette, tout aussi chiffonnée, qu'il prit soin de redresser de son mieux en la lissant lentement. Puis il se tourna vers Matthieu et, tout en lui jetant son si rare regard perçant, il la lui tendit et approcha la bougie. Matthieu soutint ce regard, hocha lentement la tête puis alluma la cigarette à la flamme. Tout était dit, et Matthieu sentit son corps se détendre et son esprit frôler l'admiration. Car aurait-il été capable d'une telle conduite ? Il en doutait beaucoup.

— Je dînerais volontiers, Johan, dit Adamsberg, s'il ne se fait pas trop tard, et Johan disparut aussitôt dans sa cuisine.

— Mais, dit Berrond en fronçant les sourcils, je ne saisis toujours pas cette affaire de l'œuf.

— L'œuf est a priori dénué de sens, répondit Adamsberg, mais ce n'est plus le cas quand on sait qu'il a prononcé « brion ».

— Il a voulu dire « embryon », cria soudain Verdun.

— C'est cela même, Verdun.

Johan apportait les assiettes et les plats, il lui restait de quoi nourrir vingt personnes. Le buffet qu'il avait préparé était royal et les agents se jetèrent dessus. Mercadet demanda un double café.

— Le tout est à présent de comprendre pourquoi il a écrasé un embryon dans la main du maire, dit Noël, la bouche pleine.

— Il est possible que cet embryon anéanti se rapporte à un avortement, dit Adamsberg. Quoi d'autre ?

— Rien, dit Retancourt. Cela signifie bien « avortement ».

— Ce qui nous donne enfin une ligne à suivre pour le mobile du tueur, dit Verdun. Une affaire d'avortement.

— Mais quel type d'affaire ? dit Adamsberg. Officielle ? Clandestine ? Une seule ? Plusieurs ? Ou bien le principe même en général ? En tous les cas, une affaire qui touche le tueur de près, c'est peu de le dire. Supposons qu'il ait perdu un embryon, un fœtus, pourquoi sa rage le pousserait à tuer des personnes comme Gaël, Anaëlle, le maire ? Parce que eux l'auraient « écrasé » volontairement, cet embryon ? S'il a perdu un fœtus et ne l'a jamais supporté, sa colère le porterait alors à tuer ceux qui l'auraient fait intentionnellement : des hommes poussant la femme à se débarrasser du fœtus, une femme le décidant d'elle-même. Peut-on imaginer Gaël et le maire ayant mis chacun une femme enceinte, et tenant au secret ? Mais pourquoi pas ? Ce qui reste étonnant, c'est pourquoi le maire a employé le mot « embryon » et non pas « fœtus ». Ce n'est pas anodin.

En même temps qu'il parlait en mangeant à son rythme, Adamsberg avait observé le visage de Berrond qui s'était crispé et sa posture, qui s'était voûtée. Peut-être était-il contre l'avortement ou bien le sujet le gênait.

— Ce qui laisse penser que ces avortements auraient été clandestins, dit Veyrenc.

— Juste, dit Mercadet. Imaginons que le maire ait eu une liaison, évidemment confidentielle, et que sa compagne se soit retrouvée enceinte. Il était bien placé pour savoir que tout se devine, se renifle et se murmure à Louviec. Si bien qu'une visite chez le médecin, un séjour en clinique, tout cela aurait multiplié les risques d'ébruiter la vérité. Dans le cas du maire, un avortement officiel aurait fait scandale.

— Gaël, demanda Adamsberg à Matthieu, tu m'as bien dit qu'il était marié ?

— Oui. Je ne la connais pas, mais selon Johan, c'est une femme sympathique et qui est restée assez belle. Ce qui n'empêchait pas Gaël d'avoir une maîtresse.

— Et surtout, c'est l'épouse qui a la galette, intervint Johan. Héritage de son père. Ce qui explique que, même avec les tarifs que je pratique, Gaël pouvait se permettre de venir dîner ici si souvent, dîner et boire. Et ce n'était pas que du cidre. Alors un avortement au grand jour, pensez-vous, hors de question. Sa maîtresse a dû s'arranger, comme on dit.

— Johan, dit Adamsberg, nous parlons sans contrainte devant vous car Matthieu nous a assurés que vous étiez une tombe. Le contrat tient toujours ? Rien ne filtrera de cette affaire d'œuf ?

— Pas un éclat de coquille.

— Merci Johan. Et vous en connaissez, des… arrangeuses ?

— Je reprendrais bien une part de votre pâté de lapin, dit Retancourt.

— C'est comme si c'était fait, Violette. Des arrangeuses ? Il y a bien des noms qui courent, ici comme à Saint-Gildas, comme à Combourg. Mais je n'aime pas donner des noms quand je ne suis sûr de rien.

— On pourrait commencer par aller voir Gwenaëlle, proposa Veyrenc. Sa cousine s'est peut-être fait avorter quand elle était plus jeune et vivait encore chez sa tante.

— Mais tout cela n'explique pas les premiers mots du maire, dit Adamsberg. « Salopard, imposteur, menteur. » De qui parlait-il ? De son assassin bien sûr. Qui aurait dupé tout Louviec depuis des années. Mais dupé comment ? Avec un faux nom ? Et pour quoi faire ? Échapper à un crime commis ailleurs ?

— Il a peut-être dézingué la fille qui s'était débarrassée du fœtus, de *son* fœtus, dit Retancourt.

Puis a disparu dans la nature, et est réapparu à Louviec sous un autre nom.

— Et un autre visage ? dit Adamsberg, sceptique. Un faux nom ne transforme pas un visage. Mercadet, c'est un gros boulot, mais regardez dans les fichiers si vous trouvez un type qui correspondrait, ici ou dans les environs proches. Un type qui aurait dans les cinquante ans aujourd'hui.

— Je vais tenter le truc, dit Mercadet qui adorait les gros boulots et singulièrement ceux qui paraissaient irréalisables. Comme on ne sait même pas où cela aurait pu se produire, je vais entrer dans le fichier par les critères « assassinat », « femme », « avortement », « clandestin », « Ille-et-Vilaine ». On ne peut pas dire que ce soit précis.

— Tentez toujours, lieutenant, et laissez tomber si c'est impossible.

— À propos des « arrangeuses », dit Matthieu, je suis certain que la Serpentin aurait son mot à dire. Mais comment le lui faire cracher ? Il y a une loi du silence là-dessus.

Adamsberg attrapa son portable à la première sonnerie et fit comprendre à ses collègues qu'il s'agissait du légiste. Il brancha le haut-parleur.

— C'est à croire, dit le médecin, que ce type ne connaît qu'une seule et unique manière de tuer. Le trajet du couteau est identique, en léger biais, avec un fléchissement et une reprise jusqu'à la garde. Faux gaucher, toujours.

— Docteur, avez-vous examiné l'œuf ?

— Non, je dois dire que non.

— Pourriez-vous regarder le jaune et me dire s'il était ou non fécondé ?

— Donnez-moi un instant. Oui, dit-il en revenant en ligne, il y avait l'embryon.

— Et les piqûres de puces ?

On entendit le médecin soupirer.

— Cinq, commissaire, à la base du cou. Toutes fraîches.

— Possible, dit Adamsberg en reposant son téléphone, que le tueur ait miré l'œuf avant de le choisir. Qu'il n'ait pas voulu prendre un œuf stérile.

— Non, cela ne fonctionne pas, intervint Mercadet. « Assassinat », « femme », « avortement », « clandestin », cela ne me donne rien en Bretagne.

— Il y a un dernier truc qui me chiffonne, dit Adamsberg. Pourquoi le maire a-t-il dit « Prévenez le docteur » et non pas, plus normalement : « Appelez le docteur » ?

— Commissaire, dit Verdun, il était mourant. Alors, « prévenez » ou « appelez », ça ne fait pas une grande différence.

— Tout de même, dit Adamsberg. Avant le second et fatal coup de couteau, on peut supposer que le tueur parle à ses victimes. C'est en tout cas ce que nous enseigne le cas de Gaël. Le maire a donc pu savoir qu'il mourait pour une affaire d'embryon et a peut-être voulu mettre le médecin à l'abri. « Prévenez le docteur. » Moi, j'y entends : « Prévenez le docteur du danger qu'il court. » Enfin, c'est ainsi qu'on peut voir les choses.

— Toi, dit Veyrenc. Mais c'est très hasardeux.

— Oui, Louis. Surtout, conclut-il en faisant un tour de table, pas un mot à qui que ce soit de cette question d'œuf et encore moins à un journaliste. Il nous faut garder cet atout pour nous.

Berrond se rappela une fois de plus la mise en garde de Matthieu : « N'essaie pas toujours de comprendre. »

Il était tard quand les huit flics remercièrent et saluèrent chaleureusement Johan.

— Tu n'as pas eu un bel anniversaire, lui dit Matthieu qui s'attardait.

— Si, dit Johan, j'ai eu le temps d'admirer votre boulot. Et si je suis affligé pour le maire, je suis content pour Josselin. Il en a dans le crâne, cet Adamsberg, à sa manière peut-être, mais il en a. Son idée que le maire n'avait pas voulu dire « Chateaubriand », je sais pas qui l'aurait eue.

— Dire que je l'ai attaqué, que je lui ai gueulé dessus comme un véritable crétin, alors que j'étais dans mon tort sur toute la ligne.

— Si j'étais toi…

— … je m'excuserais.

— Quelque chose comme ça. Efforce-toi. Parce que, t'as remarqué, c'est pas facile de s'excuser, et y'a pas beaucoup de gens qu'ont le cran de le faire.

XVI

Un lugubre climat de désolation s'était étendu sur tout Louviec. Chacun s'était débrouillé pour suspendre à sa fenêtre ou à sa porte un tissu, un châle, un chandail, noir. Le magasin d'électroménager était toujours fermé et Adamsberg alla sonner chez Gwenaëlle, aussi blafarde que sa robe de chambre écrue, les yeux pochés de violet et les cheveux en broussaille.

— Je peux ? demanda le commissaire.

— C'est affreux pour le maire, dit-elle à voix basse en ouvrant sa porte.

— Peut-être pourriez-vous nous aider.

— Au moins, cela n'incrimine pas Josselin ?

— Au contraire.

Gwenaëlle avait sans nul doute un faible pour Josselin, pour se soucier ainsi de son sort au milieu de son chagrin.

— J'aimerais vous faire une confidence, dit Adamsberg. Mais comment être certain que vous la garderez strictement pour vous seule ?

Gwenaëlle redressa la tête, un peu offensée.

— Parce que vous me le demandez. Je n'ai jamais éventé un secret. Je ne suis pas une Serpentin, moi.

— Je compte vraiment sur vous, Gwenaëlle. Voici : le maire avait un œuf écrasé dans son poing.

La jeune femme ne dit pas « Un œuf ? », mais se contenta de froncer les sourcils.

— Cela vous évoque quelque chose ?

— Oui, un problème d'avortement.

— Vous allez plus vite que mes adjoints, Gwenaëlle.

Cette phrase lui arracha un faible sourire et c'était bien l'intention d'Adamsberg. Et même, elle se leva et fit réchauffer du café. Elle en disposa deux tasses sur la table.

— Merci, Gwenaëlle, vous avez aussi compris que j'ai très peu dormi. Et je suis d'accord avec vous, cet œuf écrasé indique une affaire d'avortement.

— Alors c'est pour cela, dit Gwenaëlle dont les larmes coulèrent à nouveau. Mais c'était il y a longtemps, et qui l'aurait su ?

Adamsberg tamponna doucement les yeux de la jeune femme.

— Dites-moi.

— Anaëlle avait dix-sept ans. Nous étions allées dans une boîte à trois kilomètres d'ici. Elle a laissé faire un type, « pour voir », m'a-t-elle dit, et « ça m'a fait mal, c'est tout ». Mais ce n'était pas tout. Elle a commencé à vomir et un mois et demi après, on avait compris qu'elle était enceinte. Hors de question d'en dire un mot à ma mère, il fallait qu'on se débrouille seules. C'est cette amie dont je vous ai parlé pour les Ombreux qui nous a guidées. Elle avait vingt-deux ans, une grande à nos yeux, et elle nous a conduites à Combourg. Elle s'est garée à cent mètres d'une maison bien entretenue, et elle nous a fait entrer par une porte arrière. Je me souviens que l'intervention s'est passée vite et que c'est notre amie Laure qui a payé.

— Vous connaissez le nom de cette femme ?

— Oui, finit-elle par dire. Elle ne le cachait pas car elle est sage-femme agréée mais elle ne crie pas sur les toits qu'elle aide les jeunes filles dans la situation de ma cousine. Cela se sait par le bouche-à-oreille. Elle s'appelle madame Berrond.

— Comme la femme de…

— Berrond, oui.

Adamsberg passa ses mains sur son visage et avala une longue gorgée de café. C'est donc pour cela que le lieutenant était si crispé hier quand ils discutaient d'avortement.

— Et Berrond ? dit-il, il le réprouve ?

— Sûrement non. Car c'est lui-même un jour qui a fait entrer une amie par la porte arrière pour la conduire au cabinet. C'est un brave homme, très brave, très bon, commissaire, il faut le protéger.

— J'y veillerai. Rien ne se saura. Rien.

À son retour, Adamsberg ne se confia qu'à son ami Veyrenc, tous deux allant et venant par les rues.

— Donc c'était cela. Elle avait avorté et il l'a tuée. Tu peux être sûr qu'il y a une même affaire du côté de Gaël.

— Il y en a une, Jean-Baptiste. J'ai été voir du côté de la femme Serpentin. Ça n'a pas été sorcier de la faire parler, moyennant finances bien sûr. Selon tous les « on-dit » qu'elle a rassemblés, « cette ordure de Gaël » aurait mis enceinte une femme d'ici, il y a bien six ans de cela, une femme qui n'était pas de la prime jeunesse, et donc avec un risque pour elle-même et l'enfant. Mais pas question d'examen médical, il l'a obligée à se débarrasser du fœtus ni vu ni connu. Tout ce qu'on sait ensuite, c'est qu'elle pleurait en sortant de la voiture le soir.

— Et tu as eu le temps d'aller fouiner à la mairie ?

— La mairie était vide, pavoisée d'une draperie noire au-dessus de la porte. Jeannette y assure seule la permanence, en cas d'urgence. C'est sinistre. Jeannette est l'une des deux secrétaires. Elle a la quarantaine, divorcée, pas très jolie, deux fils adolescents. Une boîte de mouchoirs sur la table, les yeux bouffis. J'ai usé de tous mes charmes pour l'obliger à sortir de là et venir déjeuner avec moi, bien qu'il ne fût qu'à peine midi. Elle a finalement accepté, à la condition qu'on aille à Saint-Gildas, où elle n'est pas connue. Elle est allée se donner un coup de peigne, se maquiller comme elle a pu, et on s'est retrouvés attablés tous les deux au Café du Vieux Pont où traînaient deux ou trois clients. Il était tôt, les plats n'étaient pas prêts, mais le patron a accepté de nous faire des sandwiches, c'est tout ce qu'il pouvait nous offrir. Très bons d'ailleurs, ça a paru plaire à Jeannette, vin compris, et j'ai forcé la dose. Je lui ai exposé les choses sur la pointe des pieds mais elle a pris les devants et, vin aidant, m'a tout raconté sans trop d'embarras, sous condition du secret professionnel bien sûr.

— Elle était la maîtresse du maire. Quand cela ?

— Il y a douze ans, elle avait trente et un ans.

— Et elle s'est retrouvée enceinte, mariée, avec deux enfants en bas âge, tout comme le maire. Situation impossible.

— D'autant qu'elle était en instance de divorce et qu'on lui aurait sans doute retiré la garde des petits.

— Elle était donc d'accord.

— Oui, mais à grand-peine, car à l'époque, elle était amoureuse du maire. Depuis, ça s'est beaucoup tassé et cet événement y est peut-être pour quelque chose. En bref, le maire, qui connaissait son village comme sa poche, l'a envoyée chez une arrangeuse. Elle a mis un peu de temps avant de s'en remettre, et a traîné un fond de dépression pendant quelques mois. Ce qu'elle ne peut pas se figurer, tout comme Gwenaëlle, c'est comment cela a pu se savoir. Mais la liaison amoureuse d'une employée avec le patron, où que ce soit, ça finit tôt ou tard par crever les yeux de tout le personnel. Et puis soudain une tristesse, une dépression, en même temps que le maire apparaît subitement préoccupé et redouble d'attentions pour la jeune femme morose. Je te garantis que tous à la mairie ont dû s'imaginer ce qu'il s'était passé sans qu'on ait besoin de leur faire un dessin. Pour Anaëlle, elle était très jeune, encore au lycée, et le sens de ses nausées, qui se sont brusquement arrêtées, n'a dû échapper à personne. Quant à Gaël, dans un soir d'ivresse, au lieu de la boucler, il a dû laisser échapper un coin de vérité.

— Et derrière tout ce petit monde, la Serpentin et ses acolytes sont là pour ratisser les ragots. Les ragots et les vérités.

— Oui. Rien n'échappe et tout suinte à Louviec. Le tueur a dû finir par apprendre tout cela, et il n'était pas le seul. Que cette affaire d'avortements soit son mobile, ça ne fait plus aucun doute. Mais quelque chose coince dans notre scénario.

— C'est que tout cela est bien vieux. C'est cela, Louis ?

— Oui. Pourquoi ce soudain déchaînement de rage, de démence, dix ou treize ans plus tard ? Pourquoi le tueur n'a-t-il pas « châtié » les responsables au cas par cas, chacun à l'époque des faits ? Il s'est produit un élément déclencheur, Jean-Baptiste. Mais lequel, bon sang ?

— Nos trois suspects ont plus ou moins cinquante ans. Il faudrait fouiller du côté de ceux qui ont des enfants. Tu devrais retourner à la mairie pour bavarder avec Jeannette. Qui sera ravie de revoir tes charmes.

Veyrenc haussa les épaules. Il n'avait pas conscience à quel point son visage, massif, régulier, nez droit, lèvres très dessinées, cheveux en boucles légères, avec ces joues pleines et ce rien de menton caractéristique de l'art romain – lui avait appris Danglard – pouvait séduire hommes et femmes.

— Le nom des arrangeuses, des « faiseuses d'ange », on s'en fout. Je crois qu'il faut passer dès aujourd'hui à l'étape suivante : faire surveiller nos trois principaux suspects soir après soir, soit en planque devant leur domicile, soit en filature et ce jusqu'à leur retour chez eux. Seulement on n'est que huit. Sept en ôtant Mercadet. Six sans moi. On pourra se relayer.

— Sans toi ? dit Veyrenc.

Adamsberg grimaça, mécontent de lui-même.

— J'aurais aimé, dit-il en hésitant, suivre les pas de Maël cette nuit.

— Maël ? Mais qu'est-ce qu'il vient faire là-dedans ? À part qu'il se gratte tout le temps, je te l'accorde. Mais Maël a été plâtré avant la mort de Gaël.

— Ce qui ne l'empêcherait pas de traîner la nuit avec un bâton. À ce que m'a dit Johan, on entend toujours le Boiteux entre dix heures et demie et minuit. Pas tous les soirs bien sûr.

— C'est Maël, Jean-Baptiste, qui a lancé les battues pour retrouver le Boiteux.

— Qu'ils n'ont pas retrouvé.

Veyrenc secoua la tête, un peu sceptique.

— On se débrouillera facilement à six, admit-il en soupirant. Puisque tu cherches un fantôme.

À dix-neuf heures, les huit policiers se rejoignirent à l'auberge, à leur table habituelle, au fond de la salle pour ne pas gêner la clientèle. Qui était peu dense, et seuls des touristes ignorants occupaient quelques tables. Mais pas un habitant de Louviec, en deuil du maire, n'aurait eu l'idée ni l'envie d'aller se divertir. L'enterrement aurait lieu le lendemain à dix heures.

— Alors ? demanda Adamsberg à Veyrenc. Jeannette ?

— Jeannette, c'est la secrétaire de mairie, expliqua Matthieu.

— Qui s'est laissée séduire par Veyrenc ? dit Berrond en s'amusant. Mais ça ne m'étonne pas.

— La pauvre, dit Johan en apportant le cidre, les bols et un plat de petites crêpes roulées au jambon, elle s'occupe de tout pour la réception de demain, après les funérailles. Un sacré boulot. Je l'ai aidée comme j'ai pu pour la livraison des plats. Parce qu'après une messe et un enterrement, qu'est-ce qu'ils font, les gens ? Ils bouffent. C'est la messe, je me dis, qui fatigue.

— Alors ? Jeannette ? répéta Adamsberg.

— Quatre de tous nos puceux ont des enfants, entre onze et vingt-deux ans. Neuf en tout. Pour savoir s'il y avait l'ombre d'un avortement parmi tous, j'ai préféré éviter les parents, toujours les derniers informés, et je suis retourné voir la Serpentin, qui commence à me faire bonne mine.

— Elle aussi ? dit Berrond en souriant dans son cidre.

— À n'y pas croire, hein, Berrond ? Amadouer la vipère de Louviec, qui peut en dire autant ? Toujours est-il que, elle, toujours la première au courant, est quasi certaine que le plombier, Kristen Le Roux, une de nos deux brutes qui a du rouge autour de la bouche, a fait avorter sa fille de dix-huit ans en douce. Il paraîtrait qu'ensuite elle a beaucoup pleuré.

— C'était quoi, au fait, son alibi ? demanda Noël.

— Un dîner avec des amis qu'il a quitté une demi-heure pour aller dessaouler. Et il est rentré frais comme l'œil après sa balade. Pour un type bien bourré, c'est fortiche. Ou c'était de la pure mascarade, mais très mal jouée.

Johan leur apporta le dîner – sans oublier le double café pour Mercadet –, emplit les verres, annonça à mi-voix une tourte au saumon que Verdun, apparemment tout autant passionné par la nourriture que son collègue Berrond, s'empressa de découper.

— Avec cet élément en plus, dit Verdun en servant chacun, notre puceux Le Roux est bien mal barré.

— Ou l'inverse, dit Adamsberg. Pourquoi tuer Gaël ou le maire alors qu'il est dans le même sac ? Cela le dédouane au contraire. Pour information, il a un petit poulailler dans le jardin. Il n'est pas le seul. Tristan Cloarec, l'électricien et le chauffeur Mikael Le Bihan en ont un aussi. Ce n'est pas franchement signifiant, car quand on achète une boîte de six œufs, il y en a toujours au moins un de fécondé.

Adamsberg se tut un moment, le temps pour Berrond et Verdun, qui se resservirent tous les deux, d'apprécier pleinement leur dîner. Adamsberg, petit mangeur, se demandait où pouvait bien passer toute cette nourriture. Dans leurs ventres, dans leurs mentons.

— On résume le boulot de ce soir, dit-il une fois les deux policiers repus, boulot qui peut durer toute la semaine. Surveillance de nos trois principaux suspects, bien que je n'oublie pas nos cinq autres. Puisque nous savons tous que les alibis parfaits sont trop beaux pour être honnêtes. Je préfère de loin les alibis mal foutus. Mais on se concentre d'abord sur le trio de tête. Noël, demandez une vieille veste à Johan, tout le monde en noir ou en gris. Verdun, empruntez-lui une casquette, vos cheveux blonds sont trop visibles. Toi aussi, Matthieu. Chacun prend son poste à huit heures devant le domicile de son gibier. Choisissez bien votre planque. Je propose de confier la brute, Kristen Le Roux, à Retancourt. À Noël, l'épicier Le Tallec. Matthieu, tu prends Kerouac, n'oublie pas sa lèvre rouge. Il te connaît ?

— Il ne me verra même pas.

Adamsberg et Matthieu finirent de répartir les rôles et de choisir les relais.

— N'oubliez pas qu'à neuf heures et demie, il y a réunion des Ombreux rue du Prieuré. Si vous voyez votre homme se faufiler au numéro 5, laissez tomber, ce ne sera pas pour ce soir.

XVII

Tous se séparèrent rapidement pour aller prendre leur faction tandis qu'Adamsberg se dirigeait sans presser le pas vers le domicile de Maël, repérant sur son passage le grand nombre de portes cochères voûtées et de lourdes colonnes romanes, toutes propices à fournir de bonnes planques si nécessaire. Il ralentit plus encore quand il fut en vue de chez Maël, une petite maison sans étage aux volets bleus, aux joints impeccables entre les larges pierres de granite. Un hangar au toit de tôle la jouxtait et la déparait. Il y avait de la lumière à travers les rideaux, sans les reflets bleutés qui signalent la présence d'une télévision. Il s'adossa à couvert contre une colonne et attendit. Ça ne le gênait pas d'attendre, il était naturellement plus patient qu'un autre. À vingt heures trente, Maël s'en allait souvent dîner chez Johan mais, ce soir, il avait dû comme tant d'autres se mettre en deuil de sortie. Une hirondelle au vol rapide entra dans le hangar, où elle avait sûrement son nid.

Ce qui l'amena naturellement à l'étrange obsession de Johan en quête de l'hirondelle blanche. Pas si étrange, au bout du compte, il était bien lui-même tombé amoureux d'un hérisson. Mais son hérisson existait, au lieu qu'une hirondelle blanche était une vue de l'esprit. Il lui faudrait demander à Mercadet de vérifier s'il existait des hirondelles albinos. Et pourquoi pas ? Car enfant, avec son père, ils avaient croisé un merle blanc. Encore que le fait que Johan soit en quête d'une vue de l'esprit ne le choquait en rien. Il adressa aussitôt sa requête à Mercadet.

Son regard un instant perdu dans ses songeries revint vers la fenêtre de Maël. Il voyait indistinctement la silhouette du Bossu – pardon, de l'ancien bossu – s'affairer d'un endroit à un autre, disparaître dans une pièce arrière qui devait être la cuisine. Puis soudain, vers vingt-deux heures quarante, tout s'éteignit et Adamsberg vit la porte s'entrouvrir. Il se plaqua derrière sa colonne et observa Maël fermer le verrou avec précaution, sans bruit, inhabituellement vêtu d'une longue cape grise et la tête recouverte d'une grande capuche. Ils atteignirent le centre-ville en moins de cinq minutes puis Maël ralentit une fois parvenu dans la rue principale et se mit à taper le sol sourdement avec un lourd bâton, à intervalles espacés et réguliers. Il tournait sans cesse la tête, à l'affût, longeant les murs, puis reprenait son martèlement. À quinze mètres d'eux, un homme s'était arrêté pour faire pisser son chien et Maël comme Adamsberg s'enfoncèrent dans l'ombre d'un recoin. Quand homme et chien finirent par faire demi-tour, Maël attendit cinq bonnes minutes avant d'obliquer dans une ruelle et de se remettre en route en faisant lentement résonner son bâton. Adamsberg lui accorda l'ultime satisfaction d'effrayer les habitants dans quelques autres ruelles puis lui fit subitement face et l'homme sursauta.

— Ainsi c'était bien toi, Maël, dit Adamsberg à voix basse. Fourre ton bâton sous ta pèlerine, on va aller discuter tous les deux là-bas, sur le banc du rôdeur.

— Ah non, pas le banc du rôdeur, dit Maël en se raidissant.

— Et pourquoi pas ?

— Paraît qu'il porte malheur.

— Toi, Maël, superstitieux ? Toi qui tempêtais haut et fort à l'auberge contre les imbéciles qui croyaient à ces boniments à propos du Boiteux. Remarque, tu étais bien placé pour le savoir. Mais que crois-tu qu'ils penseraient si je leur disais que tu ne veux pas poser tes fesses sur le banc du rôdeur ?

— Non, ne leur dites rien, je vous en prie.

— Je serai bon avec toi, dit Adamsberg en forçant Maël d'un geste à s'asseoir sur ce banc. Alors comme ça, ajouta-t-il en souriant, c'est toi qui jouais au Boiteux ? Quitte à affoler des braves gens aussi superstitieux que toi ?

— Comment vous l'avez su ? Comment vous m'avez trouvé ?

— En te suivant depuis chez toi, tout simplement.

— Et pourquoi vous me suiviez ?

— Je m'en doutais.

— À cause ?

— De ton air de malice au bar de Johan pendant qu'ils parlaient du Boiteux, l'air du gars qui mijote une bonne blague par en dessous. Oh, ça n'a pas duré longtemps, le temps d'une gorgée de vin. Mais je l'ai vu, dans tes yeux, sur tes lèvres. Cela ne m'est revenu qu'après, les pieds dans une rivière.

— Fortiche, murmura Maël pour lui-même, rudement fortiche. Vous avez l'œil, commissaire, y a pas à dire.

— Puis tu t'es levé et tu as fait l'homme fort, tu as proposé la battue. Amusant, cela, aussi. Et puis ça te couvrait, au cas où on apercevrait ta silhouette.

— Je m'amuse pas, commissaire, je m'amuse pas.

— Je m'en doute bien, Maël. Sinon tu ne perdrais pas ton temps à emmerder le monde. Dis-moi pourquoi tu fais ça et je ne te cause pas d'embrouilles.

— Quelles embrouilles ?

— Cela s'appelle « atteinte délibérée à la tranquillité publique ». Ça se paye cher, Maël. Alors dis-moi pourquoi et je te fous la paix.

— C'est comme vous avez dit, pour emmerder les gens.

— Je le sais déjà mais pourquoi veux-tu emmerder les gens ?

— Parce qu'eux m'ont emmerdé toute ma vie, à me maltraiter, à m'appeler « le Bossu », ou « Quasimodo », à m'exclure, à me traiter comme un monstre. Vous croyez qu'une fois, une seule fois depuis que je suis môme, on m'a appelé par mon nom ? À part les parents et les profs ? Et le maire ? Non, « le Bossu », j'avais pas d'autre nom.

— À l'auberge, il m'a semblé que les gens étaient plutôt amicaux avec toi.

— On n'est jamais amical avec un bossu, dit amèrement Maël, comme soulagé de pouvoir enfin livrer entièrement sa peine, partager son fardeau. Non, on ne lui parle jamais sincèrement, jamais sans arrière-pensée. Amitié par charité, commissaire, car on n'oublie jamais que c'est un bossu, le « Bossu du village », comme il existe les « idiots de village », et les gosses vous montrent du doigt. Quand ils ne s'écartent pas, tirés en arrière par leurs parents car les bossus portent malheur. Non, répéta-t-il, personne ne l'oublie une seule minute. Ils ont bousillé mon existence et une nuit, je me suis décidé brusquement à leur faire payer. Mais comment ? Et puis j'ai pensé à faire revenir le fantôme du Boiteux de Combourg. Là, je vous l'accorde, rien qu'à l'idée, je me suis bien marré. Et quand j'en voyais un terrifié qui se hâtait de fermer sa fenêtre, je me marrais aussi.

— Et pourquoi tu t'es arrêté pendant quatorze ans ?

— À cause du meurtre du vieux rapiat. J'ai eu la trouille qu'on me voie et qu'on m'accuse. Et puis d'un coup, l'envie m'est revenue.

— Qu'est-ce que tu fais comme métier, Maël ?

— Ah, c'est sûr que quand on est bossu, le travail vous tend pas les bras. C'est pas bon pour l'image. Vous vous figurez un médecin ou un avocat vous proposer d'être son secrétaire ? Non, pour un bossu, faut un boulot où c'est qu'on le voit pas. Je suis calé pour les maths, alors je suis comptable, au cabinet Dressel. Mais attention, j'ai mon bureau dans une salle derrière, y a pas un client qui m'aperçoit. Dressel, à force qu'on trime ensemble depuis des années, il me parle normalement, lui. Josselin aussi, sûrement parce qu'il en bave tous les jours, tout comme moi. Et Johan peut-être un petit peu, pas parce qu'il en bave, mais parce qu'il a un grain.

— Quel grain ?

— Il a des visions, il voit des hirondelles blanches, il croit que ce sont des sortes de fées qui le protègent. Sa sœur, qui s'y connaît en volatiles, elle l'a accompagné des tas de fois dans ses expéditions pour lui prouver que ces hirondelles n'étaient qu'une invention. Mais rien à faire, elle a jamais réussi à lui sortir ça du crâne. C'est elle qui me l'a raconté, à moi seul, sûrement parce que j'étais spécial. Mais surtout, allez pas le dire, tout ça, je veux pour rien au monde qu'il arrive des embêtements à Johan.

Sa voix s'était affolée à cette perspective.

— Sois sans crainte, Johan est en sécurité avec moi. Je protège tous ceux qui ont un grain, comme tu dis.

— Et pourquoi cela ?

— Sûrement parce que j'en ai.

— C'est ce qui se raconte, des fois. Enfin, c'est pas comme ça qu'ils le disent mais ça revient au même. Mais moi, j'y crois pas.

— Pour quelle raison ?

— Parce qu'à ce que je remarque, et je vous ai vu l'autre jour faire semblant de pêcher, ou déambuler sans voir, j'appellerais plutôt ça…

Maël leva la main et effectua quelques lents moulinets dans l'air de la nuit.

— … des passages. Des passages à vide, ou alors à plein, ou à moitié plein, qu'est-ce que j'en sais ?

— Tu es malin, Maël, dit Adamsberg en souriant, et je comprends que ton patron Dressel ne veuille pas te perdre.

— Sûr qu'on s'entend bien tous les deux. Quand je repère une tricherie comptable, et il y en a beaucoup, je vais le voir et on rigole bien. Le client, il rigole moins quand il revient chercher son dossier pour le fisc. Sinon, puisqu'on parlait boulot, je bricole un peu dans la maçonnerie, sur mon temps libre. Je rends des petits services à droite et à gauche. Mais depuis mon opération, j'en fais moins, je suis fatigué. Paraît que ça mettra du temps à passer.

— Alors je vais te laisser dormir, dit Adamsberg en se levant. Mais on s'est bien compris, Maël ? C'est fini, le coup du bâton. On a déjà assez d'emmerdements comme cela à Louviec.

— Pigé, commissaire, vous n'aurez plus à me surveiller, parole.

Maël s'éloigna sans faire sonner son bâton et Adamsberg s'attarda pour prendre des nouvelles des flics en mission surveillance. Rien à signaler. Mais c'était journée de deuil et les rues étaient désertes. Pas de quoi espérer y trouver du gibier à tuer.

Quant à la sergente de Matthieu qui s'était infiltrée dans la réunion des Ombreux, elle lui avait laissé un long message : *Ils étaient dix-huit, la Serpentin comprise. C'est bien elle qui mène la danse. Elle m'a présentée, sous mon faux nom, Noémie Rannou, m'a demandé mes papiers. Ils étaient tous cagoulés, à cause de la « nouvelle venue dont on ne savait rien ». Onze femmes et six hommes, outre la Serpentin et sans me compter. Elle a commencé par nous prier de nous concentrer pour le salut des âmes de « cette ordure de Gaël Leuven, de cette ahurie d'Anaëlle et de ce crétin de maire ». Des voix ont protesté : prier pour des âmes d'Ombristes ? La Serpentin a rétorqué que rien ne laissait croire que le maire était ombriste mais il les laissait faire et c'est tout, ce qui ne valait pas mieux. Tous trois coupables. Prier pour l'âme de Gaël, d'Anaëlle et du maire, oui, absolument. C'était montrer à quel point, nous, les Ombreux, étions attentifs au salut de toutes les âmes. Puis la Serpentin a distribué à chacun un remède de sa confection – dont elle tient la recette secrète –, injecté dans des flacons vides de sérum physiologique, et qui endurcit la résistance de l'âme des Ombreux. La distribution s'est faite avec une solennité digne d'une véritable secte, puis chacun a mâché un chewing-gum pour ensuite l'utiliser pour boucher son flacon. « Gare, a dit la Serpentin, je vous ai déjà prévenus et j'insiste pour la nouvelle venue. Jamais plus de deux gouttes par jour, ou bien l'équilibre entre corps et âme en pâtirait. » Puis a été abordée une question controversée : la Serpentin possède des fioles d'une décoction – là encore élaborée par ses soins – destinée à punir et faire reculer les Ombristes. Il s'agirait d'un produit qui, dans les deux heures après l'absorption, provoque des hallucinations, des cauchemars éveillés et des malaises, en même temps qu'il affaiblit l'âme. À verser dans le verre de l'Ombriste, suivi le lendemain d'une menace pour qu'il sache à quoi s'en tenir. Cinq Ombreux seulement sont contre, arguant le danger d'accident mortel si l'hallucination survient au volant, à vélo, en haut d'une échelle, etc. Douze sont pour, assurant qu'ils n'utiliseront la potion qu'avec la certitude que la personne ne bougera pas durant les deux heures suivant l'administration. La Serpentin fait semblant d'être neutre, mais elle vend ses fioles, et cher. Impossible de connaître la composition du produit et sa nocivité éventuelle. Ce fait renforce l'évidence que, oui, l'état d'esprit de cette « loge », comme ils l'appellent, n'a rien d'inoffensif. En fin de séance est venu le moment du paiement : la participation (un verre d'hydromel servi à chacun) : quinze euros ; le tube de potion protectrice pour quinze jours : trente euros ; et éventuellement la fiole contre un Ombriste : cinquante euros. Total de la recette de cette séance : environ mille cinquante euros. Outre le climat très malsain que cette loge entretient, la Serpentin se fait ainsi un bon petit revenu, à raison de deux réunions par mois. Il paraît important de songer à une saisie future des fioles destinées aux Ombristes et à une analyse de leur contenu : danger ou imposture ?*

XVIII

Le mardi matin à dix heures, il y avait tant de monde devant l'église de Louviec qu'il était impossible d'y faire entrer les quelque cinq cents habitants de Louviec venus assister à l'enterrement du maire, et qui se massaient sur le parvis et dans les rues adjacentes, bien décidés à attendre plus tard que l'église se vide peu à peu pour aller bénir à leur tour le cercueil. Les huit policiers rôdaient à travers cette foule endeuillée, tentant de surprendre çà et là des commentaires, qui tous portaient sur les qualités du maire disparu, sur le tueur et l'incapacité des flics à faire leur métier. Le fourgon mortuaire s'arrêta à une vingtaine de mètres de l'église et la foule s'écarta en silence pour laisser passer le cercueil, recouvert du drapeau de la République. Tant de fleurs suivaient qu'elles emplirent l'allée centrale, arrivant jusqu'au porche.

En raison de la multitude et de l'exiguïté de l'église comme du cimetière, la cérémonie ne s'acheva que vers treize heures et une même ruée se propulsa vers la mairie, débordée. Johan écumait devant la porte.

— Merde, disait-il, furieux, on ne m'avait pas demandé de nourrir cinq cents personnes.

— Ce n'est plus votre problème, Johan, dit Adamsberg. Rentrez à l'auberge et allez vous reposer. Nous, dit-il en s'adressant à l'équipe, c'est chômage pour tous jusqu'à ce soir. J'intégrerai l'équipe de veille sans doute demain.

— Tu retournes épier Maël ? demanda Matthieu. Mais pourquoi ?

— Une rapide lueur d'appréhension que j'ai cru voir dans son regard quand je l'ai abordé.

— Et c'est tout ?

— C'est tout mais cela me suffit. J'ai l'impression que Maël traficote quelque chose.

— Tu sais que sa sœur est venue le voir aujourd'hui. Elle savait combien le maire avait protégé Maël.

— Justement. Je les verrai dîner tous les deux.

— Les voir dîner… Ça va t'avancer à quoi ?

— À les écouter peut-être. Il va faire chaud pour un printemps, la fenêtre sera sans doute ouverte. Ils s'entendent bien ?

— Comme les deux doigts de la main.

— C'est parfait. Le dolmen dont tu m'as parlé, Johan, il est bien sur la route du petit pont ?

— À deux kilomètres *après* le petit pont, ne te trompe pas. Sur ta gauche, tu ne peux pas le manquer. Il est splendide, toutes ses pierres sont encore debout.

— Ça date de quand, un dolmen ?

— Très vieux !

Johan fronça les sourcils pour mieux réfléchir tandis qu'Adamsberg réalisait que Johan et lui étaient soudainement passés au tutoiement.

— Environ quatre mille ans, reprit-il. Le nôtre, il aurait quelque chose comme trois mille deux cents ans. À ce qu'on dit.

— Donc des pierres pénétrées par les siècles. C'est parfait pour moi.

— Mais parfait pour quoi ?

— Et cela servait à quoi, ces dolmens ? demanda Adamsberg sans répondre.

— Ce sont des monuments funéraires. Des tombes, si tu préfères, faites de pierres dressées recouvertes par de grandes dalles. J'espère que cela ne te gêne pas.

— En rien. C'est là que je vais aller m'allonger, en hauteur sur la dalle, sous le soleil.

— Et qu'est-ce que tu vas foutre là-dessus ?

— Je ne sais pas, Johan.

— Sois respectueux, c'est une tombe, quand même.

— Ne t'en fais pas, je ne vais pas la piétiner. J'oubliais, Matthieu, ajouta Adamsberg en baissant la voix : le Boiteux, c'est Maël. Ne le dis surtout à personne, j'ai donné ma parole. Si cela se savait, il pourrait bien se faire lapider.

— Maël ? Mais pourquoi ?

— « Pour emmerder les gens », ce sont ses mots.

Adamsberg passa discrètement au Café de l'Arcade acheter un sandwich et du cidre et se mit en route vers le dolmen. En même temps qu'il scrutait machinalement le ciel. Il avait reçu la réponse de Mercadet, qui ne s'étonnait d'aucune des demandes du commissaire : non, il n'existait pas d'hirondelle blanche albinos, au lieu qu'on pouvait, très rarement, apercevoir un merle blanc. Mais d'hirondelle, pas trace, avec certitude. Si Johan en avait vu une, ce pouvait être une jeune colombe de petite taille. Encore que la forme des ailes et l'allure caractéristique du vol de l'hirondelle, qui fendait l'air comme une faucille, ne pouvaient en aucun cas être confondues avec celles d'une colombe. Adamsberg souriait. Qu'on le considère comme étrange – encore qu'il n'ait jamais bien compris pourquoi – ne le gênait en rien, mais croiser sur sa route d'autres dérèglements manifestes lui plaisait. Au moins n'était-il pas seul à « pelleter des nuages », et l'hirondelle de Johan était bel et bien un nuage. Que l'aubergiste pelletait avec assiduité.

Au soir, les huit hommes se séparèrent comme la veille après un rapide repas à l'auberge, toujours presque vide. Adamsberg remonta la grand-rue vers la maison de Maël, jetant çà et là des regards dans les nombreuses ruelles qui la croisaient. Il apercevait des gens attablés, ce n'était pas encore un jour pour sortir. Beaucoup de fenêtres étaient ouvertes, pour apporter un peu d'air frais après cette journée bien trop chaude. Demain sans doute, on décrocherait les draperies noires, la vie reprendrait peu à peu.

Adamsberg constata avec satisfaction que Maël avait laissé sa fenêtre ouverte comme beaucoup d'autres. Il finissait de dîner avec sa sœur. Le commissaire ne la voyait que de dos, massive comme son frère mais beaucoup plus petite. Ils se levèrent tous les deux pour débarrasser puis revinrent s'asseoir à la table.

— Bois pas tant que cela, dit la sœur, faut que tu gardes les idées claires pour m'expliquer tout. Tout, tu m'entends, Maël. Parce que ce que tu me demandes, ce n'est pas rien. Je te le répète, je n'approuve pas du tout ce que tu as fait. Mais je suis ta sœur, je sais tout ce que tu as vécu, combien t'en as souffert, et je suis capable de comprendre que tu pouvais y trouver une revanche, un sentiment de supériorité.

— Je t'ai dit, Arwenn, ça me soulageait, ça me donnait des forces. Pouvoir contempler de mon haut tous ces gens pleins de mépris, ça me permettait de tenir le coup. Je me disais « S'ils savaient, tous ces dédaigneux », et j'étais fier.

Adamsberg s'était tout simplement assis sous la fenêtre et ne put voir la sœur poser sa main sur celle de son frère et la secouer.

— Mais maintenant c'est fini, Maël, reprit-elle avec fermeté. Tu l'as, ta force, ton pouvoir, ta suprématie. Mais tu l'as acquise en jouant un jeu dangereux. Tu pourrais être en taule à l'heure qu'il est.

— Mais tu me jures que tu ne diras rien aux flics, tu me le jures ?

— Je serais là, sinon, Maël ? Mais il faut que tu aies bien conscience qu'à compter de ce soir, tu fais de moi ta complice.

— Je le sais, Arwenn, je ne t'aurais rien demandé s'ils ne risquaient pas de perquisitionner dans tout le village.

— Tu en es certain ?

— C'est toujours ce qu'ils font. À l'heure qu'il est, ils sont en panne sèche, ils vont tout retourner pour chercher des couteaux, des habits tachés, des chaussures, que sais-je, moi. Et ils trouveront ma mallette. Je ne veux pas la perdre, Arwenn, c'est mon seul bien, mon bien le plus précieux.

— Apporte-la et qu'on en finisse. Les enfants sont grands maintenant, mais je n'aime pas les laisser seuls trop longtemps. C'est l'âge des conneries. Toi, tu n'as pas pu le vivre. C'est plus tard que t'as fait des conneries.

Adamsberg entendit Maël se lever puis fouiner dans l'appentis qui jouxtait sa maison. C'est là qu'il devait entreposer tout son fatras de maçon. Il revint plus de cinq minutes après.

— Elle était bien planquée, dis-moi.

— Pas assez pour des flics, tu peux en être sûre.

Le commissaire se redressa doucement pour apercevoir la mallette. En acier épais, assez petite, et munie à l'avant d'une serrure de coffre-fort.

— Ne te répète pas, Maël, je n'essaierai pas de l'ouvrir. J'irai directement la déposer dans mon coffre à la banque dès demain matin. J'ai une vieille sacoche en cuir, ça sera plus discret. Elle sent le fric à cent mètres, ta mallette.

— Elle peut. Et à toi, je peux te dire combien il y a dedans. Cent soixante-trois mille euros.

— T'as bien travaillé, dis-moi.

— J'aurais pu me faire beaucoup plus, mais je ne m'attaquais pas aux fraudeurs de grosse envergure. Trop dangereux, ces types. Pour ceux-là, je rendais compte de leurs trafics à mon chef. Non, je choisissais des clients plus modestes, plus dociles.

— Tu demandais quel pourcentage pour effacer leurs fraudes ?

— Vingt pour cent.

— T'as mis combien de temps ?

— Vingt-deux ans. J'y ai été petit à petit. Mais si t'y penses, c'était rien que des voleurs. Je n'ai fait que voler des voleurs. Comme Robin des Bois.

— Je ne te fais pas la morale, Maël, si cela a pu t'aider à vivre. Mais à présent c'est terminé. Je n'ai pas envie de te retrouver en cellule, ni d'y aller pour recel de biens volés.

— Pas volés. Obtenus par chantage.

— Plus dissimulation de fraude fiscale.

— C'est terminé à compter de demain. Je le jure sur ta tête et celle de tes enfants. Et je ne sais pas comment te remercier de ton aide.

— En cessant tes combines. Je dois filer, Maël.

— Roule prudemment. Ce serait trop con que tu te fasses choper par les flics.

En entendant Arwenn se lever, Adamsberg avait regagné sa planque derrière la colonne. Il la vit poser la mallette dans son coffre, la recouvrir d'un vieux ciré et claquer la portière. Maël regarda sa sœur s'éloigner avant de rentrer chez lui et, cette fois, allumer sa télévision. La veille au soir, en allant et venant, il avait dû rassembler l'argent disséminé dans des tas de caches et le ranger dans la mallette pour la confier à sa sœur.

Il n'était que vingt et une heures cinq et le commissaire redescendit lentement la grand-rue en direction de l'auberge. Il ne s'était donc pas trompé. Maël se battait depuis vingt-deux ans contre le rejet des autres en se constituant un petit trésor secret qui le plaçait, à ses yeux, bien au-dessus d'eux. La part de flic en Adamsberg lutta pendant un moment contre lui-même, Jean-Baptiste Adamsberg. Car Arwenn avait raison sur toute la ligne. Maël était coupable de chantage et de recel d'argent détourné et serait condamné. Il pouvait mettre la machine judiciaire en route sur-le-champ, ce qui était son rôle et même son obligation de flic. Mais la page était tournée à présent. Et Maël n'avait pas tort non plus : les hommes qu'il dépouillait étaient de riches fraudeurs et, au fond, il ne faisait que leur faire payer leur amende à l'avance. Au moment où il poussa la porte de l'auberge, le dilemme était réglé et enterré. Ça avait été rapide.

— Je viens de résoudre un truc, dit-il à Johan en s'asseyant sur un tabouret. Je veux bien que tu me serves un chouchen.

— Un truc avec le tueur ?

— Non, rien à voir. On s'y fait drôlement, au chouchen.

— C'est à cause du miel qu'il y a dedans. Ça passe comme une fleur.

Adamsberg consulta son portable. Vingt et une heures treize et aucune nouvelle des flics en filature.

— Rien, toujours rien.

— C'est peut-être un peu tôt, remarqua Johan. Et le temps tourne à l'orage, après toute cette chaleur. T'as vu l'éclair, là-bas ?

Johan s'interrompit pour compter lentement sur ses doigts.

— Un, deux, trois, quatre, cinq, six. Six. Il doit être à deux kilomètres d'ici, il se rapproche. Ça va dissuader le tueur, tu verras.

— Qu'est-ce que tu comptes sur tes doigts ?

— Tu fais pas ça, toi ? Je compte le nombre de secondes entre la vue de l'éclair et le début du grondement. Six égale deux kilomètres de distance entre nous et le tonnerre. Tu suis ?

— Si tu le dis.

— Après, conclut Johan en levant les mains en un geste fataliste, tout dépend du sens du vent.

XIX

Il n'avait pas vu le temps passer, il avait écouté l'orage gronder. Il fallait qu'il soit à l'heure, absolument à l'heure. Il vérifia son matériel en hâte et se propulsa dans les ruelles. Il avait deux avantages. Celui de pouvoir courir plus vite que la moyenne des gens et des flics – il ne parlait pas de la grosse, une imbattable irréelle celle-là –, et celui de connaître sur le bout des doigts toutes les venelles, passages et raccourcis de Louviec. Il s'arrêta à mi-course en plein élan. L'œuf, bon sang, il avait oublié l'œuf ! Il se maudit, fit demi-tour aussitôt et hâta encore sa course, vérifiant qu'aucune ombre n'était visible dans les passages qu'il empruntait. Le grondement du tonnerre éclata non loin de là. Il attrapa son ciré vert bronze, rabattit sa capuche et enfourna le précieux œuf dans sa poche. Cette ordure aurait son œuf, coûte que coûte. Qu'est-ce qu'elle avait à se mêler de ses affaires, à venir lui faire la leçon jusque chez lui parfois ? Ce serait un plaisir sans nom de lui régler son compte. En reprenant à la course les ruelles en sens inverse, il pensait à elle, la haïssait, la voyait se tordre dans les feux de l'Enfer. En arrivant devant chez elle, il s'assura qu'aucune voiture n'était garée devant sa porte. Personne. Elle n'était pas encore rentrée, mais c'était une question de minutes, il avait failli tout faire manquer. Il avait repéré les lieux depuis longtemps et s'aplatit contre le large tronc du vieux chêne, à neuf mètres de sa maison. Il surveilla le bruit des voitures pour guetter son arrivée. Elle était toujours ponctuelle. Elle exerçait à Combourg mais préférait habiter Louviec, où elle rentrait chaque soir entre neuf heures vingt-cinq et neuf heures trente. Il était neuf heures vingt-trois, il faisait encore clair. Le fracas du tonnerre s'amplifia et les premières gouttes d'eau tombèrent, forcissant de minute en minute. La salope allait donc courir de sa voiture à sa porte, il fallait absolument empêcher cela. Il quitta l'arbre et s'accroupit sur le trottoir à quelques mètres de l'entrée, une mauvaise planque mais les trombes d'eau brouillaient la visibilité. Dès qu'il entendit le bruit du moteur, il se redressa lentement, le torse courbé, pour être certain de l'attraper dès qu'elle aurait claqué sa portière. Et c'est à cet instant qu'il frapperait. La pluie tombait à seaux et comme prévu, la femme ferma sa voiture, se mit à courir et c'est là, devant son capot, qu'il la saisit et enfonça violemment la lame. Puis un deuxième coup, plus près du sternum, pour être sûr d'atteindre le cœur. Tout en frappant, il revoyait, lors de leurs quelques entrevues, sa grosse tête de mouton frisé, ses quelques poils rebelles sur le menton, il réentendait sa voix onctueuse et détestable, il aurait été capable de la tuer sur-le-champ. Mais non, trop malin, et c'est là aussi qu'il dépassait les flics, et de loin. Pris de fureur, se remémorant les propos absurdes et lénifiants de celle qui se pensait médecin des âmes, il se mit à lui poignarder les intestins, faisant jaillir des flots de sang qu'emportaient aussitôt les torrents de pluie. Fais pas le con, arrête-toi, décampe d'ici. Il sortit l'œuf de sa poche, lui plaça dans sa main courte et grasse qu'il referma avec dégoût. Plié en deux, il longea le flanc de la voiture puis s'engagea dans la venelle étroite et sombre qui bordait la maison. Au croisement de deux ruelles, il s'arrêta pour examiner le devant de son ciré. Par chance, la pluie violente avait déjà lavé la toile comme elle nettoyait son visage. Le sang avait giclé partout, plus question à l'avenir de frapper au ventre. Retenir son exaltation, retrouver la maîtrise des meurtres précédents.

Matthieu suivait l'instituteur, Kerouac, qui avait pris quantité de voies tortueuses pour se retrouver tout simplement en haut de la grand-rue avant d'obliquer dans la rue de l'If. Ces précautions donnaient bon espoir au commissaire. Mais à la manière furtive dont on ouvrit la porte à Kerouac après qu'il eut frappé trois coups, puis deux, au vêtement suggestif de la femme qu'il aperçut dans l'ombre, il comprit que Kerouac s'était faufilé dans une maison de passe. Étrange destination pour un homme que la rumeur disait impuissant. À moins que l'atmosphère du lieu ne l'aidât à stimuler ses sens. Mais merde, combien de temps allait-il devoir attendre sous cette pluie diluvienne qui lui gelait les os ? Il avisa sur le trottoir d'en face le grand if célèbre de Louviec – que l'on disait âgé de sept cents ans – et se réfugia sous son feuillage quasi imperméable. Il ôta sa veste, la tordit pour l'essorer avant de l'enfiler de nouveau et s'adosser au tronc de l'arbre vénérable.

Le rideau de pluie faiblissait et c'est depuis ce poste d'observation qu'il vit à quelque vingt mètres une masse indécise gisant à l'avant d'une voiture. Sac de gravats ou corps ? Il s'en approcha à pas rapides tout en jetant des coups d'œil par-dessus son épaule pour s'assurer que Kerouac ne sortait pas. Yeux grands ouverts et fixes, elle était morte. Matthieu ouvrit son manteau et passa sa main sous ses habits pour évaluer la température du corps, hors de la pluie qui avait refroidi son visage et ses mains. Le ventre était chaud, elle venait tout juste d'être tuée, peut-être quand lui, Matthieu, tournait en haut de la rue de l'If. Il était à présent vingt et une heures trente-cinq, il n'avait dû rater son assassin que de quelques minutes, pendant que Kerouac lui faisait perdre son temps en allant au bordel. Il courut à son abri sous l'if pour prévenir Adamsberg, appeler le médecin de Louviec, l'équipe technique et le médecin légiste.

Matthieu et ses collègues regardaient, désolés, le corps éventré. Cette fois-ci, le couteau n'était pas resté fiché dans le thorax. Il était enfoncé jusqu'à la garde dans les intestins. Le docteur, équipé de bottes et ciré, s'était agenouillé près du corps.

— Bon sang, Katell ! dit-il en lui prenant le pouls mécaniquement.

— Qui est-ce, docteur ? demanda Adamsberg.

— Katell Menez. On est quasiment collègues, je lui envoie des patients et réciproquement.

Berrond examina la plaque dorée fixée près de la porte de la victime. Katell Menez, psychiatre, psychothérapeute.

— Elle travaille ici ?

— Elle exerce à Combourg quatre jours sur cinq mais elle préfère vivre à Louviec. Elle s'attarde après ses consultations pour enregistrer ses notes du jour et revoir les dossiers des patients du lendemain. Elle est toujours de retour à vingt et une heures trente. S'il n'y avait pas eu cette maudite pluie, un voisin aurait pu percevoir…

— Ça n'y aurait rien changé, coupa Adamsberg. Il prend ses victimes par surprise et son attaque est silencieuse. Le commissaire Matthieu n'était qu'à quelques mètres de là et il n'a rien entendu.

Ils s'écartèrent pour laisser place à l'équipe technique et au légiste.

— Ça a été sanglant, dit le médecin, mais l'averse a tout lavé. Je ne vous apprends rien en vous disant que le meurtre vient de se produire et que, cette fois, le tueur a complété son travail de sept coups de couteau dans les intestins. Et il y a un œuf écrasé dans son poing. Je l'emmène à la morgue, je vous appelle dès que j'ai les premières images des blessures.

L'équipe des flics au complet se rassembla à l'auberge pour se réchauffer et, à leurs visages sombres, Johan comprit qu'il y en avait eu un autre.

— Qui ? demanda-t-il en suspendant leurs vêtements trempés.

— Katell Menez, répondit Matthieu.

— Bon Dieu. C'était une très brave femme. Et compétente à ce qu'on dit.

— On te gêne, tu as des clients.

— Je reçois qui je veux. Prenez la table près de la cheminée pour vous réchauffer. Pas d'inquiétude, ils sont néerlandais, ils ne comprennent pas le français. Je vous prépare de quoi vous restaurer, vous avez à peine mangé avant de sortir.

Johan disparut, revint avec un lot de couvertures qu'il distribua à la ronde, et ajouta deux grosses bûches dans le feu. Tous y convergèrent, tendant leurs bras, leurs dos, à la chaleur des flammes.

— Ce qui veut dire, dit Noël, qu'on s'est trompés de types. On ne suit pas les bons.

— Trop tôt pour l'affirmer, dit Adamsberg. Il nous reste les cinq puceux aux alibis parfaits, et vous savez ce que j'en pense. Pour quatre d'entre eux, vivant seuls ou étant seuls le soir du meurtre d'Anaëlle, c'était le match de foot. Quant au cinquième, également seul, il bossait dans son garage. Et personne pour confirmer leurs dires.

Adamsberg s'interrompit, se répétant plusieurs fois muettement « leurs dires... leurs dires... », cherchant si cette tournure de phrase était ou non correcte. Doutant de ses capacités à s'exprimer sans faute, il lui arrivait parfois qu'une formule, une expression, le déroute. Il tentait alors d'en contrôler la bonne conformité, et souvent sans succès. Il chassa cette question d'un geste de la main, il serait toujours temps d'y revenir.

— On amorce donc dès demain la surveillance des cinq « alibis parfaits ». Matthieu, Berrond et Verdun vont répartir les rôles.

Son regard s'arrêta sur Matthieu qui demeurait sans réaction, les traits affaissés et soucieux, la tête basse, sans toucher à son assiette. Berrond, sensible à la morosité de son chef, attrapa une des bouteilles apportées par Johan et se mit en devoir de servir chacun, Matthieu tendant son verre d'un geste lent.

— Tu n'y es strictement pour rien, Matthieu, dit Adamsberg vivement, si c'est cela qui te préoccupe.

— C'est cela même.

— Tu devais suivre Kerouac et ce n'était pas lui. Où est la faute ?

— Mais j'étais si près, ça me rend cinglé.

— Non, tu n'étais pas si près que tu l'imagines. Cesse de te fustiger pour rien, bois deux rasades et reviens à l'exacte réalité. Tu étais à plus de vingt mètres et la pluie tombait à verse. Quand bien même aurais-tu aperçu une silhouette, tu n'aurais pas eu le temps d'intervenir. Tu veux une preuve ? L'assassin lui-même ne t'a pas repéré, ou il aurait filé illico. Brouillard complet. Et tu ne surveillais pas la rue, mais la porte par où s'était engouffré Kerouac.

— Tout à fait juste, dit Berrond, ragaillardi, et soutenu par une vigoureuse approbation de Verdun.

— Admettons, dit finalement Matthieu en relevant la tête. Au moins avons-nous éliminé trois suspects et l'étau se serre.

— Cette nouvelle victime, poursuivit Adamsberg, Katell Menez, elle n'aura pas de piqûres. Sous cette pluie, les puces seront restées bien à l'abri sur l'assassin. Elles ont l'eau en horreur.

— Mangez, bon sang, mangez, dit Johan, ça va être froid.

Le légiste appela quand ils abordaient le dessert.

— Même homme, même type de blessure – je parle des coups au thorax – ayant un rien dévié. Pas ceux dans les intestins bien sûr, il n'y a pas d'obstacle. Et pourtant, bien que la matière soit facile à transpercer, il s'y est repris à deux fois pour une des blessures. Et, je vous précède, Adamsberg, pas de piqûres de puces.

— C'était à prévoir avec ce temps, docteur.

— Ah, j'allais oublier. L'œuf n'est pas fécondé.

— Impossible.

— Certain.

— L'œuf n'est pas fécondé, dit Adamsberg en raccrochant.

— Alors la piste du mobile embryon-avortement ne tient plus ? demanda Berrond.

— Bien sûr que si. La psychiatre entre dans le tableau : elle a sans doute encouragé une femme qui voulait avorter ou s'y trouvait contrainte. Mais le tueur a commis une erreur : il s'est trompé d'œuf. Je maintiens notre trajectoire : non seulement il a des puces, mais c'est un faux gaucher. Il s'est planté une fois en poignardant les intestins, il a dû réenfoncer la lame. Il faut avoir un bras bien malhabile pour ne pas réussir ça d'un seul trait. Qu'il se soit trompé d'œuf et qu'il ait mal transpercé l'abdomen montre qu'il s'énerve, qu'il s'affole. S'il savait que l'œuf qu'il a écrasé est stérile, il en deviendrait fou.

— Et au bout du compte, on n'est pas plus avancés qu'au début, dit Retancourt. On a les puces, on sait que c'est un droitier qui joue les gauchers, on connaît son mobile, mais on n'est pas foutus capables d'attraper ce type.

— Qui n'a pas fini sa série, Retancourt. Il lui reste encore un couteau. Et donc un meurtre.

Si on ne l'attrape pas sur ce coup, on le perd à jamais.

— Et on ne sait pas quand il remettra ça, gronda Noël.

— C'est bien pour cette raison que nous devons le forcer à bouger, à prendre des risques, à changer sa méthode. Il est malin, il est prudent, mais c'est un type d'homme qui ne pourra pas se contenir longtemps. Car sa rage monte, il perd son sang-froid, c'est l'escalade. On doit le pousser à commettre une bévue.

— Ton idée ? demanda Matthieu.

— On a démarré trop timidement – et c'est de ma faute – en ne surveillant que trois gars. On change d'allure et on déploie les grands moyens. On farcit le village de flics, du début de soirée jusqu'à une heure avancée de la nuit. On l'accule, on le coince. Si on boucle son territoire, il va perdre la tête. C'est un obsessionnel, cela peut le rendre tout à fait cinglé, l'inciter à hâter encore son rythme, quel que soit le risque.

Matthieu secoua la tête.

— Louviec est un petit village, Adamsberg, mais pour contrôler chaque rue et ruelle, et il y en a des quantités, il nous faudrait quelque chose comme cinquante hommes.

— N'oublie pas que la mission, à mon avis, sera courte.

— Même pour quelques jours, tout ce que je peux te fournir, aux limites du possible, c'est environ vingt-deux hommes de Rennes et vingt des gendarmeries locales.

— Plus nous huit, dit Verdun. Égale cinquante hommes. Soit environ un flic pour vingt-quatre personnes. Ça marche pour contrôler Louviec.

— Mais pas pour sécuriser le pourtour du village, dit Adamsberg.

— Et pourquoi veux-tu cerner le village ?

— Pour le cas possible où la future victime habiterait en dehors.

— Compris, dit Matthieu. Si l'on vise un piège efficace, on ne peut pas négliger cette hypothèse. Mais nous sommes trop peu nombreux.

— Le ministère s'est engagé à m'envoyer autant de renforts que nécessaire et j'espère parvenir à les décrocher. Mais avec deux victimes de plus depuis mon arrivée, je vais me faire salement déglinguer demain et ces renforts pourraient bien nous passer sous le nez.

— Tu oublies le vicomte, dit Veyrenc. Fais valoir qu'il est toujours en danger d'arrestation, même si c'est faux. C'est l'argument-clef, ils ne peuvent pas se permettre de perdre Chateaubriand. Tu vas te faire sacrément secouer, c'est certain, mais tu auras tes renforts. Tu les convaincras.

— Et pourquoi cela ?

— Je dis qu'un gars qui peut endormir un enfant debout en lui posant la main sur la tête peut aisément amadouer un ministre.

— Tu t'amuses à me mettre au défi, Louis, dit Adamsberg en souriant, et un ministre n'est pas un enfant.

— C'est entendu. Mais que fais-tu du taureau ?

— Quel taureau ?

— Tu ne te souviens pas ? Le taureau du père Isidore. Quand on était gosses.

— Ah oui. Une haute bête sombre avec une tache blanche au front, c'est cela ?

— Elle-même. Haute et puissante. Et nous, du haut de nos douze treize ans, on avait fait le pari, comme des petits fiers-à-bras, de passer à travers son champ pour prendre un raccourci. Facile, il broutait tout au fond, très loin. On a sauté la barrière et obliqué sur vingt mètres. Si loin qu'il fût, il a relevé la tête et dans une course lente mais déterminée, il a foncé sur nous. On a crevé de trouille. Je te criais en précipitant mes mots qu'un taureau prend mal les tournants et qu'on devait reculer en zigzags rapides jusqu'à la barrière. Mais, non, tu es resté piqué là et tu as étendu ton bras vers lui.

— Je me le rappelle à présent, dit Adamsberg, le regard plissé, souriant toujours. Mais pas les détails.

— Très simple. Je me suis collé dans ton dos, à l'abri, et le taureau a freiné devant toi, baissant la tête, secouant son cou d'un côté à l'autre, soufflant des narines.

— Mauvais signe, dit Adamsberg.

— Et pourtant tu restais là, le bras tendu vers lui, main en avant. Deux fois il a relevé son mufle, deux fois il a soufflé au ras de l'herbe. Puis il t'a regardé de ses gros yeux globuleux, bavant, soufflant toujours et la frayeur me coupa les jambes. Quand je pus me relever, le taureau…

— Corneille ! s'écria Adamsberg. Il s'appelait Corneille !

— Exact, Jean-Baptiste. Quand je pus me relever, il te léchait consciencieusement un doigt, puis l'autre, de son énorme langue violette, puis finalement toute ta main, qui dégoulinait de salive. Nous avons lentement reculé vers la barrière…

— … à laquelle il nous a courtoisement raccompagnés…

— … et sauté sur le chemin.

— Au long duquel il nous a escortés. Qu'essaies-tu de dire, Louis, avec ton affaire de taureau ?

— Qu'on nous enverra des hommes.

— Que le ministre soit enfant ou taureau, supposons qu'il le fasse. Nous et nos quarante-deux hommes devrons investir Louviec, et un bon nombre d'autres former le cordon de surveillance autour du bourg – l'idée ne m'est pas agréable –, avec obligation de montrer ses papiers pour toute personne entrant ou sortant.

— Système radical mais efficace, dit Retancourt. Non seulement le village va grouiller de flics mais les déplacements seront surveillés. Ça va être la rébellion, l'émeute.

— Danglard m'a envoyé une citation à ce propos, dit Adamsberg, il m'en envoie sans cesse. Ah, voilà : « La Bretagne, ce pays des rébellions éternelles et des répressions impossibles. »

— Joli, apprécia Veyrenc, il te dit de qui c'est ?

— On croirait que tu ne connais pas Danglard. C'est d'Alexandre Dumas, dans... attends... Les *Chroniques de la Régence*, 1849. Tu les as lues, toi, ces *Chroniques* ?

— J'avoue que non.

— Vous faites erreur, intervint Johan. Moi, j'entends tout ici. Les gens ont peur, de plus en plus peur. Ils seront ravis de se savoir protégés.

Matthieu s'était plongé dans sa calculette et la reposa sur la table.

— Pour encercler Louviec de manière efficace, dit-il, à savoir un garde pour cent mètres, nous aurions besoin de soixante flics de plus. Ce qui est considérable, Adamsberg.

— Sans offense, dit Berrond, de cet énorme dispositif, vous attendez vraiment quelque chose ?

— Il sera traqué sur son propre terrain, dit Adamsberg, et il a encore une personne à tuer pour achever son œuvre. Compter sur sa patience ? Non. Car il ignorera combien de temps durera cette surveillance, combien de temps il devra attendre pour enfin passer à l'acte ultime de délivrance. Or toute incertitude qui vient soudain contrecarrer un projet de cette importance est difficilement soutenable. Non, sa patience ne tiendra pas la route. Il doit tuer, il veut tuer. Et pour satisfaire cette pulsion, il dressera un plan anti-flics et il commettra une erreur, l'erreur à ne pas faire. Si la prochaine victime vit au village, il est bloqué mais il tente audacieusement le coup. Et il est cuit. Si elle vit hors de Louviec, il se heurte au cordon de sécurité. Il devra donner son nom en sortant et en rentrant, et il se trahit.

— Et s'il prend le risque de tuer dans Louviec ou ailleurs en plein jour ? À l'heure du déjeuner ? Dans l'après-midi ? Et de passer le cordon comme s'il allait au travail, comme d'habitude ? demanda Berrond. Parce qu'il a déjà frappé avant le crépuscule, ou juste après, quand il faisait encore clair.

— Non, affirma Johan en secouant fermement la tête. Faut qu'il ait un truc : du vide. Il n'y a pas que les locaux ici. On est en pleine saison touristique, les rues commencent à se charger dès le matin. Car Louviec, vu comment c'est ancien et pas abîmé, est quasi un village-musée.

— Il est d'ailleurs question de le classer en zone protégée, confirma Matthieu.

— Et ça le mérite, dit Johan en jetant un regard de connaisseur aux voûtes de sa propre auberge. À midi généralement, les touristes achètent un sandwich et ils mangent dehors. Et ils quittent les lieux vers dix-huit heures, dix-huit heures trente. Il y a donc du passage, et pas qu'un peu. Trop risqué pour l'assassin. Et puis on peut le voir d'une fenêtre. Si vous saviez combien de gens d'ici se distraient à leurs fenêtres, les bras croisés sur la balustrade. Ou assis sur une chaise, devant leur porte, à l'affût d'un brin de causette. Non, non, dit-il en secouant de nouveau la tête, croyez-moi, la bonne heure pour tuer, si je puis dire, c'est quand les gens dînent, que les boutiques sont fermées et les touristes rentrés à l'hôtel. Ici, le dîner, c'est entre sept heures trente et neuf heures. Après, les rues sont quasi désertes. Et puis le meilleur moment, c'est bien plus tard, quand l'obscurité protège l'assassin.

— C'est juste, dit Matthieu. Il faudra informer au plus tôt les habitants du meurtre de Katell Menez et de la mise en place d'un dispositif policier de protection. Ils seront d'autant plus vigilants, depuis leurs fenêtres. Mais il est trop tard pour l'édition du journal de demain.

— Et pourquoi vous avez besoin du journal ? demanda Johan. Vous faites circuler la nouvelle ici et là dès demain matin, et dans l'heure qui suit, tout Louviec sera au courant.

Adamsberg jouait à faire tourner un bouchon de bouteille sur la table, l'air assez soucieux.

— Tu penses à quoi ? demanda Veyrenc.

— Je me demande si l'expression « selon leurs dires » est bien correcte.

— Absolument. Et tu penses à autre chose.

— Oui. À l'appel que je dois passer demain au secrétaire du ministre. Ministre sur la tête duquel je ne peux pas poser ma main, Louis, quoi que tu en dises. Pas plus que fixer ses yeux globuleux en lui tendant la main.

— Encore que quand on y pense, dit Johan, songeur, il ait les yeux un peu globuleux.

— Vrai, dit Adamsberg, mais sans l'expression de ceux de Corneille.

— Depuis quand les bovins ont une expression ? demanda Verdun.

— Depuis la nuit des temps. Faible, et très fine, mais il faut la guetter. Expression dans leurs mouvements aussi. Toujours est-il que je vais me faire arroser, et pas par un coup de langue. Cinq jours d'enquête, deux meurtres à ajouter au tableau, et toujours pas d'arrestation.

— Comment comptes-tu t'en sortir ? demanda Veyrenc. Si le ministre n'a pas la finesse de Corneille ?

— Le laïsser évacuer sa colère puis parler sans le laisser souffler, sautant d'un argument à l'autre sans lui laisser le temps de me couper. Selon ta méthode des zigzags, si tu préfères. L'étourdir. Et obtenir soixante hommes. Ce qui, comme tu le dis, est considérable et sans doute impossible. Avec une puissante persuasion et beaucoup de veine, on pourrait avoir nos effectifs demain en toute fin d'après-midi. Et démarrer le quadrillage demain soir.

— Vous n'y arriverez pas, dit Verdun. Trop gros, trop lourd. Ces types là-haut sont des pisse-froid bouchés à l'émeri. Pour l'essentiel.

— Le commissaire a déjà fait mollir des pisse-glacé bouchés au ciment, dit Retancourt, rejoignant en cela l'avis de Veyrenc, sous une forme moins raffinée.

XX

Au matin du mercredi, Adamsberg se jeta de l'eau froide sur le visage, avala deux tasses de café, l'œil vissé sur son portable, éclaircit sa voix en chantant la gamme puis décrocha son téléphone. L'attaché du ministre lui avait communiqué son numéro direct et, le cas lui semblant grave, il se défaussa et le mit en ligne avec son supérieur. Retancourt lui avait conseillé de passer un appel vidéo, pour faire jouer la persuasion autant par le visage que par la voix. Retancourt y croyait et lui, non. Mais il lui obéit.

Le commissaire laissa d'abord passer l'orage, cinq jours sur le terrain et deux meurtres de plus, mais qu'est-ce que vous foutez à Louviec ? Vous attendez qu'il neige ?

Adamsberg guettait l'arrivée d'une pause pour placer sa première phrase. Dès qu'il eut commencé, il ne laissa pas respirer le ministre un instant et l'entretint sans interruption pendant treize minutes.

— J'apprécie la stratégie d'enfumer les terriers pour faire sortir les taupes, finit par dire le ministre, dont la voix s'était détendue. Mais vous comprenez bien que je dois obtenir l'aval de la Direction générale de la police.

— Et vous l'obtiendrez, dit Adamsberg avec une douceur confiante, flatteuse, comme si cet écueil ne pouvait être qu'un embarras mineur pour un homme tel que le ministre.

— Dix hélicoptères avec soixante hommes, Adamsberg. Vous serez prévenus du lieu et de l'heure de l'atterrissage, envoyez les voitures vers dix-sept heures. Ils seront accompagnés de camions-cantines et de camions-repos, et de tout le matériel nécessaire. Les hommes seront opérationnels dès ce soir. Je vous mets en garde, commissaire : c'est votre dernière chance.

Adamsberg adressa un message à ses sept collègues : *Soixante hommes vers dix-sept heures trente. Rendez-vous à neuf heures devant chez Johan.*

Johan leur servit d'office un second petit-déjeuner, toasts, œufs et croissants, tout à son plaisir contenu de savoir qu'Adamsberg avait fait plier un des types de « là-haut ». Adamsberg se servit largement, la journée serait longue et la nuit encore plus.

— Matthieu, où crois-tu que les hélicos vont se poser ?

— Dans le Grand Pré Caradec. C'est vers Saint-Gildas, à sept minutes d'ici.

— Il faut préparer un résumé détaillé de la situation pour les vingt-deux hommes de Matthieu qui arrivent de Rennes et ses vingt gendarmes en renfort.

— C'est fait, dit Matthieu. J'ai rédigé le texte hier soir et l'ai fait partir dès que j'ai eu ton message. On aura ces quarante-deux hommes. Ils sont en route, ils seront tous là dans une heure ou deux.

— Pour étayer ma demande, le ministre désire un résumé détaillé de la situation. S'il te plaît, transfère-moi ton message afin que je lui fasse passer. La rédaction n'est pas mon point fort.

— Voilà, dit Matthieu. Transféré. À toi de faire rebondir au ministère.

Adamsberg lut le résumé des faits et les motifs nécessitant un surcroît si important de renforts. Il n'aurait pas su l'exposer de manière aussi nette et concise, et l'adressa aussitôt en haut lieu.

— Et le périmètre de sécurité ? dit Berrond, la bouche pleine. Il faut faire venir de Rennes les plots de ciment, les barres d'acier et les banderoles.

— Ils sont déjà en route, répondit Matthieu. Rennes nous envoie le nécessaire.

— Et le logement des quarante-deux hommes ? demanda Adamsberg.

— Dans le gymnase de Combourg. La municipalité fournit les lits de camp.

— Et leurs repas ?

— Trois camions-cantines également sur le départ. Mais ils ne peuvent pas assurer les repas du soir. Point très important à discuter avec Johan. Il aura peut-être une solution à nous proposer.

Adamsberg hocha plusieurs fois la tête, appréciant la vitesse d'exécution de Matthieu.

— J'aime anticiper, dit Matthieu en souriant.

— Merci, Matthieu, car il faut faire vite. On doit dormir un peu entre le déjeuner et l'arrivée des renforts de Paris. Car on fera la surveillance de nuit, comme les autres. Cela vaut pour Matthieu et moi qui irons accueillir les hélicos. Dîner à dix-huit heures. Je propose par sécurité qu'on débute la faction bien avant le crépuscule, à dix-neuf heures, et qu'on l'achève au moment certain où chacun dort ici. Disons, pour compter large, à une heure du matin. Le tueur ne prendra pas le risque d'aller chercher sa victime dans son lit. Ce n'est pas sa manière et ce type d'intrusion laisse trop de traces. Mêmes horaires pour les gardes du cordon car on ne doit pas présumer, si l'assassin sort de Louviec, que sa victime habite à proximité.

— C'est pas facile de se rendormir après le déjeuner, objecta Noël.

— Oh si, on peut, dit Mercadet.

— Vous, oui, lieutenant, mais pas les autres, dit Veyrenc.

— C'est vrai, reconnut Mercadet avec mélancolie, tant sa condition d'hypersomniaque était difficile à porter. Pardon, ajouta-t-il.

— Ne vous excusez pas, dit Veyrenc en lui pressant le bras. C'est votre marque de fabrique et on l'aime bien.

— Merci, dit Mercadet d'une voix un peu tremblée. Mais ça ne nous dit pas comment vous allez réussir à dormir, vous.

— Si ça peut aider, proposa Johan, j'ai un petit mélange de ma composition, plantes et alcool doux, 8,5°. Ça n'abrutit pas mais ça vous envoie dans le sommeil en cinq minutes.

— Je prends, dit Adamsberg. J'ai toute confiance en tes créations, culinaires et autres.

Chacun leva la main pour marquer son approbation et Johan quitta son bar.

— Je vais vous préparer cela dès maintenant. Car il faut que ça infuse et puis que ça refroidisse.

Il était plus de dix heures quand Adamsberg se leva, marquant le signal du départ.

— On commence à faire circuler l'information, selon la méthode de Johan du « çà et là », sur le meurtre de Katell Menez et l'arrivée imminente de cent deux policiers, disposés dans le village et sur son périmètre.

— Allez sans moi, dit Matthieu, j'attends mes renforts ici et je prépare les plans. Rendez-vous à midi.

— Johan, demanda Adamsberg, as-tu idée de la manière dont on pourrait nourrir cinquante hommes chaque soir à dix-huit heures ? Et même un peu avant car nous nous répandrons dans Louviec à dix-neuf heures. Je me casse la tête là-dessus.

— Tu crois pas que tu t'es déjà assez cassé la tête pour réussir le tour de force d'amener soixante flics ici depuis Paris ? T'as fait comment, au fait ? T'as utilisé la méthode de l'enfant ou du taureau ?

— Du taureau, je crois, dit Adamsberg en souriant, en mêlant la mienne et celle de Veyrenc. Comme nous étions en dialogue vidéo, je l'ai fixé dans les yeux, paisiblement, sans le lâcher du regard une seconde, et en tendant ma main ouverte, paume vers le haut. En même temps, je l'abreuvais de paroles dans tous les sens, en zigzags, sans lui laisser le moyen d'en placer une. Il était plus buté que Corneille mais à un moment, son agressivité a lâché prise.

— Sacré boulot, apprécia Johan. Alors t'embrouille pas davantage les idées, je me charge du truc à l'auberge.

— Ici ? Impensable, Johan, et hors de question que tu endosses un fardeau pareil. D'ailleurs comment ferais-tu ? Sans nuire à ta clientèle ? Tu ouvres tes portes à dix-huit heures trente ! Et si vaste soit ta salle, ça ne tiendra jamais ! Non, je pensais plutôt à l'éventualité de préparer des sacs avec un sandwich, un fruit…

— Des sandwichs ? coupa Johan en se redressant de toute sa hauteur et en haussant la voix. Des sandwichs ? M'offense pas, commissaire. Tu utilises les grands moyens et toute ton énergie pour débarrasser Louviec d'une vermine, et tu sais ce que tu risques avec ton ministre globuleux si tu te casses la gueule ?

— Oui.

— Et moi, je resterais les bras ballants sans rien faire, à vous regarder vous échiner ? Sans aider ? N'y pense même pas et laisse-moi calculer.

— Johan, il ne s'agit pas d'une poignée d'hommes, mais d'une meute ! Sois réaliste, bon sang !

— Cinquante..., réfléchissait Johan à voix haute sans prêter aucune attention aux interruptions d'Adamsberg. Voyons... si je réorganise la grande galerie et que je fais venir des chaises et des tables à tréteaux, ça rentre. De justesse, vous serez un peu serrés.

— De quelle galerie parles-tu ?

— Là-haut, à l'étage, la grande galerie de l'ancien cloître. Un lieu splendide, une cheminée digne d'un seigneur où on pourrait faire rôtir un bœuf entier. Vous dînerez là.

— Tu vas t'empoisonner l'existence, Johan, rends-toi compte de la charge.

— T'en fais pas pour ça. Moi aussi, j'ai mes méthodes. En plus, je ferai salles combles.

— Tu me sidères, Johan, franchement tu me sidères.

— Ben il t'en faut pas beaucoup. Tu crois que j'aurais su faire le coup du taureau ?

Adamsberg ne sut comment répondre à cela.

— Tu vois, reprit Johan, chacun son métier.

— Et pour le déjeuner d'aujourd'hui ? Même chose, on sera cinquante. Ensuite, les quarante-deux renforts seront autonomes pour le déjeuner, et seule viendra l'équipe de base, c'est-à-dire nous huit.

— Je préfère ça, j'ai cru que t'allais me priver de Violette. Oublie ces vétilles et compte sur moi. J'ai largement de quoi faire dans mes congélateurs.

— Des vétilles ? Mais la bouffe ? Comment vas-tu faire pour la bouffe ? Tu peux demander autant de victuailles et d'extras que tu veux, je ferai passer tout cela en notes de frais au ministère, j'ai quartier libre.

— Alors c'est parfait, je vais passer mes commandes et j'engagerai des extras. Mais les menus seront simples. Pour le déjeuner d'aujourd'hui, saucisses au fromage grillées purée maison, on n'a plus beaucoup de temps, et ce soir...

Johan médita un moment, concentré sur la difficulté nouvelle de nourrir cinquante personnes sans baisser sur la qualité bien sûr, ce qui l'aurait insupporté.

— Disons, ce soir, côtes de bœuf gratin de brocolis à la sauce roquefort, exposa-t-il en baissant le ton. Fromage et fruits bien sûr.

Les policiers s'éparpillèrent à travers le centre-ville, sonnant aux portes, entrant dans tous les commerces : meurtre de Katell Menez, arrivée massive de renforts, protection des habitants rue par rue, périmètre de sécurité, une mesure moins bien accueillie que les autres, certains s'imaginant déjà enfermés derrière des grilles.

— Il ne s'agit que d'une trentaine de grilles aux endroits stratégiques. Pour le reste, une simple bande plastique rouge et blanche, vous connaissez. Il faudra montrer ses papiers pour la franchir.

— Ah, si c'est que ça... On peut donc aller et venir ?

— Comme l'air. Avec vos papiers.

— Et ça va durer longtemps, ce cirque ?

Adamsberg sourit. La Bretagne, ce pays des rébellions éternelles et des répressions impossibles.

À midi, cinquante hommes occupaient déjà la galerie du premier étage de l'auberge, long et vaste espace en effet splendide, bordé d'arcades et de lourdes colonnes, où dominait l'odeur des saucisses qui grillaient doucement sur le feu de la large cheminée médiévale. Saucisses de types divers, nota Adamsberg, Johan ne pouvait pas faire les choses simplement, comme il l'avait pourtant dit. Le commissaire adressa quelques photos du lieu à Danglard qui lui répondit aussitôt : « Pur art roman, magnifique. Sculptures des chapiteaux assez primitives et typiquement bretonnes. Un ancien cloître, non ? »

Le patron avait réaménagé sa galerie et placé des tables côte à côte de façon à y installer les cinquante hommes au coude-à-coude. Matthieu, installé au centre, avait gardé une place pour Adamsberg à sa droite, afin que chacun des gendarmes comprenne l'importance de ce commissaire peu imposant, qui n'était pas manifeste à première vue, ni même à la seconde. Autour d'eux, les six autres membres de l'équipe avaient été dispersés, afin que les escouades fassent connaissance. Il y eut des allées et venues entre les divers membres des gendarmeries locales pour échanger des saluts pendant que Johan et quatre nouveaux assistants servaient au plus vite les saucisses et la purée additionnée de crème et poivre et versaient un vin de qualité appréciable. Les gendarmes n'étaient pas habitués à de tels égards et en profitaient largement.

Une heure plus tard, les hommes quittèrent l'auberge pour profiter de leur temps obligatoire de repos. Sur le comptoir, Adamsberg repéra une petite bouteille emplie d'un liquide vert. C'était leur potion, comme celle que distribuait la Serpentin. Johan emplit discrètement huit petits godets de son liquide vert, qui sentait l'amande, avec ordre de se hâter vers leurs voitures avant que le sommeil ne les prenne. Ils traversèrent Louviec jusqu'à l'ancienne maison de santé. La banderole blanche et rouge cernait déjà une large moitié du périmètre et déparait agressivement le village. Cette nuit, avec les quarante-deux hommes en uniforme patrouillant dans les rues, Louviec ressemblerait à un site assiégé se préparant au combat. S'ajouterait la petite troupe des deux commissaires et de leurs adjoints, avec la présence intermittente de Mercadet.

La potion de Johan fit rapidement effet et les huit flics s'endormirent aussitôt allongés dans les lits-cages. Adamsberg redoutait l'abrutissement du réveil, mais l'aubergiste avait dit vrai et il se sentait parfaitement d'aplomb quand il vint secouer Matthieu.

— Seize heures vingt, Matthieu. Ils seront bientôt en approche. Alerte Rennes.

— C'est fait.

C'était bien le Grand Pré Caradec qui avait été choisi comme terrain d'atterrissage et Adamsberg et Matthieu regardaient les dix hélicoptères tournoyer avant d'amorcer leur descente, à dix-sept heures quinze. Les deux commissaires saluèrent les policiers à mesure qu'ils quittaient les appareils et s'engouffraient dans les véhicules venus de Rennes. Rendez-vous fut donné vingt minutes plus tard à l'auberge de Johan, qui préparait déjà fébrilement ses tables avec l'aide des extras et s'activait à entretenir les braises pour la cuisson des côtes de bœuf. Adamsberg et Matthieu eurent le temps d'exposer à nouveau la situation, leur raison d'être sur ces lieux, et les consignes pour la soirée avant l'arrivée bruyante des quarante-deux hommes de Matthieu.

— Et voici vos collègues, dit Matthieu. Notre troupe de surveillance compte cent dix hommes. Les cinquante locaux seront en charge du village et vous du périmètre de sécurité. Le guet débutera à dix-neuf heures et s'achèvera à une heure du matin. Soyez sur vos gardes, l'homme est furtif et extrêmement dangereux.

Adamsberg distribua à la ronde un plan détaillé de Louviec et des rues que chacun aurait à couvrir. Matthieu avait pris le temps avant de déjeuner d'encercler cinquante secteurs en rouge et d'y inscrire les noms des hommes qui y seraient affectés. L'emplacement de l'auberge était figuré par un gros point vert. Chaque policier repéra son nom et son trajet de guet. Les soixante gardes de Paris, sur un signe autoritaire de leur chef et après un salut assez militaire, quittèrent l'auberge pour rejoindre leurs camions-cantines tandis que les cinquante gardes locaux prenaient place à la table de la grande galerie. Johan fit servir les assiettes, chacune emplie d'une demi-côte de bœuf et de gratin de brocolis hachés aux fines herbes et roquefort. Les hommes se jetèrent dessus, et une discussion animée s'éleva quant à l'autorisation ou non de boire un verre, attendu que leur faction allait commencer dans peu de temps. Beaucoup arguèrent qu'un verre était admis, puisque même le Code de la route en acceptait deux. Adamsberg hocha la tête, accorda un verre et Johan fit servir une tournée. Chacun eut droit à un sandwich raffiné et une part de gâteau maison pour le repas qu'ils prendraient vers minuit. Adamsberg, véritable ignorant en matière de cuisine, et qui mangeait à peu près la même chose chaque soir, se demandait par quelle prouesse Johan allait parvenir à nourrir de plats tant excellents que rapides cinquante hommes chaque soir. Sans compter l'ajout de cet en-cas nocturne qu'il avait tenu secret.

À sept heures moins le quart, il alla serrer chaleureusement la main du maître des lieux et donna le signal du départ. Les habitants de Louviec étaient tous sur le pas de leur porte ou à leur fenêtre pour assister au spectacle. Ils avaient beau avoir été informés, l'essaimage de cette troupe d'hommes en bleu, armés, portant leur bandeau au dos de leurs blousons et leurs écussons sur le bras, les perturba, chacun à sa manière, les uns maudissant le déversement de cette flicaille à travers le village, les autres bénissant cette sensation de sécurité, d'autres encore assistant à cette invasion comme à un spectacle divertissant. Beaucoup enfin, rassurés par cette présence, sortirent pour leur promenade digestive ou pour balader le chien, commentant la situation.

— Si l'assassin a l'intention de sortir de sa tanière, il aura drôlement du mal à toucher sa cible.

— Impossible, tu veux dire. Ce n'est pas un tireur embusqué sur un toit. C'est un rôdeur des rues. Il est coincé.

— Mais les flics ne resteront pas là des mois. Peut-être une petite semaine.

— Et pourquoi faire tout ce chahut ? Le gars va se planquer jusqu'à ce qu'ils vident les lieux.

— Ils doivent avoir un plan. Les flics.

— On suppose toujours que les flics ont un plan, et en fait, ils en ont pas.

Coincé, il était coincé. Et salement. Ce déferlement de flics, ça, il ne l'avait pas prévu. Qu'on déplace autant d'hommes pour lui amplifiait de beaucoup le sentiment de son importance, de la force de son pouvoir. Cependant, le pouvoir, c'est bien beau, mais ça sert à quoi quand on ne peut pas s'en servir ? Et le temps pressait, il n'avait pas des jours devant lui. Trois exactement. Une idée, il lui fallait une idée coûte que coûte. Il se resservit un verre et appuya son front sur ses poings. Faire sortir une idée, bon sang. Elle ne lui vint qu'une heure et demie plus tard.

XXI

Deux nuits s'étaient écoulées sans que rien ne se passe. Les policiers avaient contrôlé les retours de ceux qui travaillaient hors de Louviec, puis les quelques passants nocturnes, ceux qui allaient boire un coup et faire une partie de dés au Café de l'Arcade, ceux qui allaient dîner chez des amis, et les inévitables promeneurs de chiens. Tous avaient présenté leurs papiers, donné le nom des employeurs ou des amis et les alibis avaient été vérifiés. Quant aux promeneurs de chiens, ils étaient suivis jusqu'à ce qu'un autre flic prenne le relais, si la promenade était longue. Qui irait tuer en emmenant son chien ? Néanmoins, les policiers faisaient le boulot et relevaient les noms. Nuits solitaires et barbantes, seulement rythmées par le sandwich et le gâteau de Johan, vers minuit, qui en valaient la peine. Et puis rapports adressés aux deux commissaires qui les passaient rapidement en revue depuis deux nuits, c'est-à-dire cent huit « RAS » chaque soir.

— Décourageant, non ? lui dit Matthieu.

— Non. Comment veux-tu qu'il tue dans des rues qui grouillent de flics ?

— Alors on va attendre toute la vie comme ça ?

— Non plus. Je t'ai dit que sa fureur grandissait. Laissons-lui le temps de revenir de sa stupeur et de mettre au point une tactique nouvelle. Il va trouver quelque chose, sois-en sûr. Je ne sais pas, je n'en sais rien, mais je le crois.

XXII

Ce vendredi matin, installé à son bureau, l'homme relut le courrier reçu le matin même, scellé par de la cire à bougie marquée d'une empreinte si ridicule qu'il ne pouvait que s'en souvenir. Ce gars avait la manie saugrenue de cacheter, à la mode des temps anciens. Gars avec qui il ne s'était jamais vraiment entendu. C'est avec d'autres qu'il avait fait les quatre cents coups dans sa jeunesse, sans jamais se faire prendre, sans jamais laisser une trace de leur passage. Au début, ils s'étaient fait la main sur des petits raids à la sauvette, puis, mieux aguerris, ils étaient passés à des actions de plus grande envergure qui avaient rapporté assez gros au fil des années. Enfin, l'équipe, parfaitement entraînée, s'était lancée sur des opérations encore plus hardies et très lucratives qui avaient laissé sept victimes sur le carreau. C'est avec une partie de cet argent qu'il avait pu monter l'entreprise qu'il dirigeait depuis maintenant quatorze ans, s'étant ainsi fabriqué un certificat de bonne conduite inattaquable. Qui ne l'avait pas empêché de poursuivre en parallèle des activités crapuleuses aussi rentables que parfois assassines. Les opérations frauduleuses, il avait cela dans le sang et n'avait jamais eu l'intention d'y mettre un terme, tout en prenant ses précautions pour maintenir une cloison parfaitement étanche entre son entreprise avec façade sur rue et ses trafics illicites.

La soudaine réclamation qu'il lisait une fois encore l'embarrassait au plus haut point. Car elle contenait quelques rappels de son passé, semés çà et là et peut-être innocents, à moins qu'ils ne fussent les graines, cachées, implicites, d'un chantage ou d'une dénonciation à venir. Et cela, ce n'était pas à prendre à la légère. Il avait longuement fouillé ses souvenirs lointains et ne voyait pas quelle information fiable le gars aurait pu surprendre. Cependant, il ne fallait pas le mésestimer, l'homme était futé. Avec quelques mots entendus, quelques actes ou regards saisis au vol, il était capable de concevoir les éléments manquants, d'élaborer un raisonnement et d'aboutir à la vérité. Mais cela, à bien y réfléchir, il ne le redoutait pas trop. D'une part car les insinuations étaient bien trop vagues et sa propre position sociale trop bien affirmée, d'autre part car depuis presque quatorze ans, ils ne s'étaient jamais revus. Si bien qu'il pouvait très bien refuser net et laisser la demande sans réponse. Ce qui avait été son premier réflexe, en dépit d'une appréhension sourde qui lui faisait à nouveau tourner et retourner la lettre entre ses mains.

Lettre qui réactivait la mémoire d'un événement éprouvant, et pas des moindres : bien qu'aucunement porté sur la gratitude, il n'oubliait pas que ce type lui avait sauvé la vie. C'était à l'étang des Verrières où, très peu de temps après son retour à Louviec, il avait voulu aller pêcher comme il le faisait étant jeune. Il n'avait trouvé personne pour l'accompagner, les berges étant devenues trop vaseuses et dangereuses. Sauf ce type qui avait accepté de venir avec lui. Ils s'étaient assis près de la rive, avaient lancé leurs lignes et le temps avait passé en silence, tant pour ne pas effaroucher les poissons que parce que les deux hommes n'avaient rien à se dire. Soudain, il avait senti sa ligne se tendre et il s'était penché, trop vite. Il avait dérapé sur la berge et plus il essayait de remonter la pente glissante, plus il s'enfonçait dans le lac boueux sans y sentir un fond stable. Il se rappelait ce moment avec effroi. Son compagnon avait réagi aussitôt, trouvé une longue perche de bois qu'il lui avait tendue, en s'allongeant sur le ventre au bord de la rive. Lui s'accrochait de toutes ses forces à ce bâton tout en voyant que l'homme qui le hissait perdait aussi peu à peu du terrain, s'approchant de l'étang. Malgré cela, le type prit alors le risque insensé de lâcher les touffes d'herbe auxquelles il s'accrochait d'une main pour pouvoir tirer la perche à deux bras. Et petit à petit, il avait réussi à l'extraire de la boue et le ramener sur la terre ferme. Ils s'étaient étendus sur le sol, haletants, aussi exténués l'un que l'autre, sachant qu'ils avaient tous deux échappé de très peu à la mort.

Quand le type s'était senti à son tour entraîné vers l'étang, il aurait pu le laisser choir. Lui l'aurait fait sans hésiter. Mais pas le type. Au contraire, il s'était acharné, osant lâcher ces touffes d'herbe. Il se rappelait avoir dit à son compagnon, en reprenant son souffle : « Si un jour tu as besoin de moi pour quoi que ce soit, demande-le-moi. » Et bien qu'il fût tout sauf un homme de parole, cette promesse-là n'avait jamais déserté sa mémoire et culminait au-dessus de toute autre, intacte, même tant de temps après. Sans doute à cause de son absolue franchise du moment. En y resongeant, c'était à vrai dire la seule promesse véritablement sincère qu'il ait jamais faite. Et aujourd'hui, après quatorze années, ce compagnon du lac avait besoin de lui.

Mais surtout, par quelque curieux concours de circonstances et pour une raison qu'il était seul à connaître, la requête qu'il lui adressait lui convenait au mieux. Cet homme que désignait la lettre, cela faisait longtemps qu'il le ressentait comme un sournois danger, et ce n'était pas la première fois qu'il songeait à le faire disparaître. Restait à mettre au point rapidement la stratégie et choisir l'exécutant, l'affaire devait être close le soir même. Il passa en revue ses troupes occultes : il lui fallait un gars dénué de moralité

– ce qui était le lot de tous ses hommes –, mais également scrupuleux, doué de mémoire, et très âpre au gain. Car même si l'affaire était assez élémentaire, il faudrait de la finesse, de la méthode, mais aussi de l'intelligence pour réussir. Il arrêta son choix sur un partenaire qui lui semblait réunir les critères nécessaires : Gilles Lambert – un faux nom, bien entendu. De plus, Gilles n'avait jamais mis les pieds à Louviec ou ses environs proches et c'était un avantage conséquent. Il n'y avait plus qu'à espérer qu'il serait disponible sur-le-champ. Il était déjà dix heures du matin et il n'y avait pas de temps à perdre.

Il éteignit son cigare et ouvrit son coffre. Tout au fond, une cache latérale, de petite taille, renfermait onze portables, tous trafiqués, tous intraçables, et il en sortit celui qui lui servait à contacter Gilles. Il s'éloigna sur la terrasse qui jouxtait son bureau. Ici, à l'abri des haies, il était invisible et nul ne pouvait l'entendre.

— Gilles ? Disponible aujourd'hui ?

— Oui.

— Rendez-vous dans vingt-cinq minutes à l'étang de Vallon-du-Mont.

— Oui.

Le patron ôta sa cravate et la veste de son costume pour enfiler un blouson commun et des chaussures ordinaires, qui ne sentaient pas son homme d'affaires à cent mètres. Par l'escalier, il rejoignit la cour arrière où l'on garait les voitures de service. Le parking était désert, tous les employés étaient déjà arrivés, et le gardien de jour surveillait la cour avant où stationnaient des camions déjà chargés. Il entra dans le logement vide du gardien de nuit, qui se faisait toujours deux œufs au jambon au milieu de sa veille nocturne. L'homme ouvrit les boîtes, mira rapidement les œufs sous la puissante lampe de bureau. Il en préleva un, l'enveloppa dans du coton et du papier d'aluminium et sortit. Toujours personne. Il choisit un véhicule banal et mit le cap sur le Vallon-du-Mont. Nul ne le connaissait là-bas, pas plus que Gilles. Le lieu qu'il avait choisi – il en changeait à chaque fois – n'avait rien d'un site touristique.

Au Vallon-du-Mont, les deux hommes se saluèrent d'un signe de tête et commencèrent à tourner autour de l'étang désert.

— Assassinat payé au prix fort, ça te va ?

— Raconte.

Aucune émotion dans la voix de Gilles. Il parlait aussi peu que possible et ne posait pas de questions.

— Ça doit être fait ce soir, entre vingt et une heures et vingt et une heures trente, quand le type sort promener le chien, aller et retour sur la petite route devant son jardin. Ponctuel.

— Allure du type ?

— Belle stature, épais cheveux blancs, tu ne peux pas le rater. Il y a des consignes à respecter et mémoriser. Tu as de quoi noter ?

— Oui, dit Gilles en sortant son calepin.

— Lieu : au nord de Louviec, 2, rue de la Vieille-Chaussée.

— C'est hors du périmètre ? J'ai appris cela. La flicaille fourmille dans Louviec.

— Justement. Le type habite en dehors et sa maison est isolée.

— Femme et enfants ?

— Enfants couchés, femme aux tâches domestiques, probablement.

— Le chien ?

— Un grand bâtard roux. Vieux, pas l'air agressif.

— Sait-on jamais.

Le patron enfila un gant et sortit une feuille de sa poche.

— Tiens, dit-il, prends ça. La croix rouge, c'est sa baraque. Pas loin de chez toi. Tu vois qu'après avoir traversé la vieille voie ferrée et atteint la route, il y a deux chemins qui prennent sur la gauche.

— Oui.

— Ne prends pas le premier, il est boueux, ça se verrait sur les pneus. Prends le second, c'est une chaussée pavée. Vu ?

— Vu.

— La voiture maintenant. Tu as un garage ?

— Oui.

— C'est quoi ta voiture ? Toujours ta berline classique ? Grise ?

— Oui.

— Pas de signes particuliers ? Cabossage, phare cassé ?

— Tu penses bien que non.

— Engage-toi en marche arrière dans cette chaussée, assez loin pour qu'on ne puisse rien apercevoir de la route. Merde, dit l'homme en s'arrêtant net. On a livré du liège là-bas récemment. Tu risques d'en piéger des fragments dans les rainures des pneus. Mauvais, ça. Encore que je ne voie pas comment ils pourraient remonter jusqu'à toi.

— C'est de la broutille, ça. En rentrant, je vérifie les rainures et j'extirpe le liège, s'il y en a.

— Parfait. Les plaques maintenant. Il t'en reste ?

— Oui.

— Change-les. Mais souviens-toi, fais comme à l'habitude : ne prends pas de vis neuves. Utilise les vieilles vis.

— Routine, marmonna le gars.

— Emporte deux paires de gants, un pantalon et un manteau de toile cirée.

— J'ai des K-way.

— Très bien, ça tient moins de place. Tu prends deux sacs plastiques pour protéger tes chaussures, serre bien le nœud. Et un sac-poubelle. Ah, j'allais oublier. Et un œuf. Fécondé, l'œuf. Je t'en ai apporté un car je ne sais pas si tu as des œufs et si tu sais les mirer. Il est bien emballé mais fais-y gaffe.

— Un œuf ?

— Un œuf, que tu vas écraser dans sa main.

— Mais pour quoi faire ?

— Pour coller ce meurtre sur le dos du tueur de Louviec. Il faut donc que ça y ressemble au poil près. Un, frapper du bras gauche, un coup à fond dans le thorax, à gauche également, et un autre coup à côté, pour atteindre le cœur. Deux, écraser l'œuf dans la main. N'oublie surtout pas cet œuf.

— Non.

— Et tu laisses le couteau planté jusqu'à la garde dans la plaie. C'est là qu'on bute. Il ne nous faut pas n'importe quel couteau. Mais un couteau Ferrand. Or en ce moment, les flics sont à l'affût de toute personne achetant un Ferrand. Tu connais quelqu'un de sûr qui en possède un ?

— Moi.

— T'as un Ferrand ?

— Grand modèle.

— T'es un as.

Gilles haussa les épaules.

— Quand on est dans le métier, faut avoir le bon équipement. Au corps-à-corps, on ne prend pas une lame qui risque de se casser sur le sternum.

— Alors nettoie ton couteau à fond et prends-le.

— Non, je ne le nettoie pas et je l'emporte avec toutes mes empreintes, dit Gilles avec son si rare sourire, qui faisait passer un frisson dans le dos, même au patron parfois.

— Une fois chose faite, tu retires ton pantalon, ton ciré, tes gants, les sacs autour de tes chaussures, et tu fourres le tout dans le sac-poubelle. Tu enfiles la paire de gants propres et tu reprends la route. Pas vers Combourg. File jusqu'à Saint-Malo et jette ce sac dans une poubelle publique. Quel flic irait chercher la tenue du tueur de Louviec dans une poubelle de Saint-Malo ? Surtout qu'elles sont vidées au lever du jour.

— Non, pas Saint-Malo, je connais trop de gens là-bas et c'est bourré de monde en ce moment. J'irai à Fougères.

— Fougères, très bien. Au retour…

— … je change les plaques, je nettoie les rainures des pneus, et on est propres comme des sous neufs. À propos de fric, ce sera combien ?

— Le double du tarif habituel, je veux que tout soit impeccable. Donc quarante mille.

— Cinquante mille. Après un meurtre pareil, les flics renifleront toutes les pistes.

— Et que veux-tu qu'ils trouvent ?

— Des traces de mes pneus.

— Il y en a des milliers comme les tiens. Et des traces sur une allée pavée, il n'y en aura pas.

— Cinquante mille.

— Je te ferai savoir le lieu et l'heure du versement. Cela ne tardera pas. Fais gaffe à l'œuf. En cas de casse, t'en as un chez toi ?

— Non, je bouffe dehors.

XXIII

À vingt heures trente, alors que les cinquante flics patrouillaient dans Louviec et que les soixante autres assuraient le cordon du périmètre, Gilles Lambert avait déjà préparé avec grand soin toute l'opération. « Belle stature » avait dit le patron à propos de la future victime. Avec son un mètre quatre-vingt-sept et sa lourde carrure, Lambert ne redoutait rien, surtout que le gars serait pris par surprise. Et si le chien aboyait ? Un coup de couteau dans la gorge, il n'était pas à ça près. Ou bien il couperait la laisse et le clebs partirait en courant, ravi de l'escapade. Gilles avait tapissé son coffre de plastique fin, au cas où le sac-poubelle fuirait. Il avait également pris la précaution de plastifier son siège avant et d'emporter trois paires de gants et non deux. Le tout était déjà proprement plié dans le sac-poubelle et tenait très peu de place. Le couteau était dans la boîte à gants, avec l'œuf. Les plaques étaient changées, avec les mêmes vis. Il contrôla ses pneus : l'avant gauche avait une encoche, et c'était embêtant. Il mit sa roue de secours – qui n'était pas neuve – à la place. Il avait mémorisé le plan six fois de suite avant de le brûler et aurait pu le dessiner par cœur. Départ à vingt heures trente-cinq. Cinquante mille euros, le patron ne lésinait pas sur ce coup. Il ne pouvait se permettre la moindre faute. Au plus tard, en comptant l'aller-retour à Fougères, il serait de retour à vingt-deux heures quarante-cinq. La lumière filtrerait sous la porte de son garage mais les voisins avaient l'habitude de le voir sans cesse soigner et bricoler sa voiture.

À l'heure prévue, il se lançait sur la route de Louviec, parfaitement calme, chacun étant attablé chez soi. À vingt heures quarante-cinq, il passait la voie ferrée, puis la route boueuse et s'engagea en marche arrière dans la chaussée pavée. Il retourna à pied jusqu'au croisement avec la route, sa voiture était invisible derrière les feuillages. Les lumières de la maison, toute proche, étaient déjà allumées, le type était chez lui. À cinq mètres du portail, un vieux noisetier aux branches basses et touffues collait à la haie. Ce serait parfait pour sa planque. Il revint à sa voiture, mit ses gants, passa son pantalon et blouson K-way, enfila ses chaussures dans des sacs plastique qu'il noua fermement, glissa le couteau à sa ceinture côté gauche, déposa délicatement l'œuf dans sa poche droite et, raffinement supplémentaire, un morceau de viande préparé pour le chien.

C'était bien la première fois qu'il devait tuer avec un œuf en prime. Ce type devait être totalement cinglé. Gilles s'assit commodément derrière le noisetier et estima que, depuis chez lui, l'homme avait trente mètres à parcourir avant d'atteindre son portail. Gilles avait donc largement le temps de se préparer à l'assaut dès qu'il l'apercevrait.

Après vingt-cinq minutes d'attente, il vit s'ouvrir la porte de la maison. L'homme sortait, tenant en laisse un chien de taille impressionnante et Gilles, accroupi à présent, couteau dans la main gauche, se félicita d'avoir pensé à la viande. Dès que le maître et le chien franchirent le portail, la bête leva son museau brun et gronda. Il avait senti une présence étrangère. Gilles lança la viande dans l'herbe, tout près de la route, et le chien se mit à renifler nez au sol puis se précipita sur le morceau. L'homme aux cheveux blancs avait baissé les yeux, arrêté près de son chien.

— Qu'est-ce que tu bouffes, Jef ? T'as pas ramassé une saleté de charogne ? Allez, viens, laisse ça.

L'homme tirait sur la laisse mais le chien tenait bon, tout à son affaire de viande. C'était le moment. Gilles prit son élan et enfonça un premier coup de couteau. L'homme s'affaissa au sol et le chien hésita une seconde entre sa viande et cet inconnu. Gilles récupéra le couteau, trancha la laisse et l'animal partit en bondissant sur la route. Puis il asséna le second coup de couteau à gauche, près du sternum, passa entre deux côtes puis l'enfonça jusqu'à la garde. Il vit les yeux de sa victime se révulser, le sang monter à ses lèvres. Gilles se redressa, l'affaire était faite. Il prit rapidement le chemin du retour quand il fit soudain halte. L'œuf, bon sang, cette saleté d'œuf, il l'avait oublié. Il revint à l'homme agonisant, ouvrit les doigts de sa main gauche, sortit l'œuf de son cocon de coton et d'aluminium et referma le poing dessus. De retour à sa voiture, il en finit avec les dernières étapes. Il avait laissé son coffre ouvert de dix centimètres, assez pour le soulever de son coude, trop peu pour enclencher la veilleuse automatique. Dans le sac-poubelle, il fourra dans l'ordre les protège-chaussures, le blouson, le pantalon, les débris de l'emballage de l'œuf et enfin les gants. Les mains propres, il referma le tout, dont le petit volume entrerait facilement dans une poubelle publique. Par précaution, il enfila une paire de gants neufs et prit la direction de Fougères qui allait recevoir ce précieux et sanglant dépôt. Il avança doucement sans feu jusqu'à la route, alluma ses feux de croisement et prit sur la gauche. Le tout ne lui avait pris que six minutes, quatre s'il n'y avait pas eu cette foutue affaire d'œuf. Il avait conscience qu'il transportait dans son coffre un colis aussi dangereux qu'un sac d'explosifs et roulait sans dépasser les limites autorisées.

Il eut la chance à Fougères que le feu passe au rouge juste à côté d'une poubelle, il y déposa son sac et reprit calmement sa voiture. Mission accomplie à la perfection. Ne restait, une fois dans son garage, qu'à inspecter les sculptures des pneus, remettre en place les plaques d'origine, ôter les plastiques qui couvraient le coffre et son siège. Il aurait le temps d'attraper son feuilleton de vingt-trois heures trente, des histoires de flics mais surtout de tueurs qui, à son goût, s'y prenaient vraiment comme des manches. Gilles ne se disait pas « Bon sang, j'ai tué un homme ». Cette pensée ne l'effleurait même pas.

Le chien en eut vite fini avec sa viande et profita de sa liberté un bon moment avant de revenir au bercail. Il trouva son maître allongé près du portail, posa ses pattes sur son ventre, le martela, lécha son visage, puis s'assit à ses côtés, hurlant à la mort. L'épouse assoupie ne réagit pas mais le chien de la maison proche, oui, qui se mit à hurler à la mort de concert. Très vite et de chien en chien, tout le quartier résonna de hurlements lugubres. Il était vingt et une heures quarante quand le voisin décida d'aller prospecter les environs avec son fils. C'était le grand chien du docteur qu'on entendait le mieux et il avança à pas vifs vers son domicile. À dix mètres de sa grille, il vit le médecin au sol, courut jusqu'à lui et prit son pouls.

— Ne t'approche pas, dit-il à son fils en levant une main qui tremblait. C'est le docteur, il est mort.

— T'appelles les flics ?

— J'appelle Johan. Les flics sont dans Louviec, ça ira plus vite.

Johan finissait de ranger la galerie après le départ des cohortes d'hommes. Chateaubriand avait attendu que les lieux soient vidés pour venir boire un verre à l'auberge, parcourant les rues bardées de policiers.

— En tous les cas, disait Josselin, j'ai la paix pour le moment. Depuis qu'ils ont trouvé un gars qui achetait les couteaux. Mais ils n'ont pas le gars.

— Moi, dit Johan, je ne vois pas ce que ça prouve. Vous auriez très bien pu charger un type d'aller vous chercher cela à Rennes.

— Mais c'est vrai, dit Josselin en se tournant vers l'aubergiste, le fixant avec étonnement de ses yeux mélancoliques. Et tu crois cela ?

— Pas une seconde.

— Et pourquoi pas ?

Johan haussa les épaules en souriant. Il avait du temps, les extras finissaient de servir les derniers clients du rez-de-chaussée.

— Vous ? dit-il. Frapper comme un cinglé ? Impossible. Et puis un Chateaubriand ne peut pas se permettre d'être un assassin. Ça salirait le nom.

Josselin sourit à son tour et tendit son verre.

— Et il y a un troisième truc que vous oubliez aussi, dit Johan en servant deux verres et s'asseyant face à Chateaubriand. Je ne trahis rien, ça a fini par être dans le journal.

— Quoi ?

— Les rivets.

— Eh bien ?

— Ceux de votre couteau étaient dorés. Ceux que le gars a achetés ont des rivets argentés.

— C'est moins bien, dit Josselin en faisant la moue. Un Chateaubriand ne peut pas se permettre des rivets argentés. Ça salirait le nom.

— Vous pouvez le dire.

Leurs rires couvrirent un instant la sonnerie du téléphone.

— Ton portable, dit Josselin, il sonne.

— Merde, je suis crevé, moi. Cinquante hommes à nourrir plus la clientèle, croyez-moi, c'est pas de la blague.

Johan descendit jusqu'au bar avec son verre et décrocha.

— La police ? Mais elle patrouille dehors avec tous les gars.

— Débrouille-toi, fais vite. Il s'agit du docteur Jaffré, 2 rue de la Vieille-Chaussée. On l'a tué. Appelle le commissaire en chef.

Johan s'exécuta, les doigts tremblants.

— Adamsberg ? C'est Johan, haleta l'aubergiste d'une voix abattue. Yann a appelé depuis chez le docteur. On l'a assassiné devant son portail. Comme les autres. Le docteur... rends-toi compte, même le docteur.

— Nom de Dieu, Johan, je te jure que je l'aurai. Qui est ce Yann ?

— Yann Radec. Il n'habite pas loin de chez le médecin. Tous les chiens se sont mis à hurler à la mort dans le coin et Yann a voulu savoir ce qui se passait.

— Qu'est-ce qu'il fait ?

— De la photo. Des portraits, des mariages, des choses comme ça.

Adamsberg prévint son équipe et celle de Matthieu, le médecin légiste, les techniciens, et fit venir dix hommes pour prospecter les alentours. Personne n'était encore sur les lieux quand il arriva.

— Vous êtes Yann Radec ? demanda-t-il à l'homme qui attendait près du corps, tête penchée, bras serrés contre lui.

— Oui.

— Commissaire Adamsberg. Vous avez vu quelque chose ?

— Non, c'est son chien qui a hurlé à la mort. Ça s'est communiqué à tous ceux du voisinage et finalement, j'ai décidé de venir voir ce qui se passait.

— À quelle heure ?

— Vers dix heures moins vingt, je crois. Mais ça faisait un moment qu'il aboyait. C'est notre chien qui l'a entendu, pas nous. Bon sang, tout Louviec était surveillé et le périmètre de sécurité contrôlé. Comment a-t-il fait, commissaire, comment ?

Les escortes d'Adamsberg et de Matthieu les rejoignirent en quelques minutes, tandis que les dix flics patrouillaient en périphérie. Mercadet dormait.

— Il vaudrait mieux que vous rentriez chez vous, monsieur Radec, dit Adamsberg, on doit boucler la zone. Quelqu'un s'occupe de son chien ?

— Je vais appeler sa femme. Tenez-la à distance, le choc sera rude.

Il commençait à faire sombre et les policiers braquèrent leurs torches vers le cadavre. Deux plaies au thorax, le manche d'un couteau Ferrand enfoncé jusqu'à la garde, un poing fermé d'où coulait un liquide jaune.

— Pas de doute, dit Retancourt.

— Qui de vous disait qu'on perdait notre temps, dit Adamsberg, que le tueur attendrait simplement que les flics lèvent le camp pour recommencer ? Je vous ai répondu qu'on sentait sa fureur s'amplifier, qu'il ne pouvait pas patienter, que le bouclage de Louviec le rendrait fou, qu'il chercherait à le contourner.

— Mais on espérait le coincer dans Louviec, dit Veyrenc. Au contraire, on a un meurtre de plus.

— On va s'en prendre plein la gueule, dit Noël sombrement. Depuis le divisionnaire jusqu'à là-haut, ça va hurler. Mobiliser cent dix hommes pour ce résultat, ils vont se foutre de nous, les mecs. Et ils auront raison.

— Attendons de savoir, dit calmement Adamsberg.

— De savoir quoi ?

— Comment le tueur a contourné. D'une manière ou d'une autre, ça a laissé des traces. Et là est l'erreur. L'erreur qu'on attendait.

Le camion de l'équipe technique arrivait de Combourg. Quatre projecteurs éclairaient violemment le corps et le photographe mitrailla la scène sous tous ses angles, puis fit signe que le champ était libre. Le médecin légiste s'agenouilla près du cadavre.

— Il a dû mourir vers vingt et une heures quinze, vingt et une heures trente. Même tactique, rien de changé. Deux coups dans le thorax, probablement portés de la gauche, dont un qui a atteint le cœur, et un œuf écrasé dans son poing.

— Et mêmes traces lisses de ses pieds dans le sang, dit un des techniciens.

— Ce coup-ci, dit Adamsberg, on peut les suivre. Il n'a pas retiré ses sacs plastique tout de suite comme il le faisait jusqu'ici. Est-ce que le camion peut escorter avec un projecteur ?

Adamsberg et Matthieu, accompagnés d'un photographe, purent repérer les traces de sang, de plus en plus ténues, sur une dizaine de mètres, presque à l'embranchement avec la chaussée pavée.

— Il a dû planquer sa voiture dans cette petite rue, dit Adamsberg, il ne pouvait pas la laisser sur le bas-côté. Le gars avait bien repéré les lieux.

Les commissaires remontèrent lentement la chaussée et relevèrent deux traces de pneus.

— Il conduisait en marche arrière, ce qui est logique, et donc pas très droit. Il a ripé sur deux gros pavés, dit Matthieu.

Pendant que le photographe prenait les clichés, Adamsberg ramassa une dizaine de petits morceaux de liège.

— Et ça vient d'où, ça ? dit-il.

— D'une plaque de liège, dit Matthieu.

— Et d'où vient la plaque de liège ? De celles qu'on vend pour isoler les maisons ?

— Par exemple. Il arrive que les plaques s'écornent et que des éclats se détachent. Le docteur avait dû en commander et des fragments seront tombés du camion lors du déchargement.

Adamsberg balaya les environs de sa torche.

— Oui, dit-il, il y a là une petite porte qui donne sur le jardin du docteur. C'est pour cela que le camion s'est garé sur la chaussée, pour faciliter la livraison sans obstruer la route.

— Si bien que la voiture en a peut-être ramassé dans ses pneus.

Adamsberg stoppa la marche de Matthieu.

— Voilà, dit-il, c'est ici que le tueur avait arrêté sa voiture et qu'il s'est changé, à l'aller comme au retour. Regarde ces petites traces de sang, dit-il en s'accroupissant. Parallèles. Elles viennent sûrement des plastiques qu'il noue autour de ses pieds. Ce qui nous apprend quoi ? Rien.

— Technique exactement semblable, couteau Ferrand, deux blessures au thorax, œuf écrasé, c'est bel et bien notre gars. Ce qui est impossible car il n'a pas pu passer le cordon de sécurité sans que les gardes nous en informent. Or tous les rapports signalaient une fois de plus « RAS ».

— Et sais-tu pourquoi c'est impossible ?

— Dis toujours.

— Tout simplement parce que ce n'est pas « bel et bien notre gars », dit Adamsberg en se relevant. C'est un gars qui a imité notre gars. Pour son propre compte ? Pas du tout. Car il ne pouvait tenir ses informations, confidentielles

– le bras gauche, l'œuf –, que de notre tueur. La « commande » a donc bel et bien été donnée par l'assassin de Louviec, acculé à cette solution car ses mouvements étaient entravés par le cordon. Comment ? Certainement pas par téléphone, car bien trop risqué. Il pouvait craindre que tous les appareils de Louviec soient surveillés. De là à retrouver son appel dans le portable de l'assassin du docteur et remonter jusqu'à lui, il n'y avait qu'un pas qu'il a eu la prudence de ne pas franchir. Que reste-t-il donc, de nos jours où l'informatique règne en maître et en maître flic, comme moyen de communication sûr, sécurisé ? Où les flics ne viennent pas mettre leur nez car il se meurt et ne sert plus guère à grand-chose, hormis payer quelques factures, envoyer un chèque et autres démarches inoffensives, quand elles ne s'effectuent pas par scans et virements électroniques ?

— La poste ! s'exclama Matthieu.

— Exactement, la poste bien sûr. Et nous avons laissé ce trou béant dans le cordon, en ne surveillant pas les courriers qui partaient de Louviec. Mais le ministre avait été formel : pas d'inspection des envois, atteinte à la liberté privée. Et c'est par cette voie, j'en jurerais, que notre tueur a franchi l'obstacle. Avec une simple lettre conjurant son destinataire de commettre le meurtre à sa place, et à sa façon, depuis l'extérieur de Louviec. Destinataire de grande confiance et sacrément dévoué. Parce qu'accepter de tuer un inconnu pour rendre service, je n'ai jamais vu ça. À moins que notre assassin n'ait eu barre sur lui. Menace de chantage ou de dénonciation, si sa demande n'était pas satisfaite.

— Si bien qu'il aurait eu des relations serrées avec un malfrat dont il connaissait les combines. Avec un homme qui ne reculerait pas devant un meurtre. Et dont les activités soient assez coupables pour qu'il obéisse sans mot dire.

— Des activités qui auraient pu avoir lieu aujourd'hui comme hier, dit Adamsberg. Mais même si tu t'es racheté une conduite, l'épée de Damoclès est toujours là.

Un à un, les dix gendarmes en patrouille revenaient de leur quête, les mains vides.

— Pour résumer, dit leur chef, les environs sont déserts. On a croisé un jeune père à moto avec son fils de neuf ans en croupe, et deux véhicules, mais conduits par des femmes. On a pris tout de même leurs noms, à tout hasard.

— Inutile, dit Matthieu en secouant la tête. Notre homme est déjà loin.

Les deux commissaires remontèrent en voiture, silencieux, déçus par l'examen du site et ruminant leur échec, quand le légiste appela.

— Cela va vous surprendre, dit le médecin, mais ce n'est pas lui qui a frappé. Les blessures ont bien été appliquées par un gaucher, mais par un vrai gaucher. Il n'y avait pas la moindre hésitation ni déviation des coups de lame. Quant à votre œuf, il est fécondé. Et pas un seul bouton de puce.

— Confirmation, dit Adamsberg. C'est un vrai gaucher qui a frappé cette fois. Et l'exécutant ne portait pas de puces. Je me demande pourquoi notre tueur de Louviec a agi si vite. Impatient, certes, mais à ce point ?

— Parce que le docteur devait partir en week-end demain, dit Matthieu. Voir son père à Saint-Malo.

— Comment sais-tu cela ?

— Par un des habitants que j'ai informés pendant ma tournée. Il s'en plaignait. Normalement, Jaffré consulte le samedi matin.

— C'est donc pour cela que notre homme était si pressé. Est-ce qu'une lettre postée de Louviec arrive à Combourg le lendemain ?

— Sans aucun doute.

— C'est mercredi en soirée qu'il s'est rendu compte que le village et son pourtour étaient piégés. Il a pu rédiger sa lettre, la poster jeudi et son destinataire l'aura reçue ce matin. Pendant que tu organises demain le départ des troupes de renfort, j'irai voir le facteur de Combourg. À quelle heure termine-t-il la levée de Louviec ?

— À dix heures trente.

XXIV

Mercadet parvint à trouver le nom et le numéro de téléphone personnel du directeur de la poste de Combourg. Vu l'urgence de la situation et bien qu'on fût samedi, l'homme, on ne peut plus « cordial » ainsi qu'ils le disaient souvent au village, lui donna les coordonnées du facteur en charge du secteur de Louviec. Adamsberg avait un vrai problème avec ce « cordial » qui lui déclenchait une seconde idée vague, qu'il n'arrivait pas plus à atteindre que la première. Le facteur à la voix juvénile se montra tout prêt à l'aider de son mieux.

— Le courrier de jeudi ? dit-il. C'est déjà loin pour moi, c'est que j'en fais, des villages. Mais ce jour-là, y avait vraiment pas grand-chose dans la boîte de Louviec, je devrais me souvenir. De toute façon, y a plus beaucoup de lettres dans les boîtes, les gens s'écrivent par mail, par SMS, s'envoient des documents ou des photos par portables, le courrier se meurt, commissaire, croyez-moi. Attendez voir… Jeudi, hein ? Ah oui, y avait du vent ce jour-là, mes quelques lettres se sont éparpillées par terre, elles m'avaient échappé des doigts.

Le facteur s'interrompit pour se concentrer.

— Oui, j'y suis, reprit-il. Je me revois en train de les ramasser. Deux paiements de factures, vous savez, dans ces enveloppes toutes prêtes avec la lettre « T », et... ah oui, une lettre kraft demi-format pour un notaire à Paris, « Maître quelque chose », une pour la Trésorerie de Rennes – une amende à payer sûrement – et une pour la vieille Adène Briand – c'est la mère du ramoneur, à Dol, et ma foi...

— C'est tout ? Vous ne vous rappelez rien qui sortait de l'ordinaire ? Un simple détail ?

— Ah, mais si ! dit le jeune homme, également très cordial. Deux lettres s'étaient collées l'une à l'autre et ça, ce n'est pas ordinaire. Il avait fait humide pendant la nuit et c'est pour cela. Une enveloppe blanche avait adhéré à l'enveloppe kraft. Parce que l'encre sur l'enveloppe blanche – faut que je vous parle de cette enveloppe – était épaisse et assez collante, comme les vieilles encres qui ont séché.

— Et qu'avait-elle, cette enveloppe ?

— Eh bien, on sentait qu'elle en contenait une seconde à l'intérieur. Il y a des gens qui font cela, pour protéger leur courrier. Et autre chose encore.

— Vous avez bonne mémoire, dit Adamsberg pour l'encourager.

— Ce n'est pas ça, c'est que quand je fais la levée, je dois tamponner sur chaque pli le fameux « cachet de la poste qui fait foi ». Alors forcément, on voit le courrier.

— Je comprends. Et donc, qu'est-ce qu'elle avait d'autre cette enveloppe ?

— On sentait sous les doigts que la seconde enveloppe de l'intérieur avait un relief. Une sorte de cercle ovale ou rond, un peu comme ces anciens cachets de cire qu'on utilisait dans le temps. Vous savez que les enveloppes autocollantes s'ouvrent facilement d'un doigt. Alors beaucoup y ajoutent un morceau de scotch. Mais le gars – ou la femme –, je me suis dit qu'il avait carrément scellé son enveloppe.

— Et l'adresse sur l'enveloppe qui avait collé, vous vous la rappelez ?

— Oh oui, car l'écriture à l'encre était très grande. C'était pour Combourg, destiné à l'entreprise « Votre logis de A à Z », dans la zone industrielle. C'est une boîte énorme, ils font de tout, les meubles, les sols, les isolants, l'électroménager, les lampadaires, tout. Moi j'y vais pas, c'est trop grand, je ne trouve rien et on s'énerve.

Adamsberg appela Matthieu, qui organisait le regroupement des renforts.

— Préviens les gars du cordon de se préparer à un départ en fin d'après-midi. Et renvoie les tiens à leurs casernements. Même si le dernier couteau ne lui appartenait pas, notre tueur a consommé les cinq coups de lame qu'il avait prévus, je pense que sa liste est close.

— Tu ferais bien d'appeler le ministère dès maintenant, dit Matthieu d'une voix nerveuse, on est samedi, ça risque d'être difficile d'avoir les dix hélicos pour le retour.

— On les aura, et j'espère qu'on ne sera pas dessaisis dans la foulée. Matthieu, on ne s'est pas trompés : notre homme a contacté par courrier une entreprise à Combourg, « Votre logis de A à Z », dans la zone industrielle.

— Je vois très bien. C'est une boîte géante. Je n'y vais jamais, on s'énerve là-dedans. Qui a-t-il contacté ?

— On ne le sait pas, il y avait une seconde enveloppe à l'intérieur qui devait porter l'adresse du destinataire. Et figure-toi qu'elle était cachetée. Oui, cachetée, comme dans l'ancien temps.

— Et comment tu as su cela ?

— Par le facteur, je t'expliquerai. Je vais contacter la secrétaire du patron de cette boîte. Je ne pense pas que je serai rembarré, tout le monde comprend la gravité de la situation à Louviec.

Adamsberg demanda à Mercadet de lui trouver le numéro d'appel du secrétariat du grand patron de l'entreprise « Votre logis de A à Z », à Combourg. Puis il s'éloigna pour appeler « là-haut », où l'attaché du ministre lui signifia clairement d'une voix glacée qu'on envisageait de le dessaisir. Qu'il s'y prépare.

— Ce n'est pas le moment, dit calmement Adamsberg. Notre tueur a réussi à passer le barrage, certes, mais pour y parvenir, il a commis l'erreur que j'espérais.

— Qui est ?

— Il a écrit. Et nous savons où. Il a un complice à Combourg. Il a pris cette diagonale pour nous contourner et nous allons la suivre. À quelle heure aurons-nous les hélicos pour rembarquer les troupes ?

— Parce que vous ne les jugez plus utiles ?

— Non. L'assassin avait programmé la mort de cinq personnes et le compte y est.

— Malheureusement pour vous, Adamsberg ! tonna le secrétaire ministériel. Ultime délai pour vous, vous m'entendez bien ? Ultime ! Je suis clair ?

— Parfaitement.

— Et les hélicos vers dix-huit heures, ajouta le secrétaire avant de raccrocher brutalement.

— Commissaire, intervint Mercadet sur un ton d'excuse, je me doute que ce n'est pas le moment mais Froissy m'a envoyé une image floue assez parlante du jeune agresseur de la bijouterie, vous vous rappelez ? Le type avec la cagoule à grosses mailles. Je vous la fais passer pour que vous décidiez si on la diffuse.

Mercadet lui envoya la photo du visage du jeune homme reconstitué à travers les mailles. Le résultat n'était pas spectaculaire, mais beaucoup moins vague que ce qu'il aurait supposé, et Froissy avait coloré l'image pour bien faire apparaître les cheveux roux.

— C'est bon, dit-il à Mercadet, faites circuler le portrait.

— Je viens de vous adresser les coordonnées de la secrétaire du patron de « A à Z ». Elle se nomme Estelle Braz.

— À ce propos, lieutenant, il me faut le nom du patron de l'entreprise « Votre logis de A à Z », et tout ce que vous pourrez ramasser sur lui.

— Ça marche.

Adamsberg rejoignit Matthieu et l'informa de la colère de l'attaché du ministre.

— Les hélicos à dix-huit heures. Quant à nous, on ne tient qu'à un fil, camarade.

— À se demander comment on tient encore. Je rassemble les véhicules et je fais le tour des hommes pour qu'ils se tiennent prêts au départ. Il est déjà presque onze heures trente.

— Je te laisse faire, rejoins-moi chez Johan avec les nôtres.

En dépit de la bruine qui commençait à forcir, Adamsberg marcha lentement jusqu'à l'auberge, rappelant à lui ses souvenirs du docteur Jaffré. Lui, pourquoi lui, bon sang ?

Mercadet était assis les yeux mi-clos sur un coin de table.

— Je vous fais un double café bien serré, décida Johan.

— C'est le commissaire, dit le lieutenant en se redressant. Je reconnais son pas.

L'aubergiste ouvrit sa porte sans laisser à Adamsberg le temps de parler.

— Nom d'un chien, dit-il de sa voix puissante. Qui aurait pu croire ça ? Et comment diable le tueur a-t-il passé le cordon de sécurité ?

— Par le moyen le plus simple du monde : le courrier. Que le ministère m'avait interdit de contrôler. Il a envoyé une lettre à Combourg et c'est un autre qui s'est chargé de tuer le médecin à sa place, et à sa manière. Il tient à signer tous ses meurtres. Entre nous, toujours, Johan.

— Sans blague ? Mais on ne tue pas pour dépanner quelqu'un, dit Johan en posant des verres et le chouchen sur la table. Buvez ça pour vous réchauffer, vos cheveux sont tout humides. Vous savez à qui il a écrit ?

— Un gros coup de chance, sa lettre avait collé contre une autre, dit Adamsberg. Si bien que le facteur s'en souvenait très bien.

— Comment c'est possible ?

— C'est possible quand tu utilises une vieille encre un peu poisseuse et que les lettres ont été mouillées dans la boîte. Vieille encre dont il a déjà dû se débarrasser.

— Et c'était pour qui ?

— « Votre logis de A à Z ». Pas de nom. Il y avait une seconde enveloppe dans la première.

Mercadet avait avalé son bol de café et repris son ordinateur. Johan posa son verre d'un coup sec sur la table.

— « Votre logis de A à Z » ? répéta-t-il. Vous parlez bien de cet énorme entrepôt dans la zone industrielle de Combourg ?

— Tout juste, dit Mercadet, le visage collé à son écran.

— Alors là, ça change sacrément les choses, dit Johan, concentré et presque exalté. Parce qu'il y a des on-dit qui se racontent sur le patron.

— On ne sait pas encore qui est le patron.

— Pierre Robic, ajouta Mercadet, qui continua de taper sur son clavier.

— Il va plus vite que moi, non ? dit Johan. Pierre Robic, exactement. Et ces « on-dit » sur lui, je dis pas qu'ils sont vrais, je dis que ça se raconte. Ou que ça se pense fort.

— Ne t'emballe pas, rien ne nous prouve que la lettre lui était adressée, mais je pense que c'est le plus probable. Raconte-moi les bruits qui courent sur ce Pierre Robic, dit Adamsberg en sortant son carnet. Rien ne t'échappe ici. Mercadet, puisque vous voilà de nouveau d'aplomb, ramassez tout ce que vous trouvez d'intéressant sur lui.

— Le mec est né à Louviec, commença Johan, et il a quitté « ce bled de nuls » – c'est ses mots – après son bac, et hop, disparu. Ce que vous devez savoir, c'est qu'à treize ans, au collège, c'était déjà de la graine de voyou, et bon sang, il était pas le seul. Mais lui, c'était le « chef ». Le « chef » ! À treize ans ! Mais pour qui ça se prend ? Un petit con, oui, c'est tout ce qu'il était.

— Chef de qui ? Tu le sais ?

— D'une espèce de bande d'emmerdeurs mais m'en demande pas plus. Je sais seulement qu'il avait un « sous-chef » – bon Dieu pour qui ça se prend ? – indécollable, son copain Pierre Le Guillou. Les deux Pierre, on disait. Le Guillou, il a quitté Louviec aussi. Comme ses parents s'étaient installés au soleil sur la Côte, en voilà un dont on n'a plus jamais entendu parler. Le Robic, il écrivait quand même de temps à autre à sa mère, soi-disant qu'il était commis-voyageur dans le Sud, puis chauffeur, puis laveur de carreaux. Et puis un jour, ça fait quatorze ans de ça, il a débarqué ici, tout droit revenu d'Amérique et plein aux as. Des millions, on a dit qu'il avait. Ça, pour un commis-voyageur, ça a fait drôlement tiquer. Sa vieille mère expliquait à qui voulait l'entendre que son lointain cousin de cousin, qu'était né aux Amériques, lui avait légué tout son argent. Un certain Donald quelque chose, elle disait. Elle le connaissait même pas, ce cousin, la pauvre femme. Ici, personne y a vraiment cru. Parce que l'histoire de l'oncle d'Amérique, c'est connu comme le loup blanc, pas vrai ? Et si notre pauvre docteur était encore là, il vous le dirait, lui, parce qu'il savait un truc, lui.

— Jaffré ? Il savait quoi, Johan ? demanda vivement Adamsberg, crayon toujours en main.

— Que le testament de l'Américain, c'était qu'un coup monté.

— Mais comment le savait-il ? Il te l'a dit ? Comment ?

— Ben tiens, parce qu'il était tombé copain avec l'Américain.

— Comment cela, « copain » ?

— Copains comme larrons en foire. C'est que vous savez pas que cet Américain, il était venu en France avec un ami, y a longtemps déjà. Ils aiment ça, les vieux monuments, les vieilles pierres, les Amerloques. Parce qu'ils en ont pas. Rien que des buildings qu'il faudrait me payer pour habiter là-dedans. Alors tu penses bien que le château de Combourg, ils l'ont pas raté, nos Américains. Mais comme a expliqué le docteur, son copain qu'était pas encore son copain, vous me suivez ?

— Parfaitement. Continue, l'encouragea Adamsberg en continuant de noter, tu m'intéresses.

— Il s'est évanoui à table et son ami l'a amené dare-dare au cabinet le plus proche. Chez Jaffré. « Malaise vagal », il a dit, le docteur, rien de grave du tout – à mon avis, c'était plutôt trop de chouchen –, mais en tout cas, le Donald – ah ! Voilà que son prénom m'est revenu ! –, tout ragaillardi, bourré de reconnaissance, a pris aussitôt notre Jaffré en affection. Comme si c'était son sauveur, quoi. Et tu sais comment ils sont, les Américains. Peut-être pas des belles manières comme nous, mais ils deviennent camarades pour un oui pour un non, chaleureux en diable, et il a invité notre Jaffré et sa femme à dîner le soir même. Et tu sais où Jaffré l'a amené ?

— Ici, dit Adamsberg en souriant.

— Parfaitement, dit Johan, se redressant de fierté à ce souvenir. Et comme le doc m'avait appelé pour retenir la meilleure table, crois-moi que j'ai soigné le dîner comme jamais. Je voulais leur en mettre plein la vue, au Donald et à son ami, servir le fin du fin de la cuisine française, et pas des hot-dogs, tu peux me faire confiance.

— Je vois ça d'ici, oui.

— Et ça a été un sacré dîner. Langoustines à la truffe et tout le bazar. Ça discutait ça discutait, comme s'ils s'étaient connus depuis toujours, l'Amerloque appelait Jaffré par son prénom et Jaffré lui donnait du « Donald » à tout bout de champ. Je sais pas ce qu'ils se sont dit, parce que ça causait qu'anglais, mais après, le docteur les a emmenés pendant trois jours visiter les plus beaux endroits de la région. C'était pendant un pont, je me souviens, on devait être en mai. Après, notre Jaffré, il était tout chagrin qu'ils s'en aillent poursuivre leur tour de France. Une fois, il est même parti le voir là-bas avec sa femme, ils sont restés au moins trois semaines chez ce Donald.

— Mais tu ne me dis pas pourquoi ce Donald serait comme par hasard le Donald du testament.

— Ah oui. Pas de hasard. Ce Donald avait raconté à Jaffré comment il avait atterri dans ce petit village perdu de Louviec – qui l'avait épaté, tu peux me croire. Avant son départ pour la France, il avait demandé à des connaissances où c'était le mieux d'aller. À son vendeur de Jaguar aussi, qu'était français. Qui lui avait dit de ne pas manquer Combourg, ni Louviec où qu'il était né. Qu'il adorerait ça. Et c'était qui ce vendeur de voitures ?

— Robic.

— Tu y es.

— Continue, Johan.

— Eh ben Jaffré avait pas manqué de lui raconter l'histoire du fantôme de Combourg. Et à sa surprise, le Donald en avait eu peur, tellement qu'il était superstitieux ! Il croyait dur comme fer à tous ces trucs, aux présages de malheur et tout le fourbi. Comme croiser un chat noir venu de la gauche, voyager un vendredi 13, faire son testament, que tellement de gens sont persuadés que rien que l'écrire ça fait mourir. Et l'Américain, alors qu'il était millionnaire, jamais il l'aurait fait, ça, jamais, il a dit à Jaffré.

— Jamais quoi ? Voyager un vendredi 13 ?

— Non, le truc du testament. C'était cela qu'il savait, Jaffré, et c'est pour ça qu'à son idée, ce testament-là, c'était de la pure arnaque.

— Et le docteur a su que son Donald était mort ?

— Ben forcément, parce qu'ils s'écrivaient, ils se téléphonaient. Et l'ami américain, celui qu'était venu en France, il a dit à Jaffré que Donald avait été tué par des gangsters. Ça lui a foutu un sale coup, et il a suivi l'enquête que les flics faisaient là-bas. Et quand il a su que Donald avait légué ses millions à un certain Pierre Robic, il a explosé. Comme il m'a raconté : « J'ai pas pu me retenir, Johan. »

— De quoi ?

— De lui causer deux mots, au Robic. En le croisant à Combourg, pas longtemps après son retour, il lui a dit qu'il avait très bien connu Donald, et il l'a félicité de sa bonne fortune, l'air de rien. Et puis il a ajouté quelque chose du genre que ça le surprenait sacrément de la part de son ami, qui avait juré de ne jamais faire de testament. « Et vous voyez, Robic, il a dit, en effet, ça ne lui a pas porté chance. » Et il l'a planté là. « Tu aurais dû voir ça, Johan, il était devenu tout vert. » Vous savez comment les médecins savent vous faire comprendre des choses par des petites phrases insidieuses. N'empêche, ça et puis la méfiance des gens de Louviec, ça a poussé Robic à prendre le taureau par les cornes et il a été montrer son acte officiel américain au notaire de Combourg, qui l'a déclaré recevable, et il l'a fait savoir partout, jusque dans *La Feuille de Combourg*. Vous croyez que ça a convaincu Jaffré ? Pas une seconde. Bon, après, on peut s'imaginer qu'à force, peut-être le doc avait fait changer son ami d'avis et qu'il avait fini par l'écrire, ce sacré testament. Et que, pas de veine, la nuit même, il y passe.

— Jameson, interrompit Mercadet. Donald Jack Jameson.

— C'est lui, s'écria Johan.

— Assassiné juste après que le testament a été posté au notaire, continua Mercadet. Crime crapuleux, tous ses bijoux et son fric volés pendant la nuit.

— Qu'a conclu l'enquête américaine ? demanda Adamsberg en se tournant vers son lieutenant, aussi certain que s'il consultait un oracle.

— À l'impasse. Jamais retrouvé les agresseurs. C'est vrai qu'il y a de quoi se gratter le crâne. Il lègue ses biens à Robic et dans la nuit, il est abattu. Fâcheux, très fâcheux.

— Et c'est ce que tu crois, toi, Johan ? Que le bon Donald avait changé d'avis ? demanda Adamsberg qui continuait à couvrir son carnet de notes.

— Penses-tu ! Moi, je crois Jaffré. Les autres, ils savent pas pour la superstition et l'assassinat du cousin de cousin, mais au bout du compte, dans un village, quand le doute s'installe, même une intervention du président ne pourrait pas le déloger. Enfin, c'est avec ce fric pourri que Robic a monté son commerce à Combourg. Et dès le début, c'était pas une petite boutique de literie, non. Une belle boîte. Avec de l'électroménager, venu des States. Alors ça, ça a plu aux gens. Des machines américaines. Et puis d'année en année, son affaire a grossi, et c'est devenu l'énorme entreprise que vous savez.

Johan marqua une pause en vidant son verre et il secoua la tête avec une moue.

— Non, insista-t-il, j'y ai jamais cru non plus à ce conte de fées. Surtout pas venant d'un type comme Robic. Oh, vous le verriez, c'est le grand patron irréprochable. Habits de luxe à l'américaine, soi-disant venus de là-bas, cravates bariolées, gourmette en or et cigares, tout pour en mettre plein la vue. À Louviec, on n'aime pas ça, et à Combourg non plus. J'oubliais : ses dents. Quand il était jeune, elles étaient toutes de travers, pas blanches et pas alignées. C'est comme ça aux States : tu pars moche, tu reviens beau. Enfin beau, c'est pas le mot pour Robic, mais de belles dents, ça arrange un gars.

— C'est quel genre de type ?

— Je ne l'ai vu que trois fois, à Rennes, dans des restos chics où on m'avait invité comme goûteur. Je l'entendais parler à la table à côté. Un type qui se prend pas pour de la merde, ça c'est sûr. Imbuvable. Critiquant tous les plats, donnant des ordres, sec, dur, pas le gars qui risque de venir à mon auberge.

— Il vient voir sa mère à Louviec ? demanda Matthieu.

— Penses-tu ! Non, c'est sa mère qui prend le car tous les mois pour déjeuner avec lui. Je pense qu'il lui verse une pension, quand même, car ses revenus se sont améliorés.

— Et tu vois quelqu'un à Louviec qui pourrait bien le connaître ? Intimement ?

— Pas un, vraiment pas un. Je t'ai dit, depuis qu'il a eu son bac, il a jamais remis les pieds au village.

— Bref, ce Robic, conclut Adamsberg, tu ne lui donnerais pas ta main à couper ?

— Pas un ongle, je te dis. C'est pas le tout, j'ai à vous faire déjeuner et j'ai encore des tas d'hommes à nourrir ce soir. Je vous laisse méditer entre vous sur cette pourriture.

— Ils seront partis, les tas d'hommes, Johan ! dit Adamsberg à voix forte car l'aubergiste avait entamé un chant dans sa cuisine.

— C'est du Lully, dit Veyrenc, qui venait d'entrer, suivi des autres lieutenants affamés.

Chacun s'attabla tandis qu'Adamsberg achevait de noter les informations recueillies par Mercadet, assez maigres mais significatives. Rien de suspect dans les mouvements et la comptabilité de l'entreprise de Robic. En revanche, son passé était plus trouble. Après son départ de Louviec, il avait dirigé un petit cercle de jeux assez modeste à Sète, près de Montpellier, mais au fil des ans, son train de vie avait alerté les autorités. On avait procédé à une enquête qui n'avait rien donné de probant, sauf l'arrestation de deux de ses employés pour trafic de drogue. Robic avait assuré ne rien en savoir mais la mention « suspect » avait été notée sur sa fiche, sans complément d'informations. Même chose à Los Angeles, qu'il avait rejoint peu de temps après avoir quitté Sète, où on l'avait retrouvé à la tête d'une entreprise de vente de voitures de luxe. Il avait été un temps soupçonné de trafic de voitures volées mais l'enquête avait été abandonnée faute de preuves.

— Si Robic a trafiqué à droite et à gauche, il sait couvrir ses traces, dit Matthieu en écoutant Mercadet. Ce qui ne nous dit pas qui, à Louviec, aurait assez d'empire sur un homme de cette trempe pour l'amener à obéir et faire commettre un meurtre. Et pourquoi le docteur ?

— Pourquoi ? Mais à cause de l'avantage qu'il tirait de sa disparition, expliqua Adamsberg. Ce nuage qui planait sur lui, cette menace larvée, il tenait l'occasion de l'éliminer en en faisant porter la responsabilité à un autre.

— Quelle menace ? demanda Berrond.

Adamsberg, carnet en main, résuma pour tous les agents ce que Johan lui avait appris sur le compte de Robic, rentré richissime des États-Unis grâce au legs d'un Américain – de nom Donald Jack Jameson, confirmé par Mercadet –, sur son assassinat immédiat – confirmé par Mercadet –, sur l'amitié qui s'était nouée entre le médecin et ce millionnaire, sur un séjour de Jaffré à Los Angeles – confirmé par Johan –, sur la certitude de Jameson qu'écrire ses dernières volontés portait malheur et qu'il ne s'y résoudrait jamais, conviction qu'il avait dite à son ami Jaffré, enfin sur la manière très explicite dont le médecin avait fait savoir à Robic qu'il avait très bien connu Jameson et que la rédaction d'un testament le surprenait beaucoup de sa part.

— Vert, il est devenu le Robic, dit Johan qui allait de la cuisine à son bar, « vert », c'est ce que m'a dit le docteur.

— Évidemment, dit Veyrenc en fronçant les sourcils, on comprend mieux qu'une demande de tuer le docteur ait pu séduire Robic.

— Mais ce testament, demanda Matthieu, méfiant, il a été contrôlé ?

— Évidemment. D'une part Robic était classé « suspect » par les flics de Los Angeles, d'autre part Jameson a été victime d'une agression mortelle dans la nuit, juste après que le testament en faveur de ce Robic fut posté. Le fameux cachet sacré de la poste faisant foi. Les flics américains sont pas plus cons que nous, ils ont aligné deux et deux. Mais non, le testament a été reconnu valable.

— Mais, insista Matthieu, si le doc et ce Jameson étaient devenus si liés, on peut imaginer que Jaffré a tenté de raisonner son ami.

— Et il l'a fait, confirma Johan. La superstition, c'était pas le truc du docteur.

— Si bien qu'au fil du temps, enchaîna Matthieu, le millionnaire a pu changer d'avis de son plein gré. Auquel cas, le mobile de Robic ne tient pas et cette histoire d'Américain n'a aucun intérêt.

— Bien sûr qu'elle en a ! cria presque Johan du seuil de sa cuisine. Si le docteur avait réussi à convaincre son ami, il aurait jamais dit que le testament était de l'arnaque ! Et de toute façon, pourquoi Donald aurait légué son fric à un « cousin de cousin », et pas à des bonnes œuvres par exemple ?

— Avant de s'énerver sur Robic, dit Adamsberg, je vais rendre visite à sa secrétaire. Rien ne nous dit que la lettre lui était destinée.

— Exactement, dit fermement Matthieu.

XXV

Adamsberg eut Estelle Braz en ligne et se présenta. Elle avait la voix jeune et tout à fait « cordiale ». Adamsberg se répétait sans cesse ce mot dans l'espoir que surgisse l'idée qu'il y avait associée – et qui ne valait peut-être pas un clou –, mais l'idée, boudeuse, restait fermement ancrée au fond de son lac.

— Au contraire, commissaire, si je peux aider pour Louviec. De quoi s'agit-il ?

— C'est vous qui vous occupez du courrier de « Votre logis de A à Z » ?

— Mais oui, dit-elle, assez surprise. Cependant je ne suis pas la seule. On est quatre à gérer le courrier, électronique ça va de soi, mais c'est moi qui suis en charge des lettres postales, qui ne sont pas nombreuses.

— Est-ce que vous vous rappelez avoir reçu vendredi une enveloppe un peu particulière ? Blanche, couverte d'une grande écriture à l'encre épaisse et qui contenait…

— ... une autre enveloppe à l'intérieur ? Pardon, commissaire, je vous ai interrompu. Oui, je me la rappelle très bien.

— Pouvez-vous me dire à quoi ressemblait la seconde enveloppe ?

— Elle était blanche aussi, couverte de la même grande écriture, et très spéciale : elle était scellée à la cire de bougie !

— Y avait-il un signe quelconque sur le sceau ?

— Quelque chose de très simple : six traits entrecroisés et c'est tout. Un peu comme une étoile.

— Faits à la main, ces traits ?

— Oui, sans doute avec une règle, ou même une allumette. Vraiment rudimentaire.

— Et vous souvenez-vous du nom de son destinataire ?

— Tout simple. Elle était adressée au patron, monsieur Pierre Robic.

— C'est vous qui ouvrez le courrier de votre patron ?

— Bien sûr, il ne peut pas se charger de toute la paperasse. Mais sur cette seconde enveloppe, en haut à gauche, il y avait écrit et souligné « Personnel » et « Confidentiel ».

— Cela arrive souvent ?

— C'est plutôt rare. Les gens qui lui écrivent « personnellement » envoient leur lettre à son adresse privée. Mais il y en a peu qui la connaissent, et dans ce cas, ils écrivent sûrement ici, sur son mail personnel, que nul ne connaît.

— Et donc ?

— Et donc je ne l'ai pas ouverte et je lui ai fait porter aussitôt.

— Je comprends. Mais la première enveloppe blanche, vous l'avez jetée ?

— Oui, elle n'avait aucun intérêt.

— Et vous sauriez où elle est ?

— Dans la poubelle spéciale pour le papier, tout simplement. Hier, la femme de ménage avait une angine, avec ce temps qui va et qui vient, et aujourd'hui elle est en congé. Donc elle doit toujours y être.

— Et on peut la récupérer ?

— Oui, mais c'est juste l'enveloppe extérieure. Enfin, vous avez sûrement vos raisons. Si vous y tenez, je vais fouiller ma poubelle.

— Merci, madame Braz. À quelle heure puis-je venir la prendre ?

— Disons à quinze heures ? Mon bureau est au huitième étage, couloir de gauche, numéro 837.

— Jusqu'à mon arrivée, puis-je vous demander de n'en souffler mot à personne ?

— Mais oui, dit la secrétaire un peu surprise. Vous avez sûrement vos raisons, répéta-t-elle.

Adamsberg revint dans la salle où l'équipe achevait son repas.

— C'est bien à Pierre Robic lui-même que le type a écrit, dit-il.

— Et pourquoi pas à son adresse privée ?

— Peut-être pour ne prendre aucun risque. Dans le cas où un habitant de la maison l'aurait ouverte. Ou tout simplement parce qu'il n'avait pas son adresse. D'après la secrétaire, peu de gens la connaissent. Je pars la rejoindre, on se retrouve à mon retour.

L'auberge s'emplissait, et Johan avait interrompu son chant et commencé à dresser les tables.

— Il connaît bien son affaire, dit Veyrenc en secouant la tête.

— En cuisine ? demanda Berrond.

— En musique. Malgré quelques fausses notes en fin de phrase, il n'a pas raté son Lully. Excellent chant, Johan, dit le lieutenant en l'attrapant au passage.

— Merci, dit Johan, réjoui.

— Dites-moi, il est marié, ce Robic ?

— Ça oui. Et « on dit » que ça se passe très mal.

— Vous savez pourquoi ?

— Pour ça, non, mais je suis sûr que je voudrais pas être sa femme. Je vous laisse, lieutenant, ça va bientôt être chaud.

La jeune Estelle Braz attendait en souriant le commissaire, secouant dans sa main une enveloppe.

— C'est celle-là, dit-elle. Je l'ai mise dans un plastique parce que je sais que les policiers font comme ça.

— Merci, Estelle – je peux vous appeler Estelle ? –, c'est parfait. Vous savez sûrement si votre patron a un chauffeur ?

— Bien sûr, il se déplace tout le temps sans jamais dire où il va. Enfin, chauffeur... moi je dirais plutôt garde du corps.

— Et pourquoi ?

— Parce qu'il est armé. Mais je parle trop, je voudrais causer d'ennuis à personne, commissaire. Seulement j'ai jamais vu un patron de boîte d'ameublement avoir besoin d'une arme.

— Moi non plus, je dois dire. Et ce chauffeur, on peut le joindre, il est causant ?

— Celui d'avant était causant et sûrement trop au goût du patron, il a été viré. Il en a engagé un autre, mais vous n'en tirerez rien. Il est muet.

— On peut toujours tenter.

— On s'est mal compris. Quand je dis « muet », c'est vraiment muet, physiquement. Si c'est par gentillesse que le patron l'a embauché, je comprendrais, mais c'est pas sa qualité première. C'est un peu pour tout ça que je veux aller travailler ailleurs.

— Vous ne vous entendez pas avec le patron ?

— Ce n'est pas un secret de vous dire que personne ici ne s'entend avec lui. Il est trop dur, trop cassant. Et le pire, c'est que je trouve qu'il ne s'occupe pas bien de la boîte. Il ne vérifie pas attentivement les commandes et les livraisons et on se retrouve souvent avec du matériel de mauvaise qualité. Je reçois pas mal de plaintes. À croire qu'à force d'avoir réussi, il s'en fiche un peu. Et c'est les employés qui paient les pots cassés.

Adamsberg retrouva ses sept collègues qui traînaient encore à table, assez gais, à l'auberge.

Toutes les discussions cessèrent et les visages se tournèrent vers le commissaire.

— Bonne pioche, dit Adamsberg. J'ai récupéré l'enveloppe extérieure, on a donc son écriture. Mercadet, on a un graphologue dans le coin ?

— Seulement à Rennes, dit le lieutenant après un moment. Mais, enfin si vous acceptez, j'ai fait un an de graphologie avant d'entrer dans la police, ça me passionnait. Je peux peut-être aider ?

Adamsberg lui mit aussitôt l'enveloppe sous le nez. Mercadet étudia l'adresse un long moment en prenant des notes, dans le silence attentif de ses collègues.

— Je dirais, conclut-il, qu'il s'agit d'un homme d'action, encore très tourné vers son passé et peu vers l'avenir. On relève des traces nettes de son éducation scolaire, il forme certaines lettres comme on les lui a apprises, sans leur avoir donné leur caractère d'adulte. Mais ce n'est pas pour autant l'enfant sage : les pointes aiguës de ses lettres, sur le « M », le « Z », le haut de son « T » en « harpon », dans le jargon, montrent une grande capacité d'agressivité. Ce n'est pas un gars que j'envisagerais d'emmerder. Enfin, la grande hauteur de son écriture et de ses majuscules montre son goût de s'affirmer, et sans doute de l'audace. La grande taille de son « M » – qui se rapporte à son « moi » – signale sans doute qu'il est très préoccupé par sa propre personne. En même temps et attention : tous ces aspects sont tellement nets, exagérés, que je dirais qu'il s'agit d'une écriture déguisée, et très savamment.

— Qui ne nous sert donc à rien.

— Un peu tout de même. Une écriture, même très masquée, conserve des traces de la personnalité de l'auteur. Il a pu grandir son graphisme, le faire pencher vers la gauche, mais pas réfréner son « T » en harpon.

— La secrétaire m'a confié qu'elle veut quitter la boîte : le patron se balade le soir avec un chauffeur armé, et muet, et veille modérément à la qualité des produits. Pour elle, il néglige la gestion de l'entreprise. Et il est si dur qu'il n'est apprécié d'aucun de ses employés.

— On va s'amuser quand on va aller le voir lundi.

— Pourquoi lundi ? Aujourd'hui même, Matthieu.

Quatre coups sourds résonnèrent sur la lourde porte.

— C'est Maël, dit Johan, c'est sa manière de s'annoncer.

Maël salua *cordialement* à la ronde avant de rejoindre son tabouret au bar.

— Y a plus rien de convenable à se mettre sous la dent chez moi, dit-il à Johan. Tu peux me nourrir malgré l'heure ? Un sandwich, ça me suffira.

— J'aime pas servir des sandwichs mais j'ai pas plus, et je fais toujours exception pour toi.

Les flics sont passés sur l'auberge comme une horde de criquets. Je t'apporte ça.

— Dis-moi, Maël, demanda Adamsberg, Pierre Robic, tu le connais ?

Maël secoua la tête de droite à gauche en attrapant son sandwich avant même que Johan dépose l'assiette.

— Préfère pas le connaître plus que ça. Dans le temps, quand il est revenu, j'ai fait un peu de maçonnerie dans sa nouvelle maison, mais c'est pas le gars à regarder les ouvriers, et encore moins à leur parler. Des fois je le croise à Combourg, quand il descend de sa bagnole, parce que c'est le genre de type qui ferait pas trois mètres à pied comme tout le monde. Il a des fausses dents, ça lui donne une vraie gueule de poupée.

— Et pourquoi tu préfères pas le connaître plus que ça ?

— Quand on était gosses à l'école, c'était un des pires de tous. Lui et Pierre Le Guillou. C'étaient déjà des petits caïds, ils montaient les autres contre moi. Bien sûr, comme il avait besoin de moi pour lui faire ses devoirs, il ménageait la chèvre et le chou. Alors vous comprenez, commissaire, que j'aie pas envie de lui causer.

— Pourquoi tu dis que c'était *déjà* un petit caïd ?

— Parce qu'à mon avis, c'est toujours un caïd. Trop de fric pour être honnête, c'est mon idée. Et je suis pas le seul à penser ça, à Louviec ou ailleurs. D'accord, il a une grosse boîte qui rapporte, mais pas assez pour se payer quatre villas de luxe, un yacht, et prendre l'avion toutes les cinq minutes.

— Et comment tu le sais, ça ?

— Par Estelle, c'est sa secrétaire.

— Estelle Braz.

— C'est ça. Elle, je la connais, on s'entend bien. Une chouette gosse, pas hypocrite comme d'autres. Alors on bavarde pas mal. C'est comme ça que j'ai appris pour les villas, les piscines, le bateau, les voyages en avion et tout le tremblement.

— Et comment tu sais que sa boîte ne rapporte pas assez pour son train de vie ?

Maël sourit, le regard amusé.

— Parce que c'est à mon patron qu'il a confié la gestion de sa comptabilité. Marrant, non ? Et c'est pas du boulot facile. Je suis bien placé pour le dire puisque c'est moi qui la fais, sa compta, dans l'arrière-boutique. Impeccable, rien à y redire. Des très gros revenus, ça c'est certain. Mais pas assez pour payer les villas, le yacht et le reste. C'est pour ça que je dis que c'est resté un caïd. À mon avis, il se fait du fric ailleurs, sous la table, ni vu ni connu. Dites, commissaire, pas un mot de ce que je vous ai raconté, hein ? Parce que s'il le savait, ça irait drôlement mal pour moi. Encore que ce que je pense, comme j'ai dit, je suis pas le seul à le flairer. Vous pouvez demander à n'importe qui à Louviec.

Maël soupira, finit son sandwich et quitta l'auberge.

Adamsberg fit signe à l'équipe de resserrer les rangs autour de la table. À présent qu'on était certains que Robic était bien le destinataire de la lettre du tueur, la donne changeait.

— Si Maël et Johan ne se trompent pas, dit Matthieu, Pierre Robic mène une activité parallèle, souterraine et lucrative. Il dirige donc une bande dans laquelle il a pu piocher un homme de main pour assassiner le docteur.

— Dans les faits, tu as raison, dit Berrond. Dans les faits aussi, le tueur l'a contacté. Mais c'est bien difficile d'imaginer un gars de Louviec qui oserait solliciter un homme comme Robic.

— Joumot ? proposa Noël. Est-ce que cette fouine vicieuse n'aurait pas été voir d'un peu près ce qui se passait là-bas ? Comme le disent Maël et Johan, tout le monde soupçonne un truc du côté Robic. Ça m'étonnerait que Joumot n'ait pas été fourrer son nez là-dedans.

— Et menacer Robic de chantage ? dit Adamsberg. On ne connaît pas encore l'homme, mais le faire chanter, ça semble plutôt un truc à se faire descendre qu'à se faire obéir.

— Faudrait peut-être savoir ce qu'est devenue son âme damnée, ce Pierre Le Guillou, proposa Veyrenc. On pourrait creuser de ce côté.

— Je regarde ça, dit Mercadet avant même qu'on lui ait demandé quoi que ce soit.

— Très bien, dit Adamsberg en se levant.

— Tu vas chez Robic ? demanda Matthieu.

— Je passe d'abord à la mairie consulter le registre. Une idée comme ça.

— Vague ?

— Assez vague, mais pas dans le fond du lac. Johan, appela-t-il au moment où l'aubergiste passait près de lui, est-ce que tu saurais aussi par miracle quel jour Robic est revenu à Louviec, il y a quatorze ans. Impossible, non ?

— Le 1er avril. Soyez pas épaté, il est arrivé sans prévenir en plein milieu de l'anniversaire de sa mère, qui avait lieu ici même. Et le 1er avril, c'est facile à retenir.

L'adjoint au maire accompagna Adamsberg dans la salle des registres et tapa le code d'accès.

— Vous devez vous rappeler le nom de cet homme qui a été tué et dévalisé ici même, peu après qu'on eut entendu le pilon du Boiteux.

— Oh, ça remonte à loin, ça, je dirais.

— Quatorze ans.

— Exactement. Il s'appelait Jean Armez.

— Il avait quitté Louviec après le collège ?

— À dix-neuf ans. Et il est revenu vingt et un ans plus tard.

— Et vous savez ce qu'il avait fait durant tout ce temps ?

— Il n'était pas très loquace là-dessus, je dirais. Il disait toujours qu'il avait « bourlingué » de par toutes les mers. Marine marchande. Une vie de bateau en bateau et une fille dans chaque port. On n'a jamais su plus. On l'appelait « le Bourlingueur ».

— Et il est revenu riche ?

— Assez pour s'acheter une maison, la meubler confortablement et se payer une femme de ménage et une cuisinière. C'est déjà pas mal. En une vie passée sur mer – où il ne dépensait pas beaucoup –, il s'était « fait sa pelote », comme il disait. De combien, je ne saurais pas dire. Il ne se privait pas mais il ne vivait pas grand train non plus, je dirais. Il disait qu'à son âge il fallait économiser sa pelote. Le pauvre gars, il a pas eu le temps d'en profiter, de sa maison. Cinq mois après son retour, il se faisait descendre.

— Cinq mois, vous en êtes sûr ?

— Disons qu'il est revenu vers novembre, puisqu'il a fêté Noël en famille.

— Et le cambriolage ?

— Les flics ont dit ça à l'époque parce que le matelas avait été soulevé. Mais franchement, cacher de l'argent sous son matelas, c'est de la blague, je dirais. Autant le laisser bien en vue sur sa table. Vous y croyez, vous ? À de l'argent sous le matelas ?

— Pas du tout, dit Adamsberg en cherchant le nom de Jean Armez sur l'écran. Décédé un 11 avril. On a su comment il avait été tué ?

— À la dure. Un coup de pistolet dans la tempe, muni d'un silencieux. Un truc de gangster, je dirais. Les flics ont passé tous les jours suivants à rechercher cette arme et à vérifier les chaussures des hommes de Louviec, car il restait des traces dans la chambre. Un échec complet.

Et donc, pensait Adamsberg en revenant vers l'auberge sous une pluie fine, Jean Armez réapparaît à Louviec en novembre, Robic arrive le 1er avril et le « Bourlingueur » est abattu dix jours après, « à la gangster ». Que Robic ait été longtemps associé au « Bourlingueur », c'était crédible, et que Robic lui règle son compte dès son retour pour l'empêcher de parler, c'était plus que plausible. Mais là encore, pas de preuves, le mur.

Mercadet l'attendait, somnolent, avec quelques résultats sur Pierre Le Guillou. Qui était partie prenante du cercle de jeux de Sète, et dans l'entreprise de vente de voitures que Robic avait montée à Los Angeles.

— Je vais me reposer, dit Mercadet, si vous en avez fini avec moi.

— Allez, lieutenant. Moi et Matthieu allons mettre Robic sur le gril. Il ne brûlera pas plus qu'une statue de pierre, mais il est grand temps d'aller le tourmenter. On le prend en feux croisés, Matthieu. Toi, moi, toi, moi, et ainsi de suite. Vieille technique.

— Mais déstabilisante.

XXVI

Robic ayant déserté son bureau pour cause de réception à son domicile, les deux commissaires se retrouvèrent vers dix-huit heures devant le luxueux portail d'une villa neuve construite à deux kilomètres de Combourg dans un immense parc.

— C'est laid, dit Matthieu.

— Très laid. Toute prétention est laide.

— C'est de qui ?

— Quoi ?

— Ta phrase. Sur la prétention.

— Mais de moi, Matthieu. Je serais bien incapable de citer des auteurs à tout bout de champ comme mon commandant Danglard.

Un domestique vint leur ouvrir et il ne put leur refuser l'accès face aux cartes qu'exhibèrent les policiers. Ils le suivirent jusqu'à une porte à vitrail doublée d'une grille et il les fit patienter. Les bruits d'une fête leur parvenaient jusqu'à l'entrée et Adamsberg fut satisfait de ne pas avoir à traverser le bruyant tumulte des personnes les plus huppées des environs pour atteindre Robic. Qui se montra vingt minutes plus tard – l'attente est une des armes de la domination –, la mine contrariée et rébarbative.

— Vous sonnez à mon domicile un samedi, vous m'arrachez sans prévenir à mes invités, c'est un abus de pouvoir que je supporte mal. Revenez mardi à mon bureau et ayez la politesse de prendre rendez-vous avant avec ma secrétaire.

— Il n'y a plus de politesse qui compte quand cinq hommes ont été assassinés, monsieur Robic, dit Matthieu.

— Si vous en voulez confirmation, je peux joindre, même un samedi, l'attaché du ministre de l'Intérieur, ajouta Adamsberg, et sans rencontrer le moindre problème. Pourquoi cela serait-il différent avec vous, monsieur Robic ?

Robic ne trouva pas de réponse. D'emblée, Adamsberg détesta ce type qui s'arrogeait tous les privilèges et la morgue de la richesse. Son visage lui déplaisait. Johan avait raison. C'était un type dur et arrogant, mince et de haute taille, qui les dévisagcait de manière implacable par-dessus ses verres cerclés d'or. Ses dents, en effet, lui donnaient l'allure désagréable d'une poupée ratée.

— Suivez-moi, je n'ai que quelques minutes à vous consacrer.

— Mais nous, dit Adamsberg en bloquant sa marche, nous avons besoin de plus de quelques minutes pour vous parler.

— Et me parler de quoi ? dit Robic en montant le ton.

— Faites-nous l'honneur de nous recevoir quelque part et vous le saurez. Notez bien qu'il est inutile d'appeler un avocat, ceci n'est pas un interrogatoire mais une discussion informelle.

Robic émit un grondement rageur, et s'il se permettait une telle attitude envers deux commissaires de police, Adamsberg imaginait aisément ce que devaient endurer ses employés. Il les installa sur deux petites chaises dans un bureau luxueux et s'assit lui-même sur un vaste fauteuil beaucoup plus haut, usant de cette puérile manière d'assurer sa suprématie.

— Allons au fait, dit-il de sa voix rapide et sèche.

— Nous savons que vous avez quitté Louviec très jeune, commença Adamsberg, et exercé divers travaux à Sète, commis, chauffeur, laveur de carreaux, avant de monter un petit cercle de jeux.

— Qui a grandi et vous a rapporté assez pour payer votre voyage vers les États-Unis, dit Matthieu. C'est exact ?

Les deux commissaires se conformaient à leur stratégie, menant leur interrogatoire en alternance et à feu roulant, une question à gauche, une question à droite, manière de faire qui incommodait visiblement leur adversaire.

— Parfaitement. Vous voyez qu'à force de travail, j'ai démarré de très bas pour parvenir très haut.

— La police de Sète n'était pas de cet avis, reprit Adamsberg, qui trouvait que votre train de vie dépassait les gains de votre maison de jeux.

— Elle a donc ouvert une enquête.

— Qui n'a rien donné, comme vous le savez, messieurs.

— Sauf l'arrestation de deux de vos employés pour trafic de drogue.

— Sans aucun lien avec moi. L'enquête a été abandonnée.

— Et le doute demeure, dit Adamsberg.

— Vous partez donc pour les États-Unis. Seul ou accompagné ? Par un ami, veux-je dire ?

— Seul. Je n'ai pas besoin de chaperon.

— Vous mentez, monsieur Robic, dit Adamsberg. Pierre Le Guillou, votre inséparable compagnon, était non seulement votre associé à Sète, mais on le retrouve avec vous dans votre entreprise de vente de voitures à Los Angeles. Qui, elle aussi, s'agrandit. Vous êtes noté « suspect » dans les archives des policiers de la ville.

— Si vous aviez vécu à Los Angeles, vous sauriez que tout le monde ou presque y est noté « suspect ».

— Vous revenez à Louviec il y a quatorze ans, reprit Adamsberg, très fortuné. Selon votre mère, vous auriez hérité d'un mystérieux cousin de cousin…

— Rien de mystérieux, coupa Robic. Son nom est Donald Jack Jameson, apparenté à ma famille par la troisième femme d'un grand-oncle et sans descendant. Il achetait ses voitures de luxe chez moi – il en avait plusieurs – et nous sommes devenus d'excellents amis. Par un désastreux concours de circonstances, il a été agressé, dévalisé et tué la nuit même du jour où il avait rédigé son testament.

— J'apprécie votre formulation « désastreux concours de circonstances », dit Matthieu avec un sourire glacé. Un « très heureux concours » serait plus approprié.

— Je n'aime pas votre ironie, commissaire. N'oubliez pas que vous n'êtes ici que par l'effet de ma bonne volonté et que j'ai tout droit de vous faire jeter dehors. Venez-en au fait, messieurs. Cela fait plus d'un quart d'heure que vous me posez des questions qui n'ont rien à voir avec les meurtres de Louviec dont vous êtes en charge.

— J'en finirai donc en vous conseillant de vous montrer plus prudent, monsieur Robic, dit Matthieu. Ici comme à Sète et Los Angeles, votre train de vie dépasse vos moyens. Vous finirez par faire, à Combourg comme ailleurs, l'objet d'une enquête.

— Vous oubliez mon héritage.

— Nous ne l'oublions pas, dit Adamsberg. Le bon vieux cousin d'Amérique. Vous possédez son testament, je suppose ?

— Cela va sans dire. Il est dûment authentifié, si cela vous intéresse, et son double déposé chez mon notaire à Combourg.

— Précisément, cela ne m'intéresse pas, dit Adamsberg, pour la simple raison que vous ne dupez personne, monsieur Robic. Vendredi dernier, vous avez reçu une lettre particulière.

— Dans quel sens ?

— Une enveloppe cachetée glissée dans une autre pour être certain qu'elle vous parvienne. Blanche, avec un sceau à la cire de bougie. Ça ne s'oublie pas, cela.

— En effet, dit Robic. On croirait que vous êtes sans cesse sur mon dos. Comme la vilaine bosse de Maël, ajouta-t-il avec un mauvais sourire.

— Vous l'insultez ? dit Adamsberg d'une voix tendue. Vous l'avez maltraité enfant, à la tête de votre petite bande de caïds à deux sous, et vous l'insultez encore ?

— Laissez là mon enfance. Quant à la lettre, c'était celle de n'importe quel client.

L'homme d'affaires essuya ses lunettes, comme pour échapper un instant aux regards des deux flics.

— Tiens, « n'importe quel client » qui prend la précaution d'utiliser deux enveloppes et d'en cacheter une ?

— C'est ainsi et qu'y puis-je, si l'homme est cinglé ?

— Un cinglé qui vous écrivait quoi ?

— Des insultes, rien qui vaille la peine d'être lu. Et cet imbécile qui prend tant de soin pour une lettre sans le moindre intérêt. Pauvre type.

Robic se leva et arpenta son grand bureau, semblant prendre un peu de temps pour souffler.

— Soyez plus précis, monsieur Robic.

— Il m'accusait de lui avoir livré cinq sacs de plâtre mort, a osé écrire que mon entreprise vendait de mauvais matériaux, volait sa clientèle, et il exigeait un remboursement. C'était faux bien entendu mais je demanderai qu'on procède au remboursement et à une nouvelle livraison.

— Vous avez conservé cette lettre ?

— Non, j'étais irrité et je l'ai jetée dans le poêle à bois.

— C'est votre habitude quand un courrier vous énerve ?

— Plutôt un automatisme.

— Oui, le feu, c'est toujours l'idéal, dit Adamsberg. Mais hier, il faisait bon, et votre poêle marchait tout de même ?

— Je suis frileux, ça vous regarde ?

— Mais aujourd'hui, il bruine, il fait frais, et je prends note que le poêle est éteint, dit Adamsberg en se levant pour prendre congé.

Robic tendit machinalement la main pour les saluer mais Adamsberg négligea ce geste.

— Vous êtes au faîte de la richesse, monsieur Robic, dit-il, vous avez une très haute idée de vous-même, mais vous êtes bas, très bas, et vous n'êtes pas un homme bon. Loin de là.

Puis le commissaire quitta la pièce sans se presser, côte à côte avec Matthieu, et respira un bon coup une fois dehors.

— Tu n'y as pas été de main morte, dit Matthieu.

— Tu veux dire que je suis sorti de mes fonctions ? Le type est haïssable, et je suis convaincu que personne n'a jamais osé le lui dire.

— Eh bien c'est fait.

Adamsberg prit le volant et sortit du grand parc prétentieux, conçu et taillé à la versaillaise.

— Ce n'était pas inutile, dit-il. On s'est fait une idée du gars, dur comme de l'acier. Et il a « brûlé la lettre du soi-disant client dans son poêle ». Vrai, il l'a brûlée, mais sans allumer son poêle. En plein mois de mai, ça ne tient pas debout. Et ce mec serait bien incapable de justifier le fric qu'il s'est fait à Sète puis à Los Angeles, ni sa richesse à son retour à Louviec. Il n'a comme défense que cette lamentable histoire d'héritage.

— Quant au meurtre, si l'on suppose qu'il tirait avantage de la mort du docteur…

— Ce n'est pas une supposition, Matthieu, c'est une certitude.

— C'est *ta* certitude. Je ne vois toujours pas un type de Louviec oser le faire chanter.

— Non, on ne fait pas chanter un personnage aussi infatué et puissant que Robic. Ou bien on en meurt. Comme Jean Armez, le Bourlingueur. Absent pendant vingt et un ans, matelot dans la marine marchande. Et pourquoi pas ? Un jour, son navire mouille à Sète et il y retrouve Pierre Robic. Peut-être tout bonnement dans ce cercle de jeux où il a été passer une soirée, car qui dit cercle de jeux dit souvent cercle de filles conciliantes. Les deux hommes se revoient, le Bourlingueur cesse de bourlinguer sur mer et choisit de le faire sur terre en s'associant avec Robic. Il y a quatorze ans, Robic revient un 1er avril. Et Jean Armez, rentré quelques mois plus tôt, lui réclame sa part sur l'arnaque à l'héritage. Robic a certainement quitté vite fait les États-Unis après ce gros coup, sans prendre la peine de dédommager suffisamment ses complices. Dont le principal : le tueur de Jameson, le Bourlingueur.

— Pourquoi lui ?

— Parce que d'ordinaire, dans ces milieux, le tueur touche double, tu le sais. C'est à lui que Robic avait confié le boulot. Mais il ne l'a pas payé double. C'est pourquoi Armez a exigé son dû. C'est donc bien lui qui a exécuté Jameson.

— Mais comment sais-tu cela ?

— Je ne le sais pas, je l'invente.

— Ah, tu inventes, dit Matthieu en se garant près de l'auberge.

— C'est cela. Car figure-toi que Jean Armez a été tué dès le retour de Robic, le 11 avril, dix jours après son arrivée. Et « à la gangster », comme dit l'adjoint au maire. Pistolet avec silencieux. Ça ne te frappe pas, cela ?

— Si, admit Matthieu.

— Je pense que, en ce qui le concerne, c'est Robic qui lui a réglé son compte.

— On en était au meurtre du docteur, Adamsberg.

— Tu t'accordes avec moi pour dire qu'on ne fait pas chanter un Robic. Quoi que tu en dises, la seule raison qui pousse Robic à accéder à la demande du tueur, et je l'ai dit à l'auberge et te le répète, c'est bien le sourd désir d'être débarrassé du médecin. Qui sait quelque chose à propos du testament, mais Robic ignore quel danger représente au juste ce « quelque chose ». Depuis des années, cette interrogation lui pèse. Et puisqu'il est exigé dans cette fameuse lettre de faire croire à un crime de l'assassin de Louviec, il saisit cette occasion en or de se défaire de Jaffré et en confie l'exécution à un de ses sbires. Ce dont nous sommes certains, c'est qu'il n'a pas décidé de lui-même de l'éliminer. Car il ne connaissait pas les détails de la mise en scène d'un crime « à la Louviec ». Il les a appris par la fameuse lettre.

— L'œuf.

— L'œuf. Et frapper de la gauche.

— Mais cette fois, selon le légiste, le coup est bien parti du bras gauche mais la lame s'est enfoncée tout droit.

— Détail ignoré par Robic : le sbire qu'il a choisi était un vrai gaucher, dont les coups furent plus puissants que ceux de notre homme de Louviec. Quant à l'absence de piqûres de puces, elle prouve la même chose : notre tueur de village ne se doute pas un instant de l'existence de cet élément si signifiant sur les victimes et ne l'a donc pas mentionné dans sa lettre. Tu as convoqué nos troupes à l'auberge ?

— Ils nous attendent.

XXVII

Les deux hommes entrèrent à l'auberge sous la pluie et commandèrent du café bien chaud à Johan, qui essuyait ses verres au comptoir en les élevant vers la lumière pour s'assurer de leur propreté.

— C'est prévu, dit Johan.

Les six lieutenants avalaient en effet du café pour se réchauffer, et deux tasses attendaient déjà les commissaires.

Adamsberg fit déplacer l'équipe à la table la plus reculée de la salle.

— Tu veux être tranquille ? demanda Johan.

— Si possible, oui.

— Combien de temps ?

— Tu peux me donner une heure ?

— C'est comme si c'était fait, dit Johan.

L'aubergiste accrocha un écriteau à sa porte et ferma la serrure.

— Voilà, dit-il, l'auberge est à toi.

— Merci, Johan, dit Adamsberg en prenant place.

— Continue tes inventions, on t'écoute, dit Matthieu en se versant une pleine tasse de café.

— Pourquoi ses inventions ? demanda Retancourt, aussitôt sur la défensive.

— C'est lui-même qui me l'a dit : « Je ne sais pas, j'invente. »

— Je reprends à l'affaire du faux héritage, commença Adamsberg, en ignorant la légère ironie de Matthieu, qui ne le gênait en rien.

— Héritage qui peut être authentique, contra Matthieu.

— À mon idée, reprit Adamsberg sans s'attarder à l'interruption de son collègue, voici ce qui s'est passé, dans les grandes lignes. Tous les trafics et activités criminelles de Robic lui rapportent de l'argent mais pas assez à son goût. Les flics de Los Angeles commencent à rôder autour de son entreprise de vente de voitures et il sent que l'air américain devient malsain. Il doit partir. Non pas partir dans l'aisance mais partir en étant plus riche encore, très riche. C'est ainsi qu'il monte la formidable affaire de l'héritage. Cela fait déjà un moment que Robic médite un tel coup. Dès son arrivée à Los Angeles, il a monté un magasin de voitures de luxe, Jaguar, Porsche, Mercedes – cela, nous le savons –, précisément destiné à un cercle de privilégiés. En douze ans, grâce au caractère chaleureux, spontané et communicatif des Américains, prompts à se lier d'amitié en un seul jour – l'exemple du docteur Jaffré et de Donald Jameson en témoigne –, Robic, aidé par sa richesse, ses capacités de dominateur et d'imposteur, noue des relations de très bonne entente avec ses clients. Et c'est ainsi qu'il parvient à infiltrer le milieu de la haute société. Où les femmes arborent quantité de bijoux au cours des soirées, c'est-à-dire une mine potentielle à s'approprier pour la bande de Robic. Car aux États-Unis – contrairement à la France où c'est une marque de vulgarité – on ne cache pas sa fortune, on la proclame, on l'affiche, on l'exhibe.

— Si ton hypothèse est exacte, dit Veyrenc, Robic disposait d'un autre atout de grande importance : il était français. Or les Américains raffolent de la France, premier pays touristique du monde. Ils l'aiment pour son histoire, ses monuments, ses châteaux, sa gastronomie, ses vins, et cet engouement s'étend à ses habitants dont ils apprécient – à leur idée – la politesse, les « bonnes manières », le « bon goût », qu'il s'agisse de meubles anciens, de tableaux, et bien sûr d'habillement. Le fameux concept de l'« élégance française », surtout celle des femmes, règne toujours en maître là-bas. Ajoute à cela qu'ils trouvent l'accent français savoureux. Tous ces préjugés favorables ont dû beaucoup faciliter la tâche de Robic, et il est probable que Le Guillou l'accompagnait aux soirées huppées où il était convié.

— Pourquoi Le Guillou ?

— Parce qu'il était beau, Jean-Baptiste. De quoi attirer les femmes autour d'eux et les faire bavarder.

— Très juste, Louis. Robic a dû cultiver là-bas son « élégance française » et commander ses vêtements à Paris. Il lance donc son opération « héritage » avec le concours de Le Guillou, tout aussi apte que lui à ratisser les informations dont ils ont besoin. Leur cible doit répondre à des critères précis : il leur faut un homme célibataire, fils unique, parents décédés, sans frère ni sœur ni cousin familier, bref sans aucun proche à qui léguer sa fortune. Robic a déjà son idée et approfondit le cas de Donald Jameson, à qui il avait recommandé de visiter Combourg et Louviec, nous le savons par Johan. À son retour de France, Jameson, encore ébloui par le Mont-Saint-Michel, Paris, la tour Eiffel, Notre-Dame, les châteaux de la Loire et j'en passe, était venu remercier vivement Robic de son conseil. Le château de Combourg, le vieux village de Louviec et Saint-Malo l'avaient enthousiasmé. Le lien entre les deux hommes s'intensifie, et le nouvel « ami français » est plusieurs fois invité à dîner chez lui. Où Robic a pu constater que Jameson vivait seul, avec ses domestiques. Ces détails, je les invente…

— Et cela se sent, dit Matthieu.

— …mais ils ne sont pas loin de la vérité. Robic s'obstine sur Jameson car il possède une lettre de lui.

— Ah tiens, dit Matthieu.

— Oui, je le pense. Car un échantillon de l'écriture de la proie est indispensable au plan de Robic. Lettre écrite depuis la France pour, déjà, remercier Robic de ce détour par la Bretagne et lui raconter la suite de son passionnant voyage. Jameson est un expansif, un bavard, à ce que Johan en a vu lors de ce fameux dîner à l'auberge. Le Guillou détient peut-être quelques lettres de riches veuves éprises de lui, dont certaines, esseulées, qui pourraient faire l'affaire. Mais le surcroît d'informations sur Jameson les fait décidément le choisir comme leur future victime. Car presque chaque soir, Jameson sort et ne revient que tard dans la nuit. Cela, nous le saurons plus tard.

— Tes « inventions », c'est un film à suspense, dit Matthieu.

— Mais un film réaliste. Que j'aimerais que tu regardes jusqu'au bout. Une fois la décision prise, Robic – ou le gars de la bande le plus doué pour cela – s'entraîne longuement à imiter l'écriture de Jameson grâce à sa lettre. Il sait que Jameson est superstitieux au-delà du raisonnable et qu'il ne veut tester à aucun prix. On peut supposer que notre Américain, puisqu'il l'avait même dit au docteur Jaffré, ne s'en cache pas auprès de ses amis.

— Entendu, on suppose, dit Matthieu, dont nul des agents ne comprenait la raison d'être de ses soudains propos railleurs.

— Il est donc essentiel, poursuivit Adamsberg sur le même ton tranquille, de briser cet obstacle. Ce que va faire Robic en rédigeant un testament crédible, qui permette de comprendre ce legs inattendu et prématuré.

— Parce que tu connais le texte du testament ?

— Presque, et je vais te le dire.

— Très bien, je suis ton film à la perfection, dit Matthieu en redemandant du café à Johan. Un gars va donc écrire…

— Avec des gants.

— Avec des gants, sous la dictée de Robic en imitant parfaitement l'écriture de Jameson.

— Précisément. Ce qui est indispensable, c'est que ce testament soit posté *avant* l'heure de sa mort et *avant* l'heure de la dernière levée du courrier. Qui a lieu quand, Mercadet ?

Il s'écoula quelques minutes de silence pendant lesquelles chacun ruminait le scénario que leur exposait Adamsberg.

— Dix-huit heures trente, dit Mercadet. Même heure il y a quinze ans de cela.

Adamsberg adressa un signe d'approbation à son lieutenant.

— Et donc le jour du meurtre, le testament est prêt, daté et signé, ainsi que l'enveloppe avec l'adresse de son notaire qu'ils se sont procurée. Le texte débute par quelque chose comme : « Ma chiromancienne, dont les prédictions se sont toujours révélées sans faille, m'a mis en garde ce jour même contre la survenue imminente d'un péril mortel, d'une agression croit-elle entrevoir, et m'a enjoint de me doter dès que possible de la protection constante de quatre gardes du corps. Quatre, c'est le chiffre qui revenait sans cesse. Je les aurai dès demain au matin. Mais son inquiétude pour ma sûreté était si tangible que dans le cas malheureux où cette mesure ne suffirait pas à écarter le danger qu'elle redoute, je rédige ici mes dernières volontés. Je lègue l'ensemble de mes biens détenus en banque – comptes-dépôts, assurances vie et épargne – à mon très fidèle ami Pierre Eiffel, de son vrai nom Pierre Robic, sans doute mon seul ami loyal et désintéressé, né le..., domicilié à... »

— On se demande où tu vas pêcher tout cela, dit Matthieu.

— Dans la loi des probabilités, eu égard aux faits dont on dispose.

Adamsberg s'interrompit un instant pour évaluer la justesse de ce « eu égard », décida que l'expression était correcte et reprit son fil.

— Robic ne tient surtout pas à s'encombrer de biens immobiliers et mobiliers. Il lui fait donc léguer ses trois villas, ses voitures et son yacht à des bonnes œuvres.

— Il est exact, précisa Mercadet, que les documents officiels que j'ai consultés mentionnent que l'homme est fils unique, célibataire et sans enfant.

— Merci, lieutenant. Mais manque quelque chose de fondamental : les empreintes de Jameson sur le testament et l'enveloppe. Supposons...

— Oui, supposons encore et toujours, coupa de nouveau Matthieu.

— Supposons, car il existe d'autres moyens, que Robic attire son « ami » dans son magasin, vers dix-sept heures. Jameson, avec sa complaisance habituelle, vient au rendez-vous, seul au volant, comme toujours.

— Les riches aiment souvent conduire leur Jaguar eux-mêmes, dit Veyrenc. Puissance, pouvoir, on y revient toujours. Continue, Jean-Baptiste.

— Il est accueilli par Robic et Le Guillou et entre sans méfiance. Aussitôt dans la place, les gars de la bande lui sautent dessus, le bâillonnent et l'entraînent à l'étage, tandis que Robic ferme la porte à clef. Un de ses gars conduit la Jaguar dans le parc à voitures du magasin. Les autres se saisissent des mains de Jameson et apposent ses empreintes sur le document et l'enveloppe. Sitôt chose faite, un des associés, avec des gants, fonce poster le précieux courrier dans la boîte aux lettres la plus proche du domicile de leur victime. *Avant* sa mort. Reste à Robic et sa troupe à attendre plusieurs heures pour que le décès soit imputé à une agression nocturne. Tu as compris la ruse, Matthieu ?

— Bien sûr, j'en ai vu plein, des films.

Il est clair, dit Adamsberg plus fermement, que le témoignage du docteur Jaffré ne te convainc pas du détournement de cet héritage.

— Son Jameson lui a confié que faire son testament portait malheur, d'accord, mais tu n'as rien de plus, rien de rien. Et c'était il y a longtemps de cela. Or, on l'a dit, l'homme a pu changer d'avis. Quant à Jaffré, emporté par son esprit scientifique, il a pu attribuer à cette confidence plus d'importance qu'elle n'en avait. Et le testament a été validé aux États-Unis.

— Je ne te suis pas, Matthieu. Le médecin était tout autant réputé pour ses compétences que pour ses capacités à percer avec justesse la nature de ses patients et à en tenir compte. S'il a accordé tant d'importance aux paroles de Jameson, au point de suivre l'enquête américaine, sois certain que c'est parce que ces mots n'avaient pas été dits à la légère. Et qu'il n'avait nullement réussi à ôter cette idée fixe de la tête de son ami.

— C'est frappé au coin du bon sens, dit Veyrenc.

— Continue donc ton film, dit Matthieu sans commenter la remarque d'Adamsberg.

— J'en ai bien l'intention. Ils ôtent à Jameson sa chevalière, sa chaînette en or, ses boutons de manchette, son épingle de cravate en diamants et l'argent de son portefeuille, en y laissant les papiers. Il est indispensable qu'on puisse l'identifier. Ils oublient classiquement la montre pour que, de façon très triviale mais qui a fait mille fois ses preuves, celle-ci se brise lors de la soi-disant agression. Si la banalité est très souvent plus payante que trop de sophistication, le mieux est également l'ennemi du bien, et ce détail fera tiquer les flics. Mais nous n'en sommes pas encore là. La troupe attend une heure du matin – heure supposée, Matthieu – pour commencer la mise en scène. Tout d'abord ils se servent un repas plantureux, qu'ils forcent Jameson à avaler afin de permettre au légiste de déterminer l'heure de la mort. À deux heures du matin, ils le bourrent de coups, sur le visage comme sur le corps, pour laisser des traces d'ecchymoses afin de simuler l'agression redoutée par la chiromancienne. Agression qui a mal fini – c'est le but bien sûr – puisque le Bourlingueur lui envoie une balle dans le crâne à deux heures trente. Puis ils cassent la montre.

— Je proposerais deux heures trente-deux, dit Matthieu en souriant.

— Rigole, Matthieu, rigole. Mais je peux te garantir que je suis à trois cheveux de la vérité. Il fait nuit noire, les rues sont vides, ils chargent Jameson dans sa propre Jaguar. Le conducteur et trois autres associés enfilent des gants. Tu suis toujours ?

— Je regarde le film.

Adamsberg ne questionna pas les autres membres de l'équipe, car il était clair, à leur mutisme et leurs regards attentifs fixés sur lui, qu'ils faisaient plus encore que suivre. Ils adhéraient, ils attendaient.

— Ils larguent le corps sur le bas-côté d'une petite route, en direction de son domicile, pas loin d'un casino qu'il fréquente. Ne reste plus qu'à aller dormir du sommeil du juste. Au matin, on trouve le cadavre du millionnaire, et la police de Los Angeles identifie Donald Jack Jameson. Sa mort est attribuée à une attaque crapuleuse. Et le jour suivant, le notaire reçoit les dernières volontés de la victime, datées d'avant la mort, à environ huit heures de différence.

— Bonne histoire, reprit Matthieu, mais tu ne fais que spéculer et tu le sais.

— Je le sais et je revendique sa fiabilité.

— Moi, je la trouve très bien, cette histoire, dit Johan, qui s'était installé depuis un moment auprès d'eux.

— Attends, on n'a pas vu la fin du film.

Josselin frappa à cet instant, en quête de pain pour son dîner. Catherine avait oublié d'en acheter.

— C'est Josselin, dit Johan. J'ouvre ?

Adamsberg acquiesça.

— Je dérange ? demanda Josselin de sa voix bien posée.

— Ça, faut que vous voyiez avec les policiers, dit Johan. Le commissaire est en train de nous raconter une histoire.

— Sur ?

— Sur ce salaud de Robic.

— Histoire qui n'a rien de secret puisque je l'invente en partie, dit Adamsberg. Installez-vous, Josselin.

Johan servit une tournée de chouchen et Berrond lui demanda s'il n'aurait pas un peu de saucisson à se mettre sous la dent, il était déjà dix-neuf heures vingt et il crevait de faim. Dix minutes plus tard, Johan posait entre eux un plat conséquent de mini-crêpes, une de ses spécialités, ce qui ravit Berrond.

— Je vais préparer votre dîner, dit-il, mais je voudrais voir la fin du film.

— Vous en étiez où, avec ce Robic ? demanda Josselin.

— On écoutait Adamsberg nous raconter le film de sa vie, dit Matthieu. Pour le moment, on a eu toute son histoire aux États-Unis et le déroulement de son coup de l'héritage, exactement comme s'il y avait assisté minute par minute, et on attend la suite.

Adamsberg avala une crêpe avec un vague sourire.

— Ne me fais pas passer pour un bonimenteur, dit-il, insensible aux flèches de son collègue.

Il lui jeta un bref coup d'œil et haussa les épaules. Il soupçonnait Matthieu de ne pas avoir intimement accepté, inconsciemment, qu'il fût en charge de l'enquête à sa place. Le critiquer, parfois, lui permettait de reprendre la main, de minorer les capacités du commissaire.

— J'invente, c'est vrai, mais je m'oriente, je choisis, je trie. Je reconstitue.

— Et ne prenez pas les « films » d'Adamsberg à la légère, dit soudain Veyrenc sans du tout sourire. Nous en avons vu beaucoup, nous autres, et qui se sont révélés parfaitement exacts.

— Il a tué le millionnaire, n'est-ce pas ? dit Josselin calmement. Après avoir écrit un faux testament ? Posté avant l'assassinat ?

— Exactement, Josselin, dit Adamsberg. J'en étais là. Et donc, quelques jours plus tard, Robic est convoqué par le notaire. Notaire très surpris de recevoir le testament de Jameson, rédigé si peu de temps avant son décès. Sacrée coïncidence, pas vrai ? « Il était extrêmement superstitieux, lui explique Robic, il m'a appelé sitôt après avoir vu sa voyante, il était affolé. » Le notaire, bien que véreux, se renseigne sur les liens qui l'attachaient à Jameson. Robic exagère leur amitié, tout en se disant que ce vieux con de notaire n'a pas à faire une enquête mais simplement son boulot. Qu'il finit par faire. Au bout du compte, mais cela exigera des formalités et du temps, toutes les valeurs que possédait Jameson à la banque sont peu à peu versées sur le compte de Robic en France. Il règle par avance et très largement le notaire corrompu pour s'assurer de son silence. Il rétribue de même ses associés, mais moins que ce qu'ils espéraient, Robic conservant 50 % du futur butin, pourcentage classique chez les chefs de bande, en tant que créateur et organisateur du projet. « C'est tout ? dit l'un, c'est tout ce que le type avait comme galette ? » Robic lui rappelle qu'il y avait les villas, les bagnoles, le yacht, auxquels ils n'ont pas touché. « Vous étiez six sur ce coup, ça vous fait – supposons – un million et demi chacun. Depuis qu'on bosse ensemble, vous avez déjà touché une somme pareille ? » Certains des hommes en conviennent, mais pas tous, et le tueur râle encore plus. Il a tué, il veut le double, c'est la règle. « Pas question, dit Robic, on est à égalité, il n'y a tes empreintes nulle part, tu ne risques rien de plus que les autres. » « Égalité, tu parles, c'est toi qui boufferas la grosse part. » « Normal, dit Robic en posant son doigt sur son front, pas un de vous n'aurait imaginé monter un coup pareil. Sans mes idées, vous ne seriez que des petits braqueurs à la manque. » « Et sans nous, tu ne pourrais rien faire. » « Que si. Des gars comme vous, j'en trouve autant que je veux. » J'imagine ce genre de scène. Bien entendu, Robic a bien l'intention de filer en France dès que le transfert du fric sera achevé, avec un certain nombre de ses associés loyaux et en laissant choir les contestataires. Seul le Bourlingueur a flairé le vent du départ et a quitté la bande sitôt son argent en poche. Enfin, trois mois après la visite chez le notaire, tout est « en règle » pour Robic, ses complices payés et sa boîte vendue. Mais le vieux notaire apprend par la presse qu'un détail gêne les flics de Los Angeles : le fait que les agresseurs, qui ont entièrement dépouillé leur victime, aient « oublié » de lui prendre sa montre en or cerclée de diamants, qui est opportunément brisée comme si l'on avait désiré que l'heure du crime soit incontestable. Une précaution de trop, une bourde à vrai dire car, n'est-ce pas, Josselin, « l'excès est insignifiant ». Néanmoins, le rapport du légiste doit probablement concorder à peu de temps près avec l'heure de la montre – que nous ne connaissons pas – et l'enquête est finalement classée. Muni de ce petit élément signifiant, si notre notaire tâte du chantage, dès lors, son sort sera scellé. Il trouvera alors la mort à bord de son jet privé, préalablement saboté bien entendu, ou de son yacht, ou d'une autre manière accidentelle. Je pencherais pour le jet, Mercadet nous trouvera cela : s'il est mort, et si oui, quand et comment. Et très vite, Robic s'envole pour la France avec une partie de sa bande et son précieux dossier notarié sous le bras, direction Louviec. Où il se heurtera au tueur Jean Armez, dit le Bourlingueur, revenu l'attendre au village depuis plusieurs mois, et qui persiste à réclamer une part plus conséquente. Les choses se gâtent. Et se règlent vite fait de la manière que vous savez.

— Ce serait cette crapule qui l'aurait liquidé ? dit Johan.

— N'oublie pas qu'Armez était aussi une crapule. Il a flingué Jameson.

— Dans ton film, insista Matthieu. Il y a des heures de cela, je te demandais quel intérêt aurait eu Robic à accepter de faire tuer le docteur en imitant la technique du tueur de Louviec.

— Cela fait la troisième fois à présent que je te donne la seule et unique réponse qui l'explique et que tu ne veux pas entendre : parce que Robic redoutait l'incrédulité du médecin, que tu le veuilles ou non, et le ressentait comme une menace. Ce que nous a révélé Johan est très clair. La mort du docteur l'arrangeait parfaitement, d'autant qu'elle serait mise sur les épaules d'un autre. Je ne le répéterai pas une fois de plus, je crois que tout le monde a compris.

— Pardon, dit Mercadet, mais oui, il y a bien eu un visa d'entrée en France pour Donald Jack Jameson il y a vingt et un ans.

— Vous voyez que Johan dit vrai à propos de ce Donald, dit Adamsberg. Pour un peu, Mercadet serait capable de nous donner l'heure à laquelle il s'est senti mal.

— Et toi aussi, dit Matthieu.

— Considérez donc, intervint Veyrenc en fixant Matthieu droit dans les yeux, que les « films » d'Adamsberg sont dignes d'être entendus.

— Je maintiens simplement, intervint paisiblement Adamsberg, qui sentait monter la querelle entre Veyrenc et Matthieu, que mes inventions ne sont pas que des élucubrations. Selon Johan, quelques années plus tard, le docteur se rend à Los Angeles pour des retrouvailles émouvantes. Chez Jameson.

— Le docteur y est parti deux ans et quatre mois après le séjour de Jameson en France, pour trois semaines et trois jours, dit Mercadet.

Veyrenc lança un nouveau regard à Matthieu, qui détourna la tête pour ne pas l'affronter.

— Et en presque un mois sous le même toit, les deux hommes deviennent réellement très bons amis. Et je reviens à notre salopard de Robic.

— Il me plaît à moi, ce film, dit Johan, c'est vivant, il y a des rebondissements.

— Ce n'est pas la vraie histoire, rectifia une nouvelle fois Matthieu. Nous sommes des flics, on n'a pas besoin d'histoire, mais de faits et de preuves.

— Ou de très lourdes présomptions, corrigea Adamsberg. Un millionnaire qui ne veut pas tester mais qui laisse tout son fric à une crapule, et qui meurt quelques heures après, un retour en vitesse après ce coup, un notaire probablement véreux qui a contrôlé l'acte...

— Pardon, coupa à nouveau Mercadet en levant le nez de son écran, le notaire de L.A. qui a réglé la succession de Jameson, maître Richard Martin Cartney, est décédé dans un accident d'avion, très peu de temps avant le départ de Robic. L'appareil, un petit jet personnel dont il se servait souvent, a explosé en vol et s'est écrasé en torche, la boîte noire était inutilisable.

— Merci, Mercadet, dit Adamsberg, pendant que Veyrenc lançait un nouveau coup d'œil impérieux à Matthieu. J'ajoute à ces éléments un gars de l'équipe, dit le Bourlingueur, qui se fait assassiner à Louviec dix jours après le retour de Robic. Ce ne sont pas des présomptions lourdes, tout cela ? Très lourdes ?

— Écrasantes, dit Johan. Et on veut la suite du film, insista-t-il.

— Une fois revenu en Bretagne, continua imperturbablement Adamsberg, Robic a besoin d'un peu de temps pour constituer son réseau d'anciens et nouveaux associés et se préparer. Il a l'intention de monter une nouvelle boîte comme couverture, comme à son habitude, et de poursuivre ses activités parallèles à l'abri de ce paravent. Mais à Louviec l'attendent trois écueils : la suspicion générale face à son héritage miracle…

— Mais légalement reconnu, coupa Matthieu, obstiné.

— Cessez donc, bon sang ! s'énerva Veyrenc, dont le visage avait perdu son habituelle impassibilité de buste romain. Bien sûr qu'il paraissait « légal » puisqu'ils ont contrefait l'écriture de Jameson !

— Légalement reconnu par un notaire pourri, insista Adamsberg. *Dans le film, Matthieu*, mais notaire qui se fera assassiner.

— Il a été conclu à l'accident, Mercadet vient de nous le dire.

— Et je n'en crois rien, tu m'entends ? Car c'est un « accident » de trop. Comme la montre brisée était un indice de trop. Je reprends. À Combourg, second écueil quand Robic croise le docteur Jaffré qui lui fait nettement part de son scepticisme.

— En ce cas, dit Matthieu, pourquoi ne pas se débarrasser de Jaffré ?

— Parce que Robic ne fait pas tuer sans nécessité. L'homme est avisé, prudent, inémotif, réfléchi. Il se doute que le médecin possède une information venue de Jameson, mais que peut-il en faire ? Rien. Comme tu ne cesses de le répéter, Matthieu, le testament existe bel et bien, en apparente bonne et due forme. Jaffré s'est donc contenté de tourmenter délicatement Robic par cette souterraine menace. Enfin, à

Louviec, troisième écueil : Jean Armez, dont on a dit qu'il sera abattu et cette fois par Robic en personne. Car aucun comparse de la bande n'accepterait d'éliminer un des leurs.

— Tout se tient, tout s'emboîte, approuva vigoureusement Retancourt.

— Et l'on arrive au terme, conclut Adamsberg. Robic, à la réception de la lettre de notre tueur, met rapidement sur pied l'assassinat du docteur. Il n'a qu'à piocher parmi ses hommes pour choisir l'exécuteur le plus adéquat.

— Et il en a, des hommes, dit Chateaubriand. Dix sur la région.

Adamsberg le considéra avec surprise.

— Comment savez-vous cela ?

— Vous oubliez, commissaire, dit Josselin en souriant, que je suis dans les meilleurs termes avec le fantôme de Combourg, qui peut se glisser partout, y compris à travers les murs. En réalité, depuis mon retour ici, je n'ai cessé d'avoir ce type à l'œil.

— Mais pourquoi ?

— Ça vous irait de dîner maintenant ? demanda Johan. Il va être vingt heures trente.

Chacun approuva et Johan se mit en action.

XXVIII

— Pourquoi ? reprit Josselin. Robic et son ami Pierre étaient un cauchemar pour les élèves de leur classe, brutalités, intimidations, racket, et j'en passe. J'ai eu la malchance de me retrouver chaque année dans la même classe qu'eux deux, au collège d'abord, au lycée de Rennes ensuite. Un jour, on a appris qu'ils avaient tenté d'extorquer ses maigres économies à la pauvre gardienne, affolée, en pleurs. La direction les a expulsés une semaine et les menaces ont recommencé. Différentes, cette fois : si elle ne filait pas son argent, elle pouvait dire adieu à son chien. Un vieux chien affectueux et baveux que nous décidâmes, formant une bande de dix-huit garçons, de protéger. Un matin, Robic et Le Guillou se sont arrangés pour se faire virer de la classe, avec d'autres de leur horde, et nous, comme des imbéciles, on n'y a vu que du feu. Mais à la sortie, ce fut autre chose : notre vieux chien baveux gisait dans la cour, atrocement mutilé, les membres dépecés, la tête coupée, le ventre ouvert, les viscères sortis. L'épouvante.

La voix de Josselin trembla légèrement et Johan, qui avait entendu le récit depuis sa cuisine, s'empressa de venir lui servir un verre.

— Comble de cruauté, poursuivit Chateaubriand, ils avaient obligé la vieille gardienne à assister au spectacle. Elle avait le cœur fragile, elle n'y a pas survécu trois mois. Et nous, on avait été incapables d'empêcher cela. Non seulement nous étions sous le choc, malheureux – beaucoup pleuraient et les autres vomissaient –, mais avec le sentiment honteux qu'à notre âge nous n'avions pas été foutus capables, à dix-huit gars, d'empêcher cette boucherie inimaginable, exécutée sous les yeux mêmes de la vieille femme. Ce fut un dur traumatisme, une humiliation terrible, nourrie par la sensation, vraie hélas, de n'être que des incapables, des bons à rien, des impuissants, presque des coupables. Ce jour, je compris que Robic n'était pas seulement le meneur banal d'une bande d'emmerdeurs – pardon pour le terme – comme on en voit dans bien des établissements scolaires. Non, je compris, commissaire, que Robic était et serait un criminel sauvage et je me jurai d'avoir un jour sa peau.

Il se fit un silence pendant que Johan, qui avait dressé la table, apportait l'entrée, une omelette mousseuse aux fines herbes et champignons – cueillis par Josselin – qui à elle seule aurait suffi à constituer le plat principal.

— Et je n'ai pas chômé, commissaire, ajouta Josselin en reprenant son souffle. Que tout ceci reste entre nous, dit-il en jetant un regard circulaire à la salle encore vide. Beaucoup s'étonnent ici que je parte si souvent en balade en voiture, apparemment sans but. En réalité, je les surveille, tous, et dès que Robic sort de son domicile ou de son bureau, je le suis. Ce n'est pas une obsession, c'est un but inébranlable que je me suis fixé. C'est ainsi qu'en quatorze années j'ai eu le temps d'en apprendre un peu : le nombre de membres de la horde, leurs noms – ou plutôt les surnoms qu'ils utilisent – et enfin, leurs planques. Sûrement pas toutes. Quant aux lieux des rencontres avec l'un ou l'autre, Robic en change sans cesse. Car ils sont forts, très méfiants, c'est-à-dire que Robic – qui était un véritable zéro en classe – est un cerveau quand il s'agit de crimes et brigandages en tous genres. Et cela ne m'intéresse pas qu'il tombe pour vol de bijoux ou trafic de drogue. Je veux qu'il tombe pour assassinat prémédité et non pas pour un crime opéré à l'occasion d'un casse.

— Mais quand il rencontre un de ses hommes dans tel ou tel café à travers la région, dit Berrond qui avait déjà achevé sa copieuse part d'omelette, pourquoi ne suivez-vous pas le type après ? Pour connaître son domicile ?

Josselin eut un sourire un peu fataliste.

— Parce que je suis assez handicapé. Il les convoque le plus souvent de jour, et comment voulez-vous que je prenne un homme en chasse, avec le visage que j'ai ? Je serais aussitôt repéré.

— Mais Robic, lui, ne vous reconnaît pas pourtant.

— Parce qu'il porte des lunettes adaptées à la vision de loin pour conduire. Il en portait déjà quand il était jeune et qu'il prenait la Citroën de sa mère. Avec cela, il est incapable de voir mon visage nettement quand je le suis en voiture.

— Et depuis tant de temps, même avec ces sortes de lunettes, comment vous y prenez-vous pour suivre Robic sans qu'il repère au moins votre voiture ? demanda Verdun.

— J'en loue une. J'en change sans cesse. C'est le moyen le plus sûr.

— Et le plus cher.

— Le maire de Combourg était au courant de mon activité et l'approuvait. Il s'arrangeait pour me rembourser mes locations. Ce ne sont jamais des trajets très longs, les membres de la bande sont assez groupés, entre Combourg et Dol-de-Bretagne à peu près.

Adamsberg hocha la tête, approbateur.

— Comment avez-vous connu leurs surnoms ?

— Il y a deux ans de cela, j'ai eu un gros coup de chance, car il est très rare que le patron contacte toute la troupe de ses associés. Je suivais Robic – le seul dont je connaisse le domicile –, qui avait quitté sa maison à la nuit tombée. Il m'a mené droit à un vieux hangar sur la route de Fougères, où se tenait une réunion de groupe. Les tôles étaient disjointes et j'entendais facilement les conversations. Il s'agissait de l'attaque d'une bijouterie mais impossible de savoir laquelle. Certainement importante ou bien Robic n'aurait pas rassemblé tous ses hommes. Il distribuait les rôles, expliquant à chacun la tâche précise qu'il avait à remplir. Il les appelait par leurs surnoms.

— Et pourquoi vous ne nous avez jamais parlé de tout cela ? demanda Adamsberg.

— Parce qu'alors, cela n'avait aucun rapport avec votre enquête sur le tueur de Louviec. Cela ne vous aurait pas avancés d'un iota. Mais à présent, c'est tout différent. Si vous le souhaitez, je veux bien vous copier la liste des surnoms des associés, ainsi que les adresses des planques que j'ai pu localiser.

— S'il vous plaît, Josselin, cela peut servir.

Johan s'affairait à desservir et apporta un plateau de fromages pendant que Matthieu regardait s'allonger la liste des noms : le Tombeur, le Lanceur, Jeff, le Prestidigitateur, le Joueur, le Poète, le Ventru, Domino, Gilles, et le Muet, son chauffeur.

— Dix, résuma Josselin, sans compter Robic. Onze en tout. Je mets des croix à côté de ceux que je pense avoir connus au lycée, mais sans certitude. Après tant d'années, c'est difficile d'être affirmatif.

— Dommage qu'on ne sache pas qui est gaucher ou droitier, dit Matthieu.

— Vous cherchez un gaucher ? demanda Josselin.

— Oui.

— Alors c'est lui, dit-il en pointant un surnom avec son crayon. Je l'ai vu plusieurs fois ouvrir sa portière de la main gauche.

— Gilles, dit doucement Adamsberg. Le gaucher..., l'assassin du docteur. Et impossible de l'arrêter : on ne connaît ni son vrai nom ni son domicile.

Josselin réfléchissait, tête penchée, doigts sur les lèvres.

— Pensez vous comme moi que Robic a conservé ou retrouvé d'anciens condisciples de son lycée ? demanda-t-il lentement.

— C'est très possible, dit Adamsberg. Comme il est possible qu'il ait emmené avec lui à Sète beaucoup de ses camarades les plus soumis – ses adeptes de l'époque en quelque sorte –, pour disposer d'un réseau dès son arrivée.

— D'autant plus probable, dit Josselin, que ces petits salopards ne savaient pas respirer sans lui. Il se trouve que j'ai pu, devant un bistrot où Robic avait rencontré « Gilles », il y a environ huit mois, voir et entendre parler deux fois ce « Gilles ». Cette journée de septembre était chaude et j'avais abaissé ma fenêtre, de même que le café avait ouvert les siennes. J'étais garé à cinq mètres, mais sa voix est assez puissante. Pas besoin de lunettes pour voir de loin, je le distinguais très nettement.

Josselin prit un nouveau temps pour méditer son souvenir.

— C'est un homme de grande taille, très laid, déformé par un nez de boxeur. Et sa voix est rocailleuse, comme s'il parlait avec des graviers dans la gorge. Je ne voudrais surtout pas vous entraîner sur une fausse piste mais...

— Nous n'avons pas de piste, dit Adamsberg, autant en essayer une fausse. Mercadet, vous pouvez trouver une photo de la classe de terminale du lycée de Rennes ?

— Quelle année ?

— 1986.

— Eh bien, reprit Josselin, il y avait un élève de cette sorte dans notre terminale. Qui avait cette voix, et ce nez cassé, déjà. Un grand type.

Mercadet réussit à extirper des entrailles du Net la photo de classe et la montra à Josselin qui se concentra sur les visages.

— Lui, dit-il, au dernier rang du haut, à cause de sa taille.

— Hervé Pouliquen, dit Mercadet qui suivait, tirée des archives du lycée, la vieille liste des noms correspondant à la photo.

— C'est cela, Pouliquen, confirma Josselin, une âme damnée de Robic.

En quelques minutes, Mercadet localisa le domicile d'Hervé Pouliquen : 33, rue de la Verrerie, à La Barrière.

XXIX

Pierre Robic haïssait les fêtes, ces futilités, ces mascarades, à croire que c'était à celui qui crierait le plus fort. Mais non contente de celle de la veille, sa femme en avait organisé une seconde à la suite. Elle faisait cela tous les dimanches, exhibant ses bijoux en pendentifs, en bracelets, en bagues, dont l'éclat attirait les regards, faisant passer au second plan sa silhouette devenue empâtée et son visage sans grâce. Robic l'avait épousée à Sète, du temps où il était en quête urgente d'une femme riche, ayant besoin de fonds pour monter son cercle de jeux. Il s'était marié sous le régime de la communauté des biens pour profiter au plus vite de la fortune de sa femme. Car, riche, elle l'était beaucoup à l'époque, autant qu'imbue d'elle-même, dénuée de tact et à dire vrai plutôt sotte, hautaine avec tous les domestiques – que Robic au contraire ménageait et payait bien, s'aliénant de sorte leur fidélité.

Robic voulait s'en débarrasser depuis longtemps, elle devenait agressive et dangereuse, et buvait exagérément, ce qui lui déliait la langue : elle en savait bien trop, depuis toutes ces années, grâce à ses multiples indiscrétions et les nombreux détectives qu'elle avait employés. S'appuyant sur ce levier, elle empêchait tout divorce pour conserver leur fortune commune. Cela se finirait mal, il le savait. Quand elle recevait durant les dîners, elle s'enivrait jusqu'à ce que Robic finisse par quitter la table. Il avait un atout : elle était passionnée de cheval. Excellente cavalière, elle montait sans casque. Robic méditait la meilleure manière de provoquer une chute pour la tuer. Le bout de leur propriété aboutissait à une petite vallée rocailleuse, un lieu idéal où faire tomber monture et cavalière. Elle le mettait en péril, et l'exécution ne devait plus trop traîner.

En attendant, il savourait sa satisfaction de s'être si parfaitement débarrassé du docteur Jaffré, sans même en avoir décidé à l'origine. Il était évident que le médecin le soupçonnait d'avoir savamment fabriqué le testament pour ensuite éliminer Jameson au plus vite. Gilles avait effectué un travail sans faille et la police n'arrivait à rien dans ce nouveau meurtre. Quand bien même par quelque fait inconcevable ils saisiraient Gilles, celui-ci pourrait à la rigueur donner le nom de Robic. Cela ne le souciait pas, ce ne serait pas la première fois. Il lui suffirait de nier toute l'accusation de Gilles et ils n'auraient que sa parole – la parole d'un tueur – pour l'impliquer. Ses hommes le connaissaient peu, Robic n'en ayant jamais convoqué un chez lui. Quand il devait voir l'un d'eux, il le rencontrait dans un bistrot inconnu où ni l'un ni l'autre n'était jamais allé, ou au contraire dans des casinos bondés, des zoos, des files d'attente où il était facile de passer argent ou consignes sans se dire un mot. Et en cas de rendez-vous, dans un café ou dans une planque, Robic attendait toujours que l'associé soit parti avant de prendre sa voiture, afin que nul ne le suive. Demain après-midi, Gilles et lui avaient rendez-vous au grand aquarium de Saint-Malo. En pleine saison touristique, le lieu serait comble. Il lui glisserait la serviette contenant sa paie, Gilles n'aimait pas qu'on tarde en cette matière.

Robic entendait pourtant un grain de sable grincer dans son impeccable machine. Adamsberg. Ce flic qui avait l'air de tout et rien sauf d'un flic, ce petit brun aux yeux si flous qu'il paraissait vous regarder sans vous voir, avec sa nonchalance qui faisait douter qu'il s'intéressât même à ses propres questions, ce flic, d'instinct, l'inquiétait assurément. Lui et le commissaire de Combourg, plus direct, avaient multiplié les allusions sur les écarts de rendement entre ses entreprises et sa fortune. Il pensait s'en être bien sorti pour la lettre, sauf pour le feu qui l'avait détruite, qui n'avait pas échappé à Adamsberg. Quant au reste, il se sentait mal à l'aise. Ce commissaire se rapprochait trop de lui, même si les deux flics avaient convenu que toutes ces questions financières n'étaient pas leur affaire.

Il ferait peut-être mieux de suspendre pour un temps ses activités. Mais il y avait l'opération prévue pour le camion de transfert de fonds, et tout était déjà organisé point par point. Et il avait sa femme à tuer.

Il y avait évidemment une autre option : l'attaque dissuasive. Tuer un flic n'était pas une mince affaire mais il était bien convaincu que s'il privait la Brigade de son chef Adamsberg, il coupait net la tête des adversaires. Bien sûr, il restait des tas de flics, mais il y avait toujours eu des tas de flics. Qui n'avaient jamais réussi quoi que ce soit contre lui. Pour le moment, Adamsberg n'aboutissait pas mieux que les autres mais il redoutait que cela ne dure pas. Pour une raison obscure, il se défiait de lui et était terriblement tenté de s'en défaire. À moins, se dit-il, qu'il ne fût tout simplement influencé par tout ce qu'il avait lu et entendu dire sur cet homme. Il y réfléchirait sur la route de Saint-Malo. Il se disait que le meilleur jour pour lancer l'attaque contre le commissaire, affolant et disloquant l'édifice policier, serait un lundi, c'est-à-dire demain. Les gens ne sortent pas le lundi et il y avait un match à la télévision, ce qui assurait des rues vides. Et que le meilleur homme pour cette tâche serait le Prestidigitateur, ainsi nommé car il maniait les flingues de manière prodigieuse, comme s'ils faisaient partie de sa propre main. Pour ce coup, hors de question de jouer du couteau. On attribuerait logiquement l'agression au tueur de Louviec, décidé à mettre un terme à l'obstination d'Adamsberg et à anéantir l'efficacité de sa troupe à la suite. Écraser un œuf fécondé sur le lieu de l'attaque confirmerait le lien.

Il prit conscience qu'il avait déjà choisi le jour, le tireur et le bouc émissaire avant même d'avoir pris sa décision. Les dés étaient donc jetés, nécessité fait loi. Il sortit de son coffre le téléphone réservé au Prestidigitateur et lui donna toutes les consignes nécessaires, en n'omettant pas le moindre détail.

— Ils s'attardent à l'auberge. Ne décolle pas avant le crépuscule, et s'il y a changement de programme, je te préviens.

Dans deux jours, se dit Robic avec satisfaction, l'équipe d'Adamsberg ne serait plus qu'un tas de cendres fumantes et celle du commissaire Matthieu une loque désemparée et impotente.

XXX

La soirée dura longtemps dans l'auberge surchargée de Johan, comme tous les dimanches. Josselin s'éclipsa assez tôt et Adamsberg le complimenta longuement. Les huit flics savaient à présent qu'un lien existait très sûrement entre le tueur de Louviec et la bande de Robic. Et que, dès demain, ils auraient à épingler cet Hervé Pouliquen, 33, rue de la Verrerie, si c'était bien lui. Matthieu avait déjà prévu d'apporter des casques et des gilets pare-balles, dès l'instant où ordre avait été donné par Adamsberg de se saisir de l'homme vivant et apte à parler. Seule une balle dans un des membres était autorisée en cas de légitime défense, et tous savaient comment tirer sans atteindre une artère. Ils examinèrent à nouveau le plan cadastral puis la photo, fournie par Mercadet, de la maison à cerner. Une longère traditionnelle remise en parfait état, posée au milieu d'une grande étendue de prairies. Des sorties par l'avant et l'arrière, et une par le côté via l'ancienne grange convertie en garage. D'après

Josselin, l'homme était sans profession officielle et vivait – en apparence – des rendements de ses terres et d'une activité de chauffeur en free lance.

— Demain matin, dit Adamsberg, j'irai seul repérer les lieux avec une voiture banalisée, vérifier que l'homme est chez lui, puis j'envisagerai la meilleure manière d'opérer. Si vous me cherchez ensuite, je serai allongé sur le grand dolmen.

— En train de réfléchir, dit Noël d'une voix traînante et un peu moqueuse.

— Pourquoi pas ? On a de la chance, la télévision retransmet un match à vingt heures, mais un autre avant aussi, à quatorze heures. Rien de tel pour retenir un gars sur son canapé, fût-il un tueur. Attention, tous : ne perdez pas de vue une seconde qu'il tire de la main gauche. C'est traître quand on ne s'y attend pas. On se retrouve à midi ici, personne ne boit, et on décolle à treize heures trente.

— Et pourquoi qu'on ne va pas l'entauler tout de suite ? demanda Johan.

— Parce qu'il nous faudrait un mandat d'arrêt, expliqua Adamsberg, et que les seuls faits qu'il soit gaucher, que son visage ressemble à celui vu sur une très vieille photo de classe et qu'il ait été aperçu parlant à Robic ne sont pas incriminants. On ne va pas l'arrêter, Johan, on va aimablement le cueillir de force pour l'interroger au motif de suspicion dans le cadre d'une affaire criminelle. Rien de plus.

— Alambiqué, ton truc. Ça serait que de moi, j'irais de suite lui mettre la tête au carré et le coller en cellule sans faire des manières. Et c'est quoi qui m'en empêche ?

— La loi, Johan.

— La loi, la loi, bougonna Johan. Qu'est-ce qu'elle fait ta loi, à part laisser cette bande d'assassins libres comme l'air ?

— Il faut des preuves, Johan. Ou des motifs de suspicion qui pèsent lourd.

— Ben on en a.

— Non. C'est pourquoi je dois réfléchir. J'ai déjà prévenu le divisionnaire, à lui de voir s'il saisira le juge.

— Si tu le dis, ronchonna Johan qui, au fond de lui, adhérait aux arguments d'Adamsberg.

Matthieu reprit une part du gâteau qui traînait encore sur la table et leva la main pour mettre un terme à la discussion.

— Étonnant, ce Chateaubriand, non ? dit-il.

— Sa cueillette des champignons est tout aussi féconde que celle des hommes de Robic, dit Adamsberg en se levant.

— Et extravagante, dit Matthieu.

— Mais qui ne s'est pas aperçu que Josselin, sous ses allures policées, accomplies, paisibles, était un extravagant ? dit Veyrenc.

— C'est évident, dit Adamsberg, il extravague.

— Verbe très inusité, Jean-Baptiste. Inexistant, même.

— Je l'adopte et refais ma phrase : demain matin, après avoir reconnu les lieux chez Pouliquen, j'irai extravaguer sur mon dolmen.

— Qu'est-ce qu'il a, Johan ? demanda soudain Retancourt.

Personne ne s'était aperçu pendant la conversation que l'aubergiste, debout près de la table, s'était paralysé, figé telle une grande statue de marbre tant il était blanc, une assiette serrée dans chaque main, les yeux fixes. Matthieu se leva aussitôt.

— Ne vous en faites pas, je m'en charge. Berrond, ouvre la porte.

Et sans plus s'occuper du géant immobile, Matthieu tourna lentement autour de la table, fermant de temps à autre ses mains dans le vide, jusqu'à ce que tout le monde comprenne qu'il cherchait à attraper un gros et lourd papillon de nuit, brun-roux, au corps velu, qui voletait maladroitement en heurtant un lampadaire. Johan le suivait passionnément des yeux en se mordant la lèvre.

— Je l'ai, dit Matthieu en refermant ses mains en coquille autour de l'animal pour ne pas abîmer ses ailes.

Le commissaire le lâcha au-dehors et boucla la porte.

— Un simple bombyx, dit-il, un papillon de nuit aussi inoffensif que tous ses congénères. Mais Johan, expliqua-t-il en chuchotant, du haut de son mètre quatre-vingt-dix, a une telle terreur des papillons de nuit que ces pauvres bêtes ont le pouvoir de le pétrifier sur place. Sa hantise, c'est le grand sphinx tête de mort, aussi anodin que son collègue, mais de plus en plus rare. Il n'en a vu qu'une seule fois et c'est Josselin qui l'en a débarrassé. C'est bon, Johan, dit-il en secouant gentiment son épaule, il est parti.

— Pardon, dit Johan en se laissant pesamment tomber sur une chaise, et merci, Matthieu. Allez, tous, je sais que vous devez dormir.

— Il extravague, dit Retancourt, une fois l'équipe dans la rue, inapte à comprendre qu'on puisse à ce point redouter un bombyx. Il fait cela avec tous les papillons de nuit ?

— Pas avec les noctuelles, expliqua Matthieu, qui sont plus petites.

— Un jour, Retancourt, je tenterai de vous instruire de tous les méandres des extravagances, dit Adamsberg en souriant. Mais la tâche sera rude.

XXXI

— Le type est chez lui et voici le détail des lieux, dit Adamsberg en griffonnant sur une feuille, tandis que Johan leur servait à déjeuner, les sachant pressés.

Les blousons pare-balles et les casques étaient restés dans les véhicules banalisés, pour ne pas indisposer la clientèle.

— Tu as aimé ton dolmen ? lui demanda l'aubergiste sans ironie.

— Beaucoup. Il était vraiment parfait ce matin.

— Parce que le dolmen change ? demanda Noël.

— Bien sûr, lieutenant. Il a ses mauvais jours, comme nous tous. Mais ce matin, il était d'une humeur de rêve.

— Eh bien on est contents de l'apprendre, dit Noël.

— Riez, lieutenant, riez, dit Adamsberg en souriant. Mais il a trois mille ans d'histoire et il a eu le temps d'en voir, des trucs. Cela suinte à travers la pierre.

— Mais bien sûr, répondit Noël, narquois, avant qu'un regard réprobateur de Retancourt ne l'arrête net sur sa lancée.

— D'ailleurs, c'est sur mon dolmen que le divisionnaire m'a aimablement envoyé l'autorisation du juge : « Prise de corps pour suspicion de délit et perquisition. »

— Excellent, dit Matthieu. Cela nous…

— Parce que c'est le vôtre, maintenant ? coupa Noël. Le dolmen ?

— Absolument, répondit Adamsberg avec une certaine fermeté qui fit baisser le regard du lieutenant. Mais je peux le prêter bien sûr, s'il y a des volontaires. Quant à vous, Noël, laissez choir ces élans provocateurs qui vous prennent quand vous êtes sous tension. Nous le sommes tous, après ces neuf jours passés à piétiner sans autre résultat que cinq crimes. Mais c'est précisément le moment ou jamais d'être calmes, très calmes.

Noël, dont la jeunesse tumultueuse et agressive avait laissé des traces, hocha la tête en signe d'assentiment.

— Que disais-tu, Matthieu ? reprit Adamsberg.

— Que le mandat du juge va grandement nous faciliter la tâche. « Prise de corps », rien de moins.

— Mais savoir comment prendre ce corps, tout prêt à nous tirer dessus, est une autre affaire. Voici ce que je propose, dit Adamsberg en sortant sa feuille chiffonnée de sa poche, présentant un plan très précis du domicile de Gilles alias Pouliquen. Devant la maison, face à la porte, fleurit un très vieux pommier dont le tronc large suffira amplement à me planquer. Il n'est pas prévu qu'il fasse beau, l'atmosphère sera voilée. Un peu plus à gauche et plus en arrière, ici, expliqua-t-il en crayonnant, des anciennes toilettes reconverties en cabane à outils. Matthieu s'y colle. Sur la droite, le garage. Deux hommes sur la façade nord, Verdun et Veyrenc. À l'arrière de la baraque, un appentis. C'est pour Noël. Dans le pré, à faible distance, un tas de déchets de taille et d'élagage et un peu plus loin, le fumier. Le premier pour Mercadet, le second pour Berrond.

— Ça pue, dit Berrond.

— Pas tant que cela.

— Ça ne fait que sept emplacements, dit Veyrenc.

— C'est là que ça se gâte, dit Adamsberg, mais on n'a pas le choix. On ne va pas débarquer à huit chez lui avec nos blousons de flics ou même en civil, il nous tirerait dessus illico. Ce n'est pas certain mais je pense que ce Gilles – si c'est bien lui – a son arme à proximité, mais sans doute pas en permanence. Il faut le mettre en confiance. Rien de tel qu'une femme pour cela. Les mecs n'ont pas peur des femmes, ce en quoi ils ont bien tort. On sera garés à trente mètres et Retancourt partira à pied devant nous, avec un porte-documents et des formulaires de recensement de la mairie, j'ai été en prendre ce matin. C'est elle qui ira sonner à la porte, à deux heures moins le quart, avant le match.

Car vous entrerez seule, Retancourt, vous l'avez bien compris ?

— Capté, commissaire.

— Vous entrerez seule et sans gilet pare-balles. Même caché sous un grand blouson, il vous ferait immédiatement repérer. Le type ouvre et la stature de Retancourt lui bouche la vue et ne lui permet pas de nous voir nous planquer dans le pré et nous mettre à nos postes. C'est elle qui court le plus gros danger, je l'envoie au feu en première ligne et sans défense. Le type la reçoit mal, mais Retancourt, ayant converti ses capacités hors du commun en timidité et politesse, s'excuse et explique qu'elle vient pour le recensement, que cela ne lui prendra que deux à trois minutes, promis. Notre homme maugrée mais rassuré, il accepte. Retancourt demande à entrer pour s'asseoir et remplir sa fiche. Elle passe le pas de la porte et amorce ses questions. Cela vous paraît possible, Violette ?

— Oui. Il peut évidemment vouloir me flanquer dehors à coups de bottes, auquel cas je lui envoie un direct au menton.

— Si c'est indispensable, lieutenant, mais la consigne est : pas de violences. Sitôt Retancourt dans la place, Matthieu et moi entrons et encerclons le gars. Je le tiens en joue et Matthieu lui passe les menottes. Il tempête et je lui montre l'autorisation du juge. Je reviens à notre opération, Noël, et vous feriez bien d'écouter attentivement. Il peut y avoir des impondérables. Une réaction imprévue du gars. Ceux qui gardent les sorties nord et arrière ne bougent pas. Une fois Gilles hors d'état de nuire, on fait procéder à la perquisition. Matthieu, amène cinq de tes gendarmes et un photographe qui attendront dehors à l'abri de la haie. On sifflera deux fois dès qu'on aura besoin d'eux. Est-ce que tu as un perceur de coffre dans ton équipe à Rennes ?

— Pas sur place mais je peux le faire venir.

— Fais-le. On en aura besoin.

Il était treize heures et la troupe quitta l'auberge.

— Faites attention à vous, Violette, pria Johan sur le pas de sa porte.

Et sitôt son auberge vide, il s'éclipsa vers le chemin du vieux pont – les hirondelles aimaient nicher sous son arcade – à la recherche de l'oiseau blanc pour porter chance à Violette, que le commissaire exposait à une démarche si périlleuse.

XXXII

En vue de la longère de Gilles, les trois voitures banalisées ralentirent pour réduire le bruit des moteurs et stoppèrent à trente mètres de la grille d'entrée, derrière la haie. À deux heures moins le quart, Retancourt descendit, en chemisette bleu clair de fonctionnaire et papiers sous le bras, et entra dans la propriété.

À travers les trous de la haie, les hommes la virent traverser le pré avec la tranquillité lasse d'une employée de mairie qui vient faire son boulot, prenant même le temps de s'arrêter sous le grand pommier pour y observer un couple de mésanges. Elle voyait l'homme la surveiller à travers un des carreaux de la porte.

Il ouvrit avant même qu'elle ait sonné. Il était en effet grand, bien charpenté, laid, les cheveux ras, le nez cassé et des dents manquantes. On n'aurait pu imaginer mieux pour une tête de malfrat.

— Qu'est-ce que vous voulez ? demanda-t-il sans saluer.

— Bonjour monsieur, dit Retancourt de sa voix la plus innocente, et désolée de vous déranger. C'est pour le recensement, dit-elle en montrant ses formulaires à en-tête de la mairie de Combourg.

— Recensement pour quoi ?

— Pour compter le nombre des habitants de la communauté de communes, monsieur. Cela ne vous prendra qu'une minute ou deux, pas plus, je vous le promets.

— Ça va. Déballez vos questions, mais vite.

En se penchant sur ses papiers, Retancourt vit l'arme coincée dans la ceinture de l'homme.

— Cela vous ennuie si j'entre pour caler mes feuilles ?

— Ça va, répéta l'homme, asseyez-vous et débitez vos questions. Quels emmerdeurs, à la mairie.

— Je n'y suis pour rien, monsieur. C'est obligatoire.

— Ça va, j'ai dit. Débitez.

— Combien de personnes vivent dans cette maison ?

— Moi.

— Pas de domestiques ? Pas de famille ?

— Non.

— Donc, une personne, dit Retancourt en remplissant sa fiche. Vous voyez, c'est déjà fini.

Matthieu et Adamsberg firent irruption à cet instant, se postant chacun de part et d'autre de l'homme. Mais en une seconde, Gilles avait sorti son pistolet et en appuyait le canon contre le front de Retancourt, le chien levé.

— Vous bougez d'un millimètre et je la bute. Vu ? Des cognes ! J'aurais dû m'en douter !

Les deux commissaires se figèrent, évaluant leurs possibilités, qui étaient nulles.

— Lève-toi, la grosse, dit Gilles en lui entourant le cou de son bras droit, serrant jusqu'à l'étrangler. Jetez vos armes tous les deux, vite. C'est bien des ruses de flics à la con, ça.

Les armes tombèrent au sol tandis que l'homme resserrait sa prise sur le lieutenant. Matthieu et Adamsberg, impuissants, voyaient rougir son visage. Retancourt abattit sa main sur le poignet gauche de l'homme et le tordit avec une violence telle qu'il en lâcha son pistolet. Il avait un peu desserré sa prise sous l'effet de la douleur et Retancourt referma aussitôt ses doigts comme des pinces sur son avant-bras. D'un puissant mouvement de reins, en repliant sa tête, elle le souleva et le fit passer par-dessus elle, le lâchant avant qu'il tombe lourdement sur les dalles de pierre. Adamsberg lui passa les menottes pendant que Matthieu le tenait en joue.

— Bon sang, lieutenant, dit Matthieu stupéfait, comment avez-vous fait cela ?

— Mais comme vous avez vu. Je l'ai fait passer au-dessus de moi, il suffit de tirer un bon coup et de faire basculer, c'est tout.

— Mais le gabarit du gars ?

— Poids moyen, dit Retancourt avec une moue. Ce n'est pas trop difficile à manipuler.

— Ça va, dit Adamsberg en se relevant, vous ne l'avez pas trop amoché. Juste une très grosse bosse à l'arrière du crâne.

— Dites, je n'allais pas le déposer doucement sur son canapé, tout de même ? Un peu plus et on y passait tous.

— J'ai bien fait de vous envoyer en ambassade, dit Adamsberg, mais je vous ai mise en danger. On ne pensait pas qu'il aurait son arme sur lui.

— Avec un type comme ça, je n'ai jamais couru un danger quelconque. Croyez-moi et ne vous en faites pas, commissaire.

Matthieu rassembla ses cinq hommes et le perceur de coffres, et lança la perquisition. Les pièces n'étaient pas grandes et la fouille commença rapidement. Le coffre fut découvert tout au fond du grenier, enseveli sous de vieux tissus couverts de toiles d'araignées et camouflé par une caisse en osier et tout un fatras de vieux meubles cassés. Le spécialiste examina le double cadran de la fermeture et siffla.

— Assez sophistiqué, dit-il. J'en aurai sans doute pour une heure.

Gilles gueulait et injuriait si fort, le visage empourpré, les dents prêtes à mordre, que Retancourt finit par le bâillonner pour avoir la paix. Il était non seulement fou de rage d'avoir été arrêté, mais malade de honte de l'avoir été par une femme.

Muni des clefs de la voiture, Adamsberg emmena Veyrenc, Noël et Verdun au garage.

Matthieu était resté auprès de son spécialiste et Retancourt gardait Gilles avec Berrond. Quant à Mercadet, il dormait sur la table, la tête appuyée sur ses bras.

Une fois les portes ouvertes, la lumière entrait à plein dans le hangar, qui ne révéla rien d'autre que la voiture.

— Rien, dit Noël.

— Mais si, dit Adamsberg en allumant le plafonnier. Et une pièce de choix : la voiture.

— Pas la moindre trace de sang, le type a tout récuré.

— Trop, dit Adamsberg en s'agenouillant devant un des pneus. Avez-vous déjà vu des bandes de roulement sales et empoussiérées mais avec des sculptures creuses parfaitement propres ? Le type a poussé le soin jusqu'à nettoyer toutes les rainures. Seulement, ça se voit. Qu'est-ce qu'il cherchait ? Eh bien du liège.

— Oui, dit Veyrenc. Les débris qu'on a trouvés sur la chaussée. Robic a dû le prévenir que son entreprise en avait livré récemment. À vérifier auprès d'Estelle Braz.

— Je m'en charge, dit Adamsberg, et l'on cherche derrière lui, au cas où il en aurait négligé des fragments. Il a effectué ce boulot en pleine nuit à la lumière électrique, pas facile d'y voir dans le noir des crénelures.

Chaque homme s'adjugea un pneu et débuta son examen. On reculait la voiture de trente centimètres par trente centimètres pour pouvoir explorer la totalité des sculptures. Au total,

Veyrenc fit glisser vingt-deux particules de liège dans un sachet.

— Très petites, mais probantes, dit-il. Le gars n'aura pas pu les voir en travaillant de nuit, elles sont trop fines.

— Preuve que sa voiture s'est bien engagée dans la chaussée longeant la maison du docteur, dit Adamsberg. Il n'y a plus qu'à envoyer cela au laboratoire de Rennes. On va voir où en est le coffre.

Le spécialiste achevait son travail sous les yeux attentifs de Matthieu, fit tourner un dernier bouton et ouvrit l'épaisse porte métallique. Du fric, beaucoup de fric, des bijoux, des armes de différents calibres, et des papiers. Le photographe prit un cliché du coffre ouvert.

— Matthieu, on sort tout le contenu qu'on photographie pièce par pièce et on examine cela de plus près.

Sur une vieille malle, ils étalèrent d'épaisses liasses de billets, deux bracelets et un pendentif étincelant, quatre armes, trois passeports, cinq pièces d'identité et cinq permis de conduire.

— La plus ancienne carte sera la bonne, dit Adamsberg en les passant en revue. Voilà, il y a cinquante-quatre ans, on a un Hervé Pouliquen, né à Combourg. La photo est celle d'un enfant de deux à trois ans. Nouvelle carte à dix-neuf ans, au même nom, domicilié à Rennes. C'est bien ce que nous a dit Josselin. C'est donc au collège de Combourg et au lycée de Rennes qu'il s'est lié avec Pierre Robic et Pierre Le Guillou. Quoi d'autre, Matthieu ?

— Des lettres d'amour de sa jeunesse et des photos de famille apparemment.

— On laisse les lettres d'amour et les souvenirs de famille, et on embarque le reste à Rennes, avec notre gars, pour interrogatoire. On emmène Retancourt, elle est témoin de l'attaque. Il faut qu'on ait compté le fric avant de l'interroger.

Les deux commissaires rejoignirent Berrond et Retancourt qui bavardaient paisiblement comme si de rien n'était tandis qu'Hervé Pouliquen continuait à brailler au sol sous son bâillon en se démenant en tous sens. La prouesse sportive de Retancourt, telle qu'Adamsberg la conta à Berrond, accrut l'admiration qu'il vouait au lieutenant. Il était désolé d'avoir manqué cela.

— Mais, insista Berrond en interrogeant Retancourt, comment peut-on mettre un type à terre alors qu'il pointe son canon ?

— Mais je vous ai dit, lieutenant, je jouais sur du velours. Sa main était contre mon épaule, je n'avais qu'à lui tordre le poignet. Je crois que je lui en ai foutu un sacré coup d'ailleurs. Ensuite il n'y a plus qu'à faire basculer le type en avant en s'accrochant à son bras comme à une poignée de bagage. Franchement ça n'a pas été sorcier.

— Quand même, murmura Berrond, quand même.

— Toi, dit Retancourt en secouant Hervé Pouliquen par le bras, arrête de gueuler, tu nous casses la tête. Si je ne me retenais pas, tu prendrais un bon coup de crosse sur le crâne, ça te ferait dormir un moment.

L'équipe se répartit entre les trois voitures, une seule allant au commissariat de Rennes avec le prisonnier et les deux commissaires qui se préparaient pour l'interrogatoire.

— Je crains, dit Adamsberg, qu'un homme de Robic ne lâche rien d'intéressant. Le patron est capable de le faire tuer, même en cellule. Et tous le savent.

Avant de faire entrer Hervé Pouliquen, Adamsberg avait pris soin de ranger dans l'armoire toutes les pièces à conviction, hors de vue. L'homme s'assit donc devant une table nette, face aux deux commissaires. Il espéra un moment que les flics n'avaient pas mis la main sur le coffre.

— Hervé Pouliquen, ou Gilles Lambert selon votre dernière carte d'identité, commença Matthieu, vous faites l'objet d'un interrogatoire à titre de suspect dans l'assassinat du docteur Loig Jaffré, perpétré dans la soirée du vendredi 5 mai, de coupable de nombreux cambriolages, recel d'argent, bijoux volés, détention de faux papiers et divers délits que l'on examinera plus tard.

— Connais pas ce Jaffré, dit Lambert de sa voix rocailleuse, en haussant les épaules.

— C'est exact, vous ne le connaissiez pas. Mais vous avez agi sur ordre et muni de toutes les instructions.

Adamsberg écoutait pour la première fois Matthieu s'exprimer en langage officiel, ce qui n'était pas son fort, et le laissait donc commencer l'interrogatoire en bonne et due forme.

— Ouais ? Et depuis quand on tue un inconnu sur demande ?

— Depuis que cela rapporte de l'argent.

— J'en ai pas, d'argent. Vous pouvez vérifier sur mon compte en banque.

— C'est déjà fait. Vous avez agi sur les ordres de votre patron, Pierre Robic, domicilié à Combourg.

— Connais pas.

— Vous le connaissez si bien que vous étiez ensemble au collège de Combourg et au lycée de Rennes. Les témoignages des chefs d'établissement en font foi, sur la base de leurs registres et des photos de classe.

— Vous passez sept ans dans les mêmes classes que Pierre Robic et son nom ne vous dit rien ? intervint Adamsberg. Alors que vous ne le quittiez pas, lui et sa bande de fripouilles ? Ça ne s'appelle même plus un trou de mémoire, mais un cratère.

— S'ils ont un Gilles Lambert sur leurs registres, je veux bien être pendu.

— Je vous l'accorde, puisque Gilles Lambert n'est pas votre nom véritable. N'est-ce pas ? Mais on reviendra là-dessus plus tard. Pour le moment, il s'agit de l'assassinat du docteur Jaffré.

Gilles s'agitait sur sa chaise, frottant son poignet douloureux que le médecin avait bandé. Il n'aimait pas qu'Adamsberg l'interroge, quelque chose chez ce flic perturbait ses défenses naturelles.

— Vous avez garé votre véhicule au fond d'une chaussée pavée bordant la propriété du docteur, dit Matthieu. On suit les traces de sang depuis le lieu du meurtre jusqu'à la chaussée, et on en retrouve à l'emplacement où vous aviez parqué le véhicule. Sang qui – nous venons de recevoir les analyses du laboratoire – correspond bien à celui du docteur.

— Ma voiture n'a pas bougé de son garage, cria Lambert.

— Bien sûr que si.

Adamsberg se leva, ouvrit l'armoire et déposa délicatement un sac en plastique sur la table.

— Vous reconnaissez ceci ? demanda-t-il. Prenez-le, regardez le contenu attentivement.

— Pas besoin. Jamais vu.

— Mais si, reprit Matthieu. Il y a une semaine, le docteur Jaffré s'est fait livrer des plaques de liège isolantes par l'entreprise « Votre logis de A à Z », située à Combourg. Confirmé par la secrétaire Estelle Braz. Elles ne devaient pas être de très bonne qualité car les coins s'effritaient et avec les sursauts du camion sur les pavés, il en est tombé des fragments au sol. Vous en étiez informé et en rentrant la voiture chez vous, vous avez patiemment nettoyé les sculptures de vos pneus, sans doute avec des bâtonnets de coton humides. J'avoue que je n'ai jamais vu un tueur plus consciencieux que vous.

— J'ai jamais nettoyé mes pneus ! Vous me prenez pour un taré ou quoi ?

— Pour un type très prudent, continua Matthieu. Et nous savons que vous avez bel et bien nettoyé ces pneus. Car malheureusement pour vous, du fait de ce nettoyage, les bandes de roulement étaient grises de poussière mais pas les sculptures, restées bien noires. On est donc passés derrière vous et on a recommencé la recherche. Résultat : ces quelques petits morceaux de liège.

Gilles se mordit l'intérieur de la lèvre.

— Ne vous en veuillez pas, nous travaillions en plein jour et vous la nuit sous le plafonnier du garage. Il est normal qu'il vous en ait échappé.

— Les pneus ont pu attraper cela sur n'importe quelle route.

— Mais ce n'est pas tout le monde qui s'amuse à en nettoyer les sculptures. Vous avez roulé sur cette chaussée et vous ne pouvez pas le nier. La comparaison des échantillons prélevés sur la chaussée et sur vos pneus l'établira.

Matthieu laissa passer un long silence. Gilles cherchait vainement une sortie.

— Ça n'a pas de sens, dit-il, rageur. Et j'ai été au lavage auto lundi dernier.

— Votre voiture s'est empoussiérée drôlement vite, dites-moi. Que faites-vous pour gagner votre vie, monsieur Lambert ?

— Je suis chauffeur en free-lance. Quiconque a besoin d'une voiture peut m'appeler de jour ou de nuit. C'est mon grand avantage par rapport aux taxis. La nuit, tarif double.

— Et c'est avec cela que vous avez fait refaire votre longère ?

— Je me débrouille bien en bricolage. J'ai presque tout retapé moi-même, petit à petit, ça m'a pris des années.

— Vous avez quitté Combourg jeune. Où étiez-vous ? À Sète ?

— Ça vous regarde pas.

— Jamais vu les États-Unis ?

— Sûrement pas. Je déteste ce pays.

— Comment pouvez-vous le détester si vous n'y avez jamais mis les pieds ?

— Pas besoin. Des miséreux et des hommes d'affaires pleins de fric, c'est tout ce qu'ils connaissent. Et y a la télé. Que des films américains.

On y est, se dit Adamsberg, qui enfila des gants et retourna à l'armoire y piocher deux passeports.

— C'est très curieux, dit-il en feuilletant l'un d'eux, j'ai là un passage vers Los Angeles, il y a vingt-six ans environ.

— Impossible, gronda Gilles. Jamais foutu les pieds.

— Mais si, dit Matthieu en lui montrant le passeport. Ce n'est pas le même nom, je vous l'accorde, René Genêt, mais c'est bien votre photo, pas de doute là-dessus.

— Vous avez fabriqué ça ! cria Gilles. Les flics, c'est les mieux placés pour bricoler tous les papiers qu'ils veulent. Une vraie bande de truands qui se serrent les coudes.

— Les vrais truands aussi, remarqua Adamsberg.

— Et on a également un retour vers la France, continua Matthieu, il y a quelque quatorze ans, sous un autre nom aussi, Paul Merlin, mais c'est bien ta gueule et ton nez tordu. Et si on comparait les signatures, même chaque fois déguisées, on tomberait sur qui ? Toi. Il n'y a que deux passeports authentiques, ce sont ceux d'Hervé Pouliquen.

— Ton vrai nom, dit Adamsberg. Il te dit bien quelque chose tout de même ? Et tu sais ce qu'il y a de plus curieux ? C'est que tu sois rentré des États-Unis dix-sept jours après Pierre Robic. Marrant, non ? À croire que le pays ne vous a plu ni à l'un ni à l'autre.

— Tout fabriqué, vous avez tout fabriqué ! cria Gilles en se levant et envoyant valser sa chaise.

— Et ça, et ça, et ça, et ça ? dit Matthieu en jetant au fur et à mesure sur la table les fausses pièces d'identité et permis de conduire. Certains sont vieillis, tu ne trouves pas ? Tu crois qu'on se serait amusés à fabriquer des passeports avec des vieux papiers ?

— Vous êtes des faussaires, dit rageusement Gilles, dont le regard ne parvenait pas à se détacher du tas de faux papiers étalés sur la table.

— Et combien tu dis qu'il y a sur ton compte ? demanda Matthieu.

— Huit mille sept cent vingt-deux.

— Sur ton compte au nom de Gilles Lambert. Mais sur les autres ? Peu importe après tout, ces comptes ne sont qu'une misère. Car tu as quand même une petite réserve : ça, dit-il en plaquant quatre grands sachets scellés emplis de coupures de billets de deux cents euros. Un million trois cent mille euros. On les a fabriqués aussi ces billets, pour te faire plaisir ? J'ajoute ces broutilles, dit-il en déposant sur le tas le pendentif étincelant et les bracelets.

— C'est pas à moi, dit Gilles aux abois, parlant très vite. Quelqu'un a bourré mon coffre pour me faire tomber.

— Bien sûr. Un cadeau. Avec quatre pistolets en prime, sans compter celui que tu portais sur toi. T'en as tant besoin que ça ? Et qui aurait intérêt à « te faire tomber » ? Pourquoi faire tomber un chauffeur de taxi ? Tu m'expliques cela ?

Pouliquen s'était rassis lourdement.

— Je peux fumer ? dit-il.

Le premier signe de la fêlure, le besoin d'un soutien dans le désarroi. Adamsberg sortit son paquet et donna à chacun une cigarette et du feu, dégageant un cendrier du paquet d'objets amoncelés sur la table.

— Dégueulasse, ce clope.

— Oui, confirma Adamsberg.

— Je vais te dire ce que je pense, dit Matthieu en soufflant la fumée. À dix-neuf ou vingt ans, toi, Pierre Le Guillou et Pierre Robic, d'autres peut-être qu'on ne connaît pas encore, vous quittez ce « bled de nuls », comme disait Robic, et vous voilà à Sète où, de braquages de bijoux en vols et trafic de dope par mer, vous amassez assez de fric pour monter votre petit « cercle de jeux ». Qui rapporte, tout en vous fournissant une façade. De casses en agressions, vous vous aguerrissez, vous infiltrez le milieu, et vous faites venir quelques anciens gars du lycée de Rennes. Probablement pêchés parmi les futurs criminels qui ont ignoblement dépecé le chien de la gardienne sous ses yeux. Sous la gouverne de Robic, qui est déjà votre chef et que vous admirez, lui, le racketteur, le sadique, le sanguinaire déjà. Mais les flics de Sète commencent à sentir l'embrouille : un train de vie trop aisé pour les gains d'une boîte assez modeste. Robic – qui se fait appeler Bordeaux – vend le cercle, vous arrosez les gars de la pègre pour obtenir vos faux papiers et passeports et, après ces neuf années fructueuses à Sète, la troupe part pour Los Angeles. Où vous allez voir grand, beaucoup plus grand. C'est toujours là que ça pèche : plus ça rapporte, plus on en veut, jusqu'à ce qu'on se casse la gueule.

— Vous finissez votre carrière américaine sur un coup d'éclat, le détournement d'héritage d'un riche Américain que vous assassinez après que son faux testament est posté, avec toutes les allures d'une banale agression de rue. Armez, sûrement parce qu'il a tué, exige une part plus importante, que Robic lui refuse. Robic n'attendra que quelques jours après son retour à Louviec avant d'abattre cet ancien associé menaçant. À des détails près, elle te plaît cette histoire ?

— Avec des bouts de liège, vous avez construit une montagne.

— Et tout cela, dit Matthieu en pointant son doigt au-dessus du tas de faux papiers, argent, bijoux, armes, ce n'est pas une montagne ?

— C'est un piège ignoble. Je réfute tout. Et allez vous faire foutre.

Matthieu fit un signe aux deux gendarmes immobiles qui gardaient la pièce.

— Emmenez-le en cellule, dit-il.

— Vous en faites pas pour moi, dit Pouliquen en regardant les deux commissaires. Je ne vais pas y rester longtemps. Je peux en fumer une dernière avant d'y aller ?

Adamsberg lui tendit une cigarette et du feu.

— Ils sont décidément dégueulasses, ces clopes.

— Oui, répéta Adamsberg.

— Alors pourquoi vous les fumez ?

— C'est sentimental. Un truc que tu ne peux pas comprendre.

— M'en fous. Bientôt je retrouverai les miens, soyez-en sûrs.

XXXIII

Robic était arrivé à l'heure à l'aquarium de Saint-Malo. Il y resta un long moment, affectant d'observer les poissons, dans l'espoir de voir apparaître Gilles. Mais son portable ne répondait pas. Anormal. Quelque chose avait dérapé et, à l'heure qu'il était, Gilles était aux mains des flics, il n'en doutait pas une seconde. Accusé de l'assassinat du docteur Jaffré, sur ordre. Robic était convaincu que Gilles n'avait pas lâché son nom, mais son appartenance à sa bande lycéenne était peut-être déjà connue, raison de plus pour tirer son associé des griffes des flics.

L'attaque contre Adamsberg, prévue pour ce soir, était devenue d'autant plus nécessaire. Un boulot pas facile, car selon ses indics, le commissaire sortait toujours en groupe de l'auberge, bavardant quelque temps, et embarquait ses quatre adjoints à bord d'une voiture. Il ferait sans doute sombre mais pas encore nuit, ce qui permettrait au Prestidigitateur de le reconnaître aisément depuis sa planque, il connaissait son visage. Planque aisée sous la voûte à colonnes faisant presque face à l'auberge. Mais il faudrait pouvoir isoler le commissaire, ne serait-ce que quelques secondes, pour que son homme atteigne la cible.

Robic réfléchissait sur la route de retour de Saint-Malo. L'idée d'exiger la sortie de Gilles avec immunité sous peine de représailles mortelles lui semblait aussi audacieuse qu'excellente. Avec une simple balle dans le bras en guise de premier avertissement ce soir. Deux premières attaques avec blessures, puis la mort s'il n'était pas obéi. Ceci pour donner du temps à l'opinion et aux médias de se mobiliser. Le ministre de l'Intérieur pouvait-il se permettre de perdre un homme aussi renommé et presque unanimement apprécié qu'Adamsberg ? D'être accusé d'avoir sacrifié le commissaire pour la gloire d'avoir arrêté un seul assassin ? Cela ne lui semblait pas probable. Après les deux premières blessures, il céderait sans doute et négocierait. Obtenir l'immunité de Gilles était une chose, mais lui, Robic, avait décidé de la mort d'Adamsberg. Ce type était sur ses traces et il ne s'arrêterait pas là, il en était persuadé. Et rien ne l'empêchait de le faire descendre, même après la libération de Gilles.

Ainsi, sa résolution était prise et bien prise. Il passerait un appel au commissaire quand le groupe serait rassemblé devant l'auberge. Adamsberg s'éloignerait un peu pour entendre et, une fois le flic isolé, son homme tirerait. Il devait informer le Prestidigitateur du changement de programme : tirer quand Adamsberg s'écarterait des autres et ne lui infliger qu'une blessure au bras, assez légère pour qu'il soit sorti de l'hôpital le lendemain. Ne restait plus qu'à préparer son message au commissaire. Mais il ne l'enverrait pas ce soir, où ils auraient tôt fait de l'encercler d'une haie de gardes du corps. Demain. Demain car ce ne serait qu'après la blessure au bras que le message serait crédible. Ils mettraient bien sûr en place un dispositif de sécurité autour de lui mais il méditait déjà son plan pour contourner cet obstacle de taille. Pour ce tir, il changerait d'homme et prendrait le Joueur, qui avait commencé sa carrière dans le cirque comme gymnaste, contorsionniste, sauteur, équilibriste, toutes performances pour lesquels son corps mince était spectaculairement doué.

Il se gara sur le bas-côté et prépara son message à l'avance : *Adamsberg, faites relâcher Gilles sur-le-champ avec immunité ou vous le paierez de votre vie. L'agression d'hier n'était qu'un premier avertissement, vous en recevrez un deuxième. Si Gilles n'est pas libre d'ici trois jours, vous mourrez.*

Très bien, pensa Robic. Classique, mais efficace en diable.

Les huit policiers, après leur copieux dîner chez Johan, discutaient encore des événements de la journée dans la rue, devant le pas-de-porte de l'auberge. Adamsberg s'éloigna de deux mètres pour prendre l'appel d'un numéro inconnu. Un coup de feu éclata et le commissaire porta la main à son bras en se pliant en deux. Le sang coulait abondamment, il y eut un moment de panique dans la troupe et seuls Veyrenc et Matthieu avaient gardé assez de présence d'esprit pour tenter de repérer le tireur. Un homme s'éloignait en courant, et à vive allure. Il était déjà à plus de trente mètres d'eux quand les deux policiers le prirent en chasse.

— Dessus, Retancourt, dessus ! cria Adamsberg comme on lance son chien de chasse sur un sanglier.

Retancourt n'avait pas attendu l'ordre de son chef et elle arrivait déjà à la hauteur de Matthieu et Veyrenc.

— Partis trop tard, dit Veyrenc en soufflant, on ne l'aura pas, il court plus vite que nous.

— On l'aura, dit Retancourt, mais donnons-lui du temps. Un complice l'attend forcément quelque part. Mieux vaut en choper deux qu'un seul.

Le lieutenant dépassa les deux policiers et réduisit de beaucoup l'écart entre elle et le tireur, bien visible dans le clair-obscur. De passages en ruelles, l'homme aboutit à un chemin de terre où stationnait une voiture, tous feux éteints. Retancourt adressa un signe du bras à ses deux collègues et passa à la vitesse supérieure. Ni Matthieu ni Veyrenc ne parvenaient à la rejoindre. Le tireur se retourna sans cesser de courir et fit feu sans atteindre sa poursuivante qui lui tomba sur le dos et l'écrasa à terre sous son poids tout en lui ôtant son arme. Elle visa la voiture aux pneus et en fit éclater trois. Allongée au sol, bien installée sur le corps du tireur qui se démenait inutilement, elle fit éclater le pare-brise arrière puis le rétroviseur avant. La balle passa assez près du conducteur pour lui faire quitter sa voiture et rouler à plat sur le chemin, bras tendu. Retancourt attendait ce mouvement et lui tira dans la main avant qu'il ait eu le temps de lever son cran d'arrêt. Deux secondes de décalage. Entre-temps, Matthieu et Veyrenc avaient rallié leur collègue qui menottait le tireur.

— Occupez-vous de l'autre, cria-t-elle. Il est atteint à la main mais gaffe, son arme est juste à côté. Une seconde, je vois briller la crosse. Ces crétins qui ne peuvent s'empêcher de frimer avec un flingue à crosse de nacre.

Retancourt envoya deux balles dans le pistolet, l'éloignant de deux mètres sur le chemin.

— Vous pouvez y aller, la voie est libre.

Aussitôt debout, elle téléphona pour avoir des nouvelles d'Adamsberg.

— Ça va aller, dit-elle en raccrochant, un soulagement dans la voix. La blessure n'est pas profonde mais il faut recoudre. Noël est déjà en route pour l'hôpital de Rennes.

Elle avait saisi son prisonnier par le col et commençait à le traîner derrière elle. Mais l'homme se démenait dans tous les sens et elle le calma d'un coup de poing.

— Désolée, dit-elle aux deux autres, mais il faut bien ramener ces types. Il fera un petit somme de rien du tout.

Retancourt halait son homme comme s'il se fût agi d'une balle de coton, au lieu que Veyrenc et Matthieu, qui s'y prenaient à deux, peinaient un peu plus avec le gros chauffeur. Alerté, le groupe attendait devant la porte de Johan.

— On a perdu du temps, expliqua Retancourt, en posant sans ménagement son paquet encore étourdi près des marches de l'auberge. Je ne voulais pas attraper le tireur avant qu'il ait rejoint son complice.

— Mercadet, dit Veyrenc en déposant à son tour le chauffeur à côté du tireur et menottant les deux hommes, leur voiture est au coin de la ruelle du Chêne Mort et d'un chemin de terre.

— Le chemin de la Guillotine, dit Johan.

— Très bien. Matthieu, que les gendarmes viennent remorquer le véhicule et qu'ils emportent le tireur en cellule à Rennes et le chauffeur à l'hôpital de Combourg sous bonne garde, pour soigner sa main.

— Et Josselin ? proposa timidement Johan. Il pourrait venir voir avant s'il reconnaît ces types, leur visage ou leur voix. Puisqu'il paraît que leurs papiers sont faux.

— Excellente idée, dit Retancourt, faites-le venir.

Josselin arriva quelques minutes plus tard, sauta de son vélo et observa les deux hommes. Il prit Matthieu à part.

— Je ne peux pas les nommer d'après leur visage. Je ne suis pas assez sûr de moi, cela fait trop longtemps et je n'ai pas une bonne mémoire. Il faudrait leur faire dire quelque chose.

— Je m'en occupe. Restez à côté de moi.

Matthieu s'accroupit d'abord auprès du tireur.

— T'as manqué ton coup, hein ? dit Matthieu.

— J'ai rien manqué du tout.

— C'était quoi ton but ?

— Le blesser au bras. Et c'est fait.

— C'est quoi ton vrai nom ?

— Tu peux toujours courir.

— Tu veux que je t'asseye sur les marches ?

— Rien à foutre. Ce que je veux, c'est que tu dégages.

Matthieu se releva et s'éloigna avec Josselin.

— On ne le fera pas parler tellement plus. Ça vous dit quelque chose ?

— Je pense qu'il s'agit du « Prestidigitateur ». Et son visage me dit vaguement quelque chose. Vous auriez cette photo de la classe de terminale du lycée de Rennes ?

— Mercadet l'a sûrement archivée.

Une minute plus tard, Mercadet appelait Matthieu et Josselin à l'intérieur de l'auberge éclairée. Sur grand écran, il afficha la photo de classe ou figurait Chateaubriand. Tout le monde y souriait, selon l'usage. L'image était nette et Josselin l'examina, visage par visage.

— Lui, c'est Robic, dit-il en montrant un adolescent aux cheveux ras, au menton en avant, aux dents mal plantées. Mais vous connaissez déjà. Celui qu'on cherche, avec le nez fin, les cheveux plantés très bas, bouclés, bruns...

Josselin ressortit pour observer de nouveau le visage du tireur.

— Qu'est-ce t'as à me regarder ?

— Je suis Chateaubriand, ça ne te rappelle rien ?

— Ah, Chateau ! dit l'homme en se marrant. Le grand homme de la classe !

L'homme sentit qu'il en avait peut-être trop dit et son visage se ferma. Josselin revint à la photo.

— Il s'est trahi. Il était bien dans ma classe. Et donc un cou court, des lobes d'oreilles allongés, des yeux bruns et petits, très rapprochés du nez, le front bas... C'est lui, dit-il en pointant son doigt sur un adolescent qui ricanait plus qu'il ne souriait. Il faisait partie des salauds mais il était encore emprunté. Il a perdu bien des cheveux depuis.

Mercadet consulta son fichier.

— Deuxième rang, troisième en partant de la gauche, c'est Yvon Le Bras. Merci, Josselin. Vous pouvez tenter quelque chose pour le chauffeur ?

— Venez le faire parler pendant que j'écoute et que je le regarde.

Matthieu et Chateaubriand s'agenouillèrent auprès du chauffeur, qui se tenait la main. Johan l'avait désinfecté et pansé au mieux. Les gendarmes venaient d'arriver mais Matthieu leur demanda d'attendre.

— Alors toi, dit Matthieu, t'attendais comme un con au volant de la voiture, t'avais rien d'autre à faire qu'à démarrer et tout a foiré.

— La faute à cette foutue bonne femme, gronda l'homme d'une voix basse, rauque. C'est quoi cette créature ? Une femme ou un boulet de canon ? Elle m'a bousillé la main, cette salope.

— Tu la visais avec ton flingue.

— Ça me suffit, dit Josselin.

Chateaubriand revint à la photo.

— Une voix basse, rauque, un nez rond comme une bille, les sourcils qui se rejoignent, la pomme d'Adam très saillante sur un cou maigre, c'est lui, dit « Domino », dit-il en désignant un nouveau visage.

— Et donc c'est Jean Gildas, dit Mercadet après quelques instants de recherche.

Matthieu fit signe aux gendarmes qu'ils pouvaient emmener le blessé. Deux d'entre eux garderaient sa porte à l'hôpital de Combourg. Un autre véhicule emportait le tireur vers le commissariat de Rennes, Verdun au volant et Berrond aux côtés d'Yvon le Bras, dit le « Prestidigitateur ».

— Donc déjà cinq dans la même classe, dit Matthieu en notant : Pierre Robic, Yvon Le Bras, Jean Gildas, Hervé Pouliquen et Pierre Le Guillou.

— J'ai les adresses des deux nouveaux, dit Mercadet en levant le nez de sa machine. Le tireur habite Louvigné et le chauffeur Bois-sur-Combourg. On prévoit deux nouvelles perquisitions, commissaire Matthieu ?

— Avec l'accord d'Adamsberg et du divisionnaire, oui.

— Je vous laisse organiser cela, dit Mercadet qui ne tenait plus debout.

Noël entra avec Retancourt, revenant de l'hôpital de Rennes. Tous les visages se tournèrent vers eux.

— Pour ce que l'infirmière nous en a dit, le biceps a été perforé, ils vont recoudre tout cela sous anesthésie locale et nous le rendre demain, avec antibiotique, antiseptique et pansement à changer tous les jours. Évidemment, il ne pourra pas facilement bouger le bras avant la cicatrisation. Donc, une attelle.

— Bon Dieu de soulagement, dit Johan en versant le chouchen. À quelle heure on l'opère ?

— Dès ce soir.

Matthieu résuma les identifications de Josselin pour Noël et Retancourt.

— C'est du beau boulot, dit Noël, on cueille les hommes de Robic comme des pommes et ça ne doit pas lui plaire. Mais cette affaire nous éloigne de notre but initial : le tueur de Louviec.

— Non, dit Retancourt, on suit sa diagonale, comme a dit le commissaire. Robic a fait tuer le docteur à la demande d'un gars de Louviec. En coinçant sa bande, on coince notre tueur. Suffit qu'on fasse parler l'un des leurs.

— Juste, dit Veyrenc. Commissaire, je propose qu'on se colle demain aux deux perquisitions dès que possible. Les deux maisons dans la journée.

— Ça marche, dit Matthieu. On ne procédera aux interrogatoires qu'après en avoir fini avec les fouilles. On ne sera que sept. C'est un peu juste pour deux baraques à visiter dans la journée. J'amène cinq hommes de plus et notre perceur de coffre.

XXXIV

L'autorisation du divisionnaire de faire procéder à la perquisition des domiciles d'Yvon Le Bras à Louvigné et de Jean Gildas à Bois-sur-Combourg parvint à Matthieu le lendemain matin à neuf heures moins dix, avant même qu'il ait eu le temps de la demander. Ce qui prouvait que, sitôt son opération du bras achevée, Adamsberg était de nouveau sur le terrain et avait contacté son supérieur. Depuis l'hôpital, certes, mais sur le terrain. Il signalait par un autre message que tout allait bien et qu'il pensait être à l'auberge le soir même à dix-neuf heures.

Rendez-vous fut aussitôt pris entre les deux équipes devant la maison d'Yvon Le Bras à Louvigné, 6, rue de la Ceriseraie. Là aussi, il s'agissait d'une longère, mais moins grande que celle d'Hervé Pouliquen.

— Ramassez tout ce que vous pourrez trouver d'intéressant, mais à mon avis, il n'a rien laissé traîner, dit Matthieu. Sauf dans son coffre. Sondez tous les murs et les planchers, et contrôlez les dalles de sol. Fouillez la cave et les combles à fond, sans oublier le garage. Il nous faut ce coffre.

Les douze agents enfilèrent des gants et se répartirent à travers la maison, surchargée de mobilier et d'objets de toute sorte. Pour travailler plus à l'aise, les policiers sortaient le maximum de meubles sur le pré. Matthieu se chargeait d'ouvrir et fouiller tous les tiroirs, buffets, commodes, armoires, malles. Il descendit avec Noël et Veyrenc dans la cave, ils la vidèrent de tout son rebut, évacuèrent le contenu des étagères, sortirent les casiers à bouteilles et les caisses de vin en attente. Le sol du cellier était recouvert de terre battue argileuse, ce qui limitait son humidité. Veyrenc souleva une paire de bottes, dont les semelles étaient encrassées d'une terre molle et plus sombre.

— Il y a une seconde cave là-dessous, dit-il, c'est certain.

Une fois le sol à découvert, ils le frappèrent des pieds lentement, trente centimètres par trente centimètres, pour déceler si un son différent se faisait entendre. Ce fut le cas à l'emplacement des casiers à vin, sur une superficie d'environ un mètre vingt sur un mètre.

— On va chercher les outils et on déblaie la terre, dit Veyrenc.

À seulement dix centimètres sous l'argile apparurent des planches en bois qu'ils achevèrent de dégager. La trappe, munie d'un gros anneau, se souleva sans bruit.

— Il prenait soin de graisser les charnières, dit Matthieu en accrochant le panneau à une barre en fer. Faites attention en descendant, l'échelle est raide.

Cette seconde cave, taillée à même le roc, était beaucoup plus humide et son sol sombre, un peu boueux, collait aux semelles.

— C'est à cela que lui servent les bottes, dit Matthieu qui rejoignit son collègue et alluma le plafonnier. Si précautionneux soit-on, il y a toujours une petite broutille qu'on néglige. Sans cette boue sur les bottes, pas sûr qu'on aurait cherché la seconde cave.

Tous deux considérèrent le coffre adossé au mur du fond.

— On peut siffler deux fois, dit Veyrenc.

Quelques minutes plus tard, le spécialiste examinait la lourde caisse avec une grosse lampe torche, en faisait jouer les boutons, l'oreille collée au mécanisme.

— Du costaud, dit-il, mais la fermeture est moins sophistiquée que celle du précédent. Comptez une bonne demi-heure.

Comme la première fois, Matthieu demeura à ses côtés pour observer le savoir-faire du perceur. Veyrenc annonça aux agents qu'ils pouvaient cesser de sonder et remettre tous les meubles et objets en place, en ne laissant qu'une table dehors.

— Il était où ? demanda Retancourt.

— Dans une deuxième petite cave creusée sous la cave. Le gars se donnait du mal pour atteindre son coffre.

Il était midi et Berrond sortit un grand panier préparé par Johan, distribuant à la ronde sandwichs, crêpes fourrées, parts de fromage, fruits, bouteilles de vin, gobelets et assiettes en carton, serviettes en papier.

— Vous en laissez pour Matthieu et le perceur, dit-il. Et vous me direz des nouvelles du vin, ajouta-t-il en s'adressant aux cinq gendarmes de Matthieu.

Ils achevaient le fromage quand le commissaire et le perceur les rejoignirent.

— Vous ne nous avez pas attendus ? dit Matthieu en souriant, son regard dirigé vers Berrond.

— Je n'ai pas pu, avoua Berrond, la bouche pleine. Mais vos parts ont été soigneusement mises de côté.

— On en a besoin, dit Matthieu en prenant place à côté du perceur, qui n'avait pas l'habitude de pique-niques aussi élaborés. Ne picolez pas trop, on a l'autre maison à visiter, celle de Jean Gildas à Bois-sur-Combourg. Quelqu'un connaît Bois-sur-Combourg ?

— Moi, dit un des gendarmes, ma sœur y habite. Un petit hameau de deux cents personnes, on ne peut pas faire plus tranquille. Si sa maison est située à une des extrémités du village, le gars pouvait aller et venir sans se faire remarquer. Quelle est l'adresse ?

— 7, rue de la Gare.

— Autant vous dire qu'il y a longtemps qu'ils ont démoli la gare. Mais c'est en effet au bout du village. Il doit s'agir de la vieille maison de briques à toit d'ardoises.

— Grande ?

— Un étage, mais à mon avis, trois pièces par étage.

Matthieu fit circuler plusieurs photos du coffre qu'ils venaient d'ouvrir, au contenu à peu près semblable à celui d'Hervé Pouliquen : liasses de billets, armes, bijoux, papiers.

— Robic prenait la grosse part, sans doute plus de la moitié, mais semblait équitable entre ses associés, dit Matthieu. Mettez des gants, on va sortir tout le contenu du coffre sur la table, photographier et sceller. Après le prélèvement de terre, on referme la seconde cave, on l'enfouit comme avant et on replace tout ce qu'on a sorti. Je n'oublie rien ?

— Les bottes, dit Veyrenc.

— Oui, les bottes dans un sac plastique. Et on termine de remettre en ordre.

Matthieu examina plus en détail le contenu du coffre à la lumière du jour, à mesure que le photographe prenait des clichés. Trois armes, de volumineux paquets de fric, deux colliers de perles, six bagues, trois passeports, dont le dernier ayant servi pour Los Angeles. Un autre était encore vierge de tampons, sans doute réservé à la nécessité soudaine d'une fuite. Quatre faux papiers de voiture et cartes d'identité, aux noms de Jérôme Verteuil, Georges Charron, Roger Fresnes et Martin Serpentin. Matthieu le prit en main et alla trouver Mercadet.

— Lieutenant, est-ce que Serpentin est le vrai nom de la vipère ?

— Oui, dit Mercadet après un court moment de recherche.

— Alors comment se fait-il qu'on dise qu'elle est la sœur de Joumot ?

— Deux minutes... Voilà, j'y suis. Son père, Serpentin, a divorcé et s'est remarié avec une femme qui avait déjà un fils : Alain Joumot. En réalité, Joumot est le frère adoptif de la Serpentin. Je suppose qu'on dit « frère » à Louviec parce qu'ils habitent ensemble et s'entendent comme cochons. Vous pensez à quoi ?

— Au fait qu'il est difficile pour certains de ne pas laisser une trace de leur passé dans leurs faux noms. Un des faux papiers de notre Yvon Le Bras est au nom de Martin Serpentin.

— Vous cherchez un lien entre Louviec et Robic ?

— Pourquoi pas ? En tout cas, il y en a peut-être un entre Yvon Le Bras et la Serpentin, et donc avec Joumot.

— Vous pensez que Joumot trempe là-dedans ?

— Disons qu'il peut au moins passer des renseignements. Lui ou sa sœur d'adoption. Allez, j'achève et on boucle, dit Matthieu en se levant.

— La maison est presque en ordre, il vous reste à terminer vos scellés et on est prêts, dit Berrond.

— Je repars à Rennes avec Verdun pour l'interrogatoire d'Yvon Le Bras, à présent qu'on détient le contenu de son coffre. Mais je n'en attends pas plus que de celui d'Hervé Pouliquen. Ces gars ont tous été à la même école, ils ne lâchent rien. Ils espèrent que leur chef les tirera de là.

— Eh, Matthieu ! dit Mercadet pendant que le commissaire s'éloignait.

— Quoi ?

— Les bottes !

Les opérations du matin se répétèrent dans la maison de briques de Jean Gildas, à Bois-sur-Combourg. Exploration de tous les meubles et sondage des cloisons et des sols. C'est après avoir vidé le bûcher d'une masse de rondins et de planches qu'ils mirent la main sur une vieille trappe salie de terre, qui contenait deux petits coffres, qu'on emporta à la lumière du jour. Le spécialiste s'assit dans l'herbe pour se mettre au travail tandis que le photographe sortait son appareil et que Veyrenc s'apprêtait à effectuer la mise sous scellés.

— Ils sont plus classiques que les deux autres, dit le perceur. Je pense en avoir fini quand vous aurez remis la maison en état. Moins de trente minutes.

À la même heure, Robic était déjà informé de l'arrestation du Prestidigitateur et de Domino. Pris aussi, tous les deux. C'était le désavantage de l'arme à feu par rapport au couteau. Une détonation faisait réagir les flics dans l'instant et courser les fuyards. Mais ils auraient dû s'en tirer, nom d'un chien. Un des flics devait courir plus vite qu'eux. Cependant, hors de question d'abandonner son plan, même s'il lui coûtait des hommes. Il était temps d'adresser son message, légèrement modifié, au commissaire. Auparavant, il appela le Joueur pour préciser les consignes.

— Ce soir, cible Adamsberg, dit-il, certainement entouré de gardes du corps. Il sortira sans doute quand il fera sombre. Tu connais sa gueule ?

— Oui, dit le Joueur avec réticence.

— Si serrés soient les gardes, il y a toujours un espace entre leurs jambes. Vise cet espace et blesse Adamsberg à la cuisse, sans toucher l'artère.

— Je connais les lieux. J'ai déjà mon plan en tête.

— Et comment pourras-tu viser ?

— Grâce à la lampe du porche de l'auberge.

— Ensuite, cours. J'ai l'impression qu'ils ont un agent très rapide.

— J'ai été médaille d'or au championnat national et je n'ai jamais cessé de m'entraîner.

— Vu le surcroît de difficulté, prime en cas de réussite.

Adamsberg, un peu abruti par les calmants, se remettait de sa blessure quand il reçut le message : *Adamsberg, faites relâcher Gilles, le Prestidigitateur et Domino sur l'heure avec immunité ou vous le paierez de votre vie. L'agression d'hier n'était qu'un premier avertissement. Vous en recevrez un deuxième. Si ces hommes ne sont pas libres d'ici demain, vous mourrez.*

Pourquoi ne pas l'avoir abattu dès hier soir ? Pourquoi ces avertissements, quitte à y perdre des hommes ? se demandait Adamsberg pendant que l'infirmière refaisait son pansement. Première réponse : parce que Robic était certain que ses associés ne se feraient pas prendre. Dans l'ignorance, il avait omis le facteur Retancourt et il est vrai que sans elle, les gars auraient eu le temps de prendre le large. D'autre part, cette première attaque sans sommation mais non mortelle donnait à présent plein crédit à sa menace mais aussi le temps nécessaire pour que le ministère prenne sa décision quant à la libération des trois comparses. L'ultimatum n'arrivait donc que ce jour, le mardi, et Adamsberg l'adressa aussitôt à Matthieu, à l'attaché ministériel et au divisionnaire de Paris.

Matthieu, qui achevait l'interrogatoire – stérile – d'Yvon Le Bras, sentit ses jambes fléchir en lisant le message de son collègue. Le visage crispé d'anxiété, il montra le texte en silence à Verdun et sortit en le laissant achever le travail avant qu'il ne passe à l'interrogatoire de Jean Gildas, dit « Domino », dont le contenu du coffre venait d'arriver à Rennes.

Le commissaire fonça vers l'hôpital de Rennes et entra dans la chambre d'Adamsberg, blanc comme un linge.

— Merde, tonna-t-il, les mains nouées. Qu'est-ce qu'on fait ?

— J'ai déjà prévenu le divisionnaire et le ministère, dit Adamsberg avec calme. La décision est entre leurs mains : Gilles, le Prestidigitateur et Domino, ou moi. Tiens, voici déjà la réponse du divisionnaire de Paris. Elle vaut son pesant de lâcheté : *De l'esbroufe. Faites-vous entourer par des gardes du corps.*

— *Pas de l'esbroufe*, répondit-il. *Première attaque hier soir, suis à l'hôpital avec bras immobilisé.*

— On voit bien que ce n'est pas de leur peau qu'il s'agit, s'écria Matthieu, dont les mains tremblaient en allumant une cigarette et en en passant une à son collègue. Oui, je sais, c'est interdit de fumer dans les chambres, dit-il en ouvrant la fenêtre, et je m'en fous. Dès ta sortie, tu vas remettre ton gilet pare-balles et ton casque, ne pas les enlever allongé sur ton menhir…

— Mon dolmen, rectifia Adamsberg.

— Oui, d'accord. Et te faire entourer de huit gardes du corps dûment équipés. Nuit et jour. C'est-à-dire que je dois obtenir vingt-quatre hommes pour qu'ils puissent alterner.

— Ça va être pratique pour aller pisser.

— Et dormir, se laver, etc., y aura toujours deux gars devant la porte de ta chambre et deux dans la pièce et la salle de douche. Pour pisser, débrouille-toi avec ton bras libre mais deux types t'accompagneront et garderont l'accès.

— Bien, dit Adamsberg en soupirant. Je sors dans deux heures. Prépare l'escorte et rapporte-moi mon matériel.

Les huit agents se retrouvèrent à dix-neuf heures devant l'auberge, et Johan étreignit Adamsberg. Tous étaient tendus, informés de la menace de mort qui planait sur leur chef. Un camion bleu stationnait non loin de la porte et une haie de huit gardes du corps se resserra autour du commissaire. Adamsberg examina les alentours plus précisément qu'il ne l'avait fait jusqu'ici.

— L'arbre énorme en face de chez toi, de l'autre côté de la rue, c'est bien un hêtre ? demanda-t-il à Johan.

— Oui et il a cent soixante-neuf ans, figure-toi.

Adamsberg l'observa un moment et conclut :

— Tronc immense, long, large et lisse, impossible à escalader. En revanche, cette voûte et ses colonnes forment une bonne planque.

— Qui sera inspectée, dit Matthieu. Rentrons. Inutile de s'exposer dans la rue.

— Tu n'as pas d'attelle, finalement ? demanda Veyrenc en s'installant à leur table.

— Juste une écharpe. Dans l'auberge, dit Adamsberg en ôtant son casque et son gilet, je peux tout de même me débarrasser de ce fatras ?

— Oui, dit Matthieu. Il y a deux hommes devant la porte et un devant chaque fenêtre. Et deux autres devant la sortie arrière, par l'ancienne chapelle. Ce soir, tu ne sors que quand il fera nuit. Pas avant vingt-deux heures trente.

— Ça me paraît raisonnable, dit Adamsberg. Quant aux gardes, ils doivent crever de chaud, la journée a encore été lourde. Paraît que ça va flotter demain.

— Je vais leur servir un verre, dit Johan.

— Ils n'ont pas le droit, dit Adamsberg en s'asseyant à son tour. Ils sont condamnés à l'eau.

— Très bien. De l'eau, avec un demi-verre de chouchen, ça fera pas de mal, si ?

— Non, dit Adamsberg, accordé.

— Et une tournée pour vous tous ?

Sûr de la réponse, Johan arrivait déjà avec la bouteille et les petits verres. Ses mains tremblaient légèrement. Il était certain que, même s'il ne l'avait pas vue, l'hirondelle blanche avait protégé Violette. Il essaierait d'en faire de même avec le commissaire.

— Ne t'en fais pas, Johan, dit Adamsberg d'une voix douce. Ce n'est pas ce soir que je vais mourir. C'est demain. Ah, réponse de l'attaché du ministère. Un chef-d'œuvre de veulerie. Je vous la lis. *L'État ne cède pas à la menace. Pure provocation mais faites-vous entourer.*

— Enfoirés, dit Johan en emplissant les verres. Qui commande ces attaques ?

— Robic, à n'en pas douter, dit Berrond. Qui d'autre ?

— Ou Robic protégeant le tueur de Louviec, en visant à la tête de la Brigade pour démanteler l'enquête, dit Verdun.

— Ou le tueur de Louviec se protégeant lui-même, proposa Johan.

— Non, dit Mercadet. J'ai examiné l'origine de l'avertissement, elle est intraçable, l'appareil est crypté. Je ne vois pas le tueur de Louviec en possession d'un engin pareil. Cela ne peut venir que du côté de Robic, qui est suréquipé.

— En tout cas, dit Berrond, il y a un lien entre la bande de Robic et Louviec. D'une part l'assassinat du docteur, à la manière du tueur. D'autre part un des faux documents d'Yvon Le Bras porte le nom de Serpentin. Et la Serpentin est la quasi sœur de Joumot. Et rien ne nous dit que Joumot n'a pas barre sur Robic. Il doit connaître pas mal de choses.

— Et qu'ont donné les perquisitions du jour ? demanda Adamsberg.

— Les coffres contenaient le même fatras que chez Hervé Pouliquen, dit Matthieu. Fric, bijoux, armes, faux papiers à la tonne. Yvon Le Bras a suivi à Los Angeles, mais pas Jean Gildas. Son père était malade.

— Et les interrogatoires ?

Verdun soupira.

— La même musique, dit-il. Au début, des dénégations outrées, puis, face à l'évidence de leur butin et des faux papiers, le mutisme complet ou la théorie du complot. Ils semblent avoir une confiance aveugle en leur chef.

— Ils *sont* aveugles, Verdun, dit Adamsberg. Ils le suivent au doigt et à l'œil comme des chiens. Un tyran et des esclaves, et cela depuis des années.

— Il y a peut-être d'autres esclaves insoupçonnés dans Louviec.

— Peut-être, dit Adamsberg en attaquant son assiette, sans paraître incommodé du fait qu'il devait mourir le lendemain.

Le repas achevé, on attendit vingt-deux heures trente pour organiser la sortie d'Adamsberg. Sur ordre de Matthieu, Johan éteignit la lumière du porche et celle de la salle, vide de clients. La double porte de l'auberge était assez large pour laisser passer trois hommes de front. Noël vint garer la voiture du commissaire juste devant l'auberge, puis les huit hommes l'encadrèrent pour l'y conduire, deux devant, deux de chaque côté, et deux à l'arrière. Le Joueur, vêtu de noir, se déplaça sur le flanc du hêtre, accroupi. L'obscurité n'était pas totale et la lune, presque pleine, lui permettait malgré tout de scruter la scène. Tous les regards étaient dirigés sur le commissaire. Quand l'un des gardes ouvrit la portière et qu'Adamsberg se recula légèrement pour entrer dans la voiture, les deux hommes qui le protégeaient sur ses côtés, élargis par leur gilet pare-balles, laissaient un espace de presque trente centimètres entre leurs jambes et celles d'Adamsberg. C'était le moment. L'homme visa la jambe et tira sur la cuisse gauche. Adamsberg y porta son bras par réflexe, rouvrant sa blessure, et fléchit sur les genoux, émettant un cri rageur. Il y eut une bousculade, des exclamations, des ordres, pendant que le Joueur, qui avait aussitôt regagné l'arrière du hêtre, réussissait un bond en hauteur d'un mètre cinquante sans élan dans le noir puis se mettait à grimper sans effort le long du tronc lisse du grand arbre. Les premières branches se trouvaient à une hauteur d'environ douze mètres qu'il atteignit rapidement, puis il se hissa avec aisance de branche en branche et s'installa à vingt mètres au-dessus du sol. Qui aurait jamais l'idée de chercher le fugitif en l'air ?

Quatre gardes du corps continuaient de garder la portière devant Adamsberg au sol tandis que les quatre autres et les sept policiers regardaient de toutes parts, torches allumées, pour repérer l'homme en fuite. Nulle silhouette n'était visible, le tireur n'était pas dans la rue.

— Échec, dit Retancourt.

L'ambulance, qu'on avait fait venir à l'avance, emmena de nouveau le commissaire à l'hôpital de Rennes avec Veyrenc, tandis que chacun regagnait ses quartiers, tête basse. Le Joueur contemplait leur déception et se félicitait d'avoir touché Adamsberg comme prévu, sans dégât grave. Il attendit néanmoins plus d'une demi-heure sur son arbre, le temps que l'auberge ferme ses volets et que la rue soit déserte pour descendre prestement, s'enfuir par les ruelles et rejoindre la voiture qui l'attendait.

— Ce coup-ci, pas de pépin dit-il en bouclant sa ceinture. J'ai sauté dans le hêtre en face de l'auberge et je les ai regardés s'agiter en tous sens depuis mon perchoir à vingt mètres au-dessus du sol. C'était réjouissant. Pour demain, pour le véritable assassinat, l'affaire se complique. Mais les hommes octroyés au commissaire ne sont pas suréquipés. Ce sont des policiers de protection, certes, mais simplement munis de gilets pare-balles et de casques. Il y a une zone faible au niveau du cou. On peut tirer sur deux flics et toucher Adamsberg.

Pendant le trajet, le Joueur réfléchissait aux détails de la tactique du lendemain. Et dans le même temps, il souhaitait ardemment ne pas être désigné pour cette tâche meurtrière. Mais force était de préparer sa stratégie, il ne savait que trop ce qui l'attendait en cas de désobéissance.

Comme ce soir, les gardes feraient sortir Adamsberg directement depuis l'auberge dans la voiture, à la nuit tombée. Cette fois, il lui faudrait tirer dans le cou des flics, en biais à la base de la nuque pour éviter la carotide, et sur le commissaire. L'espace de temps serait très serré, tant pour tirer que pour remonter dans l'arbre. Il secoua tristement la tête, un peu nauséeux à l'idée de ce massacre.

Matthieu venait d'envoyer un message à Rennes demandant en urgence huit longs boucliers balistiques pour couvrir Adamsberg. Il était encore bien trop exposé, et singulièrement au cou. Une balle dans la trachée ou l'artère et c'en était fini. Outre une ambulance déjà sur place, il demanda la présence d'un médecin immédiatement prêt à intervenir et du matériel propre à soigner les blessures par balles.

Pour la seconde fois, les policiers se séparaient avec l'impression morose et furieuse d'avoir échoué dans leur mission, aggravée par la fuite du tireur qu'ils n'avaient pu empêcher. Retancourt fulminait, laissant échapper de ses lèvres un grondement sourd qui n'augurait rien de bon.

XXXV

Le jour annoncé pour l'assassinat d'Adamsberg au soir s'écoula dans une alternance de tension extrême et de travail censé la dissiper. Tous les médias, régionaux comme locaux, se faisaient l'écho des deux attentats contre le commissaire et, hormis quelques-uns, tous s'étonnaient du peu de gravité de ces premières blessures et posaient l'hypothèse d'une éventuelle pression pour obtenir la libération des détenus. Et donc de la mort d'Adamsberg si le ministère n'obtempérait pas. Un possible cas de figure que la majorité des journalistes dénonçait avec fermeté.

Adamsberg surveillait son portable depuis son lit et non seulement le gouvernement ne pliait pas, mais il n'avait pas même reçu un message d'encouragement. « Là-haut », ils se terraient comme des pleutres, ce qui ne l'étonnait en rien. Toute l'équipe de Matthieu était à Rennes, occupée à mettre en bon ordre les interrogatoires et à ranger les pièces à conviction saisies dans des boîtes, elles-mêmes placées dans le coffre du commissariat. Seul Adamsberg paraissait d'une humeur égale et Matthieu relisait souvent son message matinal : *Entaille profonde à la cuisse recousue, coup de fièvre cette nuit, douloureux, sous calmants, abruti, béquille, ce soir dix-neuf heures chez Johan.* Matthieu souriait un instant en pensant qu'Adamsberg devait préférer user du terme « calmants » plutôt que de celui d'« analgésiques », dont il ne devait pas être tout à fait sûr.

Les gardes du corps, armés de leurs nouveaux boucliers, partirent pour Rennes chercher Adamsberg à l'hôpital en fin d'après-midi pour le conduire à l'auberge, qui leur semblait un endroit sûr. Les deux équipes de Matthieu et d'Adamsberg attendaient déjà dans la rue, tâchant de bavarder pour apaiser l'angoisse montante. Retancourt ne tentait pas même de parler. Elle émettait ce même grondement guttural tel un lion se préparant à l'attaque. Avant de faire entrer le commissaire chez Johan, on avait procédé à une fouille longue et approfondie des lieux pour s'assurer que nul n'y était resté camouflé après le déjeuner. Johan avait fermé ses lourds volets de chêne, bouclé la porte arrière du cellier, porte qu'il avait fait blinder pour protéger ses précieuses bouteilles, et qui satisfaisait pleinement les gardes du corps. Une fois l'espace déclaré « hors risques », on gara l'ambulance devant la porte et les gardes formèrent avec leurs boucliers une sorte de court et étroit tunnel par où devait passer le commissaire pour entrer dans l'établissement.

Johan, qui avait pris le temps d'aller prier son invisible hirondelle, lui avait préparé une chaise confortable et placé sous la table un tabouret muni d'un coussin pour qu'il puisse y poser sa jambe.

— Si je comprends bien, dit Adamsberg avant de quitter la voiture, on change de technique ?

— Oui, dit Matthieu, et crois-moi si tu veux, j'ai eu du mal à obtenir ces boucliers balistiques. Larges, longs, heureusement que les gars sont costauds cars ils pèsent dans les dix kilos. Avec eux, on va pouvoir travailler à l'ancienne, à la romaine.

— Explique, dit Adamsberg.

— Les Gaulois avaient inventé une intelligente parade défensive pour faire progresser leurs hommes en dépit des pluies de flèches de l'ennemi. Regroupés et serrés en carrés, les guerriers tenaient chacun au-dessus de leur tête un large bouclier, tout en maintenant les autres boucliers sur les flancs, à l'avant et à l'arrière. Cette technique fut abondamment reprise par les Romains et prit le nom de formation en carapace ou plus généralement de « formation en tortue ».

— J'entrerai donc dans l'auberge directement sous le couvert des boucliers en tortue ? Assez extragavant, tu ne trouves pas ?

— Extravagant, Adamsberg, extravagant. Pas « extragavant ».

— Si tu veux. On n'est plus à cela près.

— La technique a deux mille ans mais le passage est inviolable. Même couloir à la sortie. Et cette fois, j'ai pu obtenir deux véhicules à vitres pare-balles. Quatre gardes seront avec toi dans la première voiture, les quatre autres dans le second. Même principe pour le débarquement à l'ancien asile.

— C'est presque parfait mais il y a une faille dans le système, Matthieu, dit Adamsberg en s'engageant avec sa béquille dans le tunnel formé par les boucliers.

La sérénité naturelle d'Adamsberg, inchangée, calma en partie l'anxiété du groupe et la tournée de chouchen fut le premier instant de détente des équipes. Johan n'oublia pas les huit défenseurs postés autour de l'auberge et sortit leur porter des demi-verres de chouchen et de l'eau, ainsi qu'à Retancourt qui, assise sur les marches, examinait attentivement le hêtre. Adamsberg salua mentalement la délicatesse de Johan, car les gardes, sous l'épaisse cuirasse noire qui les couvrait, évoquaient plus des robots que des gars aptes à boire un coup de chouchen. Leur dîner était déjà pris, afin que le repas ne les détourne pas de leur mission.

— Quelle faille dans le système ? demanda Matthieu, une fois Adamsberg installé à sa place, la jambe sur la chaise.

— Sur le chemin vers le centre d'accueil. Les gardes qui m'entoureront pourront protéger les portières avec leurs boucliers. Mais pas celle du garde-chauffeur. À présent qu'ils me savent protégé, ils peuvent utiliser une artillerie plus lourde. Le tueur ne pouvant m'atteindre sous la tortue, il alertera son coéquipier qui nous suivra sur la route du centre. À la première occasion, leur chauffeur double, le tueur envoie une volée de projectiles dans les pneus, blesse ou abat notre conducteur et c'est l'accident. Il y aura du dégât. Il est alors facile de me tuer parmi la mêlée.

Matthieu eut une grimace.

— J'y ai pensé, dit-il. D'autant que l'ancien centre ne me satisfait en rien au plan de la sécurité. De larges balcons à tous les étages, de longues fenêtres sans volets, des baies vitrées et des vérandas sur tout le rez-de-chaussée, cet endroit est une véritable passoire. Il faut dire qu'il avait été conçu dans un but thérapeutique, afin que les pensionnaires n'éprouvent jamais de sensation d'enfermement et profitent à plein de la vue et de la lumière. Tout le contraire de ce qu'il nous faut.

— Ou, ajouta Adamsberg, si on s'en sort ce soir, ils réitéreront l'assaut sous une autre forme le lendemain, et cela peut durer des jours et des jours et ce jusqu'à ce qu'ils m'aient. Robic est fier, il n'abandonnera jamais avant que son projet ne soit accompli. On ne peut pas se terrer à Louviec pour la nuit des temps sous nos boucliers.

— Voilà où nous en sommes par la faute du ministère, dit Matthieu, la voix rageuse et frappant du poing. S'ils avaient accepté, là-haut, de libérer les trois gars, on ne se retrouverait pas dans ce bourbier. Et ces gars, on a leurs photos et leurs empreintes. Avec un appel à témoins, ils auraient été repris dans les trois jours. Mais non, l'État fanfaronne : « L'État ne cède pas à la menace » et, résultat, nous sommes faits comme des rats.

— À moins qu'on ne lance un raid sur la maison de Robic, proposa Noël.

— Impossible car illégal, Noël, on n'a pas un élément de preuve contre lui.

Johan, très préoccupé, avait mis la table et apportait de quoi restaurer un tant soit peu le moral des dîneurs.

— Prenons le temps de dîner, dit Retancourt. Inutile de sortir avant la tombée de la nuit.

— Et pourquoi ? demanda Veyrenc.

— Parce que le tueur est déjà en place, abrité dans sa cache. Il doit s'y être posté depuis un bon moment, en plein jour, à mon avis quand les gardes sont partis chercher le commissaire à l'hôpital. Il n'y avait plus aucun surveillant devant l'auberge. Il a attendu un moment propice – portion de rue vide – et a rejoint sa planque. Il a dû assister à l'entrée d'Adamsberg sous la formation en tortue et comprendre qu'il n'aurait aucune chance de l'atteindre. Face à cette impasse, notre tueur attend donc qu'il fasse nuit noire pour s'enfuir. Au lieu que nous, on attend le moment de lui mettre la main dessus.

— On a échoué hier, dit Veyrenc, on ne sait pas où il se terre.

— Mais il ne se terre pas, affirma Retancourt avec un léger sourire. Il est au-dessus de nous.

— Les toits ont été vérifiés, dit Matthieu, il n'y a personne.

— Parce qu'il n'est pas sur un toit. Il est en haut du hêtre. Et hier, pendant tout le temps qu'on s'évertuait à le débusquer dans la rue, il attendait tranquillement dans son arbre que la recherche s'achève.

— Mais la première branche est au moins à douze mètres, et le tronc n'offre aucune prise, dit Veyrenc.

— À y regarder de très près, on remarque de fines striures sur l'écorce, sur l'arrière du tronc. Ce sont des marques de crampons. Les premières se situent à un mètre cinquante du sol. Ce type est capable de bondir sans élan jusqu'à cette hauteur – presque un record – puis de se hisser rapidement jusqu'aux branches. Il doit être aussi léger qu'athlétique.

Adamsberg hocha la tête, approbateur.

— Très bon, lieutenant, je ne sais pas si j'y aurais pensé.

— Et qu'est-ce qu'on attend pour aller le pincer ? demanda Berrond.

— Qu'il fasse presque nuit. Cela évitera qu'il nous tire dessus comme sur des pigeons. Vers vingt-deux heures quinze, on encercle l'arbre avec les projecteurs. On en a bien cinq, Matthieu ?

— Oui. Deux dans nos voitures, trois dans le camion des gardes. Johan, on peut les mettre en charge dans ta cuisine ?

— Évidemment, oui.

— Va les chercher seul, Matthieu. Pour bénéficier de la tortue, dit Adamsberg.

— Une fois le hêtre sous le feu des projecteurs, on repérera facilement notre gars, conclut Retancourt. Nous ne sommes qu'en mai, le feuillage n'est pas trop dense.

— Mais qu'il soit perché à quinze mètres, à vingt, ou plus, dans les tous les cas, on ne pourra pas mettre la main dessus, dit Berrond.

— Un camion de pompiers dispose d'une échelle télescopique, proposa Verdun.

— Sur laquelle un seul homme peut monter, objecta Adamsberg. Qui sera abattu dès qu'il aura approché le type.

— Comme il peut repousser l'échelle avec ses pieds sitôt qu'elle sera dressée.

— Une échelle de pompiers ne peut pas être repoussée.

— Alors le pompier sera tué, comme le suivant et tous ceux qui tenteront l'aventure, dit Veyrenc.

— L'idée, résuma Adamsberg, est donc d'attendre que l'homme, encerclé de toutes parts, abandonne la lutte et descende de lui-même.

— Il n'y a pas d'autre option, approuva Matthieu, qui débarquait le cinquième projecteur. Les gardes à bouclier installeront les projecteurs puis se posteront autour de l'arbre.

— Et nos équipes, plus vulnérables, se tiendront plus en arrière, à l'abri du porche et des colonnes, précisa Adamsberg.

— Pas toi, dit Matthieu. Tu ne mets pas le nez dehors.

— Quant aux déplacements du commissaire, justement, intervint Johan d'une voix gênée, vous avez dit qu'ils n'étaient pas sans risque, pas plus que sa protection au centre d'accueil. Alors, je sais bien que cela ne me regarde pas, mais il y aurait bien une solution certaine pour le garder en vie.

— Laquelle ? demanda Veyrenc.

— Qu'il ne sorte pas, dit Johan.

Comment cela ?

— J'ai une chambre en bas, c'est la plus sûre. La fenêtre donne sur la rue, mais elle est munie de barreaux et les volets métalliques sont solides. Et l'auberge est protégée par les gardes.

— Malin, dit Retancourt.

— Oui, approuva Adamsberg. Mais bon sang, Johan, combien de nuits et de jours devrai-je rester claustré ?

— Quand ils comprendront qu'ils ne peuvent plus t'abattre, dit Veyrenc, ils modifieront leur plan. C'est une certitude. Robic n'attendra pas, il va virer de bord, et vite, très vite, c'est sa manière.

— Merci Johan, dit Adamsberg. J'espère ne pas trop t'encombrer.

— Toi ? M'encombrer ? T'es léger comme une plume. Je file préparer ta chambre. Puis m'occuper de votre repas.

— Prenez tout votre temps, Johan, dit Retancourt. Dînons tranquillement, il n'est même pas vingt heures.

— Il y a un endroit d'où l'on pourrait voir ce qui se passe au-dehors ce soir ? demanda Adamsberg.

— On pourrait ouvrir un peu le volet, dit Johan, de trois centimètres, dès que les projecteurs seront allumés. Le tueur aura autre chose à penser que d'envoyer une balle par une fente aussi mince.

— D'autant qu'il sera dans les hauteurs.

— Mais dès qu'il sera plus bas, commissaire, on referme.

À vingt-deux heures quinze, les sept policiers de l'équipe, abrités pas les boucliers des gardes, installaient les projecteurs sur trépieds. Avant même qu'ils aient été posés, le Joueur comprit que ces projecteurs n'étaient pas faits pour éclairer la rue. Ils avaient donc saisi qu'il était dans l'arbre. Et nul n'avait prévu le recours à la tortue sous des boucliers balistiques. Assassiner le commissaire était dès lors devenu chose impossible et, confronté à ce barrage, il ressentit un vif soulagement. Cependant, il était hors de question que ces flics mettent la main sur lui et il réfléchit rapidement à la meilleure manière de se sortir de ce guêpier, examinant la disposition des branches. Le lourd équipement des gardes spéciaux les empêcherait de se mouvoir, et les gilets pare-balles des autres les ralentiraient. De toute façon, pas un de ces types, même en chemise, ne pouvait courir aussi vite que lui. Il se déplaça furtivement de branche en branche – il était environ à vingt-cinq mètres – pour choisir sa voie de descente et son point de chute. Les projecteurs étaient en place, lampes dressées vers le ciel, envoyant une aveuglante lumière sur toute la hauteur du hêtre. Les gardes avaient fait cercle, laissant un espace d'environ un mètre entre eux et le tronc pour être au plus près de lui quand il toucherait terre.

— Il est tout là-haut, dit Adamsberg, regarde.

Johan glissa un œil par la fente du volet.

— À quelque vingt-cinq mètres, dit-il. Il n'a peur de rien, ce type.

Le Joueur examina de nouveau la position des huit gardes aux boucliers serrés les uns contre les autres, et celle des autres policiers répartis en bon ordre le long du mur de l'auberge. Ceux-là ne tireraient pas. Ils avaient des ordres, comme pour le Prestidigitateur et Domino : ne pas l'abattre et le rattraper quand il atteindrait la voiture. Le rattraper, tu parles.

— Ça va, ça va, dit-il de sa voix légère. Ne tirez pas, je descends.

— Il s'est rendu tout de suite et plus tôt que je ne croyais, dit Adamsberg, sourcils froncés. Ça ne présage rien de bon, Johan.

— Vous croyiez quoi ?

— Qu'il attendrait qu'on dresse une échelle. Qu'il pensait à faire un tir aux pigeons, comme a dit Retancourt. Mais non, il descend bel et bien.

Feignant une certaine crainte et de la maladresse, le Joueur progressa jusqu'à la branche qu'il avait repérée, à environ douze mètres du sol, non pas face à l'auberge où se tenaient les policiers, mais obliquant vers la gauche. Son extrémité était fine et donc la branche assez souple, ce qui lui permettrait de l'utiliser comme tremplin. Une fois debout sur cette branche, les gardes le virent y avancer sans comprendre.

— Il s'éloigne du tronc, il marche sans appui vers le bout de sa branche, alors qu'il est encore à douze mètres, dit Matthieu. Bon sang, il ne va pas faire ça ! Douze mètres, c'est à peu près la hauteur de quatre étages, c'est insensé.

— Faire quoi ? demanda Berrond.

— Sauter.

— Sauter ? Il veut se suicider ?

Adamsberg, stupéfait, vit le Joueur s'accroupir au bout de sa longue branche, la faire rebondir doucement sous ses pieds, sous les regards déconcertés des policiers. L'homme prit une grande inspiration et s'élança d'un bond, passant largement par-dessus la haie des gardes aux boucliers et atterrissant en souplesse et jambes fléchies derrière leurs dos. Puis il prit sa course et Retancourt, aussi sidérée que les autres par cette manœuvre ahurissante, ôta son gilet pare-balles et bondit derrière l'homme, suivie de Matthieu et Veyrenc, à plus de quinze mètres derrière elle.

De rue en ruelle, ils débouchèrent sur un pré au bout duquel attendait une voiture. L'homme courait si vite que Retancourt ne parvenait pas à réduire l'écart. Le voyant s'approcher du véhicule, elle prit son souffle et passa à la vitesse maximale, une allure qu'elle savait ne pas pouvoir tenir plus de quinze mètres. Mais cela suffit et elle s'écrasa de toute sa masse sur le coureur, haletante, le cœur battant à toute allure, ayant encore la force de dégainer son arme. À cette heure, un réverbère éclairait la route et elle distinguait bien la voiture, dont le chauffeur avait abaissé la vitre. Comme l'avant-veille, elle visa les pneus d'une main qui tremblait encore sous l'effet de l'effort. Elle braqua sa torche et tira une nouvelle fois, peut-être une seconde avant que le chauffeur n'ait eu le temps de le faire. Son pistolet tomba au sol et il s'accroupit pour sortir et le récupérer. Retancourt repéra l'arme, elle aussi à manche de nacre - ce devait être une mode orgueilleuse dans la bande –, et la repoussa d'une balle un mètre plus loin. Sous elle, elle sentait l'homme mince se contorsionner pour échapper à sa pesanteur et elle dut croiser les pieds pour immobiliser ses jambes. Contorsionniste, grimpeur, sauteur, équilibriste, coureur, ce type avait dû commencer à exercer ses talents remarquables dans un cirque. Le chauffeur rampait vers son pistolet et elle tira une seconde fois dans la crosse pour l'en éloigner plus encore. Mais qu'est-ce que foutaient les autres, bon Dieu ? Elle se retourna et vit la lumière des torches se rapprocher rapidement. Il était temps.

— Le chauffeur d'abord, cria-t-elle, son flingue est à deux mètres de lui.

Elle envoya une dernière balle dans la crosse pour donner du temps à ses collègues, et souffla enfin quand elle les vit s'emparer du gars. Elle se mit à genoux sur le dos du contorsionniste et lui menotta les mains dans le dos, puis s'installa sur ses jambes pour attacher ses chevilles avec sa propre ceinture. Enfin, elle se laissa rouler dans l'herbe, fermant les yeux, délassant son corps. Veyrenc arrivait vers elle en courant.

— Vous n'êtes pas blessée, lieutenant ?

— Non, souffla Retancourt. Jamais vu un homme courir aussi vite. Deux minutes de repos.

Ce furent Matthieu et Veyrenc qui ramenèrent les deux prisonniers et les déposèrent devant l'auberge.

— Dites, vous allez m'en faire tout un tas comme cela ? demanda Johan, rayonnant.

— Johan, dit Retancourt, vous pouvez me donner du cognac ? Je n'en ai jamais bu mais je crois que ce soir, c'est ce qu'il me faut. Ce type courait comme un zèbre, j'ai cru qu'il allait me crever.

Matthieu fit le récit de leur cavalcade – ravissant l'aubergiste et Berrond – tandis que Johan servait un cognac à Retancourt, et une tournée de chouchen. Adamsberg appelait Josselin.

— Je crois qu'on peut offrir un verre aux gardes à présent, dit Adamsberg. Le danger est passé pour ce soir.

Chateaubriand arriva très vite, s'informa des derniers événements, avala le verre de chouchen et sortit, suivi du commissaire, examiner les deux prisonniers, assis sur les marches. Mercadet avait déjà mis sa machine en route.

— Lui, dit Josselin en pointant son doigt sur le contorsionniste, je crois déjà le savoir. Il s'est déplumé de quelques cheveux blonds mais il n'a pas beaucoup changé. Lui en revanche, dit-il en passant au chauffeur, il ne me dit rien du tout. Interrogez-le que je l'entende.

— C'est raté pour ce soir, dit Adamsberg au chauffeur, se tenant debout avec sa béquille. Il ne va pas être content, Robic, et le fric va te filer sous le nez.

— Sais pas qui c'est, répondit l'homme d'une voix bien modulée.

— Même son nom ? Tu n'as jamais entendu son nom ?

— Jamais.

— Non, bien sûr. Tu bosses pour la plus grande bande criminelle de la région, tout le monde en a entendu parler, sauf toi.

— Et alors ? Pourquoi ça m'intéresserait ?

— Attendez une minute, dit Josselin tandis qu'Adamsberg, découragé, remontait gauchement les marches. Vous pourriez m'éclairer sa main gauche ?

Josselin y observa trois cicatrices blanches importantes et irrégulières.

— Ça ressemble à une morsure de chien, dit Adamsberg.

— Et c'en est une. Il s'est fait attraper la main par un dogue qu'il tourmentait sans raison, sauf celle de nous épater. Je me souviens que ça s'est infecté et qu'il a failli y laisser deux doigts. À présent, vous pouvez m'éclairer son front côté droit ? Il devrait y avoir une cicatrice. C'est cela. Il se l'est faite pendant un match de foot, en se prenant de plein fouet un poteau de but. Je ne le remettais pas car je cherchais au sein de notre classe. Mais il y avait des rencontres sportives interclasses. Il faisait partie d'une autre terminale et c'était le meilleur gardien de but. Cheveux noirs très raides et abondants – aujourd'hui semi-gris –, yeux en amande, on l'appelait « l'Indien ». Il existe des photos des rencontres sportives. D'après sa voix, c'est celui qu'ils appellent « Jeff ».

Les deux hommes revinrent dans la salle pour étudier la photo de l'équipe sportive du lycée de Rennes, que Mercadet avait réussi à extraire des archives. Les noms des joueurs étaient inscrits à la main en bas de la photo.

— Le voilà, dit Josselin en tapotant sur le visage d'un des joueurs.

— Vrai nom : Karl Grossman, lut Adamsberg.

Mercadet enregistra la donnée et revint à la photo de la classe de terminale.

— Et votre sauteur, c'est lui, dit Josselin en désignant un long jeune homme mince et blond qui dépassait en taille tous ses condisciples. Nous, on l'appelait « l'Acrobate ». Dans la bande de Robic, ce doit être celui qu'ils surnomment « le Joueur ». En athlétisme, rien ne lui semblait impossible, la corde, les sauts périlleux sur poutre, les acrobaties, la course bien sûr.

Et pourtant, il n'était pas baraqué, mais il avait le don de se servir de son corps comme d'un élastique. Je vois qu'il ne l'a pas perdu. C'était un type très sympathique d'ailleurs, on s'imaginait qu'il ferait du cirque plus tard. Je comprends mal comment il a pu se retrouver embringué dans une bande de criminels. Il s'appelle Laurent Verdurin.

— C'est toi, Josselin ? appela le Joueur depuis le porche.

— Tu m'as reconnu aussi ? demanda Josselin en le rejoignant.

— Avec ta gueule, ce serait difficile de faire autrement. Je t'aimais bien aussi. T'as raison, j'ai fait du cirque pendant longtemps, acrobaties, contorsionnisme, trapèze, funambulisme, jonglage, saut, c'était ma voie. Je gardais un très mauvais souvenir du troupeau de brutes qui pourrissait la classe. Tu te souviens de ce qu'ils avaient fait au chien ?

— Tu penses que je m'en souviens.

— Abominable. Et je me suis retrouvé coincé avec eux. Parce qu'une fois que tu y es, tu es coincé. Tu t'en vas, t'es mort.

— Mais pourquoi, la première fois ?

— Pourquoi ? C'était un soir après une troisième représentation à Montpellier. Un type m'attendait à la sortie et m'a demandé si ça m'intéresserait de toucher un bon paquet. Et comment ? Simple pour moi, a-t-il dit, je n'avais qu'à escalader une façade sur trois étages, entrer dans une pièce, redescendre et venir leur ouvrir la porte du bas. C'est tout. Un cambriolage, évidemment. J'ai refusé net. Et lui a sorti une arme en me disant : « Tu le fais, t'as compris ? », et m'a conduit à sa voiture. À partir de là, j'étais foutu. Ils m'ont embarqué à Sète – à deux pas de Montpellier, c'est comme ça qu'ils m'avaient repéré – et m'ont fait bosser là-bas. Quand ils ont filé à Los Angeles, j'ai eu enfin l'espoir de ne jamais les revoir. Mais Robic a dû avoir des ennuis et il y a quatorze ans, ils sont tous revenus dans le coin. Robic m'a retrouvé en moins de deux. C'était facile, je n'ai jamais changé de nom. Je donnais des cours de cirque au Mans. Et là non plus, il ne m'a pas laissé le choix. J'ai dû reprendre le harnais.

— Tu as tué ? demanda Adamsberg qui avait suivi la conversation depuis l'auberge.

— Jamais. J'ai toujours réussi à éviter qu'on me colle ce genre de mission, sauf hier et ce soir. Je savais accomplir des tours de force dont les autres étaient incapables, et c'est pourquoi Robic avait besoin de moi. En ce qui vous concerne, commissaire, ils ont choisi le Prestidigitateur pour la première attaque, car c'est un des meilleurs aux armes. Et vous l'avez coffré. Ensuite, avec l'arrivée des gardes du corps, il n'y avait pas d'autre solution que d'escalader le hêtre pour vous atteindre. Et pour mon malheur, moi seul pouvais le faire. Quand j'ai vu ce soir que grâce à la tortue, l'attaque mortelle serait impossible, j'ai été soulagé d'un poids immense. La chance était avec moi. Jusqu'à ce que votre mémorable lieutenant réussisse je ne sais comment à me rattraper. Mais c'est une chance aussi. Parce que c'est fini pour moi. Et que je préfère être en taule que d'être l'otage de Robic.

— Sans meurtre, et avec une participation sous contrainte, tu t'en tireras avec pas grand-chose, lui dit Adamsberg. Je témoignerai en ta faveur. Pardonne mon indiscrétion, mais dès que j'ai compris de quoi vous parliez, je t'ai enregistré. Ce sera une lourde pièce au dossier pour ta défense. Aveux naturels et spontanés, libération conditionnelle.

Le Joueur lui jeta un regard d'espoir.

— Vrai, dit Adamsberg. On ne ment pas avec ces choses-là.

XXXVI

Au matin, hormis les gardes à bouclier, relayés à huit heures et laissés à l'auberge pour la protection d'Adamsberg, dix autres hommes avaient rejoint les équipes des commissaires pour procéder aux perquisitions des domiciles de Karl Grossman, dit « Jeff », et de Laurent Verdurin, dit le « Joueur ». Avec dix-sept agents répartis en deux équipes, ils devraient en avoir fini bien avant l'heure du déjeuner. Selon les photos trouvées par Mercadet, les maisons n'étaient pas très grandes, de cinq pièces au maximum, plus une dépendance servant de garage. Celle de Grossman était flambant neuve et plutôt laide, celle de Verdurin ancienne et peu rénovée. Johan et Adamsberg achevaient leur petit-déjeuner.

— T'es sûr de ce que tu dis ? répétait Johan d'une voix basse et inquiète.

— Je te le promets. Cela lui est égal et elle ne m'en a même pas touché un mot.

— Parce que tu comprends, réexpliqua l'aubergiste en se mordant la peau d'un doigt, m'avoir vu terrifié devant un papillon de nuit, c'est se ridiculiser devant Violette. Elle doit me prendre pour un moins-que-rien, une larve, un déchet.

— Cela fait dix fois que je te le dis : non. Violette ne juge pas ainsi les hommes. Mets-toi ça dans le crâne et tiens-en toi là.

Adamsberg achevait de dissiper les craintes de Johan quand on frappa à la lourde porte.

— C'est Josselin, Johan, tu peux m'ouvrir.

— C'est bien sa manière de frapper, dit-il aux gardes et c'est bien sa voix. On peut le laisser entrer.

Les gardes refermèrent aussitôt la porte derrière lui.

— Vous m'avez l'air bien excité, dit Johan en lui servant une tasse de café.

— Quelque chose d'important que j'ai oublié de vous dire hier, commissaire, dans l'agitation de cette soirée. Dès que j'en ai le temps, je continue plus que jamais à surveiller ces gars et sillonner les routes. J'en néglige mes champignons. Hier, vers douze heures trente, j'allais au hasard vers Montfort-la-Tour, en direction de Rennes, quand j'ai croisé un type à moto. À cause de la chaleur, il avait remonté sa visière. Il n'allait pas vite, je l'aurais reconnu entre mille. Pas besoin de l'entendre ou de le voir en photo, c'était lui : Pierre Le Guillou, revenu dans les parages. J'ai roulé encore cinq cents mètres puis fait demi-tour pour le rattraper. Juste à temps pour le voir s'engager dans l'allée d'une belle maison entièrement retapée. À vingt mètres de la sortie de Montfort, 7, rue du Cormier, très isolée. Ils y ont fait des travaux pendant des mois.

— Avant, dit Johan, c'était qu'un tas de ruines et de broussailles. Ça a dû coûter un paquet de fric.

Adamsberg envoya un message à Mercadet pour connaître le nom du propriétaire de la maison de la rue du Cormier.

— Quand ont-ils fini les travaux ? demanda-t-il.

— Il y a environ cinq ans, dit Johan.

— Et depuis, Josselin, la maison était occupée ?

— Non, bouclée. Il me semble que je ne l'ai vue volets ouverts que trois ou quatre fois.

— Pour de longues périodes ?

— Très courtes. Deux à trois jours maximum.

— Ce serait donc le point de chute de Le Guillou quand Robic est sur une affaire d'importance.

— Alors quelque chose se prépare, dit Josselin. Je sais que cela ne nous avance pas, mais c'est toujours une donnée de plus.

— Il y a moyen de surveiller discrètement la maison ?

— Elle est entourée par des haies arbustives de bonne hauteur. Et un chemin de rocaille la longe sur sa droite.

— Le propriétaire, dit Adamsberg en lisant la réponse de Mercadet, est Yannick Plennec. Le Guillou aussi a changé de nom. Il était beau gosse ?

— Très, dit Josselin. Pourquoi ?

— Ce pourrait être lui qu'ils surnomment le « Tombeur ».

— Très probable. Belles fringues, boucles blondes, yeux d'un bleu net, toutes les filles étaient après lui. Je vous laisse, commissaire. Mais prenez garde à vous. Robic plus Le Guillou, c'est de la dynamite.

Gardes du corps et policiers réintégrèrent l'auberge à midi.

— Johan, on va déjeuner vite, dit Adamsberg, une fois toute l'équipe réunie. C'est trop calme depuis leur échec d'hier soir. Ça va bouger.

— Il abandonne et se prépare pour un autre coup, c'est tout, dit Johan.

— Non, dit Adamsberg, le visage concentré. Robic n'est pas du genre à échanger un assassinat raté contre une attaque de bijouterie. Je suis hors de sa portée, il va donc changer de cible et ce sera un sale coup. Il a maintenant cinq hommes en taule.

— C'est très possible, dit Veyrenc, tu ne vas pas tarder à recevoir un message.

— Johan, même si cela te choque, prépare-nous seulement des sandwichs, dit Adamsberg, ce sera bien suffisant. Résultat des perquisitions, Matthieu ?

— Le coffre de Karl Grossman – Jeff – était sous le fumier de cheval de l'écurie. Facile à trouver mais il a donné beaucoup de mal au perceur. Même attirail que pour les autres. En revanche, Laurent Verdurin – le Joueur – avait beaucoup moins de fric que les autres, un unique bracelet, une seule enveloppe de billets, et une seule arme, vierge. Ce qui corrobore ses dires : il n'était impliqué qu'à la lisière, escalade des toits, ouverture des accès, veilleur, chauffeur, grimpeur, que sais-je ? En tout cas, il ne touchait pas grand-chose. Et il dit sûrement vrai sur son absence à Los Angeles.

À midi trente, alors que gardes et policiers achevaient presque leur repas, Adamsberg reçut un message désespérant : *Puisque Adamsberg se terre comme un lâche et comme un rat, le marché change : nous détenons la fillette de Johan, Rose. Sa vie contre les cinq prisonniers, sans condition. En absence de résultat, la gosse mourra demain, à treize heures.*

Pétrifié, bouleversé, Adamsberg fut un moment sans savoir que faire. Fallait-il ou non prévenir Johan ? D'ici une demi-heure, de toute façon, les surveillants constateraient l'absence de l'enfant à la cantine et l'école appellerait Johan. Sa décision fut prise avant même qu'il ait eu le temps de penser. Il se livrerait à la place de la petite.

— Johan, dit-il d'une voix altérée, assieds-toi.

— Mais je coupe le fromage. Pour les seconds sandwichs.

— Laisse tomber le fromage. Viens et assieds-toi.

Son regard fit le tour des agents qui l'entouraient, leur faisant si bien comprendre qu'une calamité leur était tombée dessus que tous cessèrent de manger.

— Johan, reprit Adamsberg péniblement, ils ont kidnappé ta fille, Rose.

— Non, non ! Tu te trompes !

Adamsberg lui montra le message et Johan lança le long hurlement d'un animal blessé avant de s'écrouler sur la table au milieu des assiettes, la tête dans les bras, criant, sanglotant, ses épaules se soulevant spasmodiquement.

— Ça va aller, Johan, dit Adamsberg. C'est ma peau qu'ils veulent. Je vais me livrer et tu retrouveras ta fille.

— Pas question, cria Matthieu en se levant, couvrant à peine les sanglots du père. Je n'y crois pas une seconde. Ils ne la libéreront pas après ce qu'elle aura vu et entendu. Et ils vous tueront tous les deux.

— Il faut tenter le coup, répliqua fermement Adamsberg.

— Non, dit Retancourt à son tour. Il faut la retrouver, et vite. Johan, par pitié, aidez-nous. On vous la ramènera mais on a besoin d'informations.

Johan leva son visage décomposé vers cette femme qu'il pensait capable de tous les miracles et, pour cette raison, Adamsberg lui passa la main et demanda à Josselin de revenir de toute urgence.

— Les enfants quittent l'école à l'heure du déjeuner ? demanda Retancourt.

— Oui, ils vont à la cantine, hoqueta Johan.

— À pied ? C'est à combien de mètres ?

Johan essuya son nez avec sa manche et Veyrenc lui fit passer un mouchoir propre, pendant que Matthieu lui servait un verre de cognac.

— Bois, dit Matthieu.

— Je bois pas de cognac.

— Bois.

— À combien de mètres est la cantine ? répéta Retancourt en posant sa main sur la grosse épaule de l'aubergiste.

— Je sais pas... Trente mètres...

— Ils sortent dans la rue en ordre discipliné, encadrés par les institutrices ?

— Vous pensez, dit Johan en reniflant violemment, c'est plus le temps où on se tenait en rang deux par deux. J'y suis passé plusieurs fois à cette heure, c'est une véritable pagaille.

— À quelle heure sortent-ils ?

— À midi pile ou midi dix, ça dépend des jours.

— C'est à ce moment qu'ils l'ont prise, dit Adamsberg. Mais comment pouvaient-ils reconnaître son visage ?

— Sa photo, hoqueta Johan, sa photo, elle a été publiée à la Une de *Sept jours à Louviec* la semaine dernière ! Parce qu'elle avait gagné le prix de dessin de l'école.

— La photo était nette ?

— Très nette.

— On pouvait la reconnaître ?

— Oh oui, oui, dit Johan en laissant retomber de nouveau sa tête sur ses bras. Il y avait même des gens qui la félicitaient dans la rue.

Josselin frappa et s'annonça afin que les gardes le laissent entrer. Sans un mot, Adamsberg lui montra le message reçu et Josselin se laissa tomber sur une chaise.

— Josselin, dit Adamsberg, vous avez apporté la carte ?

Chateaubriand la sortit de sa veste et, repoussant les assiettes, la déplia sur la table.

— Matthieu s'il te plaît, fais venir vingt gendarmes de plus en urgence de Rennes, Combourg et des environs, avec voitures banalisées. On sera trente-sept, ou trente-huit, plus mes huit gardes égale quarante-six. Ce ne sera pas de trop. Josselin, dans vos pérégrinations, combien de planques avez-vous repérées ?

Chateaubriand leva les yeux vers le plafond pour réfléchir tout en comptant sur ses doigts.

— Quatorze.

— À quoi ressemblent ces planques ?

— Six sont des fermes abandonnées, quatre sont des hangars désertés, deux en dur et deux en tôle, trois sont d'anciens ateliers de mécanique, la dernière est la ruine d'une vieille tour.

— Pourriez-vous m'indiquer leurs emplacements par des croix au crayon sur la carte ?

Josselin s'exécuta puis se leva pour aller serrer les épaules de Johan. L'aubergiste avait posé le téléphone à ses côtés, tâchant de ne pas entendre les hurlements et les insultes de sa femme, criant que tout était de sa faute, s'il n'avait pas eu l'idée de se fourrer dans les affaires de cette bande de flics, s'il n'avait pas…

Adamsberg prit le téléphone.

— Madame Kerbrat ? Commissaire Adamsberg, en charge de l'affaire. Votre mari n'est pas...

— Ex-mari.

— C'est moi qu'ils veulent assassiner, pas Rose. Vous me comprenez ? C'est entièrement de ma faute et nous partons sur-le-champ, avec quarante-six policiers, écumer tous les endroits où ils auraient...

— Vous étiez tout le temps fourrés chez lui ! hurla la femme en désespoir. C'est pour cela qu'ils ont choisi ma fille et jamais, jamais Johan n'aurait dû...

Rien à faire. Le pire étant que cette femme n'avait pas tort. Adamsberg reposa le téléphone sur la table. Il avait songé à la faire venir ici pour épauler Johan mais il était clair que c'était hors de question. Johan baissa le son de l'appareil.

Les dix policiers de Combourg stoppèrent à cet instant devant la porte et entrèrent dans l'auberge, toujours cernée par les huit gardes à boucliers, suivis peu de temps après par vingt hommes de Dol-de-Bretagne et de Rennes.

— Il y a quatorze planques possibles à visiter plus les cinq maisons dont on a arrêté les occupants, expliqua Matthieu. Dix-neuf. Et nous sommes trente-six. Pas quarante-six : pardonne-moi de ne pas te compter, Adamsberg, ni toi ni tes gardes spéciaux, ni Mercadet. Mais tu n'es pas valide et toujours menacé. Et Mercadet n'est pas en état.

— Il l'est, il doit l'être. Quant à moi, je ne suis plus menacé.

— Qu'en sais-tu ? Les visées de Robic sont diaboliques.

— Je viens, et mes huit gardes aussi. Nous n'avons que vingt-quatre heures.

— Mais tu ne peux pas courir, mais tu ne peux pas tirer.

— Quarante-cinq ou rien, Matthieu, affirma Adamsberg avec netteté. Et ne t'y oppose pas. Et laissons Mercadet se reposer.

— Très bien, céda Matthieu avec un bref soupir. Robic ne dispose sans doute plus que de quatre hommes, et de son chauffeur muet, mais armé. Un seul homme, voire deux, peuvent se charger de garder Rose, mais il se peut aussi qu'il y ait rassemblement des troupes à la planque pour mettre au point la stratégie à venir. On se retrouvera en minorité devant six hommes armés.

— Et on se fera abattre, dit Adamsberg. Divisons-nous en sept équipes de six à sept hommes pour ratisser tous les lieux. Lieux à visiter de fond en comble. Si une des fermes abandonnées dispose de dépendances, fouillez tout jusqu'au dernier recoin, et surtout les sous-sols. Matthieu, constitue les groupes. Donc sept couleurs sur la carte : équipe verte, équipe rouge, équipe bleue, orange, jaune, brune et équipe noire. Qui a des feutres ici ?

— C'est dans la trousse de la petite, dit Johan d'une voix morte.

— Où est-elle ? demanda doucement Adamsberg.

— Dans sa chambre, à l'étage. Elle est rose avec des étoiles.

Matthieu eut le tact de ne descendre que les sept feutres nécessaires et non la trousse, objet trop suggestif. Il entoura les croix de sept couleurs, que chaque policier photographia pour localiser ses objectifs. Adamsberg envoya sans espoir un message au ministère pour l'informer qu'une enfant mourrait s'ils ne faisaient pas libérer les coupables. Sans réponse à dix-huit heures, il balancerait l'information aux médias. Le fait qu'il s'agisse d'une petite fille ferait peut-être fléchir le ministère face à la réaction de l'opinion. À treize heures vingt-cinq, les troupes policières quittaient l'auberge, laissant Mercadet, abruti de sommeil, et Johan dans un difficile face-à-face.

— Vous voulez vous reposer ? demanda Mercadet d'une voix molle.

— Peux pas, dit Johan en secouant la tête. Veux rester près de mon téléphone.

— Vous voulez qu'on boive un verre ?

Johan secoua la tête.

— Vous voulez regarder la télévision ?

— Surtout pas. Demain, ce sera partout, à la une des journaux, à la télévision, sur Internet, partout. C'est un cauchemar. Ma fille.

— On n'écoutera rien, on ne lira rien. Vous voulez faire une partie d'échecs ?

— Je veux Rose, lieutenant.

D'appel en appel, tous signalaient l'échec de la visite d'une des dix-neuf planques. Tête basse, yeux battus, Mercadet repoussait son téléphone avec dégoût sur la table.

Vers dix-sept heures, tous les hommes étaient revenus, les mains vides.

— Ils la détiennent donc chez l'un d'eux, et pas dans une planque, dit Veyrenc.

— J'y ai pensé, dit Adamsberg. Mais on ne connaît pas leurs adresses, sauf celle de Le Guillou. Et, bon sang, nous devons y aller.

— Aucun droit légal d'investir sa propriété, objecta Matthieu en secouant la tête. On n'a rien contre lui.

— Et pourtant, insista Adamsberg, Le Guillou n'est pas revenu pour rien.

Il s'écoula un long et lourd silence, ponctué du claquement des briquets et du tintement de quelques verres. Chacun ruminait des pensées sombres, cherchait de nouveaux chemins par lesquels aboutir, se projetait au lendemain, treize heures, au moment où la petite serait abattue. Adamsberg avait reçu la réponse du ministère de l'Intérieur mais ne l'avait pas même montrée aux autres tant elle était affligeante. *L'État ne cède pas à la menace. Prenez tous moyens nécessaires et retrouvez l'enfant.*

On entendit frapper à dix-huit heures. Des coups sur la poutre en bois.

— Je veux voir personne, murmura Johan.

— C'est moi, Maël ! Bon Dieu, ouvre, Johan !

Une urgence faisait trembler la voix de Maël. Les gardes le firent entrer et l'ancien bossu resta debout, essoufflé.

— T'as couru ? demanda Matthieu.

— Non, c'est l'énervement. Hier matin, je suis venu à l'auberge pour prendre mon café et à travers les fenêtres, j'ai entendu la voix tendue du vicomte. Quelque chose était arrivé, il n'a pas l'habitude de parler si vite et si fort. Les gardes devant la porte ne m'ont pas laissé passer, ils m'ont fouillé et je me suis installé debout contre une fenêtre, en leur expliquant que j'attendais mon ami Josselin. Oui, c'est interdit d'écouter aux portes mais je voulais savoir. C'est comme ça que j'ai appris que Josselin avait vu Le Guillou revenir, et où. Ça m'intéressait car je méditais de casser la gueule de ce type une bonne fois quand on le reverrait. Et aujourd'hui, vers quatorze heures, j'ai appris la disparition de la petite.

— Comment l'as-tu apprise ? demanda Matthieu. Personne ne le savait.

— Par mon patron, le comptable, qu'est ami avec la maîtresse d'école.

— Continue.

— J'étais retourné. Et puis il m'a pris une idée : si Le Guillou avait rouvert sa maison, c'est qu'il se passait quelque chose. C'est que la gosse avait été enlevée.

— Nous sommes d'accord, dit Adamsberg, tendu.

— Alors j'ai expliqué au patron qu'il m'avait pris une autre idée, rapport à la petite Rose, et j'ai demandé mon après-midi. J'ai filé chez Le Guillou et je me suis installé derrière la haie, planqué de la route par les buissons. Par les ouvertures entre les branchages, je pouvais tout voir. J'ai attendu presque deux heures. Et vers environ seize heures trente y a un gars qui s'est pointé, avec un gros ventre et surtout un paquet. Et le paquet, il était encore dans son sac en plastique. Il est con ce type ou quoi. Ça venait de la boutique de jouets de Combourg. Dire que j'avais failli abandonner. Ah mais non, pas après ça. Je suis resté à l'affût et une heure après, un autre gars a débarqué avec un autre sac, où c'était marqué « Les habits des petits ». Je connais la boutique, c'est aussi à Combourg. Puis ça a été au tour d'une camionnette de rentrer. Elle, elle est allée jusqu'à la porte et j'ai couru derrière la haie pour voir ce qu'elle déchargeait. Un rouleau enveloppé de plastique, mais pas jusqu'au bout. Et ce qui dépassait, c'était un petit matelas mince. Vous savez, ces trucs qu'on peut rouler.

Maël marqua un silence.

— Pour les enfants, dit-il dans un souffle. Alors j'ai additionné deux et deux : des jouets – une poupée sans doute –, des vêtements de gosse et un petit matelas. Et je me suis dit comme ça, Maël, c'est là qu'est la petite Rose. Chez cette enflure de Le Guillou. Loin de tout, elle peut crier et pleurer comme elle voudra, personne ne l'entendra.

Johan semblait s'être regonflé comme un ballon tandis que les flics étaient suspendus à ses lèvres.

— Ça vaut bien un coup de chouchen, hein, Johan ?

— Ça en vaut dix ! dit Johan. Toi, quand une idée te traverse, on peut dire que tu laisses pas tomber.

— Et le mieux, c'est que ces trois types, ils ne sont pas ressortis de la maison. Avec Le Guillou, ils sont déjà quatre là-dedans. Et ça serait possible que le roi des enfoirés se pointe aussi. Robic, avec son chauffeur. J'ai attendu encore un peu mais après ça, ils ont fermé le portail. Et ce qu'on peut dire, c'est que les gars qui restent de l'équipe de Robic, c'est pas des futés. Parce que pour ramener les courses sans changer les sacs, faut pas avoir grand-chose dans le ciboulot.

— Maël, pour un peu, je t'engagerais dans ma brigade, dit Adamsberg. Quelle heure est-il ? demanda-t-il en regardant une fois de plus ses montres inutiles.

— Dix-huit heures dix, dit Berrond, réjoui.

— On file prendre une crêpe molle au Café des Arcades et on lance la traque.

— Au Café des Arcades ? s'indigna Johan. C'est pas bon ici ?

— C'est que je ne pensais pas que tu aurais la force de faire la cuisine, dit Adamsberg.

— Je l'ai, la force. Mes poulets étaient déjà cuits de ce matin et mon fond de sauce est prêt. Je n'ai plus qu'à faire chauffer avec le gratin maison, je vous sers dans dix minutes.

— Ça marche, dit Adamsberg en s'asseyant.

— Mais, dit Maël, faut un motif pour lancer un assaut sur une maison.

— On en manquait justement. Ton témoignage va suffire amplement : suspicion de rapt d'enfant. Je suis en train de demander l'aval du divisionnaire. Nous sommes quarante-six, eux seront six, ou huit. Ils ne peuvent nous échapper. Le mieux serait de les avoir tous en groupe, à l'heure du repas.

— Non, tu conserves tes huit gardes, dit Matthieu d'un ton sec. C'est peut-être précisément ce qu'ils attendent : qu'on se mette à nu pour rechercher l'enfant à corps perdu et qu'ils puissent te mitrailler le ventre. Égale trente-sept, moins Mercadet qui n'en peut plus. Soit trente-six. C'est plus qu'il n'en faut.

— Je t'obéis, admit Adamsberg après un court silence, mais je serai sur place, et avec Mercadet. À quelle heure pensez-vous qu'ils se mettent à table ?

— Je dirais dix-neuf heures trente, dit Johan.

— Ou vingt heures, s'ils attendent le chef.

— On n'a plus beaucoup de temps, dit Adamsberg. Fais-nous dîner aussi vite que possible, Johan.

— C'est presque prêt, dit l'aubergiste en mettant la table.

— Matthieu, tes hommes ont ce qu'il faut pour se restaurer ?

— Ils l'ont. Je l'avais prévu.

L'espoir et l'anxiété faisaient trembler Johan jusqu'aux coudes. Adamsberg, très attentif aux signes émotionnels, se leva avec sa béquille, suivi très vite de Retancourt, et l'aida à mettre la table et apporter les plats d'une seule main.

— Josselin connaît la maison, dit Adamsberg en reprenant sa place. On a besoin d'une description précise. Je l'appelle à nouveau. Mercadet, cherchez autant de photos que vous pourrez.

— Je localise, d'abord. La voilà : Montfort est à mi-chemin entre Combourg et Rennes. Sûrement une baraque isolée, comme les autres. Et là aussi, il s'agit encore certainement d'une ancienne longère, mais si rénovée qu'une chatte n'y retrouverait pas ses petits.

— Ah, Josselin, vous voilà, merci, dit Adamsberg. Maël s'est collé en planque cet après-midi près de chez Le Guillou. Trois gars sont venus successivement apporter un sac de jouets, des habits d'enfants et un petit matelas. Et les types ne sont pas ressortis.

— Très futé, Maël, dit Josselin, j'aurais dû y songer.

Adamsberg regarda son portable qui venait de sonner.

— On a l'autorisation du divisionnaire d'investir la maison de Le Guillou, dit-il. Josselin, montrez-nous où elle se situe exactement sur la route de Montfort.

Josselin dessina une croix rouge sur la carte.

— Attention, dit Maël. Il a deux chiens, des bêtes féroces qu'il laisse sûrement rôder le soir, affamées. Il faudra sûrement les tuer. Et surtout, ils vont aboyer dès qu'ils sentiront votre présence. Alors un ou deux des gars sortiront voir de quoi il retourne.

— Apportez de la viande, dit Josselin, beaucoup de morceaux, quinze, et balancez-les par-dessus la haie. Ça occupera les chiens un moment et les fera taire. Une fois le silence revenu, vous pourrez les neutraliser. Je n'aime pas suggérer qu'on abatte des chiens, mais ceux-là ont été élevés pour tuer.

— Comment le savez-vous ?

— Je les ai vus. Des pitt-bulls noirs, hauts, les mâchoires puissantes, plutôt terrifiants. N'est-ce pas, Maël ?

— Affreux. Le genre de bête qui vous saute à la gorge en un bond. Le Guillou doit les emmener chaque fois qu'il vient à Montfort.

— Avant d'atteindre la maison, encore faudrait-il entrer, dit Adamsberg.

— Le portail est haut, hérissé de piques, et une grosse chaîne retient les barreaux de la grille, dit Josselin.

— On le voit très bien ici, dit Mercadet en agrandissant sa photo.

— Infranchissable, dit Adamsberg. La seule solution est de se couler à travers la haie, en y pratiquant une trouée à la scie à main ou avec des forces. Quel endroit vous semble le plus approprié, Josselin ?

— Je n'ai pas vraiment inspecté les lieux, je n'avais pas l'intention de me faire reconnaître. Mais dans la haie côté est, j'ai noté deux arbrisseaux morts. Ce serait facile de tailler là-dedans.

— Qu'est-ce qui borde la haie ?

— Un chemin de terre d'une bonne longueur. Vous aurez la place d'y dissimuler tous les véhicules.

— Parfait. Attention au geste réflexe quand vous sortirez des voitures : ne faites pas claquer les portières, ne les fermez pas. On commence aussitôt à pratiquer la percée et on lance la viande depuis cet endroit. Il faut attirer au plus vite les deux molosses au même point. Celui par lequel on tirera. On achèvera la percée tandis que les chiens seront occupés avec leur viande. Tu en as en réserve, Johan ?

— Oui, mais c'est de la belle viande. C'est dommage de la jeter à des chiens.

— Il s'agit de sauver ta fille, Johan ! s'écria Adamsberg. Alors belle viande ou pas, on s'en fout !

— Pardon, dit Johan en se frottant les cheveux, pardon. Je n'ai plus ma tête. Je vous prépare les morceaux tout de suite.

— Avec des silencieux pour abattre les chiens, ce serait idéal, dit Veyrenc. J'en ai un avec moi.

— Alors vous tirerez, dit Matthieu.

— Une fois les chiens hors d'état de nuire, reprit Adamsberg, dix d'entre nous filent à l'arrière pour effectuer une seconde percée dans la haie et pénétrer de ce côté. Puis on cerne la maison. Combien de portes en façade, Josselin ?

— J'en vois une sur le devant et cinq fenêtres, dont deux un peu plus grandes, dit Mercadet.

— C'est cela, confirma Josselin. Mais on ne connaît pas la face nord.

— Il y a forcément d'autres ouvertures, dit Mercadet.

— Les deux plus grandes fenêtres doivent correspondre à la salle à manger, les autres aux chambres et bureau.

— À vingt heures, dit Adamsberg, il fera encore jour, mais les fenêtres ne sont pas grandes et ces longères sont sombres. Je pense qu'ils allumeront vers cette heure-là, comme le fait Johan ici. Ce sera le signal qu'ils sont rassemblés pour se mettre à table, et ce sera le moment de foncer.

— Et on fonce comment ? demanda Matthieu.

— Pas d'autre solution que de ramper sur l'herbe – ce qui vous protégera le cou – jusqu'à ce que vous ayez atteint les portes avant et arrière. N'oubliez pas : il fera jour. Donc restez bien à plat au sol, l'arme au poing et prêts à tirer. Moi, je ne pourrai que vous regarder depuis le trou de la haie.

— J'ai une photo de l'arrière de la maison, s'écria Mercadet. Sûrement quand elle était mise en vente. De ce côté, le mur est en briques.

— C'est souvent comme cela pour les vieilles longères, dit Josselin. Et donc, dit-il en examinant la photo, une porte nord et trois fenêtres.

— Et un détail essentiel, dit Retancourt en examinant la photo : un soupirail. Donc une cave. Mercadet, vous pouvez faire un gros plan ?

— C'est cela, dit Retancourt en reprenant l'appareil, et il est muni de barreaux. On peut passer l'avant-bras, mais pas tout le bras. Pas le mien en tout cas. Cela suffit pour tendre une arme.

— Je pense que la petite est là-dedans, dit Adamsberg. D'où les vêtements. Il fait froid dans une cave.

— Cela dépend de ce qu'a vu Maël, dit Matthieu. Est-ce que tous les volets de façade étaient ouverts quand tu étais en planque ?

— Je crois bien que oui.

— Alors, c'est sans doute là qu'elle est, dit Adamsberg. Ils n'auraient pas pris le risque de l'enfermer dans une chambre, elle a huit ans, donc très capable de défoncer une fenêtre avec une chaise.

— Surtout qu'elle est forte, ma petite Rose, dit Johan en servant la troupe des agents. Faut la voir transporter des bûches.

— Quand l'attaque aura commencé, il faudra que des hommes soient déjà prêts devant le soupirail. Néanmoins, elle peut tout aussi bien se trouver dans les combles.

— Une fois qu'on aura rampé jusqu'aux portes, comment on manœuvre ? demanda Verdun.

— On dézingue tout et on entre, dit Retancourt.

— Je traduis, dit Adamsberg. Les portes seront nécessairement fermées. On tire dans les serrures et on les encercle. Les gardes aux boucliers doivent entrer les premiers. Nous aussitôt derrière.

— Pas toi, dit doucement Matthieu. Et tu conserves les boucliers.

— Vous, aussitôt derrière, corrigea Adamsberg. Mattieu et douze hommes dans la pièce de devant, dix dans celle à l'arrière. Les policiers de Combourg suivront. Autant de flics contre six, je ne vois pas ce qu'ils peuvent faire. On les désarme et on leur colle à chacun le canon sous le cou. Cinq d'entre nous – d'entre vous – descendront à la cave pour sécuriser la petite, et cinq autres monteront au grenier.

— Et supposez que la porte de la cave soit blindée, commissaire ? demanda Retancourt. Si son coffre est là ?

— Guère probable, dit Matthieu. Ou ils n'auraient pas laissé un mur en briques à l'arrière.

— Exact. Avec une masse, un mur en briques, ça se défonce, dit Retancourt. J'en emporte une.

— Mercadet, demanda Adamsberg, vous pensez tenir le coup durant toute l'opération ?

— Non, dit le lieutenant en secouant la tête. Mais je veux être là. Je vais demander à Johan une thermos entière de café.

— J'ai mieux, dit Johan. Comme la petite potion que je vous avais servie pour aller dormir, mais à l'inverse. C'est un cordial de ma confection, c'est inoffensif et ça vous aidera à vous tenir éveillé. Évidemment, faut pas en prendre tous les jours. C'est pour des situations d'exception.

— Je prends, dit vivement Mercadet.

— C'est l'heure, dit Adamsberg en se levant sur sa béquille, pendant que son adjoint avalait son cordial maison. Faites entrer toutes les voitures sans bruit dans le chemin de terre. Josselin, il est assez large pour le camion ?

— Sans problème.

— Vous oubliez votre viande ! dit Johan en donnant deux boîtes à Matthieu.

— Pourquoi deux ? demanda Matthieu.

— Pour aller plus vite. Ils vous sentiront dès que vous aurez mis pied à terre. Il y a vingt bons morceaux. Dix par chien. De quoi les occuper un moment.

XXXVII

À dix-neuf heures quinze, la file de voitures démarra vers Montfort-la-Tour, escortée d'une ambulance demandée avec insistance par Adamsberg.

Vingt minutes plus tard, la maison de Le Guillou était en vue. Tous les véhicules s'enfournèrent dans le chemin de terre. Comme l'avait prévu Josselin, les chiens se mirent à gronder dès que les premiers policiers eurent mis pied à terre. Cinq hommes et Retancourt s'attaquèrent aussitôt à la haie de bois mort, qu'ils ouvraient sans peine, alors que les chiens avaient commencé d'aboyer furieusement. Adamsberg s'était extrait de la voiture et avait avancé péniblement jusqu'à eux.

— La viande, vite, dès maintenant, dit-il.

— Les clébards arrivent au pas de course, dit Veyrenc en ajustant son arme.

La porte d'entrée s'ouvrit et un bel homme parut sur le seuil.

— Ce doit être Le Guillou qui vient se rendre compte, dit Adamsberg. Lui seul ne craint pas les pitt-bulls.

Veyrenc et Noël avaient achevé de lancer les morceaux de viande, assez près de la haie pour pouvoir tirer, et les chiens s'étaient jetés dessus. Ils n'aboyaient plus. Le lieutenant tendit son bras à travers la haie et visa à la gorge. Les deux molosses s'affaissèrent l'un après l'autre sans un soupir.

Dans le silence revenu, ils virent Le Guillou, trop éloigné pour repérer ses bêtes à terre, hausser les épaules et refermer la porte. Retancourt acheva la percée dans la haie et se prépara à rejoindre l'équipe nord, suivie de Veyrenc. Il était vingt heures.

Les lumières s'allumèrent dans la salle principale, éclairant les deux plus grandes fenêtres.

— Chacun s'avance en progressant au ras du sol et rejoint le poste fixé, dit Adamsberg. L'herbe est coupée ras, mais votre équipement va vous ralentir. Pas de mouvement précipité, nous avons le temps. Ceux de l'arrière – dirigés par Veyrenc –, attendez d'entendre le fracas de la porte d'entrée avant de démolir l'accès.

Adamsberg, resté avec seulement quatre gardes spéciaux et arme en main, suivit des yeux les agents qui se traînaient vers leurs positions. Une fois les douze hommes de Matthieu parvenus à la porte, le commissaire leva le bras vers Adamsberg. Signe que la serrure de la porte allait exploser. Serrure si renforcée qu'il fallut six balles aux policiers pour la faire tomber. L'un d'eux enfonça la porte démantibulée d'un coup de pied et les treize policiers investirent la pièce, deux se plaçant derrière chacun des cinq convives attablés, portant le canon de leur arme à leur cou tout en maintenant leurs mentons serrés dans l'autre bras. Matthieu avait reconnu Le Guillou, le beau gosse de la photo de classe, mais il ne connaissait pas les quatre autres hommes. Il se rua sur Robic, qui se tenait debout, immobile au milieu de la salle, tenant une bouteille d'une main, attrapant son pistolet de l'autre. Il le désarma d'un coup sec, l'étrangla d'un bras, canon pointé sur la carotide.

— Où est la petite ? cria-t-il. Quarante-six flics, vous n'avez pas une chance ! Où est la petite ? cria-t-il d'une voix plus forte.

— Je ne saisis pas, dit Robic d'une voix étranglée par la pression du bras, mais toujours hautaine. Je suis venu dîner chez des amis et je ne sais pas de quelle petite vous voulez parler.

— Gardes, ôtez-leur leurs armes et menottez-les, ordonna Matthieu tout en faisant asseoir Robic de force.

— La gosse ! cria Berrond en secouant Le Guillou. Où t'as mis la gosse ? À la cave ? C'est de là qu'il venait, ton patron ?

— Gosse ? Il n'y a pas de gosse ici, répondit durement Le Guillou.

— Et les jouets ? Les vêtements ? Le matelas d'enfant ? C'est toi qui vas dormir dessus peut-être ?

Pendant ce temps, l'équipe nord avait pénétré à l'arrière – une cuisine – et après un court instant, Veyrenc fit signe à Retancourt.

— Restez tous ici, dit-il aux policiers. Retancourt, on file au soupirail.

Un doute inquiétant avait saisi Retancourt face au calme imperturbable de ces hommes. Et si Rose n'était pas là ? Et si les jouets et les vêtements n'étaient que des cadeaux préparés par Le Guillou pour une fillette de sa famille ? Oui, mais le matelas. Le matelas prouvait que la gamine était ici.

Elle et Veyrenc s'allongèrent dans l'herbe, les torches braquées sur le soupirail.

— Vous la voyez ? demanda Veyrenc.

— Oui. Une petite forme sur un matelas. Éclairez plus à droite. Et ça, c'est une poupée, une masse de cheveux blonds. Elle est là, Veyrenc, elle est bien là.

— Vous avez eu peur ?

— Oui.

— Moi aussi. Je préviens Matthieu.

— Elle est où ta cave ? demanda Matthieu à Le Guillou, sitôt le message reçu.

L'homme haussa les épaules et sourit.

— Escalier sur votre gauche. Bonne chance.

Dès qu'ils eurent dévalé les marches, Matthieu et Berrond comprirent l'ironique « Bonne chance » lancé par un Le Guillou sûr de lui. La porte de la cave était blindée.

— Rose ! Rose ! Parle-nous, c'est la police ! cria Berrond.

Sans réponse, Berrond martela de ses poings l'acier de la porte en ne cessant d'appeler en vain.

— Ils l'ont peut-être déjà tuée, dit-il, affolé. Ou blessée pour la faire taire.

— C'est bien de là que venait Robic, dit Matthieu, les dents serrées. Il remontait de la cave.

Fou de colère, il grimpa les marches en courant et se rua sur Le Guillou.

— Porte blindée. Ça t'amuse, hein ? On va enfoncer ton mur de briques et récupérer la gosse. Elle est en bas, et nous le savons.

— Vous me prenez pour un imbécile ? répondit Le Guillou. Le mur de briques est blindé de l'intérieur.

— Passe les clefs ! Vite, je m'énerve, ma main tremble et le chien est levé.

— Je n'ai pas les clefs.

— Qui les a ? Où sont-elles planquées ? demanda rageusement Matthieu. Effacement de l'accusation de rapt d'enfant et circonstances atténuantes pour tout le reste pour celui qui me les donne.

— Quelle assurance ? demanda Robic.

— Parce que tu sais où elles sont, hein ? Évidemment, le grand chef ne les aurait confiées à personne d'autre. Le grand chef décide de tout car il n'a confiance en aucun de ses hommes. Pas même en Le Guillou.

— Quelle assurance ? répéta calmement Robic.

— Je la demande au ministère, dit Matthieu en attrapant son portable.

Il y eut des grommellements sourds autour de la table.

— Espèce de lâche, hurla Le Guillou à l'adresse de Robic. Tu n'es qu'un traître ignoble. Tu n'as jamais pensé qu'à toi et de nous tous, tu t'en fous, tant que toi, toi, tu peux te tirer de là. Tu le paieras, Robic, crois-moi.

Berrond regardait son chef, ahuri. Une quasi-amnistie pour Robic, c'était cela qu'il osait demander ? Matthieu lui jeta un coup d'œil froid pendant qu'il tapait son message, un message pour demander l'avis d'Adamsberg sur sa stratégie.

— Envoie-moi Mercadet à grande vitesse, répondit aussitôt Adamsberg.

— Qu'est-ce que tu vas faire ?

— Fabriquer un faux message émanant du ministère et te le faire passer par Mercadet.

— Bon sang, il en est capable ?

— Il y arrivera. Envoie-le-moi en urgence.

— Berrond et Mercadet, dit Matthieu, rejoignez Adamsberg au plus vite. Sa blessure s'est rouverte et s'est infectée, la fièvre monte à toute allure. Vous avez de l'aspirine ici ? Cela, au moins, vous pouvez nous la donner ?

— Va te faire foutre, dit Robic, et que personne ne lui en fournisse. Qu'Adamsberg crève ne pourrait que me réjouir.

— Bande de salopards, dit Matthieu. Bande d'immondes salopards.

Matthieu courut dans la première chambre, ouvrit les armoires, attrapa un drap propre et le passa à Berrond.

— Filez à toutes jambes, Berrond, et vous aussi, Mercadet. Adamsberg a besoin de vous. Stoppez l'hémorragie et faites venir une ambulance.

Les deux hommes, affolés, coururent aussi vite que possible vers le trou de la haie où les attendait Adamsberg, assis, son téléphone sur les genoux.

— Mais vous n'êtes pas malade ?

— Astuce de Matthieu pour vous envoyer ici. Mercadet, ça urge. Vous avez entendu Matthieu ?

— Oui, il a fait une proposition ahurissante à Robic s'il lui donnait les clefs de la cave, blindée à l'avant et à l'arrière : effacement de l'accusation de rapt et circonstances atténuantes pour tout le reste. On ne peut pas accepter ça, c'est impossible, commissaire !

— C'est possible parce que c'est vous qui allez le faire, Mercadet. Écrire un faux message émanant du ministère que je vous dicterai et que vous transférerez à Matthieu aussitôt. Vous pouvez percer la messagerie du ministère ?

— C'est fait depuis longtemps, dit Mercadet.

Adamsberg lui adressa un salut appuyé de la tête en guise de compliment.

— Alors écrivez, à en-tête du ministère de l'Intérieur.

— Le mieux serait ensuite que, depuis votre portable, je transfère à Matthieu les messages authentiques que vous avez reçus, au cas où Robic souhaiterait les comparer.

— Juste. Vous êtes sur leur site, là ?

— Encore deux minutes. Voilà, j'y suis.

— Vous pourrez effacer vos traces ?

— C'est prévu, commissaire.

— Alors écrivez : *Dans le but unique de sauver la vie d'une enfant, demandons accès cave à M. Pierre Robic. En contrepartie annulation d'accusation pour rapt et circonstances atténuantes pour les autres chefs d'accusation. Condition express : en cas de délit ou tentative de fuite de M. Robic, les indulgences exceptionnelles énoncées ci-dessus deviendront immédiatement caduques.*

— Fait. Relisez bien, Berrond, Une faute d'orthographe ferait mauvais effet.

Berrond fit corriger le mot « express » et Mercadet montra son œuvre à Adamsberg. Le commissaire n'y trouva pas la moindre différence avec les véritables messages qu'il avait déjà reçus du ministère.

— Vous êtes un as, lieutenant. Et comment avez-vous pu reproduire la signature ?

— Elle est automatisée sur leur site. C'est facile de la capter.

— Allez-y, transférez le tout droit vers Matthieu, y compris mes messages, dit Adamsberg en lui passant son appareil.

Dans la salle régnait un silence de mort, rompu par les maugréements des associés de Robic. La cohésion se délitait. Pierre Le Guillou réfléchissait intensément à la manière de se venger de la traîtrise de Robic. Il allait être emmené en cellule comme les autres, mais d'une cellule, on peut faire pas mal de choses. Robic paierait.

Matthieu, au comble de la nervosité, montrait toujours un visage paisible. Berrond revint, avec le drap déchiré.

— On l'a pansé, dit-il, mais il est brûlant. Il lui faut des secours.

Le téléphone de Matthieu sonna plusieurs fois et le commissaire le sortit sans hâte de sa poche.

— C'est fait, dit-il calmement, en montrant le message du « ministère de l'Intérieur » à Robic. Satisfait ?

Robic examina le texte, observa l'en-tête, le lut et le relut. Un soupçon de suspicion flottait sur ses lèvres pincées.

— Voici les messages reçus de l'Intérieur par Adamsberg après vos menaces, dit Matthieu. Il vient de me les transférer. Comparez si cela vous chante.

— C'est parfait, dit finalement Robic en se levant, avec le sourire de l'homme qui réussit toujours.

Car, flics ou pas flics, une fois libre chez lui en attente de son procès, il était bien convaincu de parvenir à s'échapper.

— La clef, ordonna Matthieu, en ramassant son téléphone.

— Nous y allons, dit Robic sans un regard pour ses associés dont il sentait monter la rage et le mépris, ce qui ne lui importait nullement. N'aie pas de regrets, Pierre, ajouta-t-il, j'ai changé la planque, tu n'aurais jamais pu leur donner la clef.

L'arme de Matthieu collée à son dos, et en compagnie de Berrond et Retancourt, Robic descendit l'escalier de la cave, et s'arrêta à mi-chemin. Élevant ses mains menottées vers le mur, il agrippa une brique qu'il fit doucement sortir de son logement. Matthieu plongea ses doigts dans la cavité et en sortit une clef longue et brillante.

— Ramenez-le, Berrond, dit-il. Restez, Retancourt, j'ai besoin d'une femme pour rassurer la petite.

Le commissaire dévala les dernières marches, ouvrit la porte blindée et s'agenouilla près du petit matelas où était étendue Rose. Il colla son oreille contre sa poitrine, souleva la mince couverture, retourna l'enfant sous tous les angles comme un sac de farine, la pinça, lui parla, puis la recouvrit, calant bien sa tête sur son oreiller.

— Elle n'est pas morte, dit-il d'une voix essoufflée, ni blessée. Mais totalement droguée, ça ne fait pas le moindre doute. Jusqu'à quel point, mortel ou non, on n'en sait rien. Mais j'ai bon espoir car elle réagit quand on la pince, elle entend ce qu'on lui dit. Et surtout, c'est très récent. La droguer, c'est ce que venait de faire Robic juste à notre arrivée. Remercions

Adamsberg d'avoir embarqué une ambulance. D'ici vingt minutes, elle sera prise en charge à l'hôpital de Rennes. Et c'est dans la première heure qu'il faut agir.

Retancourt prit la fillette dans ses bras, enroulée dans la couverture, et rejoignit à grands pas l'ambulance qui prit la route de Rennes toutes sirènes hurlantes. Matthieu appelait Johan pour lui annoncer la nouvelle. Il entendit l'homme pleurer, de délivrance cette fois.

— Rose est en route pour l'hôpital, dit Matthieu. Non, ne te tracasse pas. Attends-nous à l'auberge.

Le Guillou et les quatre autres hommes furent emmenés vers le commissariat de Rennes par les gendarmes de Matthieu. Robic fut embarqué avec les autres afin de ne pas éveiller sur-le-champ les soupçons de la presse. Matthieu, Berrond, Verdun et l'équipe d'Adamsberg revinrent vers Louviec, accompagnés des gardes à bouclier qui, sans ordre nouveau, continuaient d'assurer la protection du commissaire. Gardes qui tinrent à reprendre leur formation en tortue pour faire pénétrer Adamsberg dans l'auberge de Johan.

XXXVIII

L'aubergiste, planté devant sa porte, serra Adamsberg dans ses bras dès son arrivée.

— Tu peux bénir Mercadet, dit Adamsberg. Sans lui, on était foutus.

Johan s'avança vers le lieutenant qu'il enlaça avec effusion.

— Merci pour votre potion, Johan, dit Mercadet. Elle tombait à pic. Et puisque nous en sommes à bénir, eh bien, bénissez le commissaire d'avoir prévu l'ambulance. Car à ce que m'a décrit Matthieu, c'est un barbiturique que Robic a fait avaler à votre fille.

Le nouveau docteur de Louviec, accouru à la demande de Johan, hocha la tête.

— L'hôpital a appelé, dit-il. À son arrivée, il était encore temps, ils ont pu la traiter au carbone végétal activé. Juste temps.

— Docteur, dit Johan d'une voix trouble, que se serait-il passé sans ce truc activé ?

— Elle mourait cette nuit, dit le docteur de sa voix la plus douce. Mais, ajouta-t-il en posant sa main fine sur la grosse épaule de Johan, ne vous faites pas le moindre souci. Tout danger est à présent écarté, je vous l'assure. Il fallait intervenir très vite et ces hommes ont tenu les délais.

— Sans vous, dit Johan en s'asseyant pesamment, les traits défaits par l'angoisse et l'émotion, j'aurais perdu ma fille.

— Tu oublies Maël, ajouta Adamsberg. C'est à lui qu'on doit d'avoir trouvé la planque. Et Josselin, qui a localisé la baraque de Le Guillou.

— Et toi, qui avais exigé une ambulance. Je ne sais pas comment on dit une reconnaissance pareille, je ne sais pas comment on fait.

— En me donnant de l'aspirine, et en nous servant un café, dit Adamsberg en souriant.

— Avec une part de gâteau, de gâteau reconstituant. Tu m'en diras des nouvelles, dit Johan en retrouvant son souffle et son sourire. Mais tu as rouvert tes blessures ?

— Il a fallu remuer, bouger, j'ai simplement mal.

— J'appelle mon cuisinier, il va te désinfecter et te refaire tes pansements illico. Tu te souviens qu'il a fait un an d'études d'infirmier avant de changer de voie ?

— Je te remercie, je l'attends sur le lit de « ma » chambre.

Adamsberg se hâta d'adresser des messages à Maël et Josselin afin de les rassurer sur le sort de Rose et les remercier, pendant que l'infirmier-cuisinier désinfectait ses blessures au bras et à la jambe, et refaisait des pansements, l'air mécontent.

— Mais qu'est-ce que vous avez fabriqué ? dit-il. Un parcours de militaire ?

— Bougé, traîné, remué...

— Vous ne pouviez pas rester tranquille ici ?

— Non. On pouvait avoir besoin de moi.

— Et on l'a eu ?

— Oui, dit Adamsberg en songeant au faux message avec un sourire, et à la rapidité avec laquelle Robic l'imbattable s'y était fait prendre.

— Je comprends, dit-il, mais à présent, repos. Où est votre béquille ?

— Perdue dans la bagarre. J'irai la récupérer dans le chemin.

Le cuisinier secoua la tête pour marquer sa désapprobation, comme il l'aurait fait pour un enfant rétif, et administra un analgésique au commissaire.

Adamsberg écoutait les bruits de vaisselle provenant de la grande salle et entendait, imperturbables, les gardes du corps fermer les volets. Que faire de ces gardes à présent ? Demain, Robic serait relâché, afin d'accréditer impérativement le faux message. Car si on le gardait en taule après cela, il comprendrait qu'il avait été joué, que les flics avaient piraté la messagerie officielle et lui avaient montré un message qui n'était qu'une contrefaçon. C'était grave, très grave, et Robic ne manquerait pas d'en alerter le ministère. Toute la Brigade de Paris exploserait avec celle de

Matthieu, avec peines de prison exemplaires à la clef. Oui, malgré les risques, Robic devrait rentrer chez lui demain. Il ne regrettait pour rien au monde la périlleuse décision illégale qu'il avait prise. Il avait cependant hésité un court instant avant de faire fabriquer ce faux à Mercadet. Certes, ils auraient pu attendre l'arrivée de spécialistes des portes blindées depuis Rennes, et la difficile opération aurait encore pris du temps. Or le médecin venait d'annoncer que la fillette n'aurait pas passé la nuit, et c'est ce qu'il avait craint. Robic ne l'aurait pas laissé survivre et avait déjà amorcé son assassinat. Non, pas le moindre regret. Il faudrait néanmoins expliquer au ministère, qui en serait informé demain soir, pourquoi Robic était de nouveau dans la nature, alors que dans son interrogatoire, Le Guillou dénoncerait à coup sûr son rôle majeur.

Il faudrait mentir, dire qu'il se gardait Robic sous la main – sous surveillance – comme appât pour le reste des complices. Bien dit, bien amené et fermement expliqué, cela passerait.

Lui s'estimait hors de danger, à présent que la bande était démantelée. Mais rien n'était sûr, avec Robic. Il pouvait très bien l'attaquer lui-même, de nuit, imitant la manière du tueur de Louviec ou en lui tirant tout simplement dessus, et se venger ainsi d'avoir été dépossédé par sa faute de toute son organisation. Mieux valait donc conserver ses gardes encore un moment, au moins jusqu'à ce qu'il redevienne valide et apte à se défendre.

Il s'assoupissait en attendant que l'analgésique fît de l'effet quand il sentit une bulle imprévue remonter avec lenteur et difficulté vers sa conscience, du fond de son lac opaque. Immobile, aux aguets, il la laissait cheminer, les mains placées en cuvette sur son torse comme pour la saisir quand elle émergerait. Elle était lourde, confuse, charriant des fragments mêlés de son hérisson revenu au bosquet, des derniers mots de Gaël, des images de Joumot, du docteur, de l'œuf, de la *cordialité*... Il l'attrapa avec délicatesse quand elle pointa son nez trouble, puis, les mains refermées sur elle en coquille, telles celles de Matthieu sur le papillon de nuit, il se récita une dizaine de fois les mots enchevêtrés et hétérogènes qui l'avaient poussée vers lui pour les mémoriser. Le cuisinier eut la gentillesse de lui apporter une autre béquille. Il nota en hâte tous ces termes disparates offerts parcimonieusement par la bulle et rejoignit la troupe qui s'empressait de se mettre à table.

Adamsberg s'approcha de Mercadet.

— Vous n'allez pas dormir, lieutenant ?

— Ce doit être l'effet du cordial de Johan, je me sens dispos. Et je veux encore du gâteau, ajouta-t-il comme l'eût fait un enfant.

— Mercadet, chuchota Adamsberg à son oreille, dans le récit qui ne manquera pas d'être fait de cette soirée, pas un mot sur notre affaire. Concernant la scène pour obtenir les clefs, je prendrai l'initiative de la raconter à ma manière.

Robic aura cédé à nos fausses promesses et voilà tout.

Le commissaire murmura la même instruction à Matthieu, qui approuva, tandis que Mercadet effaçait le faux message de son portable. Josselin s'était joint à eux et on attendit que les hommes aient littéralement dévoré le gâteau, en effet reconstituant, pour le mettre au travail avec Mercadet. Johan reposait son téléphone, rayonnant.

— Elle a ouvert les yeux, et elle a souri à Violette, dit-il. On aura bientôt le résultat sur les doses de barbi... barbituriques qu'ils lui ont fait avaler.

— Formidable, Johan, ils savent quand elle pourra parler ? demanda Adamsberg. Sa description de ses ravisseurs sera décisive.

— Dès demain matin, ils m'ont dit.

— J'y serai, dit Adamsberg.

XXXIX

— Il nous reste quatre hommes à identifier, dit Mercadet, une fois le dessert fini, afin qu'on puisse localiser leurs domiciles. Selon leurs pseudonymes, il s'agit du « Lanceur », du « Poète », du « Ventru » et du chauffeur muet. Ce soir, j'ai pu les filmer et les enregistrer par moments. Et j'ai classé mes images selon chacun des quatre hommes.

— Excellent, lieutenant, dit Adamsberg.

— Commençons par le chauffeur, dit Josselin, car il y avait au lycée un élève qui était muet. Cette infirmité ne le rendait pas aimable – et comme je le comprends –, il grondait au lieu de parler. Il avait en outre une tête trop grosse pour son corps et des bras très courts. Des cheveux châtains, des yeux bleus et tristes. Montrez-moi la photo de classe et son allure actuelle.

Mercadet fit défiler un fragment de film où l'on voyait le Muet s'exprimer par signes et expressions.

— C'est ce garçon-là, dit Josselin après un examen assez court, pointant son doigt sur la photo de classe. Je me souviens qu'il s'appelait Claude, mais je ne me rappelle plus son nom de famille.

— Claude Berthou, dit Mercadet.

— C'est bien cela.

— Je cherche son adresse.

— Il les a décidément tous recrutés dans son lycée.

— Puissance du passé, confiance de jeunesse, dit Adamsberg.

— De qui sors-tu cette nouvelle citation ? demanda Veyrenc.

— Louis, tu sais très bien que je ne suis pas capable de citer un auteur. Elle est de moi.

— Eh bien, elle est bonne. Je la retiens aussi.

— Le « Lanceur », dit Josselin à voix basse. Il y avait un gars qu'on appelait déjà ainsi au lycée. Il n'était pas dans ma classe, mais dans l'équipe sportive interclasses, comme le gardien de but, Karl Grossman. C'était le meilleur buteur de nous tous. Attendez que je me souvienne. Très brun, la peau creusée par l'acné, les cheveux hérissés sur la tête, un nez épaté. Montrez-moi le film, lieutenant.

— Sympathique ?

— Du tout. Mais très causeur, très ramenard.

Josselin accorda un temps plus long à l'examen du film, allant et venant de la photo de l'équipe sportive aux images du film, et finit par désigner un grand garçon brun aux cheveux en brosse, au visage couvert d'acné.

— Au fond, il n'a pas tellement changé, dit-il en pointant le jeune homme, double menton mis à part. Et ses boutons ont laissé des cicatrices bien visibles à l'âge adulte.

— Alors ce serait Germain Cléach, dit Mercadet.

— C'est lui, dit Josselin.

— On continue ? demanda Mercadet.

— Mais certainement. Au fond, c'est un jeu assez distrayant.

— Voici sans doute le « Ventru », dit Mercadet, en faisant défiler les quelques images du soir.

— Par veine, lieutenant, votre film le montre légèrement souriant, narquois plutôt. Et il a les dents du bonheur. Vous voyez ? Cet espace entre les deux incisives du haut ? Et de grandes oreilles décollées. C'est lui, dit-il en revenant à la photo de classe. Déjà grassouillet, comme vous pouvez le voir. Mais son nom m'échappe.

— Félix Hénaff, dit Mercadet.

— Oui, je me le rappelle maintenant.

— Je pense que ce sera le seul qu'on a une chance de faire parler, dit Adamsberg. Après les insultes justifiées de Le Guillou contre Robic, quelque chose a vacillé dans ses yeux. Il n'y était plus, il n'en voulait plus.

— Ça ne m'étonnerait pas, dit Josselin. Il suivait Robic comme les autres, mais il était déterminé en même temps que timoré. Nuancé, dirais-je.

— N'en reste qu'un, dit Mercadet. Le « Poète ».

— Le « Poète » ? répéta Josselin. Celui-là, pourriez-vous me le montrer mais aussi me faire entendre sa voix ?

— C'est très court. Il parle, mais assez bas, au « Lanceur », qui était à ses côtés durant l'arrestation de la troupe.

Josselin examina sur le film un rouquin aux cheveux mi-gris, et redoubla d'attention pour saisir quelques mots de la voix légère et bien posée du « Poète » : *... avais dit que... une idée de con... pas forcément au courant...* Josselin sourit et tapota la photo de classe.

— On ne le croirait pas à sa voix – il tenait la partition ténor dans notre petite formation musicale – mais c'était un dur à cuire. Roux, plutôt bien fait, belle gueule, mais qu'il ne fallait surtout pas contrarier. Robin... Robin comment ?

— Robin Corcuff.

— Nous y sommes. On les a tous à présent, non ?

— On tient les dix associés, dit Mercadet avec l'expression soulagée d'un homme victorieux. Ça va nous faire quatre perquisitions en plus, sans compter chez Robic et Le Guillou. Six.

— On a les hommes qu'il faut, dit Matthieu.

— *Demain*, écrivit Adamsberg pour Mattieu, *lors de l'interrogatoire de Robic, allusion au rapt, mais sans question insistante puisqu'« On » l'a effacé des chefs d'accusation. Il doit y croire.*

Matthieu hocha la tête en lisant le message.

— Je propose, dit-il à voix basse, de commencer à interroger ceux qui sont susceptibles de flancher, avant de s'attaquer aux chefs, Robic et Le Guillou, qui ne diront pas un mot.

— Si, dit Adamsberg, on a de bonnes chances pour que Le Guillou, en rage contre Robic, en lâche un bon bout. À interroger. Tous les deux.

— Donc six dans la journée de demain. Mais avant, on procède aux perquisitions, avec toute l'équipe et les gardes au complet, puis interrogatoires dans la foulée, à mesure de la découverte des coffres. Je garde Berrond et Verdun avec moi pour les fouilles et j'affecte des hommes expérimentés pour les interrogatoires. Pour le Muet, on trouvera un interprète particulier.

— Je vous envoie les adresses des quatre hommes, dit Mercadet, qui tombait soudain de sommeil et demanda à Johan s'il pourrait avoir un nouveau cordial demain.

— Non, dit fermement Johan. Pas tous les jours. Vous ne participerez qu'à la moitié des perquisitions et voilà tout.

Adamsberg restait dormir une nuit de plus chez Johan avant qu'on ait pris une décision sur ce point, et retint Matthieu par la manche sur le pas de la porte.

— Deux choses, Matthieu. Après l'interrogatoire de demain, on va laisser la bride sur le cou à Robic, sans surveillance policière apparente pendant deux jours, le temps qu'il se figure qu'il est effectivement libre. Je pense qu'il a l'intention de paraître filer doux durant quelques jours, mais qu'il est décidé à quitter le territoire dès que possible. Par Sète par exemple, où il connaît encore du monde. À Combourg aussi. Un peu de temps lui sera nécessaire pour qu'il prenne ses dispositions. Quand on nous demandera au ministère pourquoi Robic n'est plus en cellule, on expliquera qu'on s'en sert comme appât pour pincer les derniers de la bande. Ça te paraît plausible ?

— Très.

— Je vais m'occuper d'alerter tous les postes frontières. Je t'appelle demain dès que j'ai interrogé la petite.

— Et la deuxième chose ?

— Quelle deuxième chose ?

— Tu voulais m'entretenir de deux choses.

— Ah. J'oubliais. Qu'est-ce que c'est au juste, du « carbone végétal activé » ?

— Grosso modo, du charbon de bois purifié, qui absorbe les toxines. Tu crois que c'est le moment de t'occuper de médecine ?

— J'aime bien comprendre.

Matthieu secoua la tête en souriant, et Adamsberg réintégra l'auberge, volets fermés et toujours protégé par les gardes aux boucliers, bien que Robic fût provisoirement sous clef. Il rédigea un message d'alerte, accompagné d'une photo de Pierre Robic, à tous les commissariats, gendarmeries et postes frontières du pays, en insistant particulièrement auprès du capitaine du port de Sète, où la surveillance devait être accrue pour tous ceux embarquant à bord d'un quelconque bateau, de commerce, de pêche ou de plaisance. Puis il partit s'allonger sans fermer les yeux, attentif aux moindres nouveaux mouvements de sa bulle, qui s'était montrée conciliante mais peu claire.

XL

À huit heures du matin, le commissaire se présenta à l'hôpital de Rennes, muni des deux poupées préférées de l'enfant que lui avait confiées Johan. Il croisa un médecin pressé qui l'autorisa à voir Rose.

— Elle a pris un petit-déjeuner léger, dit-il, elle pourra sortir demain. Ne la bousculez pas néanmoins, elle est encore faible, nous l'avons sauvée de justesse.

Adamsberg entra doucement dans la chambre où la fillette reposait, les yeux mi-clos.

— Vous êtes un médecin ? demanda-t-elle d'une petite voix.

— Non, je suis un policier.

— Un vrai policier ? demanda-t-elle avec intérêt, incrédule.

— Un vrai.

— C'est vous qui m'avez libérée ?

— Avec mes camarades, oui. Tiens, dit-il en déposant les poupées sur son lit. Ton papa pensait que cela te ferait plaisir.

Rose attrapa une des poupées avec un sourire et la berça contre elle.

— Pourquoi il n'est pas là, papa ? Et maman ?

— Ils attendent que j'aie fini de te parler pour entrer.

— Me parler de quoi ?

— Des méchants qui t'ont emmenée dans cette maison. J'ai besoin que tu m'aides, Rose.

— Ils iront en prison ?

— Oui, mais tu dois m'aider. Sur le chemin de la cantine, que s'est-il passé ?

— Il y a une voiture qui s'est arrêtée.

— Et puis ?

— Et puis le monsieur qui était dedans est sorti en me disant que papa était tombé très malade et qu'il voulait me voir. Il avait l'air gentil et il mangeait des bonbons. J'ai eu peur pour papa, je suis vite montée avec lui. Il m'a donné des bonbons. Celui qui avait un gros ventre. L'autre, il conduisait.

— Tu les as bien vus tous les deux ?

— Surtout le monsieur qui est sorti. Et après, je leur ai dit que ce n'était pas le chemin pour aller chez papa, et le monsieur qui conduisait s'est arrêté à un feu rouge et m'a dit qu'on soignait papa à Combourg. Il va mieux, papa ?

— Il va très bien. Regarde, dit Adamsberg, en lui montrant les six photos de Robic, Le Guillou et des quatre autres hommes, tirées du film de Mercadet. Les deux messieurs qui t'ont enlevée, tu peux me les montrer ?

— Lui, dit-elle sans hésiter en montrant la photo du Lanceur, Germain Cléach. Il avait les cheveux tout droits sur la tête, et des trous plein les joues.

— C'était celui qui conduisait ?

— Oui.

— Et l'autre, le monsieur avec les bonbons, tu le reconnais ?

Rose repassa les photos en revue, comme une élève appliquée à laquelle on demande de faire un devoir.

— C'est lui, dit-elle en montrant la photo du Ventru. Il avait un trou entre les dents.

Félix Hénaff, dit le Ventru, certainement choisi pour son air débonnaire.

— Tu es formidable, lui dit Adamsberg, tu dois être une bonne élève, non ?

— Pas beaucoup en calcul mais, sinon, j'ai la note B.

— Ça t'embête si je te fais travailler encore un peu ?

— Non, vous êtes gentil, et puis je m'ennuie ici, moi.

— Tu vas très vite sortir. Où la voiture qui t'emmenait est-elle arrivée ?

— Dans une maison jolie avec des fleurs, et j'ai pensé que c'était là qu'on soignait papa. Mais en fait, le monsieur m'a amenée jusqu'à la porte et m'a fait entrer dans la pièce, puis il est ressorti. Et là... – et l'enfant se mit à pleurer.

— C'est normal que tu pleures, dit Adamsberg en lui caressant les cheveux. Moi aussi je pleurerais. Tu as eu très peur, et nous aussi tu sais. Il y avait des gens dans la pièce ?

— Deux. Et ceux-là, c'étaient des méchants.

— À quoi tu l'as vu ?

— Ils avaient des yeux et des bouches de méchants, comme dans les films, dit la petite en reniflant.

— Tu peux essayer de me les montrer ?

Sans hésiter, Rose désigna les photos de Robic et de Le Guillou.

— Ils m'ont attrapée par les bras et les jambes, continua-t-elle en essuyant ses larmes, et on a descendu un escalier. Au bout, il y avait une cave, et ils m'ont mise par terre. Ils m'ont dit de me tenir tranquille, que je reverrais papa et maman et ils ont fermé la porte en fer. Mais moi, j'y arrivais pas, à me tenir tranquille, je pleurais, je criais, je réclamais papa et maman. Alors après, celui qui était blond, avec des yeux bleus méchants – celui-là ajouta-t-elle en montrant la photo de Pierre Le Guillou –, il est revenu et il m'a donné deux tapes très fortes sur les joues. Et il a dit que j'aurais des tapes tant que je continuerais à pleurer. Et que ça servait à rien parce que personne m'entendait. Après, il a apporté une poupée, un matelas et un gros pull, et je pleurais dans les habits de la poupée pour pas qu'on m'entende. Et bien plus tard, l'autre méchant – celui-là dit-elle en montrant Robic – est entré avec un plateau, du pain et du fromage mais avant, il a voulu que j'avale deux bonbons avec de l'eau. Moi je sais que les bonbons qu'on avale avec de l'eau, c'est pas des bonbons. C'est des médicaments, et je voulais pas les prendre. Alors il m'a secouée très fort et il a dit de prendre les bonbons, que c'était pour dormir et que demain papa serait là.

— Tu n'as vu personne d'autre entrer dans la cave ?

— Non. Et alors après, je me souviens plus.

Adamsberg caressa sa joue mouillée et ôta les photos du lit.

— Tu es épatante, Rose, tu viens d'aider beaucoup la police.

— C'est vrai ? dit-elle en retrouvant un sourire.

— Beaucoup, beaucoup. Grâce à toi, tous ces méchants vont aller en prison et tu ne les reverras plus jamais.

Adamsberg ouvrit la porte et fit entrer Johan. La fillette se précipita dans ses bras.

— Le monsieur m'a dit que je l'avais beaucoup aidé.

Adamsberg les laissa discrètement et appela Matthieu dès sa sortie de l'hôpital.

— Le conducteur, c'est le Lanceur, Germain Cléach, et le type qui est sorti de voiture pour embarquer la petite en douceur, c'est le Ventru. Une fois bouclée à la cave, elle n'en a vu entrer que deux. Devine lesquels.

— Le Guillou et Robic.

— Gagné. Le Guillou lui a collé des tartes pour qu'elle arrête de pleurer et crier, et c'est Robic, bien plus tard, qui est venu avec du pain, du fromage et deux cachets qu'il l'a forcée à avaler.

— Elle n'a vu ni le Muet, ni le Poète ?

— Non. Et on peut être sûrs de son témoignage. On ne peut donc pas encore se prononcer sur la complicité de ces deux-là. Mais tout de même, quand on a demandé où était la petite, ils n'ont pas paru étonnés, ils n'ont pas réagi d'un pouce. Pour moi, ils étaient tous dans le coup. Mais seul Robic avait l'intention de tuer l'enfant.

— Et pourquoi, selon toi ?

— Parce qu'il ne réussissait pas à m'abattre. Il m'a donc tendu un foutu piège, en choisissant d'enlever une personne proche de moi : la fille de Johan. Car il était certain que je me rendrais à sa place, ce que j'allais faire en effet. Mais vous avez eu raison, il nous aurait tout bonnement assassinés tous les deux.

— Pour le moment, Adamsberg, et dès l'instant où Robic sera libre ce soir, on conserve les gardes du corps et les renforts de gendarmes. Et on protège la petite. Plus d'école jusqu'à nouvel ordre.

— C'est d'accord. Mais je crois qu'à présent qu'il est isolé, et ayant trahi ses complices, Robic préfère organiser sa fuite plutôt que de me flinguer.

— Comme il peut organiser ta mort, même depuis sa cellule. Tu ne peux être sûr de rien avec lui. Tu imaginais qu'il enlèverait Rose ?

— Pas forcément Rose, mais quelqu'un de mon équipe à ma place, oui.

— Je vais lancer les interrogatoires du Ventru et du Lanceur à mesure de l'avancée des perquisitions. À présent qu'il y a un témoin du rapt, que leur chef est en prison et quand on aura ouvert leurs coffres, il est bien possible qu'ils balancent les autres. On n'aime pas être seul à trinquer. Puis on attaquera les fouilles chez Robic, Le Guillou, Le Poète et Le Muet. Il est neuf heures ? Je vous rejoins chez le Ventru d'ici peu. Mais pour Robic, avec notre faux message, son cas est délicat. Quel motif pour une perquisition ?

Adamsberg parut méditer un moment.

— Suspicion de complicité pour délits, dit-il à voix lente. Rien ne nous en empêche au fond dans le « message du ministère », quelles que soient les « circonstances atténuantes ». L'expression est vague et on peut jouer là-dessus. Oui, c'est peut-être même prioritaire. Ensuite, son interrogatoire sera de pure forme puisqu'il se sent protégé par ces « circonstances ». Donc, perquisition et saisie du contenu du coffre, contenu si accablant qu'il justifierait la « suspicion pour délit ». Et prévoir sa libération sitôt après.

Trois quarts d'heure plus tard, les équipes d'Adamsberg et de Matthieu faisaient jonction dans le pavillon vieilli du Ventru, accompagnés par les vingt gendarmes de Combourg et d'Adamsberg, toujours abrité par ses gardes du corps. Ils se séparèrent en deux équipes et quatorze hommes partirent vers le domicile du Lanceur.

À midi, les deux maisons avaient livré leurs secrets, c'est-à-dire le contenu des coffres-forts, auquel ils étaient à présent habitués, armes, portables, faux papiers, bijoux, liasses de billets. Le tout avait déjà été photographié et placé sous scellés. Le Ventru comme le Lanceur avaient été moins bien servis que d'autres. Leurs faux papiers attestant qu'ils n'avaient pas suivi l'équipe à Los Angeles, ils n'avaient donc pas touché leur part de l'héritage.

Adamsberg et Matthieu informèrent les adjoints du commissaire à Rennes des résultats des deux perquisitions afin de leur permettre de mener leurs interrogatoires. Les deux hommes commencèrent par nier leur participation aux affaires criminelles de Robic et à l'enlèvement de Rose, mais l'énumération et les photos du contenu de leurs coffres ajoutées au témoignage précis de la fillette les désarçonna. Leur ahurissement lorsqu'ils apprirent que Robic, lorsqu'il était descendu à la cave, avait donné à l'enfant une dose létale de barbiturique – du phénobarbital, avaient révélé les analyses – était authentique. Choqués, intimement révoltés, prenant enfin conscience de la cruauté sans borne du chef tant estimé, ils dénoncèrent ses vingt-deux hauts faits les plus graves et meurtriers, commis à Sète comme dans la région de Combourg – attaques de banques à main armée, braquages de bijouteries, de camions de fonds, cambriolages –, minimisant leur participation. Tous deux juraient n'avoir jamais tué.

— Alors qui tuait quand nécessaire ? demanda le policier en charge, Lenôtre.

Le Ventru et le Lanceur, réunis pour la fin de l'interrogatoire, baissaient la tête, hésitant à donner leurs complices.

— Je vais vous dire ce que j'en pense, moi, dit Matthieu à son adjoint. Les trois véritables tueurs de l'équipe sont à coup sûr Le Guillou, le bras droit glacial de Robic, Hervé Pouliquen, l'assassin du docteur, dénué d'état d'âme, et Yvon Le Bras, dit le Prestidigitateur, dont le Joueur a dit qu'il maniait le pistolet comme un as. Quant à Robic, toujours soucieux de préserver sa personne en exposant les autres, il ne tuait pas, lui. Il préférait de loin faire tuer les autres. Sauf dans le cas de la fillette et du Bourlingueur. Ce qui donne à penser que Le Guillou n'était peut-être pas au courant de l'élimination de la petite.

C'est sur le pré devant la maison de Robic que tous s'assirent, entourés par les gardes du corps, Adamsberg, la jambe allongée, ouvrait les multiples paniers de pique-nique que Johan lui avait confiés à son départ, pique-nique évidemment de haute qualité accompagné d'un vin choisi pour sa légèreté. Les gardes à boucliers, qui dévoraient les sandwichs très élaborés de l'aubergiste, formaient un groupe moins à part et moins silencieux qu'auparavant. Ils commençaient à se mêler aux autres et à sortir de leur mutisme. Mercadet avala sa part avant d'aller dormir quelques heures.

— Au lieu de perdre du temps à rentrer à Louviec, dit Adamsberg, vous pourriez dormir ici dans le pré, l'herbe est moelleuse comme un tapis de luxe et il fait tiède.

— Comment te débrouilles-tu avec ton divisionnaire avec un gars comme Mercadet ? demanda Matthieu.

— Très simple : le divisionnaire n'est pas au courant.

Matthieu hocha la tête, méditatif.

— Cet après-midi, on se cogne les deux perquisitions les plus difficiles, dit-il. Robic et Le Guillou. Mêmes équipes, mais j'ai fait venir un perceur supplémentaire. Je crains que les coffres de ces deux-là ne soient particulièrement ardus. À trouver comme à forcer. On aura le temps ensuite d'effectuer les fouilles chez le Poète et le Muet et de les interroger.

Après deux heures de recherches, l'emplacement des coffres n'avait été découvert ni chez Robic ni chez Le Guillou. Pensif, debout sur sa béquille dans la cuisine de Robic et cerné par ses gardes, Adamsberg observait les deux volumineuses cuisinières blanches qui se faisaient face.

— Louis, tu sais si les Robic recevaient beaucoup ?

— Selon Johan, la femme de Robic donnait une fête somptueuse tous les dimanches au moins, ce qui exaspérait le mari.

— Évidemment, c'est possible en ce cas.

— Qu'est-ce qui est possible ?

— Qu'il y ait deux cuisinières. On les a ouvertes ?

— Oui, et ce sont bien des cuisinières.

— Et comment sont les fours ?

— Ce sont des fours, Jean-Baptiste. Normaux.

— Réellement ?

— Disons que le four de celle-ci est peu profond, concéda Veyrenc.

— Alors c'est là, dit Adamsberg. Appelle le perceur.

Veyrenc ouvrit les boutons de gaz.

— Regarde, elles fonctionnent très bien toutes les deux, dit-il.

— Les brûleurs, oui, mais sûrement pas le four de la plus grosse.

— D'accord, dit Veyrenc après un essai, il ne fonctionne pas.

Derrière le double fond de la cuisinière au four inutile, le perceur mit à jour le coffre, un épais et haut rectangle qui s'encastrait dans le mur arrière, et s'y attaqua dans la foulée. Adamsberg appela Matthieu qui dirigeait les fouilles chez Le Guillou.

— Robic avait trouvé une astuce inédite. Deux cuisinières dont le fond de l'une masquait son coffre. Très possible que les deux hommes aient partagé leur combine. Tu ne remarques rien dans la cuisine ?

— Un grand réfrigérateur et un congélateur assez colossal. On les a vidés tous les deux.

— Prends les mesures entre le fond intérieur du congélateur et son épaisseur totale.

— Trente-deux centimètres de différence, dit Matthieu.

— Il est là. Démonte les plaques arrière.

Chacun de leur côté, les perceurs travaillèrent une bonne heure pour débloquer les portes des coffres. Les contenus de l'un et de l'autre étaient impressionnants, les deux têtes du groupe s'arrogeant plusieurs dizaines de millions et quantité de bijoux, preuve de l'inégalité flagrante du mode de partage entre les divers associés. Robic possédait un passeport encore vierge, comme Yvon Le Bras, signal d'une précaution en cas de fuite en urgence. Il ne pouvait évidemment emporter cette immense fortune avec lui mais avait déjà sûrement imaginé d'en confier la gestion à un financier véreux de sa connaissance. Sans envisager sans doute qu'avant sa « libération », les flics embarqueraient sans délai le contenu de son coffre. Outre les armes, les téléphones, les millions, les papiers, les bijoux, un dossier contenait tous les documents concernant l'héritage « légal » de Robic. Une affaire à traiter avec les flics de Los Angeles dès son retour à Paris, en scrutant à la loupe les plus petites différences entre ce texte et la véritable écriture de Donald Jameson.

XLI

Depuis l'assassinat de Gaël Leuven, *Sept jours à Louviec* sortait des éditions spéciales d'une page à chaque nouvel événement, rendant compte du meurtre d'Anaëlle Briand, puis de celui du maire, puis de la psychiatre, enfin du docteur, et établissait l'existence d'un intermédiaire entre un habitant de Louviec et un ou plusieurs complices de l'extérieur. Les journalistes ne mirent pas longtemps à supposer un lien entre les deux attaques contre Adamsberg et une bande bien organisée osant défier les forces de police venues en protection du commissaire. Comme l'avaient dit Johan et Maël, cela faisait bien longtemps que Robic était suspecté de délits par les habitants, soutenu par une troupe performante, sans nulle preuve pour l'affirmer. Et l'arrestation successive de l'assassin du docteur et de quatre hommes coupables d'attentats contre le commissaire avait mis le petit journal en ébullition. « L'affaire de Louviec » avait gagné les unes de la presse nationale et l'on tentait de contenir au mieux les hordes de journalistes qui envahissaient le village. Mais ils allaient de maison en maison et le nom de Pierre Robic, maintes fois prononcé, gagna lui aussi sa place dans leurs articles.

Pour le moment, et afin qu'on la laisse en paix, nul d'entre eux n'avait su l'enlèvement de la petite Rose, mais les flics avaient accepté de les informer de l'arrestation des six derniers hommes de la bande, dont une partie des noms avaient été révélés. Mais parmi ces hommes, se plaignait la presse – tout en saluant ce « remarquable coup de filet » –, aucun élément n'avait encore permis d'impliquer l'un d'entre eux dans les meurtres de Louviec. Les soupçons se portaient sur Hervé Pouliquen, puisqu'auteur d'un meurtre semblable sur la personne du docteur, sans qu'on puisse établir le moindre rapport avec les quatre autres assassinats.

Traversant la haie de journalistes installés devant le commissariat de Rennes, Matthieu et Adamsberg décidèrent de laisser aux adjoints du commissaire le soin de se charger du Poète et du Muet et d'interroger ensemble Robic et Le Guillou, espérant attiser le conflit qui était né entre les deux hommes.

Face aux deux chefs de bande, ils se heurtèrent à la dureté des anciens caïds qui terrorisaient déjà le lycée de Rennes, mais cette fois pour des raisons différentes, le premier se sachant lavé du rapt de la fillette et se sentant à l'abri de poursuites trop lourdes pour ses autres délits, le second, rageur, sachant qu'il n'échapperait pas à la détention à perpétuité, sauf s'il niait toute participation à un meurtre.

Les deux anciens amis indissociables s'étaient mués en ennemis farouches. Robic, comme le ministère lui en donnait le droit, croyait-il, se désolidarisa spontanément de toute implication dans l'enlèvement et reconnut, de même que Le Guillou, les vingt-deux forfaits énumérés par le Ventru et le Lanceur. Auxquels manquaient tous ceux exécutés sur la zone de Los Angeles sur lesquels ils demeuraient farouchement muets. Tout en jurant n'avoir jamais commis d'homicide.

— C'est faux ! cria Le Guillou. C'est lui et lui seul qui, quelques jours après son arrivée à Louviec, a tué le Bourlingueur !

Robic secoua la tête, indifférent, niant l'évidence et rejetant l'accusation d'un revers de main.

— À supposer que cela soit vrai, quels étaient alors les tueurs attitrés de l'équipe ?

— Hervé Pouliquen et le Prestidigitateur, débita Le Guillou. Et c'est Robic qui les dirigeait comme des marionnettes et distribuait les rôles.

— Tu oublies le Tombeur, dit Adamsberg. C'est-à-dire toi-même, Le Guillou. Non, n'ajoute rien, tu te défendras plus tard. Et lequel a assassiné Donald Jack Jameson ?

— Le Bourlingueur, mais c'est Robic qui a manigancé toute l'affaire, Robic qui a rédigé le testament.

— Et lequel de la troupe a tenté de tuer la petite Rose, en lui faisant avaler deux cachets de barbituriques avec son dîner ? Car sans notre intervention, selon les médecins, la dose était si forte qu'elle en serait morte dans la nuit.

— Quoi ? hurla Le Guillou qui s'était levé, menottes aux mains, se tournant vers son ancien chef. Quoi ? Tu as osé faire cela ?

— Ce n'était que pour l'aider à dormir.

— Tu te fous de ma gueule ? T'as entendu ce qu'ont dit les médecins ? Tu avais projeté de l'assassiner, à l'insu de nous tous ! Parce qu'elle t'avait vu ! Et tu nous as fait gober que tu la libérerais samedi ! Espèce d'ordure ! Toucher aux gosses ! C'est pour cela que tu as voulu lui porter son dîner toi-même !

— Je n'ai pas à répondre dans cette affaire, que le ministère a effacée de mon dossier. À juste titre.

— En effet, reprit Adamsberg. Et nous en reparlerons. Quant aux quatre hommes qui étaient avec vous, étaient-ils tous au courant du kidnapping ? Le Ventru et le Lanceur, cela va de soi. Mais le Poète et le Muet ? Je vous demande une minute.

Adamsberg envoya les photos du Poète et du Muet à Maël, lui demandant s'il reconnaissait l'un ou l'autre des hommes qu'il avait surpris chez Le Guillou.

— Je les ai vus de face quand ils revenaient vers leur voiture. Le premier a apporté les jouets, le deuxième le matelas. Garanti sur facture.

— Et le troisième, celui qui transportait les vêtements, il te dit quelque chose ? Je t'envoie une photo.

— C'est le type aux vêtements. Pas de doute là-dessus, commissaire.

Adamsberg montra les messages à Matthieu, qui hocha la tête et envoya l'information à ses adjoints.

— Tous dans le bain, dit-il. Mais sans doute un seul qui avait l'intention de tuer. Tu as de la chance, Robic, beaucoup de chance.

— Parce que cette crevure a accepté de négocier avec vous. Il nous a tous laissés choir aux mains des flics, et lui, il s'en tirait.

Dans une autre salle, s'achevait l'interrogatoire du Poète et du Muet, mené par les adjoints de Matthieu, en présence d'un interprète en langue des signes.

— Et donc selon vous, vous ne saviez ni l'un ni l'autre qu'un kidnapping avait eu lieu et qu'une enfant se trouvait à la cave. Alors qu'est-ce que vous foutiez là ?

— Le Guillou nous avait invités, dit le Poète.

— C'était courant, ces petits dîners entre amis ?

— C'était très rare, mima le Muet. Et généralement pour nous annoncer un nouveau coup à monter. On se rencontrait surtout dans des lieux abandonnés.

— Donc rien à voir avec la gamine. En ce cas pourquoi, toi, le Poète, tu as apporté un sac de jouets chez Le Guillou dans l'après-midi ? Sans même changer l'emballage. Et toi, le Muet, pourquoi as-tu livré un matelas d'enfant un peu plus tard ? Sans même le couvrir entièrement ? Vous n'avez vraiment pas grand-chose dans le crâne, car quelqu'un vous a vus, et vous a reconnus. Vous étiez tous dans le coup.

— Une cigarette ? proposa l'autre policier. Il y a une question difficile qui vous attend.

Les deux prisonniers et les deux flics s'accordèrent une pause de quelques minutes, le cendrier placé entre eux quatre.

— Robic est bien descendu à la cave avec un plateau ? reprit un policier.

— Oui, dit le Poète, il lui apportait du pain, du fromage et un verre d'eau. J'ai pas trouvé ça beaucoup, un seul verre d'eau pour une gosse.

— Et quoi d'autre ?

— Rien, fit le Muet.

— Si. Deux comprimés de barbituriques, si forts pour une enfant de huit ans que vous l'auriez retrouvée morte au matin si les flics ne l'avaient pas tirée de là à temps et envoyée en urgence à l'hôpital.

Lenôtre observa le visage bouleversé du Poète et celui, défait, du Muet. Le choc était réel.

— On devait la relâcher samedi, si les copains n'avaient pas été libérés, dit le Poète. Si on avait manqué notre coup.

Le Muet appuya la déclaration du Poète avec de grands signes de tête.

— Voilà ce qu'était votre patron. Non seulement un criminel qui vous confiait tout le sale boulot sur le terrain, mais un tueur d'enfant.

— Il avait des gars qui tuaient pour lui dans les coups rudes, oui, dit le Poète.

— Le Tombeur, Gilles, le Prestidigitateur, c'est bien cela ? dit Lenôtre qui recevait les informations des commissaires.

— Oui. Mais toucher à une gosse, je ne peux pas le croire.

— Eh bien croyez-le maintenant, et réfléchissez si vous devez protéger cette ordure. On est en train de procéder à la perquisition de vos deux domiciles. Tous les coffres des neuf autres ont été trouvés. Dites-nous où sont les vôtres, ça gagnera du temps. Plus vous coopérez, plus vous y gagnez.

— Dans une trappe, sous le lave-linge, dit le Poète.

— Dans le compost, expliqua le Muet.

— Ça pue, dit Lenôtre.

— Ça c'est vrai, fit le Muet, on ne peut pas le nier, ça pue.

— Comme on vous a dit pour les planques, demanda le Poète, on pourrait avoir une autre cigarette ?

— Une gosse, marmonna le Muet par signes. Une gosse. Il nous a entraînés là-dedans. Il le paiera, je jure qu'il le paiera.

— Mais ce salopard va être libéré, dit le Poète de sa belle voix timbrée. Et il a encore quelques types avec lui. Lointains, discrets.

— Leurs noms ?

— Inconnus. Robic compartimente ses informations, même avec les plus anciens de ses associés, comme moi. Et de toute façon, ce seraient de faux noms.

Tous les inculpés avaient été ramenés dans leurs cellules, à l'exception de Robic. Une cloche sonna à six heures du soir, annonçant la distribution du dîner. Adamsberg s'approcha d'un des hommes qui poussait un chariot de plateaux, des côtes de porc qui n'étaient plus de la première jeunesse et des poireaux.

— Vous, les gardiens, vous mangez la même chose ?

— Non, tout de même, c'est la qualité un peu au-dessus. Mais faut quand même y mettre de la bonne volonté.

— Je n'ai jamais compris pourquoi, sans aller jusqu'aux menus de Johan, on servait aux prisonniers de la bouffe inqualifiable.

— Pour les casser, dit Matthieu en lisant un message.

— Et ça donne le résultat contraire.

— Quand j'étais gosse à la cantine, pas un de nous n'arrivait à finir son repas. Nouvelles de Verdun : les deux dernières maisons sont en cours de fouille et ce ne sera pas long vu qu'on a les planques. Pourquoi tu ne parles plus ? Tu as une pensée qui se promène dans ton lac ?

— Non, je réfléchis à la manière de faire sortir Robic d'ici sans que toute la presse soit au courant. Ça ne ferait pas du tout notre affaire.

— On passera par les cachots où l'on met les plus durs à cuire. Le couloir débouche à l'opposé de la place. Je le ferai masquer, baisser la tête et nul ne verra son visage. On prendra une voiture banalisée et quatre flics pour reconduire Robic l'Immonde chez lui. T'as su ce qu'a dit le Poète ?

— Qu'il y avait encore des types qui traînaient avec lui.

— Qui peuvent faire « payer ça » à Robic.

— Ou l'aider.

— Ou venger son arrestation avant tout autre chose. Te tuer. Achever son œuvre. Reste planqué, on ne sait pas ce que cette ordure a dans le crâne.

— Je ne peux pas rester planqué, Matthieu. Je dois extravaguer. Je dois aller sur mon dolmen.

— Tu *dois* ?

— C'est cela. Ce sont les bulles, les idées vagues. Elles se décollent des fonds vaseux. Elles bougent, elles oscillent, elles se heurtent. Je ne peux pas me permettre de les abandonner trop longtemps ou elles repartiront bouder au fond du lac.

— C'est vraiment indispensable ?

— Ça l'est. J'ai le temps, on dînera tard ce soir.

— Admettons, soupira Matthieu. Tu iras les guetter sur *ton* dolmen tandis que tes huit gardes du corps te veilleront, toi, toi qui vagabondes.

XLII

Un quart d'heure plus tard, Matthieu, épaulé par ses hommes armés, partit extraire Robic de la salle où il était bouclé et l'évacua selon son plan.

— Par où passe-t-on ? demanda Robic.

— Par une issue qui vous évitera les journalistes. Voyez comme nous sommes aimables. Votre mise en liberté ne doit pas être connue de la presse. Ni de quiconque.

— Parce que je risque ma vie ?

— C'est cela même. Faites-vous le plus discret possible, restez chez vous et ne vous pointez pas au bureau. C'est un ordre.

La sortie s'effectua sans encombre, à ceci près que, Robic ayant baissé la tête, la cagoule trop large tomba au sol. Matthieu la lui remit précipitamment.

Un homme, un homme de Louviec qui avait effectué des achats à Rennes, observait la scène. Il avait disposé de deux secondes pour apercevoir le visage du prisonnier un instant dénudé mais cela lui avait amplement suffi. Ainsi, Robic était libre. Pas assez de témoignages sans doute, et pas de preuves, il avait dû mettre tout sur le dos de ses associés. Il sourit. Que Robic prenne la raclée de sa vie lui ferait plaisir.

Maël lisait et relisait les journaux, qu'il avait tous achetés même s'ils se recopiaient les uns les autres, et laissait la télévision allumée, écoutant sans se lasser les informations qui se répétaient en boucle. Car savoir tous ces salauds enfin alpagués l'emplissait d'une joie intense. Il découpa leurs photos et les punaisa sur son mur. De même faisait Chateaubriand. Tant de décennies après l'assassinat du chien, Robic et Le Guillou payaient enfin pour leurs ravages, eux et leur bande de crapules.

Robic, lui, avait négligé toute cette paperasse et jouissait de sa liberté, d'autant que sa femme était momentanément absente. Effacement du rapt et circonstances atténuantes, il ne s'en tirerait pas si mal au procès, avec l'aide d'un excellent avocat. Mais qu'importe. À la date du procès, se dit-il avec un sourire, il serait déjà loin. Il n'avait pas une seule pensée pour les dix hommes de sa bande incarcérés. Il n'y songeait même pas. Sauf au fait que se retrouver seul ne lui facilitait pas les choses. Il lui restait cependant des relations assez nombreuses pour pouvoir filer jusqu'à Sète dans une autre voiture que la sienne, point de chute qu'il avait naturellement choisi car il y avait noué des liens assez solides pour qu'un bateau l'embarque vers la côte africaine. Il faudrait payer l'équipage, et cher, de même que ceux qui le conduiraient jusqu'au port. Les flics avaient ratissé le précieux contenu de son coffre, ne lui laissant que quelques centaines d'euros, tout à fait insuffisants. Et aller tirer une forte somme à la banque était trop risqué. Restait à s'introduire dans son magasin à la nuit et à rafler l'argent liquide de son entreprise. Les jambes étendues sur son bureau, il passait en revue ses très anciennes connaissances, déterminant lesquelles seraient les plus susceptibles de convenir. Il partirait grimé bien sûr, et très bien grimé, il avait tout le matériel sous la main ici. Cela – il l'avait vérifié –, les flics ne l'avaient pas embarqué, estimant sans doute que le butin de son coffre-fort suffisait largement à le faire tomber sans y ajouter quelques hardes.

Dès dix-neuf heures, Adamsberg s'était fait conduire à son dolmen par ses gardes du corps.

— Pourquoi le dolmen ? demanda l'un d'eux.

— Il aide à faire pousser les idées.

— Ah bon. J'essaierai, un jour. C'est vieux, ces trucs-là, non ?

— Quelque chose comme deux ou trois mille ans.

Deux gardes du corps aidèrent le commissaire à se hisser sur la plate-forme du dolmen où il s'allongea sur la pierre tiède. Quatre autres l'entouraient, assis sur la dalle, les autres s'étant postés aux quatre angles. Aucun ne posait de question sur l'étrangeté de la situation. Adamsberg ferma les yeux pour ne pas être ébloui par le soleil et reprit le chemin de ses déambulations. Il eut peur d'avoir perdu une bulle en route, mais se rassura en la retrouvant dix minutes plus tard. Preuve qu'il ne fallait pas les laisser tranquilles trop longtemps.

Ce n'était certes pas la première fois qu'il avait affaire à des bulles de pensées, et elles avaient toujours été difficiles d'accès. Mais celles-ci étaient nombreuses, scindées, parfois presque hostiles entre elles ou au contraire trop soudées pour y voir clair, et elles lui donnaient du mal. Il les reprit, une par une, rattrapant celles qui voulaient plonger, excluant celles qui cherchaient à s'infiltrer sans raison valable. Il s'écoula ainsi presque deux heures après lesquelles il se rassit et écrivit rapidement sur son carnet. Dire qu'il avait été à des lieues de comprendre. Dire qu'il avait les premières bribes sous la main dès les débuts. Mais il ne s'en voulait pas. Les faits, les cent petits faits de chaque journée, les milliers de mots entendus, la quantité d'actions à laquelle il avait fallu faire face, tout cela recouvrait d'une carapace, en tortue, les seuls et uniques éléments pertinents noyés dans la masse. Qui étaient si rares qu'on pouvait les compter sur les doigts d'une main.

Il redescendit de son dolmen avec l'aide des gardes l'attrapant par la taille et disposant leurs mains en cale-pied. Il reconnaissait celui qui lui avait parlé à ses yeux étonnamment bleus. Mais pas seulement. Très vifs, intelligents, attentifs, dans un regard qui combinait bienveillance et délicatesse.

— Ça a marché ? demanda-t-il.

— Plutôt bien, oui.

— C'est obligé d'être sur ce dolmen pour faire pousser des idées ?

— Ça peut être n'importe où.

— Et faut être allongé ?

— Non, on peut marcher lentement par exemple, mais s'immobiliser tout à fait quand on en sent une qui cherche son chemin.

— Mais pourquoi je n'en sens pas, moi ?

— Parce que vous ne faites pas d'enquête. Vous n'êtes pas à l'affût d'une solution.

— Non, je cherche des idées de vie.

— Ça ne vous va pas d'être garde du corps ?

— Non. Parce que c'est un boulot où, justement, on vous demande de ne penser à rien, de ne pas chercher.

Adamsberg s'arrêta au milieu du pré qu'ils traversaient, méditant sur sa béquille.

— À quoi préférez-vous penser ?

— À ma famille bien sûr, mais aussi à une priorité. Qui vous paraîtra absurde.

— Dites tout de même.

— Eh bien, hésita le garde en baissant la voix comme s'il avouait un péché, je pense aux ânes.

— Aux idiots, ou aux vrais ânes ?

— Aux vrais. Tout le monde dit que ce sont des bêtes imbéciles, un peu comme pour nous, les gardes du corps, alors que c'est faux.

— Alors pourquoi ne pas vous faire un petit troupeau ?

Comme un rai de soleil ayant fait miroiter une vague bretonne, le bleu des yeux du garde étincela.

— Vous ne trouvez pas cela ridicule ?

— Je me suis bien entiché d'un hérisson. Et auparavant d'un pigeon.

— Si bien que vous croyez cela possible ?

— Eh bien, pour commencer, un ânon, je crois que ça vaut dans les trois cents euros.

— J'ai les trois cents, s'anima le garde, mais où je le mettrai, cet ânon ? Je n'ai pas de terrain.

— Il faut y réfléchir. Ici, je sais que Josselin de Chateaubriand a un cheval. Or un cheval ne supporte pas la solitude, il lui faut un compagnon. C'est pour cela qu'on met souvent un âne dans son pré. Peut-être que Chateaubriand serait d'accord.

— Chateaubriand, c'est bien un écrivain célèbre, n'est-ce pas ? De Combourg ?

— Vrai, mais c'est un très vieil ancêtre du Chateaubriand de Louviec.

— Et comment le trouver, ce Chateaubriand ?

— Ramenez-moi au village, on ira lui parler. S'il accepte, vous serez d'accord ? Vous ne reviendrez pas en arrière ?

— Sûrement pas ! Je commencerai par une femelle, puis un mâle et comme ça, j'aurai des petits.

— Et des pensées. Car c'est vrai que cela donne à penser de les regarder. Et puis on peut les monter pour se balader. Mais il faudra les voir souvent pour qu'ils vous connaissent bien.

— Sauf urgence, j'ai un jour et demi de congé par semaine, et des vacances. À ce moment, on quitte Rennes et on vient à Saint-Gildas.

— C'est tout près, Saint-Gildas. Vous êtes marié ?

— Oui.

— Vous en avez discuté avec votre femme, des ânes ?

— J'ai craint qu'elle ne me décourage. C'est vous le premier à qui j'en parle. Mais elle sait que mon grand-père m'a élevé avec son âne. Que j'adorais.

— Il faut la mettre au courant. Vous avez des enfants ?

— Un garçon de trois ans.

— Qui dans deux ans pourra enfourcher l'âne pour sa plus grande joie. C'est un bon argument pour votre femme. Venez, allons voir Chateaubriand.

Peu de temps après, Adamsberg et son garde du corps étaient reçus par Josselin. La maison étant trop petite, les sept autres gardes étaient postés à l'extérieur.

— Quelque chose de grave ? demanda Josselin, un peu inquiet.

— Non, mais important pour lui, dit Adamsberg en désignant son nouveau camarade aux yeux bleus.

Le commissaire exposa la problématique à Josselin, qui y porta grande attention.

— Oui, j'ai un cheval dans un pré aux abords de Louviec. Je le monte souvent pour me promener dans les bois. Mais il est seul et c'est vrai que je le vois dépérir d'ennui, cela me soucie. La compagnie d'un ânon lui ferait le plus grand bien. Quand viendrait-il ? demanda Josselin avec quelque impatience.

— C'est que je ne sais pas où on achète un ânon, ni comment on le choisit, dit le garde.

— Moi oui. Si cela vous arrange, j'irai à la prochaine foire aux bestiaux, mardi prochain, et je vous en ramènerai un. Un doux, puisque vous avez un enfant.

— Ce serait formidable, dit le garde qui avait ouvert sa jaquette et dont le visage clair s'était coloré de plaisir. Je vous dois combien ? Monsieur le commissaire m'a dit environ trois cents.

— Ou trois cent cinquante. Mais vous me paierez quand je l'aurai acheté.

— Dites, intervint Adamsberg, convainquez votre femme d'abord.

— Si elle est d'accord, passez ici mardi vers onze heures. Ah, impossible, vous serez de service.

— Non, je suis de garde dimanche et lundi, donc j'ai mon mardi.

— Alors c'est parfait. Venez, et vous verrez les animaux faire connaissance. Mon cheval s'appelle Harmonica, parce qu'il adore quand je lui en joue.

Le garde referma sa jaquette, se leva droit comme un i et serra la main de Josselin, les yeux chargés de reconnaissance.

— C'est quelque chose, un dolmen, dit-il.

XLIII

L'équipe ne se retrouva qu'à vingt et une heures trente à l'auberge où Johan avait déjà dressé leur table à l'écart. Avant de prendre place, Adamsberg attira Mercadet à l'écart.

— Lieutenant, il faut impérativement effacer le message falsifié qui traîne encore dans le portable de Matthieu.

— C'est fait depuis ce matin, commissaire. Je n'allais pas laisser une bombe pareille dans son téléphone.

Adamsberg posa sa main sur l'épaule de Mercadet en guise de remerciement et rejoignit la troupe, qui entamait déjà l'entrée apportée par Johan. Matthieu balançait une enveloppe du bout des doigts.

— Tu te souviens qu'on avait envoyé les potions de la Serpentin aux analyses ? Ce sont les résultats, dit Matthieu en lui donnant l'enveloppe. Rien que de la flotte. Enfin, avec une baie de cassis écrasée par-ci, quelques brins de thym par-là, un clou de girofle pilé, de la cannelle, de l'anis, du vinaigre, des grains de poivre, et j'en passe, ça dépend de l'« utilité » des fameuses potions. En bref, de l'arnaque complète. Dans la fameuse potion censée endormir les Ombristes et affaiblir leur âme, tout simplement une petite dose de somnifère mélangée à de la fleur d'oranger et quelques gouttes de cognac. Tu te souviens du prix auquel elle vendait sa camelote ?

— Très cher.

— Qu'est-ce qu'on fait ? On l'arrête pour délit d'escroquerie ?

— Pourquoi pas ? Elle paiera une faible amende – et elle a de quoi avec son trafic – et sera surtout interdite d'« exercer ». Cela épargnera des dépenses aux crédules et mettra sans doute fin à la lutte entre Ombreux et Ombristes, qu'elle encourageait pour son propre profit.

— Je m'en charge. Je l'emmènerai de manière visible dans une voiture de gendarmerie et l'information sera publiée dans la presse locale. Cette femme est une peste et une trafiquante de faux remèdes, ça la calmera. Lui resteront les ragots à répandre dans tout Louviec, ce sera déjà bien assez comme puissance de nuisance. La récolte a été bonne sur ton dolmen ?

— Je n'en suis pas mécontent.

Johan apportait un canard à l'orange et Adamsberg laissa le temps à toute l'équipe de se restaurer et se détendre avant d'aborder le point crucial de leur stratégie.

— Revenons à Robic, dit-il en repoussant son assiette vide. Matthieu l'a déposé chez lui vers dix-neuf heures. Libre.

— Pas tant que cela, rectifia Matthieu. J'ai laissé six hommes là-bas en surveillance furtive, chargés de contrôler la sortie de sa propriété.

— Sage précaution, dit Adamsberg, mais sans doute prématurée. Néanmoins préviens tes gars qu'il y a deux sorties, et non pas une.

— Deux ? demanda Mercadet, qui avait dormi durant la perquisition.

— Deux. Le grand portail bien sûr, mais aussi à l'opposé, au fond du pré, côté nord, une petite porte bien dissimulée derrière les peupliers et un buisson de ronces. Noël, qui a les plus grandes jambes, après s'être coulé entre les troncs, a pu enjamber les ronces sans les froisser. Et ouvrir la porte avec mon passe sans laisser la moindre trace.

— De sorte, dit Veyrenc, que si Robic vérifie cette sortie, il en conclura qu'elle nous a échappé.

— Et pourquoi irait-il la vérifier ? demanda Berrond en se resservant une seconde portion.

— Mais parce qu'il a bien l'intention de filer, dit Matthieu. « Liberté », certes, mais provisoire, très provisoire. Il n'est pas assez sot pour ne pas le savoir.

— Seulement, dit Adamsberg, il a perdu toutes ses troupes et il a besoin de temps pour s'organiser. Ce n'est donc pas cette nuit qu'il va pouvoir disparaître, ni non plus en plein jour.

Mais vous pouvez être certains qu'il prépare déjà son opération. En rameutant d'anciens hommes de main qui ne cracheront pas sur l'argent. À mon idée, trajet effectué en plusieurs voitures, et une fois à Sète, embarquement vers l'Afrique.

— À Sète, tous les bateliers ont été avertis de ne pas le prendre à bord.

— Avec un gros paquet de fric, Matthieu, ils se foutront de l'avertissement. Et Robic sera forcément grimé. Je propose donc de maintenir en roulement la surveillance en toute discrétion, à vélo, à pied, et en civil, cela va sans dire. Et par excès de précaution, jour et nuit. Par les hommes de Matthieu, car nous, il nous connaît.

— Cela demeure risqué, dit Matthieu avec une moue. Au point où nous en sommes, pourquoi ne pas en finir et disposer d'un second faux message annonçant la fin des indulgences et autorisant son arrestation. Motif ? La découverte, selon les témoignages des médecins et de la fillette, qu'il a tenté d'assassiner l'enfant.

— C'est envisageable, mais c'est non.

— Pourquoi ?

— Parce que figure-toi que je n'ai même pas prévenu le ministère qu'on avait réussi à localiser la petite hier et à la délivrer. C'est une faute de ma part, et délibérée.

— Pourquoi tu t'es tu ? répéta Matthieu, assez stupéfait.

— Parce que, dit Adamsberg en durcissant le ton, ils nous ont envoyés faire foutre, coup sur coup. Refus de libérer les prisonniers quand j'étais menacé de mort, refus encore quand Rose a été enlevée. Et cette dernière indifférence, je ne l'ai pas supportée. Et puisqu'ils nous avaient envoyés au diable et à la mort, je les envoie au diable à mon tour.

— J'approuve, dit fermement Matthieu.

— Ils ne sont donc au courant de rien pour Rose et ils vont exploser quand ils l'apprendront. Se demander comment on l'a libérée, par quel marchandage, par quelle ruse peut-être. Et pourquoi pas envoyer une commission d'enquête, découvrir la porte blindée, interroger Robic, découvrir l'existence d'un faux message. Et on coulera à pic. On ne va pas leur donner cette joie, Matthieu.

— Certainement non. Ne nous reste donc qu'à nous démerder seuls avec Robic.

— Exactement. J'envoie demain un message sec de deux mots et pas plus pour les informer du sauvetage de l'enfant, cela nous couvrira. Puis, comme tu dis, on se démerde seuls. Tout le monde approuve ?

Il y eut un murmure de voix affirmatives et Johan jugea le moment opportun pour apporter le dessert.

Durant toute la journée du lendemain, Matthieu se consacra aux tâches administratives relatives à leurs nouveaux détenus, tandis qu'Adamsberg, après un nouveau séjour sur son dolmen, déambula lentement au hasard des rues avec ses gardes, les yeux vagues. Il s'arrêtait régulièrement pour reposer sa jambe puis reprenait son errance. Matthieu l'avait appelé à midi pour lui signaler que les agents postés en surveillance avaient surpris Robic en train de téléphoner à l'arrière de son pré à quatre reprises. Adamsberg rejoignit l'auberge à quinze heures pour y reposer sa jambe un peu malmenée. À dix-huit heures, sourcils froncés, il joignit de nouveau son collègue au commissariat de Rennes.

— Matthieu, dit-il, on en est à combien ?

— Combien de quoi ?

— D'appels.

— Onze. C'est beaucoup, non ?

— C'est trop. Rameute l'équipe, on se retrouve à l'auberge à dix-neuf heures.

L'angélus du soir sonnait quand les sept hommes et Retancourt s'attablèrent à nouveau chez Johan devant un verre de chouchen.

— Robic a déjà passé onze appels aujourd'hui, résuma Matthieu, et même sûrement plus car les gendarmes n'ont pu surveiller que l'arrière de la maison, encadré de peupliers et de fils barbelés. Mais pas l'avant, qui est bordé d'une haute haie épineuse. Il prépare son départ, cela ne fait aucun doute.

— Et s'il a déjà contacté au moins onze gars, compléta Adamsberg, son plan peut aboutir et nous prendre de court. J'ai l'impression qu'il avance beaucoup plus vite que prévu.

— S'enfuir, s'envoler... réfléchit Veyrenc. Il a peut-être trouvé hommes et véhicules, mais il n'a plus de fric.

— Si, Louis. Dans le coffre de son entreprise. Il raflera le liquide sur la route de son départ. De nuit. Cette nuit peut-être. Matthieu, il faut serrer les mailles. Double ton nombre d'hommes et prévois le roulement. Cela fera douze. Plus les gardes à boucliers et notre équipe égale vingt-sept.

— Je peux venir, dit Mercadet. J'ai beaucoup dormi.

— Égale vingt-huit, reprit Adamsberg. Nous devrons tenir jusqu'à l'aube.

— De nuit... répéta le commissaire. Et nuit noire évidemment, soit vingt-trois heures trente. Donc mise en place à vingt-deux heures quarante-cinq.

— Pus tôt que cela, Matthieu. Le type est rapide et imaginatif, on ne prend aucun risque. Qu'on soit prêts à l'arrêter dès vingt-deux heures. Encerclement de tous les abords de la maison. Rassemblement et départ de l'auberge à vingt et une heures trente.

L'homme réfléchissait. Si les flics avaient furtivement libéré Robic, ainsi qu'il les avait vus faire hier, il ne pouvait y trouver que deux explications. Soit les preuves n'étaient pas encore assez concluantes – et il en doutait fort –, soit il s'agissait d'une astuce de flics pour ramasser les derniers de la bande, s'il en restait. Et il en restait à coup sûr, vu le réseau de relations qu'il avait constitué au fil des ans. Que Robic soit tombé dans le panneau, c'était possible. Mais qu'il demeure tranquillement dans son jardin, non. Ce n'était pas du tout le genre du type. Qui devait se douter que tôt ou tard, et plutôt tôt que tard, la petite Rose le mettrait en cause et que les flics lui tomberaient dessus. Car à l'allure heureuse de Johan, il était évident que l'enfant n'était pas décédée. Robic devait déjà être en train de tisser sa toile pour filer de là, et au plus vite.

L'homme tâchait de se mettre à sa place : programmer une noria de voitures qui l'emmèneraient loin d'ici. Vers quelle destination ? Mais à Sète bien sûr. Où, largement payé, un batelier lui ferait traverser la Méditerranée. L'argent, c'était le nerf de la guerre, l'assurance de la réussite, et il lui en fallait des quantités. Seule solution, le prélever dans le coffre de sa propre entreprise. Réactif comme l'était Robic, il pouvait avoir disparu cette nuit, ou dès demain à l'aube. Les flics se retrouveraient le bec dans l'eau. Il se frotta les mains en souriant. On allait bien s'amuser.

Robic raccrocha après son dernier appel. Tout était en place, et une voiture l'attendrait non loin de la vieille porte nord, sur le chemin de la Malcroix, à trois heures et demie du matin. Il entrerait dans son entreprise par la porte blindée latérale, et une fois son sac chargé de fric à plein, ils prendraient la route vers le sud. Sa femme, revenue, avait encore convié une foule de gens mais pour une fois, cela l'arrangeait. Il pouvait aller et venir, achever ses préparatifs, rassembler de quoi se grimer, et recevoir les dernières confirmations sans que nul n'y prête attention. Et à trois heures du matin, tous ces crétins d'invités seraient depuis longtemps partis et sa femme hors d'état de nuire.

Tout marchait encore mieux qu'il ne l'espérait. Cependant, le message qu'il avait reçu à dix-neuf heures trente, depuis un portable certainement volé, contrariait sa satisfaction : *Annulation liberté à craindre, demain. Informations. Urgent. Rdv ce soir près de ton cellier, mur nord, à 21 h. Je répète : Urgent.*

Demain ? Les huiles du ministère avaient donc changé d'avis ? Très possible s'ils avaient appris sa tentative d'assassinat sur la gosse. Elle avait dû parler des « bonbons » à avaler de force. Mais demain, quelle importance, il serait déjà loin. Néanmoins, il était essentiel de connaître ces nouvelles informations.

Le repas chez Johan était à la fois tendu et animé, chacun cherchant, à présent que leurs personnalités étaient mieux connues, lequel des onze hommes de la bande aurait pu perpétrer pour son compte les meurtres de Louviec. Et pourquoi ?

— Après tout, dit Matthieu, ce n'est pas parce qu'ils sont à Robic qu'ils n'ont pas des affaires personnelles à régler. Prends Robic par exemple.

À peine revenu à Louviec, Jean Armez est assassiné.

— Je crois plutôt que tout vient de cette affaire d'héritage, dit Berrond.

— Et tout partirait du docteur Jaffré, dit Retancourt. Il savait que le testament était un faux. Il a pu en parler à sa collègue, la psychiatre. Et au maire. Il en a bien parlé à Johan.

— Et à Gaël ? demanda Noël, dubitatif.

— Gaël était de taille à faire chanter Robic, dit Retancourt. Soit pour l'héritage, soit pour Jean Armez.

— Et les œufs alors ? dit Mercadet en se resservant. Qu'est-ce qu'ils viennent faire dans cette histoire, les œufs ?

— Diversion, dit Verdun. Pour nous envoyer sur la piste de l'avortement et nous éloigner du vrai mobile. Ce qu'on a fait comme de bons petits soldats.

— Le meurtre d'Anaëlle ne cadre pas avec cette hypothèse.

— Sauf pour rendre plus crédible la manœuvre de diversion.

— Mais ce n'est pas Robic qui s'est chargé de ces meurtres, dit Matthieu. Ce n'est vraiment pas sa manière. Il a pu utiliser Le Guillou, Yvon Le Bras, Hervé Pouliquen. Ou les trois successivement. Il va falloir les dresser les uns contre les autres.

Maël poussa la porte de l'auberge peu avant vingt heures.

— Je peux ? demanda-t-il en saluant à la ronde. J'ai travaillé comme un bœuf pour finir les comptes de la semaine, j'avale un morceau en vitesse et je m'y remets.

— Assieds-toi, dit Johan, j'ai fait du rôti. Sauce champignons-lardons.

— Il paraît que vous avez laissé Robic en liberté, dit Maël. Et moi qui me faisais une joie de l'imaginer derrière les barreaux, dit-il en soupirant.

— Qui te l'a dit ? demanda Adamsberg.

— Un type - le forgeron - qui le savait d'un type qui le savait d'un type, etc. Je comprends que vous avez votre petite idée derrière la tête, comme, je ne sais pas, vous servir de Robic pour piéger les derniers de la bande. Ce que je voulais vous dire, c'est qu'un homme comme ça, il est bien capable de vous filer vite fait entre les pattes.

— On le sait, dit Matthieu.

— C'est pas tes affaires, Maël, dit Johan. Laisse-les faire à leur façon.

— J'ai rien contre, dit tristement Maël. Mais as-tu déjà oublié que c'est moi qui les ai informés juste à temps de l'endroit où ils cachaient ta fille ?

— Non, dit vivement Johan, et je t'en ai une reconnaissance éternelle. Pardon, Maël, pardon.

— C'est qu'au cas où, je voulais juste rendre service, dit Maël. Je voulais les prévenir : je vous ai dit, j'ai bossé un temps comme maçon au noir chez Robic, du temps qu'il faisait construire sa maison, il y a quatorze ans de ça. Eh bien, tout au fond de sa propriété, au nord, dans les broussailles, il y a une ancienne porte de cave qui donne sur un tunnel qui débouche sur le chemin de la Malcroix et rejoint la route de Montfort-la-Tour. Et c'est bien possible, même si c'est vieux, que le tunnel soit toujours en état.

— Comment sais-tu cela ? demanda Matthieu.

Maël avait fini rapidement son assiette et but quelques gorgées de vin.

— Les collègues m'avaient dit que c'était interdit de s'approcher de là parce que c'était un nid à vipères.

— Et tu as quand même été voir ? dit Matthieu.

— Ben, ça me semblait bizarre qu'on laisse ces broussailles en plan et les vipères tranquilles, alors j'ai mis des grandes bottes et, un soir, j'ai été regarder. C'est comme ça que j'ai découvert le tunnel. Les vieilles serrures s'ouvraient d'un coup de tournevis.

— On l'a trouvé, dit Adamsberg. Les portes et serrures avaient été changées mais on les a forcées pour voir si le coffre était planqué là-dedans. Le tunnel est toujours en état, la sortie sera surveillée.

— Ah, ça me rassure, dit Maël en soufflant et vidant son verre. Ça me travaillait tellement, cette histoire de passage, que c'est comme ça que j'ai pris du retard dans mes comptes. Mais si vous êtes au courant, alors tout va bien, je vais pouvoir clore le bilan et dormir à tête reposée.

Maël n'était pas sorti depuis cinq minutes que Chateaubriand poussait la porte.

— Pardon, Johan, il te resterait un morceau de viande froide ?

— Chaude, même, installez-vous.

— On raconte que Robic est toujours libre ?

— Décidément, dit Adamsberg en souriant, tout le monde vient aux nouvelles. Comment le savez-vous ?

— Tout Louviec le sait, dit Josselin, mais je me demandais si la rumeur était vraie.

— Elle l'est, dit Matthieu.

— Gare à lui, alors, dit Josselin en remerciant d'un signe Johan qui lui apportait son plat. Il peut vous jouer la fille de l'air en un rien de temps.

À vingt et une heures trente, la troupe des policiers de l'équipe de nuit quittait l'auberge en direction de la demeure de Robic. Ils se garèrent à trois cents mètres de là et se répartirent silencieusement sur tout le périmètre de la propriété, s'apprêtant à veiller, prêts à contrer toute tentative de fuite. Adamsberg, assis dans l'herbe avec ses gardes aux abords de la sortie du vieux tunnel, hocha la tête. Le dispositif était en place, Robic ne leur échapperait pas.

XLIV

La femme de Robic se souciant comme d'une guigne de ce que pouvait bien faire son mari, c'est le jardinier qui découvrit au matin, vers huit heures moins le quart, le corps de son patron couvert de sang, derrière le cellier. Il le détestait et le voir mort ne l'émut en rien. Mais cette débauche de sang le dégoûtait, des mouches tournaient déjà, il s'éloigna de quelques mètres pour appeler la gendarmerie de Combourg où on le mit en rapport avec le commissaire Adamsberg, dont les troupes fraîches de l'équipe de jour étaient déjà en route pour relayer la surveillance qui avait duré en vain toute la nuit.

Adamsberg joignit aussitôt Matthieu, puis le médecin légiste, peu heureux d'être tiré de son lit à cette heure un dimanche. Matthieu prit aussitôt la route de Combourg avec ses adjoints.

— Quels cons on a été, grondait-il au téléphone.

— Parce qu'omnubilés, confirma Adamsberg. On n'a pensé qu'à une seule chose, bloquer la fuite de Robic.

— O*b*nubilés, corrigea Matthieu.

— Si tu veux.

— Résultat, on a gardé les accès toute la nuit pour guetter sa sortie. Sans imaginer que depuis la trahison du grand chef, un meurtrier serait déjà dans la place pour la lui faire payer. Mais comment pouvait-on supposer que ce type passerait à l'acte aussi vite ? Alors que Robic était encore en liberté surveillée ?

— Parce que tout Louviec a su que la petite Rose était hors de danger. Ce qui signifiait un risque d'arrestation imminent.

— Et cela, cria Matthieu en doublant dangereusement un camion, c'était notre boulot de le prévoir ! Que s'est-il passé, merde ?

— Cette sacrée omnubilation, Matthieu. Ça arrive à tout le monde et même aux meilleurs flics, mais dans tous les cas, ça rend con, comme tu as dit.

— L'*ob*nubilation, Adamsberg.

À vingt mètres du corps, la vue du cadavre de Robic, telle une masse sanglante, s'annonçait difficile et ils s'en approchèrent à pas lents. Un couteau était planté dans le poumon, mais le corps était couvert de quantité de blessures, bien plus nombreuses que celles qu'avait reçues la psychiatre. Les jambes même ne semblaient pas avoir échappé au massacre, pas plus que les bras ni les yeux, crevés tous les deux.

— En tout cas, dit Matthieu d'une voix ensommeillée, ce n'est pas l'œuvre du tueur de

Louviec. Un grand couteau de cuisine, mais pas un Ferrand, pas d'œuf dans le poing, des blessures multiples.

— J'ai déjà vu bien des corps mutilés, dit le médecin légiste, par des assassins au paroxysme de la fureur, mais cela choque toujours. On ne peut rien savoir avant d'avoir nettoyé le sang, mais il a été frappé quelque quarante fois. Les blessures non létales, aux jambes, aux bras, au visage, ont été infligées avant le dernier coup mortel au cœur. Pour le faire souffrir, sans aucun doute.

— À quelle heure estimez-vous son décès ?

— Hier soir, probablement avant le crépuscule, mais quand ? Donnez-moi l'heure à laquelle il a pris son dernier repas dès que possible. J'appelle une ambulance.

— L'assassin devait être couvert de sang, dit Matthieu.

— Sûrement. Mais il n'a pas été loin pour se changer. À peu près là, dit Adamsberg en montrant à un mètre de la tête un cercle piétiné, semé de gouttes de sang, bien plus abondantes que d'habitude. Cette fois, il devait avoir pris soin de couvrir ses habits et d'emporter un sac.

— Une crise de fureur ne se prémédite pas, dit Matthieu.

— Mais elle peut jaillir en une heure, une fois la décision prise. Il y avait des invités hier soir ? demanda-t-il au jardinier qui, sans consigne, était resté piqué à son poste.

— Une flopée, dit le jardinier. Quand je suis parti à dix-neuf heures, il y en avait bien déjà trente-cinq.

Matthieu allait et venait le long des murs qui encadraient la face arrière de la grande maison. Depuis le mur nord, il fit signe à Adamsberg.

— Il est entré et ressorti par le tunnel. Regarde, la serrure a été forcée et les ronces sont piétinées devant la porte.

Matthieu et Adamsberg revinrent rapidement vers le médecin, prêt à faire embarquer le corps dans une ambulance.

— Donnez-nous le temps de le fouiller d'abord, demanda Adamsberg.

Les deux commissaires, aidés de Retancourt et Berrond, s'attaquèrent à cette tâche nauséeuse et sortirent sur l'herbe des clefs, de l'argent de poche et un portable ensanglanté. On trouverait le reste de son équipement dans un sac, prêt à partir.

— Quelqu'un a-t-il des mouchoirs en papier ? demanda Adamsberg.

— Moi, dit le docteur.

— Merci, dit le commissaire en changeant de gants pour essuyer comme il le pouvait le téléphone, puis l'allumer et le tester. Il fonctionne encore, dit-il en le tendant vers Mercadet qui se tenait un peu loin de la scène. Lieutenant, je ne trouve pas ses messages d'hier, envoyés ou reçus. Tous effacés. Vous pouvez les récupérer ?

Mercadet hocha la tête et se mit à l'œuvre.

— C'est le tueur de Louviec qu'a fait ça ? demanda le jardinier.

— Qu'est-ce qui vous le fait croire ?

— Ben la façon. Le grand couteau planté dans le cœur, et puis laissé dans la plaie. S'il commence à s'attaquer à Combourg, on n'a pas fini.

— Qu'est-ce que vous pensiez de votre patron ? poursuivit Adamsberg.

— Rien de bon, mais faut pas dire du mal des morts. Mais ce qui lui est arrivé, on peut pas dire que ça m'étonne.

— Et pourquoi ?

— Il était pas apprécié, c'est tout, et y en avait qui le détestaient.

— Vous, par exemple ?

— Aussi. Il prenait à peine le temps de me saluer, j'étais qu'une chose à ses yeux. Mais il payait bien, ou se fendait des fois d'une politesse. Pour s'assurer de notre docilité.

— Et avec sa femme ? Cela se passait comment ?

— Oh, avec elle, c'était la guerre. Un jour que je travaillais aux rosiers jaunes, je les ai entendus s'engueuler. La fenêtre était ouverte, j'allais pas me boucher les oreilles.

— Qu'est-ce qu'ils se disaient ?

— Monsieur Robic voulait se séparer et, à ce que j'avais déjà entendu, c'était pas la première fois. Elle a ricané et elle a dit, je m'en souviens très bien parce que ça m'a donné à penser, elle a dit, bien tranquille : « Tu ne peux pas, j'en sais bien trop sur toi. Faut te le dire combien de fois ? » Et lui, on le sentait fou furieux et il a crié : « Tu joues avec le feu et tu vas le regretter. » Mot pour mot. Si c'est pas des menaces, ça, je veux bien être pendu. C'était pas sorcier à comprendre : il voulait pas lui laisser la moitié de l'argent et puis c'est tout. Et elle, qu'elle était bête comme ses pieds, elle a ri. Et ce « j'en sais bien trop », ça m'a confirmé dans mon idée que le patron, c'était pas un type régulier. Et dans le coin, y en a beaucoup pour dire qu'il y avait du louche là-dessous et que son magasin, ça suffisait pas à expliquer tout son argent. Et la preuve qu'on n'avait pas tort, c'est qu'il avait une bande et qu'ils se sont tous retrouvés en prison.

— Ils vous font travailler le dimanche ?

— Oui, pour que les fleurs de Madame soient toujours parfaites. Mais c'est payé double, alors je refuse pas. De toute façon, ici, on n'a pas trop le droit de refuser.

Berrond et Retancourt sortaient de la maison où ils étaient allés interroger les domestiques. Ils avaient servi Robic vers dix-neuf heures quarante-cinq, il avait mangé très vite et achevé son repas en un quart d'heure.

— Il dînait avec sa femme et les invités ?

Les deux femmes se regardèrent, embarrassées.

— Allez-y, les encouragea Berrond, c'est une enquête policière.

— C'est qu'on n'a pas servi Madame. Faut dire que la fête avait commencé tôt, vers dix-huit heures trente, et que, ma foi, une bonne heure après, elle avait eu besoin d'aller se reposer un peu.

— Vous voulez dire qu'elle était déjà ivre ?

— C'est ça, monsieur le commissaire.

— Lieutenant, rectifia Berrond.

— Mais ça lui arrivait assez souvent de quitter la table brusquement. Et elle redescendait presque toujours un quart d'heure après, en bonne forme. Nous, ce qu'on se disait, c'est qu'elle était montée pour... pour...

— ...vomir, n'est-ce pas ?

— Voilà, oui. Sauf qu'hier, elle est pas revenue à table. Monsieur a été voir ce qui se passait et il est redescendu en disant qu'elle dormait comme une souche, qu'il fallait la laisser se reposer et qu'on se passerait d'elle. Il en avait l'air bien content. Pas vrai, Coralie ? Puis il a quitté la pièce, il n'aimait pas ces réceptions.

— Pardon, dit Mercadet en se rapprochant des commissaires, j'ai pu rattraper dans son portable des bribes de messages : une voiture devait venir le chercher à trois heures et demie du matin, sur le chemin de croix quelque chose.

— De la Malcroix, dit Adamsberg. Pour aller au coffre, certainement, puis continuer sa route. Et cette voiture, pourquoi ne l'a-t-on pas vue ? Parce que la présence des flics l'aura dissuadé.

— Mais le dernier qu'il a reçu, je l'ai en entier. Et il fixe l'heure de la mort. On lui donnait un rendez-vous urgent derrière son cellier à vingt et une heures. Son meurtrier, sûrement.

Adamsberg lut le message et hocha la tête.

— Envoyé à dix-neuf heures trente, dit-il. Un traquenard, mais vu les circonstances complexes de son départ, Robic n'a pas su y résister. Il voulait connaître ces fameuses « informations ». Vous avez un expéditeur ?

— Tout simple. Une certaine Louise Méchin.

— Vous connaissez ce nom, Matthieu ?

— Mais tout le monde le connaît ! s'écria Matthieu. C'est la doyenne de Combourg, quatre-vingt-dix-neuf ans ! Toujours le sourire et bonne comme le bon pain. Des friandises plein ses poches pour les gamins. Elle fait elle-même ses courses à petits pas, avec son cabas grand ouvert, rien de plus simple que de lui piquer son téléphone. Le gars aurait même eu le temps de taper son message sur place, de la rattraper en trois enjambées et de remettre l'appareil dans son sac qu'elle ne s'en serait pas même aperçue.

— Berrond, Retancourt, appela Adamsberg, allez me secouer la veuve Robic. À ce qu'on a compris, elle ne va pas être désespérée par la mort de son mari.

— À cette heure-là ? Vous y pensez pas ? dit Coralie, effarée.

— À cette heure-là, oui. Où est sa chambre ?

— Quand vous arrivez dans le couloir, c'est la première à droite. C'est la plus belle, elle donne sur le parc.

Berrond frappa à la porte mais Mme Robic ne répondit pas. Retancourt cogna plus fort, sans succès.

— On entre, dit-elle.

— Elle écrase sec, dit Berrond.

— Elle est surtout étranglée, dit Retancourt qui regardait le visage bleui sur l'oreiller. Et depuis un moment. C'est pas joli à voir. C'est donc bien cette nuit que Robic comptait s'enfuir. Sacrément rapide, le gars. S'enfuir, mais pas en laissant le fric à sa femme. Ni tout ce qu'elle savait sur lui. Il a ouvert la fenêtre de la chambre – elle est facilement accessible – pour égarer un peu les enquêteurs parmi la foule des invités. J'appelle le commissaire.

Retancourt composa le numéro d'Adamsberg qui, boitillant sur le chemin de la Malcroix et la route de Montfort-le-Vieux, tentait vainement de repérer la trace d'un véhicule, accroché aux bras de ses gardes.

— Tout est pavé, dit Matthieu, on ne trouvera rien.

— Matthieu, dit Adamsberg en raccrochant. Il a étranglé sa femme.

— Avec tout ce monde dans la maison ?

— Au contraire, ça l'arrangeait. Il avait probablement prévu de la tuer dans la nuit, avant de monter dans cette voiture. Mais le hasard l'a servi. Elle était allée dessaouler dans sa chambre et il est allé voir comment elle allait très peu de temps après. Il l'a étranglée et expliqué aux invités qu'elle dormait comme une souche, qu'il fallait la laisser tranquille. Tout le monde l'avait vue boire comme un trou, personne ne s'en est étonné. Pour Retancourt, cela prouve que Robic comptait bien partir cette nuit. Sa femme en savait bien trop, elle devait y passer. Ce qu'a entendu le jardinier. Et pas question non plus de lui laisser son fric. Double mobile.

— Donc filer précipitamment. Cela, on l'avait prévu au moins. Tu te rends compte qu'il n'a eu qu'une soirée et une journée pour organiser le coup ? Les complices contactés, plus de onze appels téléphoniques, la chaîne de voitures déjà en place. Vif comme l'éclair, a dit Josselin. Lui et Maël avaient eu raison de tout craindre. Succession de transports jusqu'à Sète et embarquement. On n'aurait jamais dû lui laisser un portable.

— En ce cas, il aurait utilisé celui de sa femme. Ou du gardien. Ou d'un domestique. Et en changeant le numéro. Aucune différence.

Adamsberg appela de nouveau le légiste pour lui annoncer qu'un second cadavre l'attendait.

— Qui cela, bon Dieu ?

— Sa femme. Robic l'a étranglée. Il l'avait prévu avant de s'enfuir cette nuit. À propos, il a fini son repas aux alentours de vingt heures.

— Vingt heures ? Alors d'après mon début d'autopsie, il est mort une heure après, ou un peu plus.

— Et surtout, docteur, n'oubliez pas : cherchez des piqûres de puces fraîches sur Robic. Il en aura. Et les coups de couteau profonds auront dévié.

— Bon sang, Adamsberg, s'écria Matthieu, on a dit que ce n'était pas l'œuvre du tueur de Louviec.

— *Tu* l'as dit, répondit doucement Adamsberg. Donc, docteur, cherchez-nous ces piqûres. Et appelez une seconde ambulance pour la femme.

Matthieu secouait la tête, un peu perdu.

— Cigarette ? proposa-t-il.

— J'aimerais bien boire un triple café surtout, dit Adamsberg en allumant sa cigarette à la flamme de Matthieu. Et ça remettra Verdun en place, il s'est éloigné pour vomir tout son saoul. Mais d'abord, on cherche les bagages de Robic.

Bagages qui se trouvaient tout simplement dans l'armoire de sa chambre : dans un sac à dos – plus discret qu'une valise –, du linge pour cinq jours, ses affaires de toilette, ses lunettes, un portefeuille contenant quelque trois cents euros, une carte d'identité et un passeport déjà vieillis mais valides, au nom de Jacques Bontemps, aucune arme, aucun bijou. Adamsberg fronça les sourcils : comment ces papiers leur avaient-ils échappé ? Sans doute parce qu'ils s'étaient omnubilés – obnubilés ? – sur le coffre, ne procédant qu'à une visite trop rapide des meubles de la maison. Tandis que Robic, après l'arrestation de Gilles, puis de Domino et du Prestidigitateur, et bien que sûr de lui, avait pris la précaution de mettre ces documents de côté en cas de nécessité. Pour le reste, le sac ne contenait rien de suspect en somme, que le nécessaire classique d'un touriste, en cas de fouille, à l'exception, dans une trousse, d'une perruque châtain et d'une moustache assortie, de fausses lunettes, élément classique mais efficace, de la poudre noire pour se griser les dents, tous accessoires que Robic emploierait à mesure du voyage. Ainsi grimé, sa ressemblance avec le Jacques Bontemps des faux papiers aurait été assez convaincante.

— On embarque le sac et ce qu'il portait sur lui, conclut Adamsberg. Et on va aller le boire, ce triple café. Chez Johan.

Le photographe redescendait de la chambre de Mme Robic, où il avait pris tous les clichés.

— Dites, il n'y a pas été de main morte. Si je puis dire.

La seconde ambulance arrivait et les infirmiers y enfournèrent le corps de la femme. Jardinier, domestiques et garde de la propriété étaient massés sur le perron, n'affichant pas la moindre trace d'émotion.

— Bon débarras, bougonna le jardinier sans que personne ne s'en offusque, et ce fut le seul éloge funèbre auquel les Robic eurent droit.

Johan apprit le double meurtre avec stupeur et, avant de poser la moindre question, prépara du café pour tous. Matthieu renvoya les gardes du corps à leurs casernements et les gendarmes de Combourg et de Dol à leurs postes, avec les remerciements des deux commissaires. Le garde aux profonds yeux bleus se glissa près d'Adamsberg et murmura :

— S'il oublie, vous lui rappellerez ?

— Quoi ?

— Chateaubriand. L'ânon. Ma femme est d'accord et la foire est après-demain.

— Ne vous en faites pas. Donnez-moi un numéro où je peux vous joindre, dit Adamsberg en lui tendant une carte de visite chiffonnée qui traînait dans sa poche.

XLV

Les huit derniers policiers s'installèrent autour de la table où Johan avait servi le café en abondance, un petit verre de cognac pour Verdun, et des plateaux de ses biscuits secs faits maison.

— Pourquoi j'ai du cognac ? demanda Verdun.

— Parce que je vous trouve vert, lieutenant. C'était si dur que cela ?

— Pire que ce que tu peux imaginer, dit Adamsberg. L'assassin s'est déchaîné sur Robic.

— Si je comprends bien, mais vous êtes pas obligés de me répondre, c'est le tueur de Louviec qui a massacré Robic ?

— Ce n'est pas ce que pense Matthieu, dit Adamsberg.

— Mais si Robic a tué sa femme avant, c'est qu'il avait projeté de s'en aller la nuit même ?

— Précisément.

— Rapide comme un lièvre, dit Johan. Au fond, c'est ce que redoutaient Maël et Josselin hier. Qu'il disparaisse en deux temps trois mouvements.

— Si on était venus l'arrêter le soir même, mais avant vingt heures, il serait encore en vie, dit Adamsberg, et sa femme aussi.

— Je comprends, dit Johan. Il serait en vie mais bouclé. Et tu connais le sort que les prisonniers réservent aux tueurs d'enfant. Parce que ça finira par se savoir.

— Fais en sorte que ce soit le plus tard possible.

— Pourquoi ?

— Pour laisser le temps à ta petite de se remettre.

Le légiste appela et Adamsberg enclencha le haut-parleur.

— L'arme diffère, dit le médecin, et les coups ont été portés de la main droite et sans dévier.

Matthieu eut un léger sourire, qui n'échappa pas à Adamsberg. Le commissaire de Rennes triomphait.

— Quant au reste, commissaire, continua le légiste, outre les yeux, j'ai décompté trente-neuf blessures. De l'acharnement. Mais c'est bien le deuxième coup au cœur qui l'a achevé, sans doute entre vingt et une heures et vingt et une heures trente. Pour la femme, un étranglement classique, avec des mains vigoureuses, probablement autour de vingt heures, sans certitude. Cependant, et pour vous faire plaisir, j'ai examiné Robic sous toutes les coutures après qu'il eut été lavé. Et il avait trois piqûres de puces, toutes récentes. Aucune trace plus ancienne. Ce qui, je dois l'avouer, me laisse perplexe. Aucune sur sa femme.

— Merci, docteur.

Le sourire de Matthieu s'était effacé mais il secoua de nouveau la tête.

— Impossible, affirma-t-il en fixant Adamsberg. Ce doit être leurs chiens qui ont des puces.

— Et il n'aurait pas de trace de piqûre ancienne ? Seulement ces trois-là ?

— Ce sont leurs chiens, répéta fermement Matthieu.

— Vérifiez dès maintenant, dit Adamsberg. Appelez les domestiques.

Le maître d'hôtel en charge des chiens fut scandalisé par la question de Matthieu, comme si le commissaire portait gravement atteinte à son honneur.

— Mes chiens ? s'indigna-t-il. Des puces ? Et pourquoi pas des tiques et des vers intestinaux tant que vous y êtes ? Sachez pour votre gouverne, commissaire, que les chiens sont traités et toilettés plus que nulle part ailleurs et leurs niches désinfectées. Et que personne ici n'a jamais été piqué. C'est mon travail et je l'exécute mieux que personne. Sans jamais le confier à quiconque.

Matthieu mit quelque temps à calmer la colère du maître d'hôtel avant de raccrocher.

— D'accord, concéda-t-il, il s'agit du tueur de Louviec. Mais en ce cas, pourquoi ne pas déposer un œuf ?

— Peut-être parce qu'il n'en avait pas, tout simplement, dit Verdun. N'oublions pas que dans le cas Robic, il a dû faire vite, extrêmement vite. Ce fut presque un meurtre imprévu, car depuis sa mise en liberté provisoire, il apparaissait certain que Robic s'enfuirait et serait hors d'atteinte.

— Admettons, dit Matthieu. Mais pourquoi ne pas avoir utilisé son quatrième couteau ?

— Comment cela ? demanda Berrond.

— Pour l'assassinat de Gaël, résuma Matthieu, il a utilisé le couteau volé à Josselin. Puis il en a acheté quatre à Rennes. Ils étaient réservés à Anaëlle, au maire, à la psychiatre et au docteur. Là devait donc s'achever son parcours criminel. N'est-ce pas ?

— Si l'on veut, dit Adamsberg sans conviction. Il a très bien pu ne trouver que quatre couteaux à acheter à Rennes, et encore, avec des rivets argentés. Mais ratisser les quincailleries de la ville pouvait éveiller les soupçons. Il s'en est donc tenu à ses quatre armes, remettant la suite éventuelle à plus tard.

— Si suite il devait y avoir, dit Matthieu. En tout cas, le cordon de sécurité autour du centre-ville l'a empêché d'atteindre le docteur et il a délégué la tâche à la bande de Robic.

— Il lui restait donc un couteau Ferrand, compléta Adamsberg. Un couteau destiné à tuer, mais inutilisé. Un couteau qui attendait son heure, pourrait-on dire. Pour le meurtrier, ce n'était plus du tout un couteau ordinaire.

Qu'est-ce qu'il y a vu ? Un sens ? Un signe ? Lequel ? Que son œuvre n'était pas achevée ? Qu'il manquait une victime à son tableau d'honneur ? Que la purification n'était pas totale ? Oui, il le savait.

— Qu'entends-tu par « purification » ? demanda Matthieu.

— Une purge, une épuration, une élimination de tout ce qui avait causé son malheur. Il avait donc choisi des figures emblématiques de ses tourmenteurs. Il lui manquait la pièce maîtresse, il en était conscient, mais il n'avait pas envisagé de s'y attaquer. Trop difficile, trop risqué, et surtout trop parlant. Mais l'existence imprévue de ce dernier et précieux couteau le défiait, et il l'a malgré tout conservé pour le jour où une faille lui offrirait l'occasion d'achever son parcours. C'est pourquoi il a utilisé un couteau ordinaire pour assassiner Robic, qui n'était qu'une aubaine de plus que lui offraient les circonstances, un trophée supplémentaire à ajouter à sa liste.

— Liste dont on exclut Anaëlle, dit Matthieu, éliminée pour nous lancer sur une piste erronée.

— Peut-être, Matthieu, mais pas complètement. La disparition d'Anaëlle a son rôle à jouer là-dedans. Mais prenons Josselin par exemple, dont nous savons qu'il est un homme malheureux, en quelque sorte privé de son identité réelle. Et donc un homme qui pourrait faire payer les participants actifs à la malédiction qui pèse sur son nom et son visage, un homme qui pourrait les tuer pour alléger son fléau. C'est juste un film, Johan. La dernière phrase de Gaël l'accuse. De même que son couteau et son foulard sur le corps d'Anaëlle. Nous avons rejeté ces indices, car trop nombreux, trop voyants. Supposons qu'on ait eu tort. Le maire, qui croyait bien faire en ne pensant qu'à la prospérité de Louviec, était une figure type de ce qui oppressait Josselin : il le protégeait et le logeait, mais avec, en contrepartie, le devoir d'accepter le rôle du vrai vicomte envers les touristes et de se laisser photographier à leurs côtés. Ils étaient peu, ceux qui le traitaient normalement, sans jamais songer à son ascendance pas plus qu'à sa ressemblance inouïe avec l'aïeul. Johan était de ceux-là. Mais pas Gaël, qui s'amusait à le provoquer sur un des points douloureux en l'appelant sans cesse « vicomte ». Et il n'était pas le seul, loin de là, à lui donner ce titre. Mais il ne pouvait pas tuer tout Louviec, n'est-ce pas ? Il est possible qu'il ait ressenti chez Anaëlle, chez la psychiatre, chez le docteur, une considération respectueuse qu'il ne pouvait pas endurer. Et qu'il ait tué ces gens pour briser l'imposture qu'ils lui faisaient vivre. Quant à Robic, il avait un compte personnel à régler avec lui depuis son enfance, ses années de collège, de lycée. C'est déterminant, l'enfance, et elle peut expliquer à elle seule l'acharnement dont Robic a été victime.

Johan s'agitait, prêt à venir au secours de Josselin.

— C'est juste un film, Johan, répéta Adamsberg.

— Et l'œuf là-dedans ?

— Si l'on continue le film, l'œuf pourrait représenter tout le fardeau que lui faisait porter son ascendance, et dont il ne voulait pas. Il faisait écraser par ses victimes cette ascendance qu'ils avaient honorée, ou exploitée.

L'auberge se remplit dès midi et demi. Tous les habitués tenaient à la main une courte feuille spéciale publiée en hâte par *Sept jours à Louviec*, relatant les meurtres de Robic et de sa femme, survenus la veille au soir. Le rédacteur attribuait le premier au tueur de Louviec et le second à Robic lui-même.

— Ils ont fait vite, dit Matthieu. Alors même qu'on est un dimanche. Comment l'ont-ils su ?

— Les voitures de police autour de la propriété ce matin, dit Adamsberg. Quelqu'un aura prévenu *Sept jours à Louviec.* Les journalistes ont dû affluer sur les lieux, une fois les corps enlevés et les flics partis. Ils auront payé les domestiques et le jardinier en échange de toutes les informations qu'ils possédaient. De toute façon, il n'y a à présent aucune raison de tout tenir au secret. L'histoire s'achève.

— De quel point de vue ?

— Du tueur de Louviec. Bonne chose car j'ai été contacté par le ministre de l'Intérieur, fou furieux d'apprendre que nous avions laissé Robic en liberté. J'ai menti, dit que nous le tenions bel et bien sous surveillance *serrée et continue*, mais que le tueur était entré par un passage ignoré – le tunnel de Maël – et que nous n'avions rien pu faire. Il te faudra mentir à ton tour et informer tes gendarmes qu'ils étaient bien plus que six jusqu'à notre arrivée samedi soir. Y a-t-il un risque qu'ils te démentent ?

— Non. J'avais choisi des hommes que je connais, triés sur le volet. Ils me suivront. Pourquoi dis-tu que l'histoire s'achève ?

— Disons que je le pense.

Adamsberg arrêta Johan qui courait entre les tables.

— Johan, peux-tu nous réserver la salle de l'étage, loin des clients ? Réunion spéciale. Au fait, quand Maël se pointera, amène-le-nous, mais attends qu'on ait fini de déjeuner.

— Pourquoi penses-tu que Maël va se pointer ? demanda Matthieu.

— Parce que c'est dimanche, parce qu'il viendra aux nouvelles. Il est comme ça.

Adamsberg prit un appel de Danglard. Il le pensait déjà au courant des derniers événements mais Danglard téléphonait pour tout autre chose : le mauvais portrait du jeune agresseur à la cagoule avait été reconnu par sept de ses amis et quatre membres de sa famille, le jeune homme avait avoué et était en détention.

— Pour une fois qu'une affaire se règle en vitesse, dit-il, et il félicita Froissy et Mercadet pour leur idée novatrice de traquer un visage au travers de mailles trop lâches.

Avant de s'installer, Adamsberg lut l'article spécial consacré à la tuerie de la veille et le tendit d'un geste désabusé à son collègue.

Matthieu le parcourut rapidement avant de le poser d'un geste rageur sur la table.

— Ils se félicitent de la mort de Robic, mais nous, les flics, on s'en prend plein la gueule.

— On a l'habitude, dit Berrond, qui attaqua le plat sitôt que Johan l'eut posé sur la table. Qu'est-ce qu'on nous reproche ? D'être infoutus capables de mettre la main sur le tueur de Louviec ?

— Évidemment, dit Matthieu. Mais aussi d'avoir lâché la bride à Robic, d'avoir été négligents et permis ainsi son assassinat sans compter celui de sa femme. C'est plutôt grave.

— Et que répondre à cela ?

Le plat circula à la ronde en silence.

— Même chose, dit Matthieu. Qu'il était sous surveillance serrée sur tout le pourtour de la propriété.

— Ce qui est faux, dit Retancourt.

— Mais qui sera vrai, lieutenant, toujours vrai pour nous tous. Et cela expliquera que l'homme de garde qui faisait les cent pas de part et d'autre de la vieille porte ait manqué de peu l'entrée du tueur dans le tunnel.

— Pardon d'avoir entendu, dit Johan en apportant le vin. Mais vous vous mettez martel en tête et vous avez tort. J'ai pris ma décision. La petite va bien. Elle ne présente aucun signe de choc, comme on dit, mais je ne suis pas spécialisé là-dessus. Elle verra un thérapeute, c'est promis, commissaire, mais je vais aller dire la vérité aux journalistes. Sur les médicaments.

Ils savaient qu'elle avait été conduite à l'hôpital pour contrôle de son état, mais pas qu'elle avait avalé une dose massive de barbi...

— ...turiques, compléta Adamsberg, toujours réconforté de trouver en Johan un compagnon aussi hésitant que lui face à certains termes difficiles. Quant à ton projet, Johan...

— Non, Adamsberg, coupa Johan, et tu me feras pas changer d'avis. Car dès qu'on saura que Robic avait voulu tuer ma gamine, vous verrez toute la presse, et même le ministère, virer de bord du tout au tout. Alors finie la « négligence des flics ». Ils ont sauvé une enfant, les lauriers sont pour eux.

— Johan, insista Adamsberg, tu ne crois pas qu'il serait mieux d'attendre un peu ?

— Pas question. Y en a assez de vous voir traînés dans la boue. Moi, je le supporte plus. Alors je parlerai. Et l'assassinat de sa femme, c'était pas prévisible.

Johan se retira avec dignité et les policiers se sondèrent du regard.

— Il n'a peut-être pas tort, dit Matthieu.

L'avis de Matthieu emporta l'adhésion de ses collègues et le déjeuner s'acheva dans une ambiance plus allégée. Maël ouvrit la porte alors qu'ils prenaient leur troisième café, et Adamsberg sortit faire signe à l'aubergiste.

— Si tu as le temps, dit-il, viens nous rejoindre. Ça m'évitera de te faire un long résumé.

— Ça a l'air sérieux.

— Ça l'est. Viens.

Johan suivit Adamsberg et s'installa au bout de la table.

— D'après ce qu'on comprend, disait Maël, le journal à la main, Robic comptait bel et bien se défiler dans la nuit puisqu'il a tué sa femme avant.

— C'est ce qu'on comprend, confirma Adamsberg en lui désignant une chaise isolée.

— C'est là que je dois m'asseoir ? demanda Maël. Mais pourquoi ?

— Parce que depuis la mort de ton chien, tu es infesté de puces, dit Adamsberg. On en attrape tout le temps. Alors c'est mieux de garder la distance.

— Comme vous voulez, dit Maël sans s'offenser. Le tueur, il est passé par le tunnel ? Ils en parlent pas.

— Par le tunnel en effet. Et ressorti par là très peu de temps avant qu'on encercle la propriété.

— C'est bizarre, dit Maël, parce qu'hier, après vous avoir laissés, j'étais toujours pas tranquille et même pas capable de me concentrer sur mes chiffres. Fallait que je voie ce qu'il trafiquait. Il y avait encore une de leurs foutues fêtes dans sa baraque, le portail était grand ouvert et je suis rentré comme une fleur, avec mon plus beau costume. Je me suis planqué derrière le grand hortensia qu'était déjà bien en feuilles, à l'angle de la maison. Comme ça je pouvais avoir un œil sur Robic, côté sud et côté nord. Je pensais pas au tueur, je pensais aux manigances de Robic. J'y étais, disons, vers vingt heures quarante-cinq. Et j'ai vu personne arriver par le tunnel. Mais le tueur était peut-être déjà sur place. Un type est passé devant moi, ça aurait pu être n'importe quel invité, mais il se tenait tête baissée et regardait sans cesse en arrière. Je suis sorti de mon massif et je l'ai suivi et, une fois encore, on est sortis par le portail comme une fleur. Comme deux fleurs. Il ne regardait plus derrière lui, il a mis un sac dans le coffre et il s'est installé dans sa voiture. Tu t'es gouré, Maël, je me suis dit, c'était un invité qu'avait pas envie de dire au revoir à tout le monde.

Durant le récit de Maël, Adamsberg faisait rouler sous sa paume un bouchon de liège qu'il avait empoché, parce qu'il portait un mauvais portrait à l'encre grasse de Chateaubriand. Le vrai. Un souvenir, en quelque sorte. Puis il rattrapait le bouchon, le faisait tenir en équilibre sur une face, puis sur une autre, et reprenait son manège en le faisant glisser lentement sous sa main. Le commissaire ne semblait attentif qu'à ce petit jeu, indifférent aux propos de Maël, au point que tous les regards finirent par se river sur cette main et ce bouchon, et que le silence s'installa peu à peu, semblant se caler sur celui d'Adamsberg. Matthieu l'avait déjà vu une fois se livrer à ce manège machinal et y décelait le signe d'une invisible et grave préoccupation.

— Mais au cas où, finit par reprendre Maël, j'ai pu relever les trois premières lettres de sa plaque. RSC. Je me suis dit que ça pouvait peut-être vous intéresser parce que...

— Arrête ton baratin, Maël, dit Adamsberg d'une voix calme, stoppant net le mouvement de sa main, ramassant le bouchon et le fourrant négligemment dans sa poche.

— Comment ? dit Maël, aussi surpris que les autres membres de l'équipe. Ça vous intéresse pas d'avoir un numéro de plaque ?

— J'ai dit : arrête ton baratin, Maël.

— Mais quel baratin ? dit Maël en reposant son verre.

— Tout cela, ton hortensia, ton homme qui passe, la voiture, la plaque. Enfin, tout.

— Bon, dit Maël, boudeur, en croisant les bras. Si vous voulez rien savoir, après tout ça vous regarde. N'empêche que d'après les horaires qu'ils disent dans le journal, le type que j'ai vu sortir, c'était peut-être bien le tueur.

— C'est impossible, dit Adamsberg.

— Et pourquoi ?

— Parce qu'on connaît le tueur.

— Vous le connaissez ? s'écria Maël.

— Oui.

— C'est certain, ça ?

— Certain.

— Alors qui est-ce ? s'énerva Maël. Qui est-ce ?

Adamsberg resta muet, faisant cette fois tourner le pied de son verre sur la table dans un silence de plomb.

— Mais qui c'est ? insista Maël. Pourquoi vous voulez pas me dire son nom ?

Adamsberg but une gorgée d'eau et reposa son verre sans un bruit.

— Mais parce que c'est toi, Maël, dit-il doucement.

XLVI

Tous fixaient Adamsberg, hébétés, incrédules. Maël était si stupéfait qu'il en avait la bouche ouverte. Il reprit la parole après quelques minutes d'un pesant malaise.

— Mais vous blaguez, commissaire, ou vous avez perdu l'esprit. Moi ? Moi ? Le tueur de Louviec ?

— Toi.

— Je vous ai toujours trouvé bizarre, commissaire, et même des fois, ahuri. Mais cette fois, je porte plainte, dit Maël en se levant, plantant ses gros poings sur la table.

— Rassieds-toi, dit Adamsberg avec calme. Tu porteras plainte plus tard, quand j'aurai fini de m'expliquer.

Le regard d'Adamsberg fit le tour de ses collègues et ne rencontra que des visages sceptiques, embarrassés, inquiets, à l'exception de celui de Veyrenc. Il les comprenait. Lui-même avait mis tant de temps avant que sa pensée ne se resserre sur Maël.

— À vrai dire, dit-il en se levant – à présent sans béquille –, non pour donner un cours magistral mais parce qu'il supportait mal de rester trop longtemps assis, je ne peux pas vous exposer point par point comment j'en suis venu là, car il s'agissait d'une nuée de points, ni logique, ni cohérente, et non pas de points gentiment rangés en ligne. Les éléments étaient dispersés, insaisissables parfois, ou incompréhensibles.

— Les idées vagues, murmura Matthieu.

Adamsberg approuva de la tête.

— Mais je peux au moins dire ce qui me gênait ou me mettait mal à l'aise sans que j'en comprenne la raison. Tout, ou presque, était déjà dans les dernières paroles de Gaël, sur lesquelles nous nous sommes égarés. Nous avions la clef, mais elle était trop enfouie pour que nous puissions l'utiliser. Mais cette clef, j'avais dû la percevoir à mon insu. Et puis deux mots, depuis les débuts, me troublaient et m'incommodaient brusquement. Tout ce qui comportait le terme « dos », comme « sur le dos », « mettre sur le dos », « avoir sur le dos ». Mais aussi, bizarrement, le mot « cordial ». À notre arrivée ici, à mesure qu'on nous présentait les habitants, on l'entendait très souvent. « C'est quelqu'un de cordial, de chaleureux. » « Cordial », « cordial », un mot sympathique, qu'est-ce qui pouvait bien me gêner là-dedans ? Et puis il y a eu l'œuf, qu'on a mal interprété, il y avait ce « brion » prononcé par le maire mourant. On y a entendu

« embryon », et on n'avait pas tort, mais cela n'expliquait pas qu'il n'ait pas employé le mot « fœtus », que tout le monde utilise. Et le maire avait parlé d'« imposteur », une piste que l'on n'a pas suivie non plus, et moi pas plus que vous, car nous étions incapables de l'interpréter. « Imposteur » : quelqu'un qui fait croire être quelque chose qu'il n'est pas. Et encore ces mots de Gaël, « tapé Joumot ». Je vous l'avais dit, « taper quelqu'un », c'est fait pour les enfants. Les adultes disent « frapper », « casser la gueule » ou tout ce que vous voulez, mais pas « taper ». J'avais aussi un peu de mal à comprendre la répulsion que ressentait Maël chaque fois que quelqu'un frappait sa bosse, alors que le geste était amical, *cordial* justement.

Adamsberg s'interrompit et se frotta les joues.

— Désolé, non seulement je ne sais pas raconter dans l'ordre, mais rien ne nous est arrivé dans l'ordre, pas plus que mes pensées – mes « idées vagues », Matthieu. J'ai réfléchi aux mots de Gaël, à ce « tapé » qu'il avait employé. Que peut-on donc « taper » chez un adulte ? Mais son dos bien sûr, uniquement son dos, ou bien son épaule. « Il lui a tapé sur l'épaule », « il lui a tapé dans le dos ». Là oui, ce mot collait bien, mais ça ne marchait pas du tout avec « Joumot ». Cela évoquait tout de même des gestes cordiaux. « Taper dans le dos » et « cordialité », oui, cela allait bien ensemble. Et s'il y en avait un à qui on tapait sans arrêt dans le dos cordialement, c'était bien Maël, en dépit de son exaspération. On pouvait très bien comprendre que cette manie qu'avaient les autres de taper sur sa bosse, et depuis son enfance, puisse le mettre hors de lui, lui rappelant sans cesse qu'il était bossu. Et c'est d'ailleurs ainsi qu'on l'appelait : « le Bossu ». Comme s'il était impossible qu'on oublie cette bosse un seul instant. De cela, on sait qu'il a souffert terriblement. Dans sa jeunesse, moqué, mis à part, montré du doigt, et dans son âge adulte, un homme devenu « le Bossu », et jamais « Maël ». Oui, une vie de tourments sans relâche, Maël, dit-il en le regardant, de la douleur, et du chagrin. Pour d'autres raisons, on pourrait dire de même que la vie de Josselin fut piétinée : privé de sa personnalité au profit de Chateaubriand l'ancêtre, comme Maël au profit du Bossu.

Adamsberg demanda de nouveau du café chaud à Johan et ne reprit qu'à son retour.

— Mais des vies estropiées, reprit-il en se servant, on en a tous connu. Et ces victimes ne sont pas devenues des tueurs pour autant. Non, il y avait autre chose. Pour que Maël refuse à ce point qu'on touche à sa bosse – et il s'installait le plus souvent dos au mur quand il était chez Johan –, il y avait forcément une raison puissante. Nous sommes passés à côté parce que le fait est très rare. Mais il était pourtant écrit dans les œufs fécondés écrasés dans les poings des victimes, il était dit dans les mots du maire, comme dans ceux de Gaël. J'ai reconstitué très tard le début de la véritable phrase de Gaël :

« vic » et « oss » ne désignaient pas Josselin. Mais signifiaient « Yvig », qui est le nom de famille de Maël – le « ig » se prononce « ic » en breton –, et bosse. Yvic, bosse. Et sa bosse, on l'avait frappée, et sacrément. « Yvic bosse tapé. » Tapé quoi ? Joumot ? C'est ce que le docteur a entendu et que Matthieu a interprété, et nous à sa suite, parce qu'on connaissait Joumot. J'ai cherché un mot très proche qui fasse que la phrase ait du sens. Ça m'a donné « Yvic bosse tapé jumeau ». Je me suis redressé sur mon dolmen. L'œuf, l'embryon détruit, le jumeau, la bosse. Et je ne voyais pas par quel mystère insensé cette bosse *devait* être un jumeau, et non pas une véritable bosse. Mais il n'y avait pas d'autre chemin. Alors j'ai cherché.

— Et vous avez trouvé, dit Mercadet, qu'il arrive, très rarement, qu'un embryon se fixe sur un autre embryon et s'y développe en partie. Cela peut être n'importe où sur le futur enfant, sur son front, dans l'abdomen, sur son dos. Et en effet, il s'agit d'un jumeau. Une fois l'enfant né, le fœtus inachevé qu'il porte en lui, inaperçu à la naissance, peut croître durant des années, permettant l'apparition de fragments d'un crâne, de cheveux, d'éléments de torse, de fractions de membres. Ce fœtus incomplet, non viable, peut prendre l'aspect d'une bosse à l'endroit où il s'est fixé, et donner une impression assez solide au toucher.

— C'était bien cela, Maël ? dit Adamsberg. Et ce jumeau inachevé, tu t'y es fébrilement attaché. À quel âge as-tu appris que tu portais un frère, et non une bosse ? Onze ans ? Treize ans ? Et c'est pour cela que tu ne tolérais pas qu'on frappe ta « bosse ». Car pour toi, chaque claque abîmait ton jumeau et risquait de le tuer. C'est de cela qu'a parlé le maire : d'une imposture. Faire croire à tous que tu étais bossu alors qu'il s'agissait de tout autre chose. Pourquoi n'as-tu jamais dit la vérité ? On avait dû t'expliquer maintes fois dans ta jeunesse que ce jumeau pouvait se mettre à dépérir, provoquer alors une infection et te faire mourir, toi. Et tes parents, qui t'aimaient, voulaient à toute force te faire opérer. Mais toi, tu l'as toujours refusé avec la dernière énergie. Ce jumeau, tu le garderais, envers et contre tout. Et tu l'as gardé. Et il était hors de question que quelqu'un sache la vérité : d'abord parce qu'on te regarderait comme une bête curieuse, bien plus qu'on ne le fait d'un bossu, ensuite parce que nul ne te laisserait en paix avant que tu ne te défasses de ce jumeau menaçant, ou plutôt, pardonne-moi, de ce fragment de jumeau. Et cela, non. C'était bien plus que ton compagnon, c'était ton double. Sa conservation était devenue à ce point obsessionnelle que la terreur de le perdre à cause des claques que lui donnaient les autres te rendait fou. Les fortes tapes répétées de Gaël surtout, qui, selon sa nature de provocateur, pouvait t'en administrer dix dans la soirée. C'était le roi des claqueurs. Anaëlle aussi, avec sa nature vive, impulsive, très *cordiale*, tapait sans retenue sur ta bosse chaque fois qu'elle te rencontrait. Très souvent, car vous vous croisiez presque tous les jours en allant au travail. Le maire de même, aux gestes toujours vigoureux, qui voulait par cet acte te témoigner sa sympathie. Les autres, dans l'ensemble, pour ce que j'ai pu en observer, agissaient beaucoup plus doucement, par un effleurement, une caresse, et tu ne les craignais pas. Je tiens ces renseignements de Josselin, qui m'a répondu sans comprendre le sens de mes questions. Car pour ma part, je ne t'avais vu bossu qu'un seul soir. Restait le médecin, qui avait palpé cette bosse et ne s'y était pas trompé. Il en avait parlé à sa collègue, la psychiatre, et tous deux voulaient te convaincre à toute force de te faire opérer. Elle était donc dans le camp ennemi, comme le docteur Jaffré. Non pas parce qu'ils te tapaient, mais parce qu'ils *savaient*.

Et puis est arrivé ce qui devait arriver : l'embryon est mort, et a provoqué une septicémie qui aurait pu t'emporter en un ou deux jours. Le docteur t'a emmené de force dans une ambulance avec lui. Avec ta fièvre, tu n'étais pas en état de lui résister. Le jumeau t'a été enlevé à l'hôpital de Rennes, ce qui t'a sauvé la vie.

Plié en deux sur lui-même, prostré, les bras serrés, Maël ne disait pas un mot mais on voyait qu'il écoutait sa propre histoire avec intensité.

— Et c'est cette perte qui a été l'élément déclencheur de tes meurtres. Mais avant, déjà, ta colère montait, et tu as joué au Boiteux dans les rues du village, pour « emmerder les gens », selon tes mots, c'est-à-dire les effrayer.

Maël baissa plus encore la tête.

— Rendu fou de chagrin après l'opération, tu as élaboré ton plan de vengeance. Tu as assassiné ceux que tu considérais comme les plus responsables de la mort de ton frère, ceux qui frappaient ta « bosse », et qui, à ton idée, avaient hâté ainsi la mort du jumeau, et ceux qui voulaient te la retirer. C'est-à-dire Gaël, Anaëlle, le maire, la psychiatre, et bien sûr le docteur qui t'avait emmené à l'hôpital. Pour le docteur, tu t'es retrouvé coincé par le cordon de sécurité des flics. Barrage efficace, mais qui comportait une faille : la poste. Nous n'avions aucun droit à ouvrir le courrier des habitants de Louviec. C'est par cette faille que tu es passé, et tu as délégué ton meurtre à Robic et sa bande. Dans ta lettre, tu as dû disséminer des vagues menaces, comme si tu en savais plus qu'en réalité. Mais ne crois pas que ce sont ces menaces qui ont décidé Robic. C'était que lui aussi avait un compte à régler avec le docteur, qui doutait sérieusement de l'authenticité de son fabuleux héritage américain. Et ça arrangeait diablement Robic de « mettre ça sur le dos » du tueur de Louviec. Tu lui donnais toute la méthode à suivre, sans te trahir, le couteau Ferrand, l'emplacement des blessures, l'obligation de frapper du bras gauche et l'œuf. J'en ai assez, je vais prendre un peu de chouchen. Qui m'accompagne ?

Neuf bras se levèrent, y compris celui de Maël, et Johan sortit chercher la bouteille. On attendit qu'il soit de retour et que les verres soient emplis avant de reprendre. Johan écoutait le commissaire avec ahurissement et n'aurait pas voulu en perdre une miette. Chacun avala deux gorgées avant de reporter son attention sur le commissaire.

— Tu as fait preuve d'une formidable ingéniosité, digne de ta grande intelligence, reprit Adamsberg. Si le coup était donné par un gaucher, tu savais que la trajectoire du couteau ne serait pas la même que s'il était venu d'un droitier. Et c'est exact. Avec ton plâtre au bras gauche, tu étais donc insoupçonnable. Malheureusement pour toi, un droitier qui frappe du bras gauche n'a pas la même puissance qu'un vrai gaucher et la lame dévie légèrement. Cette petite déviation, qui montrait que la blessure n'avait pas été faite d'un seul trait, le médecin légiste l'a repérée. On savait donc depuis longtemps que le tueur était en réalité un droitier qui tuait du bras gauche pour nous égarer. Qu'il était en outre infesté de puces, car toutes les victimes étaient piquées. Mais ce ne fut pas le cas du docteur. Et, pas de chance pour toi non plus, l'homme choisi par Robic pour tuer le médecin était un vrai gaucher, et la différence s'est vue à l'examen des blessures. C'est ainsi qu'on a pu l'identifier, avec l'aide de Josselin. Attribuer ce crime au tueur de Louviec, comme tu le souhaitais, était donc impossible.

— Mais Maël est droitier, s'écria Johan. Et il n'a pas pu frapper de son bras gauche, il est immobilisé.

— Immobilisé ? dit doucement Adamsberg en s'approchant de Maël et lui attrapant le poignet.

— N'y touchez pas ! cria Maël. Il faut que ça se recolle, l'omoplate est cassée !

— L'omoplate est cassée ? répéta Adamsberg qui commença à dérouler la bande qui entourait la partie supérieure du plâtre.

Puis il éleva le bras de Maël à la hauteur des regards : une large entaille en V était pratiquée dans tout le haut du plâtre, sur son dessous.

— Je te laisse faire, dit Adamsberg, tu as plus l'habitude que moi. Retire ce plâtre.

— Mais je ne peux pas !

— Blessé de pacotille, plâtre de camelote, dit Adamsberg en tirant un coup sec à partir du haut du coude, mettant à nu le bras entier de Maël.

Adamsberg posa le faux plâtre sur la table.

— Un plâtre amovible, idée brillante, dit-il. Et à cause de ce plâtre, on a tous sauté à la conclusion : Maël, bien que couvert de puces, est éliminé d'office des suspects car les coups du tueur sont portés du bras gauche et que tu es plâtré. Plâtré, tu parles, fracture, tu parles. Ton bras va aussi bien que le mien. Pour un maçon, ce n'était rien à fabriquer. Outre le fait de t'exclure des suspects, ce plâtre, dont tu avais conçu l'ouverture assez large, te servait à cacher ton couteau avant le meurtre, ainsi que le sachet où tu glissais les plastiques qui protégeaient tes chaussures. Idée de génie, travail de professionnel, ça ne m'étonne pas que tu nous aies donné autant de fil à retordre.

— Et le massacre de Robic ? demanda Retancourt.

— Ah. Le déchaînement. Celui-là n'était pas prévu dans l'immédiat. Il te fallait réfléchir au moyen de l'atteindre. Car Robic n'habitait pas Louviec et ne traînait pas dans les rues au soir. Non, il s'enfermait dans sa demeure, où il n'était pas seul. Un cas difficile, donc, à méditer. Mais quand tu as appris que Robic avait été remis en liberté, tu as compris qu'il allait disparaître comme un courant d'air et t'échapper. Hors de question ! Robic devait payer ! Robic qui t'avait tourmenté, exploité, mais surtout Robic qui t'avait sans cesse tapé sur l'épaule – sur ton frère – depuis ta jeunesse et plus que tous les autres : tapé tous les jours et vingt fois par jour, pour se moquer de ta bosse, mais écrasant ton jumeau – croyais-tu – cent fois plus que tous les frappeurs réunis. C'était un coupable majeur.

— Son « meurtre ultime » ? demanda Berrond.

— Je ne crois pas, rectifia Adamsberg. Mais une pierre indispensable sur son chemin. Tu savais, Maël, que chaque heure comptait, que Robic, une fois libéré, pouvait avoir filé le lendemain. C'était ce samedi soir ou jamais qu'il fallait t'organiser et frapper. Mais pas avec ton quatrième couteau. Non, pour celui-ci, l'évidence s'était renforcée, il était destiné au « meurtre ultime ». Mais bon sang, pourquoi ne pas avoir d'emblée acheté cinq couteaux ? Mais tout simplement parce que tu n'en as trouvé que quatre ! Car un Ferrand n'est certes pas un article très commun. Tu avais l'intention de t'en procurer un plus tard, et dans une autre ville. Mais l'urgence était là, te prenant de court. Tu as été rôder en voiture près de sa maison, et tu as vu qu'une fête s'y préparait à nouveau. Cela t'arrangeait. Au soir, tu lui as envoyé un message anonyme – depuis le téléphone de la bonne Louise Méchin. Et comment t'étais-tu procuré son numéro ? De la manière la plus simple : par Estelle Braz, avec laquelle tu t'entendais fort bien. À vérifier, mais je suis certain de ne pas me tromper. Prétexte ? Tu t'occupais de la comptabilité de la boîte de Robic, tu avais besoin d'un renseignement confidentiel de première importance. Le tour était joué.

— Bien sûr, approuva Matthieu. Estelle n'avait aucune raison de douter.

— Et donc, Maël, poursuivit Adamsberg, dans ce message, tu donnais rendez-vous à Robic derrière son cellier, quand la fête attirerait toute l'attention ailleurs. Tu sentais croître ta fureur et, te méfiant de toi-même depuis ta crise incontrôlée avec la psychiatre, tu as endossé un ciré et préparé un sac pour l'y mettre, au cas où. Et ce meurtre, tu n'avais plus l'intention de l'endosser. Car Robic était entre-temps devenu une cible primordiale pour la police. Bien trop de flics se mettraient en chasse pour une pareille victime et tu as choisi la prudence. Une fois sur les lieux, et voyant ton ancien tortionnaire approcher, tu n'as donc pas ôté ton plâtre comme à ton habitude mais donné ton premier coup de lame du bras droit, avec un grand couteau ordinaire et sans laisser d'œuf. Cela t'a contrarié bien sûr mais ta liberté primait. Puis, de le voir se tordant à terre t'a brusquement enflammé. Toutes tes souffrances de jeunesse se réveillaient et, pris de démence, tu t'es mis à frapper sans plus pouvoir t'arrêter. Jusqu'à ce que tu réalises qu'il y avait trente ou quarante personnes sur place et qu'il était grand temps de filer. Tu as alors donné le dernier coup mortel au cœur, ôté tes gants, le ciré, les sachets plastiques qui protégeaient tes chaussures, et tu t'es cavalé par le tunnel dont tu avais forcé les portes. L'œuvre était accomplie, ou presque, sans qu'on n'ait jamais pu te prendre. À un détail près qui t'a perdu : tu avais lâché une puce sur Robic. Fin de l'histoire. Tu étais venu au préalable nous trouver à l'auberge, et pourquoi ? Pour nous décrire ce tunnel qui débouchait sur le chemin de la Malcroix. Cela aussi, c'était malin, car quel meurtrier dévoilerait lui-même son accès ?

— Et les œufs ? dit Berrond. Pourquoi s'est-il mis à ajouter des œufs ?

— L'idée ne lui en est venue qu'après le deuxième meurtre. Il manquait quelque chose à son œuvre : son *sens*. D'un côté chaque assassinat soulageait sa colère, mais d'un autre il était frustré que nul ne puisse en comprendre la raison : l'œuf écrasé, fécondé, signifiait que la victime avait provoqué la mort d'un embryon, d'un fœtus. À ce propos, je vous rappelle que j'étais assez surpris que le maire ait parlé d'« embryon » et non pas de « fœtus ». Il avait donc su, certainement par son ami le docteur, ce qu'était en réalité la bosse de Maël. Ce pourquoi il a ajouté : « Prévenez le docteur. » Ou en d'autres termes « Prévenez le docteur du danger qu'il court. » Pour en revenir à cet œuf, fécondé, broyé, ce fut son moyen d'exposer sa raison d'agir.

Adamsberg se rassit et, à l'aide d'une serviette pour éviter les puces, releva lentement le menton de Maël pour croiser son regard.

— Tu aurais dû parler, Maël. On ne t'aurait pas considéré comme une bête curieuse, mais comme un homme doté d'une particularité d'une grande rareté. Cela n'arrive qu'à une personne sur cinq cent mille. Et nul n'aurait jamais osé frapper ta bosse.

Adamsberg laissa passer un silence et observa de nouveau les visages de ses collègues. Cette fois-ci, plus de scepticisme, mais un intérêt ardent, des regards concentrés. Johan, toujours ébahi, dont le regard allait sans cesse de Maël à Adamsberg, avait tout d'un homme éberlué et fasciné.

— Il faut que tu me suives, Maël, à présent, reprit doucement Adamsberg.

— À la police de Rennes, c'est cela ?

— Oui.

— Je m'en occupe, dit Matthieu, lisant son trouble sur le visage d'Adamsberg.

— Je préfère qu'Adamsberg m'accompagne, murmura Maël, j'me sentirais moins seul.

— Alors je viens. Je ne pense pas qu'on te mettra en prison. Personne n'oublie que tu as sauvé une fillette.

— Ils m'enverront chez les fous, hein ?

Pas chez les fous. Dans une maison de détention pour troubles mentaux. Tu te rends bien compte qu'on ne tue pas comme cela et pour ce mobile sans présenter des troubles sérieux ?

— Oui, souffla Maël.

— Quant à la mallette que tu as confiée à ta sœur, qui ne contient pas un seul centime contrairement à ce que tu lui as fait croire, mais les restes de ton frère, je te l'apporterai, si tu le souhaites.

— Faudra que j'y pense. Ma sœur pourrait faire enterrer la mallette.

— C'est unc idée, et bonne. Tu lui en parleras.

— Reste un truc que je ne saisis pas, dit Berrond. Pourquoi Maël a-t-il tout fait pour faire accuser Josselin, qu'il aimait bien ? Voler son couteau, imiter le pas du Boiteux, frapper du bras gauche, laisser son foulard sur le corps d'Anaëlle, cela fait beaucoup tout de même.

— Beaucoup trop, justement, dit Adamsberg. Il n'a pas semé ces indices pour incriminer

Josselin – qu'il aime bien en effet – mais au contraire pour le protéger, sachant très bien, malin comme il est, que cet excès anormal de preuves nous détournerait de Josselin. Il n'était pas au courant des dernières paroles de Gaël. Comme il ne savait pas qu'on identifierait un tueur droitier et faux gaucher, mais de son point de vue, le couteau, le bras gauche, le foulard et même le Boiteux suffiraient à nous tenir éloignés de Josselin. Trop de preuves tuent la preuve.

— Comprends pas tout, insista Berrond. Pourquoi craignait-il qu'on accuse Josselin ?

— Parce que Maël savait que Josselin souffrait, comme lui, de ne pas être traité comme les autres. Qu'il était considéré, comme lui, comme une figure d'exception dans le village, ce qui l'insupportait, comme lui. Que de l'exaspération à la rage et de la rage au meurtre, il n'y avait que deux pas à faire, puisqu'il les ressentait lui-même. Maël avait créé un parallèle excessif entre lui-même et Josselin et il a redouté, une fois ses meurtres préparés, que la police ne tourne ses regards vers Chateaubriand. Il les a donc déviés.

Berrond hocha la tête, méditant.

— Et le « meurtre ultime » ? demanda Noël. Avec le dernier couteau ? C'était qui ?

— Je pense, sans trop me tromper, qu'il s'agissait du chirurgien qui lui a ôté l'embryon mortel.

— Bien entendu, dit Matthieu en hochant la tête, avec un regard ambigu, sonné par sa défaite en même temps que comblé par la victoire de son collègue. Tu ne te trompes pas, tu as raison sur toute la ligne. Au moins une vie qu'on a sauvée.

Adamsberg se leva, fit un signe au commissaire et c'est Matthieu qui passa les menottes à Maël, ce dont Adamsberg lui sut gré.

XLVII

Tous les médias du soir furent informés de la conclusion de l'enquête à la demande expresse d'Adamsberg, aspirant à la disparition de l'épais brouillard de peur et de défiance qui embrumait les esprits, enveloppant Louviec d'une grisaille suspicieuse, dont Josselin faisait tout particulièrement les frais.

La fin de la soirée fut mitigée de mélancolie et de soulagement. Revenu de Rennes avec Matthieu, Adamsberg répondait comme il le pouvait aux multiples questions de ses collègues. Lorsqu'il avait mis la main sur le meurtrier des cinq jeunes filles, il en avait ressenti un plaisir intense. Mais il s'agissait d'une bête féroce. Au lieu que Maël avait été un puits de souffrance. Qui avait tout de même ravagé six vies et semé la désolation. S'il y en avait une qu'il ne regrettait pas, c'était celle de Robic.

Durant tout le temps qu'avait duré l'enquête, Adamsberg avait quotidiennement tenu son équipe de Paris au courant des faits, de même qu'il en informait tous les trois à quatre jours son ami Lucio, un très vieil Espagnol avec lequel, le soir, il allait boire une bière sous l'arbre de leur petit jardin. Il lui manquait. Tout fruste fût-il, et tant économe de ses paroles, Lucio était de ceux qu'on dit imprégnés de sagesse naturelle. Il se demandait ce qu'il lui aurait dit, en le moins de mots possible.

Il sentit Johan lui secouer l'épaule.

— Ça te tracasse, hein ?

— Oui, Johan. Je ne l'ai pas connu longtemps ni beaucoup, mais je l'aimais bien, Maël.

— Et moi aussi. Mais il avait plus sa tête, et tu le sais. C'est pour ça que je te dis que maintenant qu'il s'était lancé, il ne se serait jamais arrêté. Il y a des hommes comme ça, fœtus ou pas fœtus, bosse ou pas bosse. Il aurait continué à tuer et à tuer. Déréglé, il était. Tu me crois ?

— Oui, Johan, dit Adamsberg en se servant un verre de chouchen et souriant enfin.

— Alors colle-toi un bon truc dans le crâne : tu t'es démerdé comme un chef. Parole de Johan.

L'aubergiste s'éloigna et Adamsberg lut un mot tout juste reçu du vieux Lucio : *Hola, hombre, t'as creusé loin, ¡por la verdad !*

Suivaient tous les messages de félicitations adressés par les membres de la Brigade restés à Paris, dont certains avaient failli désespérer de la réussite d'Adamsberg.

— Johan parle d'or, dit Matthieu, assis à ses côtés. Maël avait sombré dans la démence. Si tu ne l'avais pas coffré à temps, ne va pas croire qu'il s'en serait tenu là. Pas du tout. Une fois découvert le plaisir de poignarder – quarante coups sur Robic – il aurait persévéré, au nom d'une folie ou d'une autre. Victime sur victime.

— Vrai, dit Adamsberg, le visage à nouveau apaisé.

— Mais je suis incapable de comprendre comment tu t'y es pris, ajouta le commissaire avec un large sourire.

— Je ne sais pas, Matthieu. De minuscules fragments d'algues se décrochent, s'emmêlent, montent. Je les attends, je les guette.

— Et parmi ces fragments, il y en avait un que tu as vite identifié mais que tu n'as pas voulu voir : Maël dérapait, et tes idées l'avaient détecté depuis les commencements.

— Tu crois cela ?

— J'en suis certain. Preuve en est que tu as pressenti qu'il était le Boiteux, sans le moindre élément de preuve. Un truc encore que je voulais te dire.

— Quoi ?

— Eh bien, bon sang, oui, Adamsberg, c'était une abomination et un affreux foutoir, qui manqua de t'être mortel, et tu t'en es sacrément bien tiré.

— C'est qu'ici, Matthieu, on est aidés par le dolmen.

— Par *ton* dolmen.

Le lendemain, la presse, la radio, Internet, et tous les habitants de Louviec, de Combourg et des environs s'agitaient fiévreusement autour des dernières informations. Johan avait vu juste : horrifiés d'apprendre que Pierre Robic avait voulu assassiner la petite Rose, sauvée de justesse par l'intervention policière, plus une seule voix ne critiquait l'action des commissaires Adamsberg et Matthieu. L'opinion s'était instantanément renversée et les portait aux nues, si bien que les deux hommes n'eurent pas un moment pour souffler face au déferlement des questions des journalistes, à l'exception du temps des pauses-repas pendant lesquelles Johan ne laissait entrer que les huit policiers et fermait sa porte à double tour pour qu'ils aient la paix, faisant traîner le service en longueur.

L'équipe de Paris reprenait le train le jour suivant. Au soir venu, les adieux furent *cordiaux*, et plus que cela, *chaleureux*, tous se frappant les uns les autres sur le dos et les épaules. Johan demanda à Retancourt la permission de l'embrasser sur les joues et Berrond, enhardi, fit de même.

XLVIII

Le mardi vers onze heures, enfin loin du tumulte, Adamsberg attendait tranquillement avec Josselin l'arrivée du garde du corps aux yeux bleus. L'ânon – une femelle – était avec eux, mangeant du foin à son rythme, frottant parfois sa tête contre celle du commissaire. Elle avait le dos gris pâle, le ventre et les pattes blanches.

— Elle est belle, elle est douce, dit Josselin.

— Elle est parfaite.

Le garde, en tenue civile puisqu'il était de relâche, arrivait vers eux, non pas en marchant mais en courant, propulsé par son impatience de découvrir son « idée de vie » enfin sur pied. Il entoura le cou de l'ânon, lui caressa fortement la crinière, admiratif et déjà aimant. Si l'intelligence des yeux purs du garde ne s'était pas communiquée dans le regard du jeune animal, son affection s'y était indiscutablement propagée.

— Merci, monsieur de Chateaubriand, merci monsieur le commissaire.

Fébrilement, tout à sa joie, il régla à Josselin les trois cent vingt euros qu'avait coûtés l'ânon.

— J'ai négocié le prix, dit Josselin, le propriétaire en voulait trois cent soixante, car cette petite est robuste, vous verrez cela. On va la mettre au champ ? Lui faire rencontrer Harmonica ?

Les yeux du garde s'allumèrent à sa façon si singulière, et les trois hommes se mirent en route, suivis par l'ânon qui s'arrêtait çà et là pour brouter au hasard du chemin.

— Je sais comment je vais l'appeler, dit le garde : « Vicomte ». C'est un nom d'homme, je le sais bien, mais j'y tiens. C'est bien, n'est-ce pas ? Il paraît qu'on vous appelle comme cela.

— Mais je ne suis pas vicomte, dit Josselin avec son léger sourire.

— Et elle non plus, dit le garde en caressant son ânon. C'est ça le truc, justement.

Et sur le sentier boisé qu'ils suivaient, Adamsberg entendait l'heureux garde répéter à mi-voix : « C'est tout de même quelque chose, un dolmen. »

14093

Composition
FACOMPO

Achevé d'imprimer en Slovaquie
par NOVOPRINT SLK
le 12 mars 2024.

Dépôt légal : mai 2024
EAN 9782290397848
L21EPNN000598-618155

ÉDITIONS J'AI LU
82, rue Saint-Lazare, 75009 Paris

Diffusion France et étranger : Flammarion